北美客

刘群 —— 著

穿越北美大陆
重新发现美国

INTO AN
UNKNOWN
AMERICA

湖南文艺出版社
HUNAN LITERATURE AND ART PUBLISHING HOUSE

博集天卷
CS-BOOKY

致 敬

民谣之父

伍迪·格思里（Woody Guthrie）

This land is your land, this land is my land.

From California to the New York island,

From the red wood forest to the Gulf Stream waters.

这片土地是你的土地，

这片土地是我的土地。

从加利福尼亚到纽约岛，

从红杉林到墨西哥湾流。

——那四年的夏天，我沿着伍迪的歌声走在那片土地

INTO
AN
UNKNOWN
AMERICA

目 录 CONTENTS

1

第一夏

堂吉诃德式的 9387 公里游历

我一直觉得，

人如果没有古怪念头，

就宛如黑暗森林里一具没有思想的活尸体，

抑或是太阳暴晒下那张脱水的人皮。

一头野毛驴路过一座磨坊，看见里面有一头正在拉磨碾米的小磨驴，两头驴子就都停下脚步，攀谈起来。

磨驴问，你看见过大海吗？

野毛驴说，看见过啊。

磨驴问，是不是有我磨坊的一半这么大？

野毛驴说，那要大很多。

磨驴问，那是不是和我的磨坊一样大？

野毛驴说，那还是要大很多。

磨驴又问，是不是有我的磨坊二倍这么大？

野毛驴说，那还是要大很多。

磨驴想不出来大海的样子。

终于有一天，磨驴鼓起勇气走出了磨坊，走啊走，走到了海边，看见大海这么大，远远超出了自己的想象，磨驴的脑袋顿时爆炸了，眼泪倾盆。

在生活中，每一个人何尝不是一头磨驴呢？

我打小的时候，就发现自己是一头不安分的磨驴。

为了糊口，我创办了一家给房地产商卖房子出点子的公司，十多年来，我被困在一个 12 平方米的磨坊式办公间，日日为祖国各地的"地产大腕"们绞尽脑汁，帮他们把手上滞销的房子卖掉，债台高筑的房地产商常常被打压。如果房子不能按时按价卖掉的话，他们就焦虑得像一只只捕食失败的猫头鹰，咕咕乱叫，这种焦虑会传染给混凝土森林里的很多人，于是，大家闭起眼睛，也都焦虑得像猫头鹰，一起咕咕咕咕咕乱叫起来。

　　我在这座近 3000 万人口、容易迷路的城市生活了三十多年，这座城市遍地是白领贵族，却正重返"奴隶"社会，人们摇摇晃晃地跟着别人的脚印，一步一步在翻越房奴、车奴、卡奴、孩奴四座大山。很多个深夜，在酒桌上，我鼓起勇气啪啪啪地拍着瘦弱的胸脯，捶着大腿，放豪言要去远方游历，不要在这里迷失自己，但是，次日清晨，曚昽的太阳光总像大头针一样，扎破我勇气的气球。

　　直到某个台风天，我猛地睁开长期紧闭的猫头鹰眼，走出磨坊，我看见大风扫过垃圾箱，破烂不堪的塑料袋被猛地扯向天空，一瞬间它腾空了，它在楼宇之间尽情地跳舞、旋转、急坠、飞翔，这短暂的飘荡，刹那间自由的舞蹈，如此摄魄，让我痴痴呆呆地看了很久很久，忽然想到，连破烂不堪的塑料袋都可以去空中起舞，哪怕只是极其短暂的自在摇曳，为何偏偏我自己却不能？人还不如一只塑料袋？

　　磨驴或许也可以有一次出逃。

　　我打算做点什么。

　　我撅着屁股爬上凳子，在办公桌对面的墙上悬挂了一面 1.5 米宽的美国地图。

　　在一品豪庭或帝景府邸之类的楼盘销售会议间隙，我常常戴着黑框高度近视眼镜，像中华田园犬一样凑在地图上面，来来去去仔细研究那些地名，很长一段时间，这成了我在这座城市的生活乐趣所在。

　　美国地图的英语地名大都对应一个中文名字，比如，Washington 下面标注有中文"华盛顿"三个小字，早期翻译家没译成"花生炖"或"清洗顿"。我常常呆想,如果把西雅图(Seattle)音译成"细牙兔",会不会很可爱?还有费城(Philadelphia),假如纯粹音译,变成"废了呆呦废呀",是否更好玩?可惜,地名通常都不能太丑,如纽约(New York),就没有翻译成"扭腰",芝加哥(Chicago)没有翻译成"吃家狗",犹他州(Utah)没有翻译成"诱她"州。而66号公路上的鬼镇"Oatman"被译成打怪兽的"奥特曼"。

但是,我发现也有例外,最厉害的是Rapid City,这个西部的小城被赤裸裸地音译成"拉皮德",字面意思是"拉皮条的你很有德行",而附近的Grand Rapids,则按字面翻译成了"大急流城",看了这名字就是一阵神往。

亚利桑那州还有一个小地方叫Why(为什么)!估计我走到那里,问路人甲:"这是什么地方?"当地人一定回答:"Why!"我说不准会愣在那里,宛如被当头棒喝,暗自琢磨:"对啊,我为什么要来这里呢?Why? Why!"从此,又多了一则禅宗公案。

大约2016年的春天,我第一次在华盛顿到洛杉矶之间画了条长长的红线,这条线像是一根惊悚的血线横卧在我办公桌对面的地图上:从首都华盛顿出发,经纽约到波士顿,然后一路往西,到尼亚加拉大瀑布、芝加哥,沿最长的90号州际公路往西,经过鲍勃·迪伦的家乡明尼苏达州,原印第安人大本营拉皮德,西部枪王狂野比尔被枪杀的地方,穿过黄石公园,到达摩门教的总部盐湖城,车头再向南,经犹他州去大峡谷,从北沿出来绕过峡谷谷地,开上66号公路,从金曼到拉斯维加斯、"鬼镇"奥特曼,继续一路往西,奔往洛杉矶的圣莫尼卡海滩,66号公路的尽头,在海边老式的旋转木马上,结束旅行。

考虑到八月,北美大地灼热不堪,我选择较凉快的北线公路横贯美国。

这就是我后来第一个夏天的"出逃"计划,41天,6681公里自驾横贯北美,一个听起来略微恐怖的距离。这个距离,相当于从上海到迪拜的飞行距离。在异域他国游历,会不会有语言障碍?会不会被打劫或遭遇车祸?会不会因为只有中国驾照而被捕?爸妈年岁已高,会不会在我不在的时候突然发病？某国企公司客户会不会发飙？出发前一周，我一度陷入了莫名的焦虑。但是，我后来明白，当我决定要横贯美国，决定要出发的时候，最困难的那部分已经完成。

结果第一年除了被美国警察捉住吃了几张罚单，我爸去医院吊了两天盐水外，其他都还勉强顺利，于是到了第二年的夏天，我又"磨驴卸磨症"发作，继续猖狂出逃。我渐渐发现每年夏天是出逃的好时光，简直就是监狱放风，其他时间，磨驴的头颈都要在办公室套上绳索，两腿跑地，眼盯电脑 PPT（演示文稿），鼻孔出大气，死命拉磨。

第二个夏天，2017 年，花了 39 天，我从美墨边境悲伤而"有毒的"隔离墙开始驾车，大体沿西海岸线 1 号公路北上 2279 公里，经过圣地亚哥、洛杉矶、硅谷、旧金山、红杉国家公园，到达西雅图。路上去探访了慷慨的齐啬首富保罗·盖蒂捐的博物馆、史蒂夫·乔布斯长大的社区、位于静谧湖畔却不太低调的比尔·盖茨大宅、被落魄艺术家歌声包裹着的一家咖啡馆。

第三年，我是在西海岸待了 31 天，申请了加利福尼亚州伯克利大学的夏校。我住在一个车祸受重伤、歪脖子的 79 岁单身老太太家里，每天步行去学校，路上会看到公园里打野球的人、张贴着禁止吸毒的传单的灯柱子，以及定时在超市门口讨饭的流浪汉。读书休息期背着包去爬了一座不通电的山，一个参加过越战的老爷爷带我去看硕大的火星，还去了旧金山等地游荡。

2019 年，第四个夏天。我在东海岸的哈佛大学读短期班并驾车北上缅因州，共花了大约 30 天。在波特兰，因酒后和友人激烈地争执政治问题，当众一通"螳螂飞腿"，结果被警察活捉入"肖申克"监狱 5 小时。出狱后，跟着一个老船长在海上住了 3 天，他开着一艘海盗式的老爷纵帆船，在荒岛上教我手撕龙虾，我还把了一阵子方向盘。突然，有一天下午，他跟我说了一个秘密：他爸爸到过延安，见过毛主席！最后，我亲眼看到了恐怖小说大师斯蒂芬·金每天码字的家和那个"闹鬼"的小镇班戈，以及写入他书中的那一大片不太阴森的墓地。

堂吉诃德是我的偶像。他满脑袋不现实的理想和古怪念头，他游走天下，四处碰壁，常常头破血流。我一直觉得，人如果没有古怪念头，就宛如黑暗森林里一具没有思想的活尸体，抑或是太阳暴晒下那张脱水的人皮。我欣赏堂吉诃德一肚子的异想天开、一头颅的疯狂想法，以及为这些想法而敢于走出去的勇气。他骑着一匹瘦弱老马"驽骍难得"离开家乡。我比他条件好太多，有三个夏天，我都是从安飞士公司租车，第一年是辆壮如母牛的福特越野，该坐骑除了有喜欢疯狂喝油的坏习惯外，其他表现都要比"驽骍难得"正常。第二年是一辆白色的现代，个子小小，白白净净的，像个幼儿园宝宝。第三年主要是读书，外出主要靠搭车。第四年是一辆道奇双门，通上电，就是一台震耳欲聋的舞台音响。它们绝对像堂吉诃德的仆人桑丘·潘沙的小毛驴一样忠心耿耿，带我走完全程。

于是，我把借来的车都叫"驴子"。

一头磨驴骑着"毛驴"，走在地球上唯一的"帝国"的土地上。

"毛驴"驮着我横跨、纵贯整个美国，我寻访了一些美利坚大咖的足迹，如华盛顿、老布什、鲍勃·迪伦、疯马、狂野比尔、罗伯特·肯尼迪、玛丽莲·梦露、保罗·盖蒂、王薇薇（Vera Wang）、史蒂夫·乔布斯、斯坦福夫人、霍华德·舒尔茨、比尔·盖茨、斯蒂芬·金等，我试图从这些人生活过的地方或他们的轨迹，筛糠似的一阵通灵，走进他们的世界，触摸他们情感深处的隐秘点。

在路上，磨驴也与无数普通人擦肩而过，他们当中有教授、民宿老板、船长、狱卒、警察、餐厅老板、店员等，也碰见些不太普通的普通人，他们有犯人、异教徒、骗子、超级富翁、性工作者、流浪汉等等。

多数擦肩而过的人都像荷叶上的露珠一样，消失了，但是，总有一些人却注定一辈子不能忘记——那些有趣、温暖而坚定的生命，在这个浮躁、善变的时代，让人心治愈。

例如，我一直仰慕老布什，特地去了趟华盛顿近郊一家破旧的烤鸭店。这曾是老布什最爱下的馆子，据说去了120多次。他退休后也常常挤进大堂，坐在用餐人群中，用卷饼包住生菜、大葱、黄瓜和鸭肉，蘸了酱，大嚼特嚼。这个爱搞笑的总统，临死的那一天，奄奄一息的他躺在休斯敦家里的床上，吊着最后一口气，还在跟他的好友贝克夫妇开玩笑。那一刻，贝克夫人把手放在他的额头上说："我们爱你。"老布什俏皮地睁开一只眼睛，说："好吧！那要快点（爱）！"这个老头很重感情，他当年在北京当美国驻华联络处主任期间，爱上了烤鸭，爱上了北京。他后来常常向儿女回忆起1975年的北京，当年的一家烤鸭店，在北京某某医院旁，绰号叫"病鸭餐厅"，他说那里有一道一道的鸭子菜，端上来的烤鸭脑袋没有病，而且漂亮得很。

在路上，我还遇到了个贼有趣的美国"孙悟空"。这位黑皮肤小哥是亚利桑那州人，剃了光头，着一件丝绸的中国功夫衫。他从小爱看中国功夫片，自学了一套棍法，抢、劈、截、撩、舞花，至少我这个外行看上去挺像一回事。他按照电视节目里面的样子，动手做了一根足有1.8米长的金箍棒。他的父亲去世后，他扛着这根金箍棒，抱着父亲的骨灰盒，搭车去遥远的蒙大拿草原，圆他父亲生前的一个心愿。结果，在高速公路上，有人报警，说他拿了一把长柄步枪。

第三夏，我住在房东老太玛丽·安的家里，她是一个半年前在车祸中折断脖子的老太，大概79岁，单身。伤痛恢复后期，她的脖子依然僵硬，不太好动，走路宛如"机器人"。她却每天帮我打扫爱彼迎客房，拖地、吸尘、洗毛巾、清洗马桶，偶尔，她还去外面给客人做培训演讲，周末晚上还在家做菜开派对，她拥有令我吃惊的活力。老太人很逗，每天乐呵呵，特爱拿男女关系的笑话开涮好友马修。周末聚会，她曾问马修这么一个问题："每个女人都有两个版本——精装本和平装本，前者是社交场合给别人看的，浓妆艳抹，光彩照人；后者是在家里的，换上家常服、睡衣，诉苦。你希望得到哪一个版本？"马修老实地说："我爱看精装本。"玛丽·安笑道："那你当心，你要出轨了！"马修好奇，问："为什么？"老太说："因为，婚姻中的丈夫往往只能看到妻子的平装本，精装本都是别人的妻子。"大家顿时笑岔了气。我想，有一种女人，过了一定年龄，就特豁达、乐观，她可能就是。

他们的故事一定比我提笔写下来的要精彩。

读了他们的人生，会发现自己原来纠结的那些东西根本算不了什么。

横贯北美的最后一天，我到车行还了"驴子"，然后去了洛杉矶海边。双脚深陷沙子里，腐臭的海鸟粪散了一地。太阳从太平洋翻滚的波涛里沉了下去，残月被点亮了，刺骨的寒冷开始包裹着沙滩，海边的人们收拾起垫子，三三两两往回走。远处海边的旋转木马，透着一种遥不可及的微弱灯光，欢笑声正时有时无地被风吹过来。我忽然体会到，在这颗星球上，在这不可思议的广袤大地上，无数人都正赶回到自己的窝里，在世界上不同的空间里，用五花八门的方式、不一样的价值观生活着。但是，从本质上说，他们和我们一样，都是人。如果没有这场游历，我可能永远无法遇见，也永远无法理解星球另一半的普通人，而且，打死我也想象不出，他们的人生有时候居然也可以治愈我们，他们的空间居然也可以清洗我们的大脑。

记得旅途中有个傍晚，精疲力竭的我把"毛驴"停在小旅馆的空地上，走进一个有异味的房间，拉上发黄的窗帘，一头栽倒在还算干净的硬床上，呼呼大睡。半夜饿醒时，像幽魂一样摸起来，去外面的贩卖机上找吃的，走廊上日光灯暗促促地一闪一闪，空地上的杂草丛里，虫子在尖锐地鸣叫，远处公路上仍有车子疾驰的轰隆声，天上挂着一片弦月，一颗星星也看不见。整整几分钟的头脑空白，像被清洗了一样，我不知道我是谁，我也想不起来我在哪里，这种鬼魂附体的感觉真好。

我喜欢这种感觉，因为这一刻的自己，既不属于起点，也不属于终点。

四年了，磨驴的心是时候回家了。

四年前的月亮早已沉下去，四年前的人再也遇不见了，然而四年前的故事才刚刚开始落笔。

INTO
AN
UNKNOWN
AMERICA

第一夏的游历落幕了，

告别路上听过的歌，告别抚摸过的野驴，告别那些可爱的路人，

我忽然希望，时光就此停滞。

1

第一夏

The First Summer

"腌鱼大王"华盛顿的意外死亡

> 恺撒大帝临死的时候说："请把我的双手放在棺材外面，让世人看看，伟大如我恺撒者，死后也是两手空空。"

那条凶横的大狼狗龇着牙，突然，把头转向了我。

它竖着它的尖耳朵，黑棕色的鼻尖凑近我的大箱子，悄无声息地嗅着。

我的心一阵紧张地抽搐。

突然想起了那包康师傅海鲜方便面，还有一包臭咸菜，是不是它们出了问题？

嗅了一阵子，警犬没有咆哮的迹象，而是把一米多高的头滴溜溜转向我，不知为何，在我的胯下嗅了嗅。这时，我看见了一对黑漆漆的、泛着"狼光"的小眼珠子，我警惕地向后一缩，任何警犬在嗅你的时候，你都会不自觉地产生犯罪感，似乎它随时会嚎叫着把我扑倒在地，对我的要害部位一通撕咬。好在，今天的它似乎没有什么收获，尾巴一摇跟着主人轻快地走了。

我长舒一口气，拉着箱子，以警犬鉴定过的"良民"身份过了华盛顿入境前的最后一道检查。

2016年7月8日，进入美国。

从北京到华盛顿，长达14个小时的痛苦飞行，轻微缺氧的经济舱空气中，混合着刺鼻的咖啡味、啤酒味、饭菜味，个别脚丫子的汗味，某些大肠尾部发出的可疑气味，以及邻座大哥吃完牛腩饭飞机餐后"嗷"的一声对天打嗝的膻味，所以，推开机场的大门，迎面而来的是一片妙不可言的蓝天，以及微风轻送的幽香空气，心情立即就像冰激凌融化在口中一样舒坦。

我坐穿梭巴士去了安飞士，取我预订的一辆福特，这辆黑色的越野车高头大马，有一个网状的车头、浑圆的臀部，公里数显示它正值壮年。它将陪伴我从大西洋畔的华盛顿出发，41天绕道北线，跑6600多公里横贯美国。我暗暗乞求它和堂吉诃德的那匹瘦骨嶙峋的老马"驽骍难得"一样忠贞不渝，或者退一步，能够像他的仆人桑丘·潘沙的小毛驴一样也可以，半路偷个懒、拉个稀啥的都没问题，只要带我走完全程，把我拉到洛杉矶的圣莫尼卡的海滩，在那儿，面对太平洋，按喇叭"驴吼"两下。

于是，我把这辆车叫"毛驴"。

1

我开着"毛驴"出游的第一站是拜访一座坟墓。

美国国父乔治·华盛顿的墓。

他葬在弗农山庄，从华盛顿市区开车大约20分钟就到。这里曾是他和妻子玛莎住过的家。停好"毛驴"，走上甬道，远远望见小坡上矗立着一栋红顶的佐治亚式乡间别墅，坡下一大片一大片的绿荫，在夏季的骄阳下，蒸腾着大地的热气。

1799年12月14日，身体"貌似"健康的乔治·华盛顿，在眼前这座山庄，仅仅21个小时，就经历了从患病到死亡，一天都不到，美国历史上最重要的人居然就这样神速而离奇地死去了。而且他死的时候，身上被放了1/3的血，在21个小时中，华盛顿到底染上了什么疾病？他遭遇了什么事情？是什么直接导致了年仅 67 岁的伟人的突然死亡？这成为医学界长期争议的疑团。

现在二百多年过去了，好奇心把我带到这座举世闻名的山庄。

游客如织。

一个金发女郎在这栋别墅朝南的门廊上自拍，她捋了两次头发，还做了一个瞪大眼睛的惊讶表情。我不由得看了一会儿，心想，不观察，都不知道女人在自拍时有多努力。门廊外的景色十分开阔，俯瞰宽广的波托马克河缓缓流淌，对面马里兰 5 英里 [1] 以内的满目墨绿，盛夏太阳直射下的氤氲景色都尽收眼底。那些高大的橡树，站在山坡上一动不动，注视着天上卷舒的云朵。

凝目山庄的外墙，已有些开裂，几只蚂蚁从裂缝里兴高采烈地探出头来。

"你好！"我大声用中文和马圈里的一匹母马打了个招呼，它愣愣地盯着我，鼻子呼哧出一口热气，吧嗒吧嗒甩了两下尾巴，几只马蝇嗡嗡嗡冲我迎面飞了起来，我慌忙逃走。

绕过马圈、牲口栅栏一二百米，就看见一个简单的院门，几根石柱寥落地立在那里，红色砖墙的尖拱状墓室，最多也就是一个乡村汽车小站规模的建筑，这就是国父乔治·华盛顿的墓地？

他和他的夫人玛莎并肩睡在小小的墓室里，墓室入口安装了一道防盗铁栅栏和两扇额外的铁栅栏门。

你不可想象，美国历史上最重要的人葬得居然如此简易，如此市井。

华盛顿最早落葬在我所处位置的山坡下——家族墓地，有一年，波托马克河夏季泛滥，再加一场豪雨，差点把华盛顿的棺材冲烂；当年墓地大门是用较薄的木板搭建，农庄的几头大黑母猪吃饱了出来晃悠，到了这儿，用鼻子奋力一拱，就哼哼唧唧地闯进墓地，尽情地"拱""蹭""耍"，大搞破坏！

---

[1]　英美制长度单位，1 英里合 1.6093 公里。

华盛顿死了 31 年后，某个月黑风高的晚上，一个被弗农山庄"炒鱿鱼"的花匠悄悄地翻进陵墓的矮墙，打算用锋利的斧头砍下华盛顿的头颅，好在拍卖市场上卖出一个高价。他轻松地进入地下室，撬开了棺材，由于视线不好，也可能是太紧张，呼的一刀劈下去，还好——砍错了头，他砍下华盛顿一个亲戚的头颅……次日白天，山庄农工四处惊呼："头没有了！头没了！"后来发现是虚惊一场。

盗窃国父华盛顿的头引起了当时舆论的一片哗然。华盛顿的侄子约翰·华盛顿（当时弗农山庄的主人）终于出面，为叔叔做了一个新的宾夕法尼亚大理石棺材。1837 年，国父的老棺材被第一次打开，也是最后一次，约翰后来带有某种猎奇心理描述：尸体没有受到时间的影响，保存完好，并且以其"大尺寸"而闻名。华盛顿大约有 1.8 米高，在 18 世纪算是很高大的了，而且有一个"硕大的头"和"巨大的手"。

当年，很多人希望把他葬在国家庙堂之侧，"建一个带玻璃穹顶的地棺"，供万人瞻仰。而华盛顿生前就反对把自己"偶像化"，临终，他希望自己葬在弗农山庄，睡在自己耕耘劳作的这片农场上。

我来美国"骑驴"旅行之前，读了《华盛顿传》，理解他终生的目标是建立一个没有个人崇拜和独裁，没有帝王的国家。记得有一段写到他目睹了部下是如何庆祝北美独立的：他们把英王乔治三世的雕像当街推倒，用铁榔头砸下巨大的脑袋，像拖着一个石头轱辘一样"咕噜咕噜"在全城游行，尽情羞辱那个"偶像"。我认为，他或许想到，很多政治偶像往往是这个结果，所以，乖乖隆地咚，还是不要变成偶像的好。

这位"杰出的凡人"就这样静静地躺在了波托马克河边上。

简朴的农庄墓地，并没有阻止每年近百万人来探望他的步伐。

我眼前的墓地树木长得还算茂盛，可是，在从前可不是这样。很多人长途跋涉到此，通常在墓地捡点小东西带回去，有一阶段全国流行"薅树叶"，游客跳起来或者像猴子一样爬到树上去摘他们的纪念品，墓地的树和花都被拔成了瘌痢头和秃头——这一幕在中国的旅游景点曾经是多么熟悉。

当年，"薅树叶"最厉害的老兄是俄罗斯驻美国大使，他亲自挥舞砍刀，呼的一声砍下墓地旁边一棵树的树枝，拍马屁送给了沙皇亚历山大一世。

2

我再从墓地溜达三四百米，回弗农山庄。

听导游介绍，这里的一切还保留着 1799 年华盛顿去世时的样子。

但是，1799 年的 12 月 14 日 21 个小时里，这座房子里到底发生了什么？

这是一栋红墙白瓦的二层楼，客厅被漆成浅绿色。墙上挂着肖像画、风景油画以及巨大的镜子，我看到，白色卷曲的窗帘有一道墨绿的花边。据说，每一处建筑、每一件家具，甚至每一处油漆都由乔治·华盛顿亲自确认。

这位总统偏爱数学、测量和记账，工作作风一丝不苟。

站在他家门口，我仿佛感受到 1799 年 12 月 12 日那天，天气冷得让人骨头生痛，10 时左右，天气冷冽。华盛顿跨上马，像往常一样，到庄园各处巡视。大约下午 1 时开始下雪，很快就下起冰雹来，然后又变成一阵稳定的寒雨。有过艰苦军旅生涯的华盛顿毫不在意这点雨雪，我估计他仅仅瞥了一眼门外的雪。那些鹅毛雪有没有让他想起当年福吉谷的冬季营地，饥饿的、衣衫褴褛的大陆军？

他穿上外衣，不顾零下的气温，继续策马到各处巡视，下午 3 点才返回家里。到了 13 日夜里，他叫醒妻子玛莎，说自己病了，呼吸不畅，说不出话来。玛莎立即把管家叫了过来，三人商量了一下，决定给他采取放血疗法。这是欧洲流行了上千年的"万能治疗法"，中世纪最早只有僧侣会此术，后来普及到连理发师都会了，像风一样从欧洲传遍北美大地。管家用刀切开华盛顿手臂上的静脉，放了一些血，但是，情况并没有好转。一小时后，他的私人医生赶到，华盛顿坚持说："放血！"接着又给他放了两次血，盆子里一大堆黑红色的血，仍然无效，华盛顿的呼吸更加困难了。

华盛顿得重病的消息迅速传播出去，他极好的人缘和名望，令该地区的其他医生也陆续骑马赶到了庄园，参加会诊。但是令人吃惊的事情是，他们的到来并没有改变什么，在华盛顿和老医生的坚持下，再次开始放血。8小时，前后4次放血，约有2500毫升的血被哗哗地放掉，即使华盛顿人高马大，血液量比常人多，但估计他身体里1/3的血被稀里糊涂地放掉了。到了14日下午，华盛顿脸色宛如一张白纸，已经彻底不行了，弥留之际留了遗嘱。

从得病到死亡，仅仅21个小时。

我估计华盛顿酷爱绿色，他曾经长眠的那张床，床幔都是米色大格子布纹，而背景全是凝重而沉稳的绿色。但是，绿色并没有带来长寿。

医学界关于华盛顿的去世一直有争议。一些人认为，华盛顿死于急性咽炎导致的呼吸道梗阻。有人认为当时的医生胆小而没有勇气进行气管切开术，其实，更多的是技术不成熟。因为气管切开术需要麻醉和硅胶气管放入，这在当时的农庄是不现实的。另外，"放血放到死"的古老治疗法，不但毫无作用，还导致严重失血和休克，加速了他的死亡。

我另外瞎想，他会不会也是死于某种急性肺炎？因为，从人类死亡概率上说，死于急性肺炎的概率比死于急性咽炎的概率要大太多了。

最伟大的人也逃不出生老病死，从这点看，上帝待每个人都很公平。另外，他的肺炎、他的放血致死，印证了那句话："死，实在是件很私密的事情。"

3

我从弗农山庄出来，缓坡下就是开阔的波托马克河，这条蓝色的缎带从阿巴拉契亚山脉上飘下来，把五角大楼、林肯纪念堂、弗农山庄像一串冰糖葫芦一样穿起来。波托马克河自上游冲撞而下，进入华盛顿特区后变得十分壮观，到了大瀑布处，更是刹不住车的感觉，奔腾下泻百里。

这里盛产美味的鲈鱼。假如把手伸进河水中，似乎能够闻到河水中的一股鱼腥味。

华盛顿特别爱腌鲈鱼，他简直就是个"腌鱼大王"。

他在弗农山庄开了三个腌鱼厂。翻阅账本可见，仅 1770 年，他就腌制了 48 万尾鱼，收入可观，是个标准的谋生有方的大财主。

我可以想象，春天河里鱼欢腾，"腌鱼大王"华盛顿身着考究的工装，指挥农庄的奴隶、监工、用人们全部到河边抓鱼，10 英里的河岸线上，他自己冲在一线，除了指挥，他有时候甚至跳进河里去拉网，然后大家一起掏内脏、清洗和腌制……

让我这个东方人无法理解的是，他为何那么爱腌鱼、爱农活，爱做一个"土"财主，却不爱大好江山？不爱千年社稷？

这么一位叱咤南北的将军，名望所归之时，他为何不趁战争胜利的东风，军权在握，垄断北美，接着黄袍加身？在战争结束后，他的很多老部下纷纷建议他称帝，在北美建立帝制，他似乎也完全有机会这么干，一如比他小 37 岁的法国皇帝拿破仑那样，成为一名军政大权一揽的独裁者。但他好像一点点这样的想法也没有，他是不是有点缺心眼，有点愚蠢呢？

他甚至放弃全部的权力，骑着马沿着波托马克河，傻乎乎地、急匆匆地赶回家，过他种树养猪放马的"腌鱼大王"式的乡绅生活。

难道，男人的最大志趣不应该是征服天下，指点江山，让人唯其马首是瞻，"受命于天"吗？

天下都是你的，几条腌鱼又算什么呢？——至少有不少东方人通常是这么看的。

我查了一下，差不多是在同一个世纪里，中国的康熙皇帝要死了，他的九个儿子为了当皇帝，展开了疯狂的阴谋角逐，亲人间无情地互相迫害、杀戮。

相比之下，华盛顿则在独立战争结束后，于 1783 年 12 月 23 日那一天做了件完全"不可思议"的事情：这位掌握军政大权的开国者，美国人心中的救世主，走进"国会大厦"，在议员的对面他仅获得了一个普通座位。议长发完言，华盛顿站起来，鞠躬向议员们表示尊敬，他说："现在，我已经完成战争所赋予的使命，我将退出这个伟大的舞台……谨在此交出委任并辞去所有的公职。"这就是那场影响历史进程的"交权"。

仪式一结束，这位国父就迫不及待地打道回府，他的全部想法仅仅是赶在那一年的圣诞前，回到他施肥养花、杀猪喂马的乡间，回到我眼前的这座乡土庄园，回到他的爱人玛莎——那个给他爱和力量的寡妇身边。

他最关心的问题是，农地何时可以除草、除虫、翻耕？哪里需要加宽排水沟？酿酒厂的朗姆酒口感如何？葡萄藤和无花果树今年长得还算丰茂吗？

他喜欢的事情和当今社会的人几乎一样：穿着精致，挽着他老婆的手，在这座庄园里散步。

他为何如此钟爱这座庄园，爱农庄不爱江山？

我在农庄里逛得无趣了，就坐在弗农山庄的后门廊上，给我远在得克萨斯州的同学老孟打了个电话。老孟是个天才，他哥伦比亚大学历史系硕士毕业，喜欢死磕文史哲，今天突然有人找他探讨历史问题而不是休斯敦的房价和房产税问题，我可以想象他从座位上慢慢弹起来、推着他高度近视眼镜的样子。他还是略带上海青浦口音，说："侬晓得吧？华盛顿有两个隐秘剧情影响了美国的进程！"

我一下子也有了兴奋点。

"快说说看，哪两个隐秘剧情？"

他说，历史学家埃利斯曾用电影《月亮上的男人》来概括华盛顿，埃利斯说，华盛顿总是游离在尘世之外，不怎么说话，宛如来自遥远朦胧的月亮。

老孟说："华盛顿的第一隐秘剧情是童年。"

他说："弗洛伊德认为童年决定人的一生。"

"那么，在华盛顿的童年发生了什么吗？"

他说："你还记得在中国流传的一个段子吗？话说乔治·华盛顿小时候，他的父亲是一个农庄主，有一次，父亲送给他一个礼物，是把小斧头，希望他去砍杂枝乱草。他拿着斧头在花园里东看看西看看，一斧头下去，砍倒了父亲最喜欢的一棵樱桃树。父亲知道后把华盛顿叫了过来，大发雷霆，怒问道：是你砍倒了我的樱桃树吗？小华盛顿犹豫了片刻说：爸爸！我不能说谎！樱桃树是我砍倒的！他父亲笑着说：砍就砍吧，那个什么，咱能先把斧子放一边吗？"

我说："这个段子的最后一句不知是哪位大神窜改的，变成了笑话，到处乱飞。"

他开始掉书袋，说："这个故事是假的，是华盛顿的第一位传记作者威姆斯编的。但是，威姆斯与华盛顿是同时代的人，他编的故事也透露了重要的信息：华盛顿的爸爸就非常喜欢农庄生活，他可能也希望孩子继承这种生活的乐趣。传记作者设计爸爸送孩子斧子做礼物，而不是木马之类的其他玩具，这是十分耐人寻味的。因为，他爸爸奥古斯丁不但是个拥有上万英亩 [1] 土地的庄园主，而且还喜欢亲自上阵，指挥田园作业。爹死得早，华盛顿的母亲又带着小华盛顿学养马、种花、植树、捕鱼，农活中有许多童年的乐趣。"

他说："童年的经历对人生来说如同空气一样重要。"

"等华盛顿长大了，那连绵起伏的森林、牧场和农田就是他的心灵之家，他的名言是：我宁愿跟一两个朋友走在弗农山庄的家里，而不是周旋于政府高官和欧洲各国的外交官之间。——你不能不说这个偏好影响了整个美国历史。"

我说："我对这一点很认同，因为看看雍正皇帝的童年就知道了！他从小就是在冷漠的宫廷，围绕着皇权，在亲人相互倾轧之中长大。"

---

[1] 英美制地积单位，1 英亩合 4046.86 平方米。

我的手机发烫了，但是老孟话匣子没有停，他说："影响华盛顿的第二个隐秘剧情是夫人。"

"那个红砖拱门的华盛顿墓室里，还睡着另一个人，是他的妻子。"

他说："这个倒霉的玛莎，一辈子做了两次寡妇。我相信第一次死了老公已经给了她沉重的心灵创伤，第二次更是惊心动魄地过早来临了，命运好像在捉弄她。"

"华盛顿天生爱寡妇！他喜欢听年长寡妇的话。因为他的父亲去世很早，他的母亲就是一个老寡妇，守寡多年。他生命中的第二个寡妇——玛莎，是弗吉尼亚最有钱的寡妇，显然，是华盛顿主动向她求婚的，其实，华盛顿当时是心有所属的。但是，出乎意料的是，他们二人婚后的情感非常之好，颇有鱼水之欢。

"华盛顿可能小时候发高烧导致睾丸受损，无法生育，他的寡妇老婆带来的两个'拖油瓶'——玛莎的两个孩子，他始终待如亲生孩子，这给他带来了天伦之乐。

"我估计，玛莎一度成了一个寡妇大赢家！她的家庭话语权非常之大，她对华盛顿当选总统这件事情相当失望，她总是碎碎念地对华盛顿说，她只想在弗农山庄过平静的生活。

"这种想法奇怪吗？我们从共情的角度来思考一下，对一个寡妇来说，一个曾经失去丈夫，遭受过沉重精神打击的人，一个在'丈夫离开'这个问题上可能有应激性心理障碍的女子，她最关心的是什么？她认为最重要的是什么？"

我说："对于寡妇心理，我倒是很有体会的。我家以前有一位姓何的钟点工阿姨，河南人，她20多岁的时候，第一任丈夫在工地上搬砖头的时候，不慎从楼顶跌落，脑血管破裂当场死亡，给她造成了应激性障碍。此后，再婚，尽管嫁给了村子里最不起眼的老光棍，但是，她最大的心愿还是祈求他能够平安无恙。每年春节，全家人团聚，是她最大的乐事。但是，前两年，老光棍在一个工地上摔伤，腰椎断了，成了半植物人，她再次受到打击，精神也渐渐失常了，常常跪在地上对人说：'我克夫，但是，你们不要杀我！'看来，对寡妇来说，能够和后一任丈夫厮守在一起，平静地度完余生，应该是最大的心理诉求。"

老孟说："是这样的。华盛顿在对外作战时，她唯恐听到不好的消息，访问美军冬季的营地时，偶尔传来一声枪响，也令她惊恐不已。你可以想象，在独立战争期间，这位寡妇日夜担惊受怕，害怕噩耗传到弗农山庄，害怕她的第二任丈夫突然殒命于战场，这对一个寡妇来说，不啻把她永远地绑在'克夫'的命运十字架上。她也一万个不愿意当总统夫人，她给友人的信中，把自己描述为'囚徒'。所以，她渴望华盛顿平安归来，与她厮守于山庄，永不离开。了解了这种深深的情感影响，就真正理解了华盛顿为何不爱江山，为何急急忙忙回家了。"

4

弗农山庄旁有几栋砖土的农舍，那是奴隶干活的公棚和宿舍。有一间房子里面，上下铺八张床，我目测了一下，和我睡的床大小差不多。

我没有找到宰猪的地方，因为华盛顿曾经在打仗的时候，还写信回来指示：哪几头猪应该屠宰掉。他是个极其亲力亲为的人，何时抓鱼，何时除虫，不同的劳工有何不同的劳动习惯和性格，收获季节如何配给他们食物和朗姆酒，这个勤勉的乡绅都会一一指示。

想起我来美国前一直看的那本《清教徒的礼物》，尽管华盛顿本人不是清教徒，但是，早期殖民北美的欧洲人中，清教徒观念影响了社会的主流价值观，华盛顿应该也深受其影响。

清教徒思想有两个特点，第一是像华盛顿这样的亲力亲为的工匠型人生。

记得6年前我去旧金山拜访全美最贵橱柜——STUDIOBECKER（斯第贝克）——的老板，他是个60多岁的亿万富翁，令我吃惊的是，他居然亲自开着一辆车接我去看他的样板橱柜，带着我一间一间地参观，并亲自给我泡茶，亲自向我解说了两个多小时的产品。要知道我可只是一个小小的潜在的合作伙伴而已。这在中国是不可想象的事情，老板通常都有司机、秘书、助理等一大堆人围绕着。

不少北美人都有工匠精神，比如，政治家富兰克林就喜欢自己动手发明东西，一个电闪雷鸣的暴雨天，富兰克林和他的儿子冒着生命危险去体验雷电，他把一个带金属铁丝的风筝放上天空，闪电掠过，富兰克林用手靠近铁丝，触摸到一种恐怖的麻木感，他激动地大声呼喊：我被电击了！我捉住"天电"了！后来另外一个叫利赫曼的也亲自动手，重复实验，很不幸，他被雷电咔嚓一下劈死了。

华盛顿也是这样亲力亲为的匠人。

据说他非常重视个人仪表，为了弄出英国绅士的银色头发的效果，他会给自己戴上一个锥形的纸盒子，把脸包住，然后向头发上猛烈地撒白色的滑石粉，这样，银发效果就形成了。

他是干农活的行家。他常常亲自带着人们去抓鱼，站在一艘小艇上，像指挥一场战斗一样，让两个手下把高 12 英尺、宽几百英尺的鱼网以弧线状投下，形成河上的一道屏障，然后，他还和捕鱼队一起跳入靠岸的水中拉网，有时候上千条青鱼"噼里啪啦"地被困在网中，蔚为壮观；他选择晴朗的一天，带着人们去剪羊毛，他亲自动手把羊固定在草地上，用剪刀剪得一箩筐一箩筐的，被剃了毛的羊看上去光溜溜的，特有精神。此外，他还会嫁接果树，种地，打麦子，维修一些农具。

他还亲自对庄园进行设计和装修。他没有雇用任何像样的建筑师，仅仅依靠几本参考书，像当代家庭主妇参考《安邸 AD》杂志一样，装修房子，建造屋舍。

通常而言，像华盛顿这种工匠型的人往往对帝王权力没有太大兴趣，如明朝的木匠皇帝朱由校，因为他和华盛顿一样是工匠爱好者。这位"木匠皇帝"每日流连于刀、锯、斧、凿、油漆之中，在皇宫里整天嘎吱嘎吱拉大锯，做榫头，上油漆，到了废寝忘食的地步。——他只是阴错阳差当了皇帝。

因为，在他们内心世界已经有了人生志趣的路径。

我认为受清教徒思想影响，华盛顿这类人会比较"重视他人福祉"。

清教徒们为自己谋取幸福的同时，他们也信奉另一句话："尽我们所要用的，加恩降惠，使我们一方面利及别人，一方面提高自己的心灵。"——造福他人。

于是，你会看到比尔·盖茨，曾经的世界首富，没有人能够否认他是追求利益的，然而他成立比尔·盖茨基金会，裸捐了他的全部财产——至少 500 亿美元。股神巴菲特，追随盖茨的步伐，将全部 380 亿美元的财产捐给了盖茨基金会。脸书创始人扎克伯格在女儿出生之际，宣布此生将捐出其持有的 99% 的脸书股份（2015 年时价值 450 亿美元），目的是"让女儿长大后的世界变得比现在更好"。

华盛顿 8 年总统任期结束，人们清理他的个人开支账目时发现——由于总统年薪不够日常开支，他每年都卖掉自己庄园的一部分土地，来补贴日常政务接待开支的缺口。

华盛顿生活在 18 世纪，盖茨和巴菲特属于 20 世纪，而扎克伯格代表着 21 世纪，这种考虑他人福祉的思想，其文化根源是一致的。

我想，对比如今的特朗普和眼下的民粹主义思潮，我们还可以看到华盛顿的利他主义精神吗？"美国至上"思路，从本质上说，是不是和华盛顿的立国精神背道而驰呢？这个国家，是不是正走向"腌鱼大王"华盛顿希望看到的那个国度的反面？

坐在走廊上休息，我望着日夜奔腾的波托马克河，雨后河水混浊，落叶和碎木一并流淌。

5

临别时，我又去华盛顿的墓地转了转。

我想，做皇帝，做"腌鱼大王"，从人性上说，哪一个更幸福呢？

据说，华盛顿回到弗农山庄干活的时候，很多吃瓜群众慕名前来看他，大家一起吃吃茶，聊聊天，高高兴兴地住几天蹭几顿饭才走。

恺撒大帝临死的时候说："请把我的双手放在棺材外面，让世人看看，伟大如我恺撒者，死后也是两手空空。"但是，华盛顿走后，他没有两手空空，他的去政治偶像思想、利他主义思想，至今仍然是那些政客的照妖镜。

打算离开弗农山庄时，天色变暗了，闷热的弗吉尼亚憋闷得马上要下雨。

入口进来的地方，一个18世纪打扮的黑人大叔，嘴巴嘟嘟地翘着，长衫麻裤，扛着锄头，昂然在我前面走着；大草坪上，游荡着几个18世纪打扮的"奴隶"，一个黑人老妇挎着篮子，篮子里放着针线和纺锤，还有几位扛着老式的霰弹枪——这是纪念馆用角色扮演的方法在还原历史。

但我觉得他们根本没有入戏，因为怎么看怎么觉得，"奴隶们"全是一副吊儿郎当的样子。他们远渡重洋而来的祖辈，哪里会是这种样子?!

上了"毛驴"，我猛踩油门，冲着黑云笼罩的华盛顿市区，大力驶去。

雨并没有落下来。

吃烤鸭的老布什与差点被吃

"他教会我们如何带着勇气和喜悦去迎接死亡。"

"今晚，我们去吃中餐吧?！老布什经常去的那家！"

7月10日，我到华盛顿的第三天傍晚，有一位叫方正的复旦附中时的老友来看我，打算请我好好撮一顿。

想到中餐，就想到冒着热气，火辣辣、滑嫩嫩的麻婆豆腐，配上一碗大青菜，一碗白米饭，我"咕咚"咽下了一大口口水，来美国才几天，心里一点不想家，但是，我的胃是如此地在想家的执念中翻滚。

但是，他在微信里面告诉我："老布什吃的不是川菜，是北京菜。"

方正出现在我面前时，穿着白色带领的 T 恤和牛仔裤，和 30 年前中学时代的打扮一模一样，只是头发上多了些许白丝。尽管好多年不见了，但是，我们的分别像是在昨天。他现在是美国斯普林特通信公司的工程师。记得 20 世纪 90 年代初，全家给他凑了 5000 美元的学费，在一个大雪纷飞的寒冬，他去了中西部的艾奥瓦州一所私立大学读书，转机日本时，大衣口袋里鼓起一大块，被怀疑是炸弹，被带去小房间搜身后，结果发现是一本被翻烂了的英汉字典。他如今定居华盛顿。

方正到爱彼迎民宿接上我，二人直奔郊外。

大约 20 分钟后，就看见路边有一家非常不起眼的中餐馆，宛如上海城乡接合部的街边小吃店，红色的假屋檐上有小小的"北京饭店"四个汉字，一对黄色的小鸭子装饰在汉字的两边，如果不仔细看，根本看不清。

我完全不能想象，老布什生前最爱吃的北京烤鸭店，就是这么一个"鬼地方"！

方正跟我停在门口，他摸着门口的一块玻璃对我说，这是防弹的。因为老布什和一些政要经常光顾这里，老板特地装上了一面防弹玻璃。

我说，你怎么知道的？

他说，看网上介绍。老布什在 40 多年时间里，大约光顾了这家饭店120 次。所以，网上都戏称，这是老布什的北京饭店。

进到餐厅里面，我吃了一惊，发现门里门外绝对是"两重天"，外面是小吃店的样子，里面居然是一股浓浓的中国宫廷风。面积也很大，足有几百平方米。每一大间的顶上都挂着深色的清代八面宫灯，花开富贵的刺绣牡丹大屏风，红木字画，一对金色的小狮子。如果门口再配两个戴瓜皮小帽的小太监，尖着嗓子吆喝一声"老爷——有请！"，就更绝了。只是可能这家店太久没有装修，宫灯的漆暗淡了，红木屏风的外面有一层老旧的包浆，地毯也是旧旧的，有了岁月的痕迹，一切有种凋落的感觉。

入口进来就是烤鸭店店主徐老板和老布什总统、小布什总统的大合影。

徐老板戴鲜红的领带，居中站立，二位足足比他高出一头的总统宛如中国年画中的哼哈二将，一左一右夹住他，还咧着大嘴巴。老布什的嘴巴大开，嘴角上扬，好像随时都在哈哈笑，乐观而有感染力。徐老板的红领带颜色也太奇怪了，乍一看，宛如红领巾。整个饭店满墙都是名人政要和徐老板的亲密合影，有上百幅，克林顿总统、菲律宾前总统阿基诺、泰国王后、沙特王子以及上百位国际达人、华盛顿政要。群星一个个环绕着徐老板，徐老板在照片里两眼放光，炯炯有神，瞬间变成"宇宙第一老板"。只是毕竟是烟火气重的餐厅，时间跨度有几十年，仔细一看，徐老板的每张笑脸上都蒙了一层薄薄的豆油。

徐老板在"豆油"中笑得很踏实。

店里白人食客明显比亚洲食客要多，年长的服务员，宛如能口占一绝，报出了老布什最喜欢的四道大菜：北京烤鸭、椒盐虾、蒜香肉丝、羊排。

"你们要不要来一只北京烤鸭？"这里直接可用中文点菜。

"不要！不要！"我们两个异口同声，"我们是上海人，所以，不喜欢吃北京烤鸭。"

"那么来个两面黄和椒盐虾吧。"

"两面黄？北京饭店里卖两面黄？"我的眼睛发光了，哈哈，这可是地道的苏州和上海菜，那个两面炸成金黄的面，浇上蘑菇、青菜和卤汁，抛进嘴巴里"吧唧吧唧"嚼起来，脆脆的，很有劲，再配上嫩虾——我的肚子已经在咕咕咕地叫唤了。

不到十分钟，两大盆端上来，我一看两面黄，顿时晕了，两面都不黄！卤汁似乎没有浇透，吃在嘴里一点味道也没有；那个布什总统爱吃的椒盐虾，也是同样的问题，作料没有浸渍到里面的肉里，只有一点盐的感觉，整体上淡而无味。原来，中餐到了美国，就变成这样子了？这家北京饭店人山人海，据说周末需要提前一周订位。但是，如果在竞争异常激烈的北京，估计这样的餐厅有点悬了。

可怜的老布什，我心里念叨。

老布什当选总统后，第一顿早饭是与当时的美联储主席格林斯潘一起吃的，而晚饭就选中了这家北京饭店的烤鸭和椒盐虾。"宇宙第一老板"徐老板介绍，有一年的12月，他突然接到一个电话，说是一个熟客要来，他知道是老布什。由于饭店没有独立的包间，老布什夫妇来了以后，他就用简单的一角屏风象征性地隔一下，老布什的几个工作人员坐在外桌。整个餐厅照常营业，人来人往，也没有戒备森严。老布什点了烤鸭、虾和羊排。几个人一共花费了大约400美元，人均低于华人的消费，只是给小费比较大方一些。北京饭店的创始人，目前徐老板的爹——徐大老板去世的时候，老布什特地打来电话慰问他，足足打了 15 分钟的电话。

"他是一个很有人情味的人。"徐老板曾对媒体这么说。

老布什是哪一年迷上北京烤鸭的呢？

我推算，应该是 1974 年，他担任美国驻华联络处主任时，那一年他 50 岁。一上来他还坐着克莱斯勒轿车，但是不到一个月，他就跳上了 28 英寸的凤凰自行车，像许多中国人一样，蹬着两个轱辘，在首都的大街小巷转悠，去接触普通的老百姓。在风沙大的日子，他也戴上口罩，做个自行车"蒙面大侠"，但是还是常常满头尘土。休息天，他和妻子芭芭拉逛北京的胡同，由于那时候外国人在中国的很少，他们经常被胡同里的北京大妈大伯团团围住，"老外！""老外！"叫个不停。他和芭芭拉带了一只小小的"矮脚长耳狗"外出散步的时候，当时中国人不常见这种狗，路人会惊奇地指着弗雷德说：Mao！Mao！（汉语猫的发音）。那一年，老布什被尼克松的"水门事件"带来的华盛顿复杂局面搞得焦头烂额，心情抑郁，突然来到异域风情的北京，遇见当地脸蛋红扑扑、眼神单纯的热情民众，反而给了他一段生命里的暖色时光。

他在北京最喜欢的一家餐厅叫"病鸭"，因为就开在医院隔壁。大葱配挂炉烤鸭的皮产生的特殊口感，让老布什的味蕾迷恋上了。华盛顿的媒体曾经调侃老布什，说这家伙，只对两件事情忠诚，一是对共和党，另外就是对北京烤鸭。

老布什坦率而幽默的个性在北京大受欢迎，他"快乐得几乎像患了欣快症"。他喜欢打网球，常与副总理万里一起玩双打，两人成了球搭子。他一直用中国的网球术语"放蒋"，指的是放蒋介石跑路，意思是"要玩就玩个大的"。

那一年，老布什见到了毛主席。81 岁的毛主席正坐在一把扶手椅上，二位女服务员搀扶他站起来，他说自己的身体状况很差，风趣地说自己"不久就要上天了"。

作为一个虔诚的基督徒，每到星期日，布什夫妇都到教堂做礼拜。1975 年夏天，布什把自己的儿子乔治、尼尔和马文，以及女儿多萝西都接到北京过暑假，这年，未来的总统小布什刚从哈佛大学商学院毕业，而女儿多萝西则在生日那一天，走进了拱形入口、破旧的崇文门教堂，操老北京口音的阚牧师口诵经文，把几滴净水滴在多萝西的额上——这是"文革"期间第一位西方人在北京接受洗礼。整个受礼过程，都要经过一个富有战斗精神的无神论者的翻译，最后，圣餐礼的执行者对多萝西说："你现在是一个共产党国家的小教堂的终身成员了。"

我和方正吃饭的时候，聊起老布什。我觉得，在美国总统中，他是少数对中国老百姓抱有真诚好感的人。他一生20多次访华，坚守对华接触策略。因为经过整整一代人的隔阂，老布什是第一批进入东方醒狮的美国人，他亲历了两个冷战大国之间的高层决策，他始终在思考：你是否了解你的对手中国？如何面对未来的美中关系？

他一直在思考，与中国做对手，还是与中国交朋友？他的答案是明显的。

老布什生前只要提到在北京的那段岁月，马上容光焕发。北京的风景、北京的气息、北京的味道，还有北京的声音。他的日记这么写：

"……我将难以忘却的声音。公园里一大清早的歌声——大多数是响亮而甚为优美的男高音，组织出操的孩子那抑扬顿挫的口号声，闹市区永远不绝于耳的汽车喇叭声，自行车铃铛的叮当脆响声，孩子们在附近公园里嬉戏的欢笑声，无处不闻的过度宣传的大喇叭广播声……还有七八月份里的蛐蛐儿的叫声。"

我一度迷恋他的传奇故事，我曾看到一个材料说，除了吃烤鸭，老布什自己也曾经差一点被当成烤鸭吃掉。

1944年9月2日，天气晴朗，才20岁的年轻的"老布什"驾驶着鱼雷轰炸机在南太平洋上空飞行，他在搜寻轰炸目标——一座日军控制的岛屿上的无线塔台。他和他的战友在做35度俯冲，轰炸父岛。听起来35度不算什么，但是如果在复仇者轰炸机里，会觉得仿佛是笔直地往下掉的。飞机四周都是日方防空高射炮的黑烟。他的飞机突然颠簸了一下，仿佛被一只巨拳打穿了肚子，他看见火焰在机翼的折缝里跳动，向油箱蔓延。但他还是在继续俯冲，并朝目标扔下四颗 500 磅重的炸弹。此刻飞机已经着火，他艰难地爬到舱口，纵身一跳。跳伞时，伞衣撞到了机尾，吊着破损的救生伞，他坠入大海。他在水中踢掉了脚上厚重的靴子，浮了上来，抓住了原是他驾驶舱坐垫的一只小橡皮筏子。

那些岛屿被日军控制，于是他拼命地向外海游啊游，在烈日下的海上漂浮了几小时后，有两艘日本小艇发现了他，试图活捉他。

岛上的日军会挑选一些被俘美军飞行员，开膛破肚，掏出他们的肝脏，举行食人的仪式，以证明他们是天皇的勇猛士兵。之前有美军士兵被"献祭"，烤了"吃掉"了。如果老布什被捉住，很可能也逃脱不了悲惨命运。

望着那艘带机枪的日本小艇，"膏药旗"一点点变大，叽里呱啦的日语声也已经被风送过来。"我以为我也要死了"，垂死挣扎的他，绝望地看着那片太平洋。

几乎绝望的一刻，他不会想到，他不但会活下去，而且有一天，他会成为美国历史上最长寿的总统；几乎绝望的一刻，他不会想到，他未来会和初恋女友携手 73 年人生；几乎绝望的一刻，他不会想到，他的儿女中还会诞生一位总统。

那一刻幸运女神突然露出迷人的笑容，他的战友杜格开着复仇者飞机发现了他，并从空中用机枪扫射，驱走了日军的小艇。最后，附近的一艘美军潜艇"长须鲸"号收到信息，找到了他。老布什欣喜地看到大批鲨鱼出没的水域浮出了一只潜望镜，然后是舰身，一个满脸大胡子的人站在舰桥上，手里端着一个黑家伙，那是一台小型电影摄像机。多年后，他开玩笑说，他划着筏子冲向浮出水面的潜艇时的速度，打破了一百码自由式划桨的世界纪录。那段登舰的影像，让他成名。

我对方正说："我发现老布什的早期人生和约翰·肯尼迪总统极其相似，两个人都参加了二战，一个人开鱼雷艇，一个驾驶鱼雷轰炸机。一个被撞沉，一个被击毁，都在海上漂浮很久后获救。"

老布什身上有着惊人的幽默、乐观和活力。

有一次他做演讲，为了缓和现场气氛，于是他就先说了一段往事，说他年轻时住的公寓隔音很差，隔壁当时住着两对夫妇，两位女主人每到晚上就会"款待"她们的丈夫，一点也不顾忌"隔墙有耳"，导致未来的美国第 41 任总统和第 43 任总统晚上总是睡不好觉。这个带点性色彩的玩笑顿时让一本正经的听众们笑翻了，现场气氛马上活跃起来。

从鱼雷轰炸机上跳伞逃生后，老布什就爱上了跳伞，90 岁那年，已经得了严重帕金森病，手脚发抖、发僵，靠轮椅代步的老布什决定，再跳一次伞来庆祝自己的生日。

生日那天，天气晴朗，在缅因州 1800 米的高空，他纵身跳入蓝天，打开伞的时候，他说感觉好极了。小布什、芭芭拉和 200 多位各地的亲朋好友现场观摩了他的 90 岁一跳。记得他 80 岁生日的那次跳伞，老布什曾邀请他的昔日死敌，后来的老友戈尔巴乔夫与他一同跳伞，但遭到拒绝。戈尔巴乔夫说："我这年龄，跳伞太危险，会要了我的命！"作为老布什的朋友，戈尔巴乔夫赶到跳伞现场，将一瓶伏特加酒塞到了老布什手里。老布什的包容让他拥有很多好友，其中最惊奇的是，他的政治对手，竞选时攻击他，把他赶下台的美国前总统克林顿，最后也成了他的终生好友，"几乎每天通电话"，二人甚至情同父子。

老布什跳伞总是选缅因州的圣安妮教堂的庭院作为降落点，因为这是他母亲结婚的地方，他常来礼拜，他说："万一降落伞打不开，落在这里也正好省事！"

老布什告诉小布什，假如你想去跳伞，我可以把我的降落伞借给你，但是，我的雨伞不借！

我吃饭的桌子对面，就是一个深色的中式屏风，上面雕刻着梅兰竹菊等四季雅物，这个屏风一隔，就是一个简易的包房，华盛顿的高官们如果来就餐，也最多用这个屏风简单地遮挡一下视线而已。门口的防弹玻璃，估计可以阻挡刺客的 AK47 扫射。

老布什从总统位置上退下来后，也常常来这家烤鸭店吃饭，他有时候没有预订位置，和普通人一样挤进来，坐在大堂的公共区域用餐，他常跟食客、服务员们闲聊几句。老布什特别爱听笑话，他会把头往后仰，大笑一番，"却从来记不住最搞笑的那一句"，老友辛普森透露。

上厕所时，我眯着眼睛看了看老布什在墙上的那张照片，他的嘴巴咧开着，嘴角上扬，好像随时要哈哈大笑，乐观而有感染力，这从他生命最后的旅程中也可以感受到。

和他相爱了整整73年的芭芭拉因病离世，追悼会上，坐着轮椅的老布什久久凝望着眼前的棺木。不久，他就因血液感染而住院治疗，生命奄奄一息。

临终的那一天，铁杆老友（前国务卿）贝克夫妇来看望老布什，后者已经卧床三四天且没有进食，但当天早餐居然一口气吃了3个煮鸡蛋，喝了酸奶和果汁。告别时，贝克夫人把手放在老布什额头说："我们爱你。"老布什躺在床上，睁开一只眼睛，仍然在努力地开玩笑说："那要快点（爱）！"临终的几个小时，他和儿女们都通了电话，其中对小布什说："我也爱你。"在前一天，有人问老布什今天要不要去医院，他笑着说："不用了。"他似乎已经决定这一天要和芭芭拉、夭折的女儿罗宾在天国牵手了。据说，他走得非常平静，没有一点挣扎。

小布什在葬礼上泪中带笑地回忆了他的爸爸：他热爱户外运动，爱看狗逐鸟群，爱钓鲈鱼，即使在离不开轮椅的最后日子里，他也会自得其乐地坐在沃克角的门廊里，看着壮阔的大西洋在远处日夜翻滚，他则沉吟不已。

"他教会我们如何带着勇气和喜悦去迎接死亡。"这是小布什的原话。

我和方正在"北京饭店"挣扎着把椒盐虾丢进嘴巴里咀嚼，吃没有味道只有盐分的虾，味同嚼蜡，看样子要消灭这么一大盘东西，我们的战斗力是不行了。这时，年长的男服务员一溜烟跑过来，很热情地问，怎么样？好吃吗？

我们含混而尴尬地点点头。

突然，隔壁一桌唱起了歌，好像是中文的生日歌，我扭头看见服务员们都聚拢过来，其中一个捧着个点了五根蜡烛的大蛋糕，站在隔壁那桌人的主人后面，放声歌唱，祝福。那一桌白人估计没有一个听得懂中文歌词的，但都笑得很欢，估计有人混在里面唱"你是一头大灰狼，给我五毛钱花花"什么的，也没有人能够辨别出来。唱完后，整个饭店的所有客人都噼里啪啦地鼓起了掌，像是一口油锅在煎豆子。

方正用信用卡付完账单，在小费的比例上，郑重地写了15%，因为他觉得饭店很有纪念意义，但是饭菜口味不行，他是一个一板一眼的理工男。

从座位上站起来，穿过走廊，穿过那面挂有克林顿和阿基诺夫人照片的墙壁，我们路过门口结账台的时候，我瞥见有个年轻的女服务员和刚才那个年纪大的男服务员在台子旁边聊天，因为是用中文聊的，所以，我的耳朵像警犬一样竖着。

只听那个年轻的对年长的说："啊哟，这两个吃两面黄、戴眼镜的给的小费那么低，太小气了！"我回头看了她一眼，她故意没有看我们，好像把"小气"二字说得特别重，这是故意说给我们听的吗？

我默默翻了两个白眼。

走出门的时候，忽然想起，布什和华盛顿精英都是很大方的，给很多小费，相比之下，我们带了意见的小费几乎就不算小费，那是不是被老布什的豁达给"连累"了啊？哈哈。

骗子、胶囊和纽约司机

"抱歉,"那位女士说,"把你的出租车当成别的东西用了。"

"嘿,没事,"沙隆曼说,"出租车就是给人亲吻的地方啊。"

晚上 8:20,我怒气冲冲地从剧院入口处一路小跑出来,去找门口的那个黑人票贩子,麦迪逊广场门口人头攒动,他已经跑得无影无踪了,像一个屁消失在人堆里。

这是纽约的麦迪逊广场花园,"红毯女王"詹尼佛·洛佩兹估计已经穿着超级大 V 领的礼服,在里面的剧院开唱十多分钟了。

大门口边上站了个警察,我像抓住了救命稻草,心想,他如果一直在这里执勤的话,应该看到了那个黑人老家伙。我上前跟他说了情况:剧场开演 10 分钟左右,一个黑人老头在门口向我兜售门票,由于已经开演,他说 300 美元的票,只要 70 美元,我说 66 美元成交。我带着即将看到詹尼佛·洛佩兹的美好心情走到很里面的检票口,工作人员告诉我,那是假票。

我问警察,你有没有看到一个中等身高,年长的黑人票贩子?这是一个个子比我还矮小的警察,我第一次看到美国的警察如此矮小,这在美国人的身高中,绝对属于卡通级别的,通常他们都是高我一头的。他同情地看着我说:"我什么也做不了,因为这里有很多票贩子,每天都有同样的事情发生。"

"天哪！"我几乎冲警察吼了起来，"每天都有这样的事情发生，那么你为什么不把他们都抓起来？"

"不好意思，对此，我无能为力。"他耸耸肩，"我只是受指派前来维护剧院内部今天的安全。对于这种事，你只能自己当心，这些票贩子卖的票多数是假的，专门针对游客，所以，你们一定要到网上去买票。"他反过来教育了我一番，最后，他给我指了条路，"你去柜台看看吧。"

于是，我余怒未消地拿着票来到柜台，柜台人员面无表情地看了看我，然后拉开抽屉，从里面拿出一枚小巧的图章，在我的票上"咚"地敲了一个血红的印章，上面写着一个我不认识的单词"counterfeit"。

我拿出手机词典，查了一下——"伪造！"

这张假票做工精良，有逼真的斜黑体"票务大师"印记，翻过来是这家公司的广告语"喜欢、聆听和爱"，此外，票面上"詹尼佛·洛佩兹""星期六"和"晚上八点钟"都是打印上去的，这说明底版是印刷的，而节目、时间由于每一场不同，都是后面打上去的。你无法想象，这张票居然是假的。这帮纽约黑人的伪造工艺也太他妈的牛 × 了！

于是，我决定把这张假票留作纪念。

一张假票的记忆替代了詹尼佛·洛佩兹的歌声。

我走出麦迪逊广场花园的正门，这时候又有个脖子上挂了两串金项链的黑人老兄走上来，问我票要吗？我说："我已经触霉头买了你们坏人的假票了！"他一副生意人的包容大度的样子，说："这次我带你进去，你进去以后再给钱，怎么样？"我没有理他的把戏，推开他径直走开，他一路跟着我说："你说多少钱，都可以！给个价嘛！"

这是我到纽约的第一个晚上。

今晚我已经预订了心仪已久的胶囊旅馆，第七大道，靠近时代广场的Nap York（约克午睡）。

我在二楼被分配了一个长条形的小衣柜，护照、皮夹子、小包等重要东西都锁在里面，手里只取了当天换洗的短裤、T恤，此前，我已经把大箱子寄存在了一楼。

忽然觉得自己啥也没有了，有一种很轻松的感觉。

一间胶囊92美元一晚，这个价钱在中国你绝对可以住四星级的宾馆了。在胶囊旅馆你没有24小时住房奢想，每个人最多只可以连住9个小时，1小时洗澡，7小时睡眠，1小时洗漱，一切都被压缩到骨子里。二楼住宿区不可以吃东西，不可以会客，不可以大声说话，不可以跳舞，估计也不可以做爱。清教徒应该会喜欢这里。如果连续入住，需要每天在前台办理退房、入住手续。

黑色的走廊很安静，一侧是一间间黑色的两平方米不到的小隔间"胶囊"，里面的高度大约可以坐起来勉强不撞破头。把漆黑的帘子拉起来，里面就是你的世界，与其说是像一个胶囊，倒不如说是像极了一个黑暗的棺材。

我在通道旁的小小单人冲淋间里洗澡，脱得光溜溜的，还在洗头，突然电灯灭了，我和我白花花的肉体一起浸在宇宙的黑暗中，有一分多钟。我的眼睛开始适应黑暗，发现墙壁上有一点点微弱的光，我满手肥皂泡地摸过去，啪，灯又打开了，开关上面都是白泡沫。我看到，开关上面标注着"5分钟延时"。这也太抠了吧？

洗好澡，在悄无声息的走廊上，我突然一回头，发现我后面立着一个人。由于环境太暗，我的脸几乎撞上她。是一个扎马尾巴的日本姑娘，估计也是背包旅游到此，她向我点点头，我们几乎同时钻进自己的"小棺材"。

在自己独立的"棺材"里，有一盏阅读灯和一个充电的插座。

两双鞋子并排在外面，像极了一对殉了情的、入殓中的情侣。

钻到里面，盯着黑黢黢闪耀着星光的"棺材"顶部，既有轻微的幽闭压抑，也有母亲肚中一般的安全踏实。说不清楚，一种混合、特殊的兴奋感缠绕着我。

深夜，睡不着，我在墙壁上用食指敲了三下，笃笃笃，黑暗中。

没有任何回音。大家都在沉睡。

为什么一个人待在很小的空间里，反而比较有安全感呢？思来想去，没有答案。

我在"棺材"里，终于睡去。

次日，一早退房。

行李可以寄存，人的肉身不能寄存。

所以，肉身要出门晃悠，我打算去华尔街。

上了一辆出租车，司机皮肤黝黑粗糙，说英语的口音比我还要重半斤，我问他是从哪里来的，他说他是巴基斯坦裔，来美二十多年，入了美国籍。我猛拍了他肩膀一下说，巴基斯坦和中国是"兄弟"，叫"巴铁"（巴基斯坦铁兄弟的简称）。曾经有人开玩笑说，巴基斯坦除了巴基斯坦人不是中国制造，其他东西都是中国制造，比如公路、铁路、工厂以及四川火锅和肉包子。

行车期间，"巴铁"突然问我："你的 balance 怎么样？"

什么意思?! 我脑中翻腾起来，是问我的银行存款余额还有多少？

我狐疑地答道："我不知道！"他笑了，又问了一遍，这下我听明白了，他是问我的爸爸妈妈在哪里，他们怎么样。印巴人民都把 P 发成 B，他其实是问我"你的 parents（父母）怎么样"，我回答我不知道，这个太尴尬了。

路上堵车，我顺口就问他，你怎么看特朗普？

他说："特朗普很搞笑，他有次演讲说，多年来，在民主党的领导下，我们的祖国美利坚处在悬崖的边缘，现在，我自豪地宣布，我会赶跑希拉里，我终将带着伟大的美利坚向前迈出一大步！"

是谁说的，全世界所有的出租车司机都是政治家。

我发现这位口音很重的司机语言能力很强，非比一般的人，特能说。我问他以前干什么的，他说他曾是警察！而且做了整整 14 年。那警察怎么来开出租车了呢？原来，这位"巴铁"警察兄弟有心酸史。两年前，在一次纽约州附近的围捕执勤过程中，持刀歹徒负隅顽抗，"坚贞不屈"，"傲雪欺霜式"猛地往外蹿，他上去要拦腰抱住歹徒，想抱着来一个后滚翻，谁知没留神，歹徒偷偷把藏在裤兜里的弹簧刀打开了，上来就是一下子。他被一刀刺中左前胸部，那一刀离心脏只有 1 英寸，出了很多血，痛得几乎昏厥过去，差点挂掉了，在医院住了整整 30 天。出来以后，他下定决心，不当警察了，美国的警察工作他妈的实在太危险了，不安全。我问他怎么再就业，他说一边开出租车，一边在一个学校读法律，打算学成以后另外谋生。我面前马上浮现出这位巴铁兄弟去相关事务所做助理工作的可爱样子，一身正装，一口印巴口音，my client's balance are belly belly unhabbi（我客户的父母非常非常不高兴）。

"出租车司机在美国是和牛仔、淘金客最接近的职业。"作家 E.B. 怀特在 20 世纪 70 年代曾经说过。

在二十世纪二三十年代，纽约出租车司机可能会和他的乘客分享一瓶走私酒，在 70 年代，则可能与乘客分享大麻，这有助于让枯燥的开车时间生动起来。这是魔幻城市特有的。"巴铁"说，纽约市从来没有像现在这样，不安、拥挤，现在的车比 10 年前开得更快了，司机们过去是带着热情开车，现在更像是不顾一切地拼命开，为了最后的小费。尽管司机们都抱怨生意不好，但街头经常找不到空车。

与此同时，打车成了在纽约生活必须掌握的一门技术：你抓住了门把手，打开车门，却发现另一侧车门已经有人在往里钻了。

很多时候，人们都在到处追车。

晚上，走入纽约格兰街地铁站，乘扶梯上楼后看见街上景色，感觉自己彻底穿越了，穿越回了十多年前的香港某地。这就是纽约唐人街的心腹地带，好像是远离曼哈顿的另一个世界。

我和朋友约在了 Joe's Shanghai（鹿鸣春），这家小笼汤包很有名气。招牌蟹粉小笼的味道十分不错，皮薄馅嫩。时间紧迫，于是，我们也满大街地去追出租车。好容易以吃"保心丸"后百米冲刺的干劲，抢到一辆不拒载的车，到了唐人街。但是，一到鹿鸣春，看到门口的长龙，我就打退堂鼓了。

还好，旁边有一家锦江饭店。

这是上海锦江饭店的山寨版，招牌上的宋体字都是仿的。斜对面是里面的人操着成都话的大四川菜馆，拐角就是卖包子的天津铺子，以及一个福建人的海鲜大酒楼，此外还有港式面馆，一个台湾人的饭庄，感觉我国天南地北的馆子都来美国"大团结"了。

请客吃饭的朋友叫 Tony，他戴着金丝边的眼镜，连连说 sorry（对不起），说他坐了 Uber（优步）过来，路上太堵了，还好他坐的那辆车的墨西哥司机特能侃。墨西哥司机说，一位中国牧师与一个出租车司机同时死了。令这位牧师感到不满的是，那个出租车司机被送上了天堂，而牧师被送到了相反的地方。牧师痛苦万分地对圣彼得说："为什么会这样？我祈祷的次数肯定比他多呀！"圣彼得回答他："也许是这样，你在主持礼拜时人人都在睡觉，而出租车司机在为人们服务时，人人都在祈祷上帝。"

"我估计这个老墨司机，每次客人上车时，客人是中国人，牧师就是中国人，如果客人是德国人，牧师就又换成德国人了。反正逗得客人哈哈笑，于是我多给了他5美元小费。"

这家山寨版锦江饭店，菜做得勉强可以，在中国大概是最多打三颗星的货色，而且也不是地道的上海菜，里面混合了山东菜和四川菜的味道——或许这让所有在异乡飘零的人，都能从其中吃出家乡的味道。当然，如果老美来，他们心中的中国就是这个样子的。

纽约就是这样的，"你可以在唐人街找到故乡的归属感；也可以在小希腊找到地中海的错落时光；还可以在小意大利的街道找到黑白电影中昔日黑手党火并的错觉……纽约，就是这样一个大熔炉，要比一个七色彩虹更加富有多样性"。"本地人赋予了它固定与连续的特性，那些移民却让它具有了热情。"

一位叫沙隆曼的纽约司机说，那年，他接了笔生意，是两名外地来的老人，他带着他们到处逛，遇到他们年轻时约会常去的景点就停车。

车开到纽约中央公园时，沙隆曼朝后视镜里打望后座的两位年过七十的老人。他们像两个年轻人一样紧紧缠绵在一起亲嘴，像藤蔓一样纠缠着彼此，一点不像是七十多岁的老人，而是宛如正在热恋的旁若无人的中学生。

当车慢慢开出中央公园南出口，于是他们坐正。

"抱歉，"那位女士说，"把你的出租车当成别的东西用了。"

"嘿，没事，"沙隆曼说，"出租车就是给人亲吻的地方啊。"

这话听起来好温暖。

我想起了人口密密麻麻的钢筋混凝土城市，很多情侣都没有自己的隐私空间，我的家乡上海尤其如此。我的一个女同学说，她是在出租车后排第一次找到了那属于自己的一点点隐私的地方，把初吻给了她的初恋男友——住同一个弄堂里的穿灯芯绒裤子、帆布跑鞋的高中同学。

回想起来，突然发现自己也有类似的经历。

很多很多年前的某个冬天，我和一个我爱慕的女生一起去北京旅行。记得冬天灰蒙蒙的。那个出租车司机，穿鼠灰色的旧中装，开一种鼠黄色的小面包车，车子的发动机遇高温会像土拨鼠一样一蹿一蹿，花上两块钱就可以送你到很远的地方。我们一上车，他就从中南海秘史谈到美国大选，从克林顿拉链门谈到慈禧太后。他把同去的女生逗得前仰后合，我侧脸的一瞬间，看见了她瀑布般的头发下明闪闪的眼睛里那点光亮，我再也无法压抑自己的情绪，一下子就抓住她冰冷的手，吻上了她的嘴唇，当时脑袋里一片空白，就知道自己的牙齿碰到了她的牙齿。那一年，她还戴着矫正牙齿的牙套，牙套上的铁丝刮伤了我的舌头。

这是我们第一次接吻，一百次接吻中的第一次。

那个鼠灰色北京司机，在中途突然不说话了，突然很安静！我以为他发现我们接吻了，不料，他却说了一句，不好意思，我开错路了。我一看码表，哇！多了10块钱……但是我说，大爷你就尽管开吧，不着急。

说这话时，我清楚地记着当时的自己正甜蜜地舔着口腔里的那一丝血。

有人说，人活在世界上，要能被他人利用，你在世界上才有存在的意义。司机一直被我们利用，挪他的后座做他用。

第二天，肉身还是无法寄存在胶囊。于是，我问一个司机，纽约哪里还可以去看看？

一位哥斯达黎加裔司机把我带到了第五大道中央公园旁的古根汉姆博物馆，这是赖特的最后一个作品，赖特没有看到这件作品完成就撒手人寰了。这座博物馆被称为世界上最美的房子，那个螺旋形上升的参观走廊，使得博物馆本身也变成了一件被参观的作品。

司机说，从博物馆出来后，再到对面的中央公园走走。我很喜欢那里，一大片绿地，一个湖泊，在曼哈顿的密集高楼围合下，肆无忌惮地撒着野，提供了一种乡村景致。那里人们会有礼貌地呈扇形围坐在乐团前面的长椅上，欣赏着音乐。夏日的微风摇曳着树丛，使它们的叶子有了生命，赋予了它们开口的能力。

我非常欣赏哥斯达黎加司机的推荐品位。

从古根汉姆对面的中央公园走出来的时候，正想着对纽约司机的赞美语，一辆黄色出租车狂风一样疾驰过街头，嘎地在拐角突然一个急转弯，差点撞上一个金发女郎。那个姑娘"红颜转紫"，勃然大怒，噔噔噔紧追上两步，猛拍那车的后备厢盖，口里是一通地道的美国国骂。司机不加停顿扬长而去之时，还不忘从驾驶位上探出脑袋，冲着姑娘来一个长长的拉丁美洲口音的国骂。

天，这个场景一下子把我拉回了冬天的北京，瞬间倍感亲切。

男扮女装和百老汇第一神剧

　　我不希望亲眼看到心中的精神乌托邦的消失，我害怕那里已经完全不是我心中的样子，我担心曾经梦绕的情结全部被现实的橡皮擦无情地擦去。

　　纽约三日，水土不服。

　　站在第六大街的街口，满街都是急急忙忙闯红灯的人，节奏和上海一样。一个吸了毒或者是精神不太正常的长胡子流浪汉，大白天盖着报纸半躺在阳光灿烂的马路上，向路人自言自语。地铁布莱恩特公园站站台的一个角落里，散发着一阵阵尿的臊味，气味闷在地下空间里，让人窒息。走着走着，冷不丁有个戴粗项链的黑人大哥一身汗味地凑上来，脸几乎要贴到我的脸，向我兜售一些票，油亮的胳膊上文了密密麻麻的文身。

　　曼哈顿的高楼群遮蔽了狭窄的天空，我在西四十四街边喝咖啡的时候，仰头看天，看了许久许久，连一只飞鸟都没有看到，比起新加坡的满街乌鸦，老北京街头冬日跳跃的麻雀，纽约的街道上少了很多自然生机。

　　人们的表情似乎也比其他地方的人冷漠，我如果口吐白沫，哎哟哎哟四肢抽搐倒在第六大道上，不知道需要等多久才会遇上一个好心人。有没有人做过类似的街头实验？

　　但是，到了夜晚，街灯、广告牌、大屏幕被拧亮，百老汇附近所有剧院门口的老式霓虹灯闪耀起来，纽约的精气神就来了。

只有百老汇，让这个充满尿臊味、流浪汉的地方，秒变成一座伟大的城市。

我住在西四十四街的最西面，拐角是印度阿三开的杂货店，距离时代广场附近的百老汇剧院扎堆区也就几个街区。这天午后，我从那家蘸辣酱的地道西安饺子馆出来，抹了把油光光的嘴巴，才走上几十步路，就看到一个巨大的戴白色面具的脸悬在美琪剧院（Majestic Theatre）的门口，不远处还有《狮子王》和《汉密尔顿》等长盛不衰的经典音乐剧招牌。

一位满下巴白色泡沫、正在刮胡子的"红发女郎"出现在时代广场上一个巨大的屏幕上，《窈窕淑男》音乐剧广告立即吸引了我的眼睛，"戏剧托尼奖获得者！"——这广告语是压垮我钱包的最后一根稻草，并像吸尘器一样立即吸走了我口袋里的钱。

因为要看戏了，我从旅行箱底部翻出唯一一件皱巴巴的淡蓝色衬衫，去烫已经来不及了，我只好用手把皱的地方用力撸了几下，又把屁股坐上去压了一阵子，然后自己安慰自己，"百老汇对一个长途旅行的人应该会很宽容"，就出发了。

这个剧场在万豪酒店的三楼，我发现我的 80 多美元的位置还不错，居然在最前面的第七排，剧场估计是为了尽可能地多排位置，第一排几乎都要吻到舞台了。周边坐满了穿着考究的白发年长者，有的甚至穿着深色西装，女士脖子上挂着亮晶晶的黑珍珠配饰，我对自己选的位置感到特别满意，坐下去跷起了二郎腿。同时，也略有点愧疚：淡蓝色衬衫在这群人中就显得更皱更逊了。

开场前五分钟左右，一位金发高鼻子服务员突然出现在我面前，他身后跟着两位衣着考究、表情温和的老年观众。他仔细查了我的票，说："不好意思，你的票不是一楼七排。"

"什么?!"我睁大了眼睛。

"你的票是二楼七排的！"金发高鼻子服务员说着，他手指了指天上。

"我可以看看他们的票吗？"我问。

服务员把老人的票递给我，我瞥了一眼，票价300多美元。

"OK。对不起！"我说我80多美元的位置怎么这么好呢！于是，我就在大家的注视下，挤出一楼七排，狼狈不堪地赶到了二楼。好在二楼的观众看来和我真是一伙的，旁边有一位没有穿衬衫，他穿着有领头的白色T恤，蓝色的休闲裤子，褐色的平底鞋。我们相视一笑——花80多美元看戏的心情和花300多美元看戏的心情是不一样的。

今天，很多人是冲着百老汇的金嗓子桑迪诺来的，他拿到了托尼奖，因为他能演能唱，关键还能迅速地脱衣服。因为，这部戏是男扮女装戏，要不停地脱衣服，换衣服，再脱衣服，再换衣服。

《窈窕淑男》讲的是男演员迈克尔因为脾气倔强，和每一个剧组都闹掰，导致被业界拉黑找不到工作，生活陷入窘迫之中。但是一次偶然的机会，他偷偷起了"多萝西"的女人名字，男扮女装去试镜电视剧，居然从此大红大紫，他爱发表意见的性格也变成了备受欢迎的女权主义，获得无数粉丝。一个肌肉男开始向这个"多萝西"示好，不停在"她"面前脱衣服裸露上身；而迈克尔对女搭档有好感，却碍于女性身份，陷入了困境……这部剧最早在芝加哥试演大获成功，男主角一身红裙的扮相震撼舞台，然后，再杀入纽约百老汇。百老汇是音乐剧的世界杯。

虽然我蹩脚的英语只能看懂八成，但是该剧还是让我从头笑到了尾，特别是邻座在笑的时候，我的笑声要立即盖过他。该剧的音乐似乎一般，只有一句"help me help you to help me to help you to help me"让观众的兴奋到达了顶点。

演出结束，大家照例在剧院门口堵门。

每出来一个演员，大家就尖叫一声，个别女生的声音高得宛如叫床。散场时间，整个时代广场附近四十多个百老汇剧场的门口，尖叫声此起彼伏。

可爱的桑迪诺出来的时候，一看就是个戏精，他能够滔滔不绝地在人群中说个不停，说他上台要去领托尼奖的时候，突然一阵尿急，憋坏了。我觉得他的上身太健硕，肩膀那里的肌肉发达，演女人其实不太像，但是，这样男扮女装的戏剧效果似乎更强烈些。

百老汇历史上的第一神剧叫《摩门经》，观众反映，看完后"连屎都要笑出来了"！观众们在座位上、走廊上笑得滚来滚去！自 2011 年上演以来，一票难求。不但在纽约通常需要提前几个月订票，就是去各地巡演，即使到伦敦西区，也是数百名粉丝彻夜排队买票，而门票在网上被黄牛党以数百英镑的高价出售。这部戏开创了五亿美元的收入纪录，获得 9 项托尼奖。电台主持理查德·培根说："看这部戏是一生中最美好的两个小时！"这部戏甚至在百老汇有了站票，不少人为了看这部戏，站在栏杆后面看两个小时，一点也不觉得累。

作为匆匆路过纽约的游客，我当然也不会有票看这部百老汇名戏。但是我上网搜了一下，作为匆匆路过纽约的游客，我当然也不会有票看这部百老汇名戏。但是我上网搜了一下，发现网上有该剧的录像，比剧院现场版好的地方是，网上录像里不时可以听到一位女士夸张而震撼的爆笑声，她似乎完全无法控制自己的笑，像是一只夏夜雨后呱呱呱大叫的青蛙，录像版不但有英语字幕，而且还有弹幕，其中一条弹幕写道：该剧很伟大、很黄很暴力，也很有哲学思想，导演凯塞（音有点像开塞露），神了。

配上一瓶啤酒，一碟花生米，我在胶囊饭店楼下的桌子上，上网观看了这部史上第一神剧。

《摩门经》讲两个摩门教的传教士，一个聪明的高富帅，一个废材的矮矬穷，二人结伴去非洲北乌干达传教。

结果，摩门教在原始棚屋的乌干达居民中大受欢迎，他们幻想心目中的圣土就是摩门教总部所在地盐湖城，他们认为用村里的打字机可以发短消息，他们把盐湖城（Salt Lake City）激动地发音发成 Sal-ta Lay-ka Siti。

我的"针孔票"里可以清晰地听到，演员每一次呼喊 Sal-ta Lay-ka Siti，场内观众就大笑一次。

这部戏每过一会儿就会蹦出一个"××"，脏话之多令我瞠目结舌，由此可以想象百老汇创作的尺度。

结尾，摩门教总部听说了高富帅和矮矬穷在非洲传教获得的巨大成就，就派专员去验收，结果吃惊地发现经书被重口味篡改，几乎吓尿了，遂不再承认这是摩门教。于是，两个传教士只好在乌干达创立了一个新的宗教，和全戏的开篇一样，一群乌干达人和美国盐湖城的摩门教徒一样，也穿着白衬衫、打领带，开始四处传播"摩门新教"。

看完全剧，我笑得花生米差点卡在气管里。看得出全剧恶搞摩门教，绝对无下限，并对当代圣徒信仰、大众偶像、宗教、全球化、军阀主义，甚至百老汇名剧《狮子王》，都进行了玩命的挖苦。我想，该剧挑选的是美国本土的摩门教，如果挑选的是其他某某某教，估计剧院早就被炸平了。纽约的包容只要走到时代广场附近就可以看到，有人居然在大楼上高悬着卡扎菲的巨大画像，敌对国家首领的画像居然被允许公开展示，这在任何亚洲国家都是不可想象的事情，谁敢把印度总理的像挂在巴基斯坦城市的某座高楼上呢？

我觉得一代神剧《摩门经》想表达的是：这个世界上，没有什么是真正神圣的！

看完此剧，我的第一大疑问是：摩门教会不会气得火冒三丈？这可是一个信徒过千万的美国第四大宗教组织。

查了摩门教教廷对此剧的正式申明：这部剧可能想让观众开心一晚上，但是一卷神圣的《摩门经》却将改变人们一辈子的生活，让他们更接近基督。——如此平和的回答，顿时令我对这个教会的印象大好。

据说，看完戏的观众走出百老汇剧场，就立即碰到彬彬有礼的真的摩门教徒，穿得和戏里的人一模一样，白衬衫、深色领带，问："想来一本真的吗？"

纽约的摩门教人数受此剧的影响，反而有了大幅的增长。

颇值得深思。

我住在曼哈顿的时代广场附近，这一带环绕着四十家左右的百老汇剧院，堪称世界的戏剧中心，但是，一些新作家的作品和小剧团无法在这里演出，他们就尝试在纽约其他地方的剧院——外百老汇，这里是百老汇的商业替补和人才储备之地，如著名的《Q大道》和《铁血总统》都是首先在外百老汇上演，吸收了高额投资后，再移到百老汇的。除了外百老汇，还有外外百老汇，云集了几百个小小的剧场和空间，无数实验剧、先锋剧，各类个性化的奇特艺术团体。有了这些乱糟糟的五花八门的东西，才使纽约的魅力迷死人。

　　外外百老汇中还有一座我心中的乌托邦——格林威治村，这里曾是反主流文化大本营，连嬉皮士运动和垮掉的一代都发祥于此地。那些咖啡馆外的长凳子上坐过马克·吐温、尤金·奥尼尔；凯鲁亚克的《在路上》从这里找到了灵感；灯光昏暗的摇滚酒吧里，鲍勃·迪伦鼓起勇气讨了一个试唱的机会，并在这里唱过《答案在风中飘荡》；那些旧书店里面曾流连过惠特曼的身影，回荡着他的"从此我不再希求幸福，我自己便是幸福"；还有几个简陋破旧的小剧场，罗伯特·德尼罗和艾尔·帕西诺曾到这里寻找运气；当然，在格林威治成功的人，只有一百万分之一，多数歌手、演员、作家都是徘徊在煤气灯咖啡馆外的失意者。这里曾是激进思想和思潮酝酿的场所，但可惜，由于纽约大发展，房价飞涨，只有非常混得开的艺术家才可以扎根下来。

　　那些边缘的穷困艺术家又要漂泊去哪里呢？

　　听说，如今的格林威治已经充满了中产阶级游客，拿着相机，好奇地四处转悠。

　　我不希望亲眼看到心中的精神乌托邦的消失，我害怕那里已经完全不是我心中的样子，我担心曾经梦绕的情结全部被现实的橡皮擦无情地擦去。

　　有些梦不可以去追，当你追到了，梦就破碎了。

　　我终于还是没有让我的梦破掉。

夏天戴貂皮帽子的人

"都给我吧，把那些疲惫的人、穷困的人，渴望自由呼吸的芸芸众生，喧闹海边的可怜虫，都送到这里来，无家可归、颠沛流离的人们。在金门之旁，我高举明灯。"

　　在纽约的最后一晚，我在爱彼迎上订了一个在布鲁克林的房间，那是这个地区常见排屋的一间，突窗细柱的维多利亚式，外墙抹得苍白，铭记着一些细微的裂痕，就像经过精心打扮的半老徐娘，沧桑却不失雍容。

　　网上的照片很漂亮，但是扛着行李箱一级一级走下楼梯，天！我的心顿时被浇了三大桶凉水。床是在潮湿的半地下室，难怪这么便宜！屋子里只有一扇装了铁栏杆的气窗，用手抓紧铁栏杆，如果假装挣扎着去瞅那只露一线的天空，场景就是基督山伯爵被关在孤岛上的死牢。这天温度估计有30摄氏度以上，空调居然搞罢工，于是我找出爱彼迎的联系号码，打电话叫女房东来。等了许久，女房东没有来，戴无框眼镜的房东的男朋友满脸抱歉地赶来了，说是搞不清楚空调的状况，因为房东出门去亚洲长途旅行了。我当时脑海中就浮现出尼泊尔山麓上独自走着或是泰国清迈的街边懒懒躺着的那些背大包的家伙。

　　好吧！将就一下，我一屁股坐在潮湿、闷热的床上，床咯吱咯吱的，倒下去的时候，感觉身边隐约有蚂蚁爬来爬去，午夜，一个巴掌"啪"地拍到墙壁上，什么也没有打到，手痛得抽筋。辗转反侧，直到凌晨，天气似乎有些转凉，我才终于沉沉睡去。

上午红着兔子眼睛出门溜达，天气炎热，富兰克林街对面是一座教堂，两个屁股像可爱的大河马似的非洲裔信徒穿着雪白的衬衫、黑西装晃着下肢，钻了进去。

再往前走一阵子，着短裤短袖的我都已经热得不行了，正在擦额头的汗，突然我觉得自己撞鬼了，一个古怪的灵异街景出现了：好几个戴着大圆顶的黑皮毛帽子、穿着长袍黑西装的男人沉稳地走在大街上。我凝目望去，其中一个头上的大帽子居然是貂皮毛的！像个13英寸的大蛋糕倒扣在头上。脸的两侧蓄着长长卷曲的"面条"式胡子，垂落下来。他们牵着同样黑帽黑袍的孩子的手，匆匆穿行在几个街区之间。这宛如电影里中世纪欧洲冬天的打扮，突然出现在时尚之都纽约的夏天，让人感觉穿越而震撼，甚至有一点诡异感，我简直不敢相信自己的眼睛。

他们是谁？难道就不怕热吗？？

我光是看看，脑门上就噌噌地起了一排痱子。

这灵异的场景是怎么一回事？

我特地走近了一对黑袍父子，试着跟那个男人眼神交流一下，但他看也不看我，完全无视我的存在，仿佛我就是一团看不见的空气，笔直地远去了，那个孩子也低着头匆匆跟着。我们是在同一个空间里，却是完全不同的时间刻度上的人？

后来，我跳上一辆丰田优步车赶去第四大道会我的高中同学，猴瘦猴瘦的拉美籍司机告诉我："这些夏天戴厚皮棉帽的人都是犹太人！"他特别强调了一下，"他们是超级犹太人！"我好奇地问这位老墨："你怎么看待犹太人？"他说："他们有非常非常聪明的大脑，所以，大热天也要戴一个大毛帽子保护头部。他们害怕再受到种族迫害，所以，他们生很多的孩子。"他最后夸张地总结："他们很有钱，他们控制了美国的金融，他们控制了大半个美国！他们是 super Jews！ su-per（超级犹太人！超级）！！"他的声音变得很尖，猛打方向盘，摇下车窗，向窗外的街道吐了口口水。

后来，我发现司机只说对了一半。

这些戴大毛帽的是正统派犹太人，但大都不富裕，而且不少人都在贫困线上挣扎。

这些最传统的犹太人不少是哈西德教派的，他们恪守传统犹太戒条，从清晨起床到夜晚进入梦乡之前，都受各种规范约束。他们完全生活在自己人的社区里，孩子读自己办的犹太人学校，多数只和犹太人做生意，只去犹太人开的店里买东西，他们是同外界最隔绝的犹太人。他们按时聚集在一起举行流传了上千年的宗教仪式，仪式后，男人手拉手围成圈子唱啊跳的，将地板跺得震天动地，一直搞到凌晨。

纽约还有一类改革派的犹太人，他们完全融入美国生活，不少是社会精英、金融大佬。

这些给人灵异感的"奇葩"犹太人，为何穿得如此穿越？一种说法是，他们大都是东欧犹太移民的后代，被俄罗斯人、波兰人、德国人迫害，陆续逃到以色列和美国，他们哪怕是在盛夏，也要"返祖"，死守祖先的一切，包括超级"抗冷"的大皮毛帽子。

大哥，难道你们就不热吗？听听他们睿智的反击："戴了帽子，太阳晒不到，自然就不热了。""我们不热，是因为心感觉不热。"

其实，我觉得他们不热，完全是因为屋子里面有空调。

他们主张多待在家里读经，的确是热死人的夏天的一个完美借口。

下午1点钟，我摸到第四大道旁一家后现代风的咖啡馆里，在满眼粗犷的木头、抹水泥的房间里，我见到了当年复旦附中五班的女同学Y女士。

让我吃惊的是，十多年不见，我几乎已经认不出她来了。

她从一个羞涩的女生，变成了腰身略显粗壮的黑皮肤大妈，黑裤配圆领黑衫。

作为上海最好的重点中学的学生，她在1989年炎热的夏天，参加了一年一度气氛紧张的高考，经过这场一考定终身的考试，然后各奔东西。

但是，25 年前，穿过大门口神情焦虑、内分泌失调的家长后援团，她昂昂然走进考场，语文、数学、英语、历史四门功课，齐刷刷交了白卷，高考成绩 0 分，震惊全校。

"Y 高考 0 分！"班主任老师几乎要一口血喷在黑板上。

如今，25 年过去了，在第四大道旁的咖啡馆，我问她这是为什么。

她的笑容有些像寒冰消融之后的暖阳，和小时候不一样的感觉。剪得非常非常短的头发，还上了摩丝，乍一看，几乎就是一个男士的发型。岁月的印痕已经爬上了我们彼此的额头。她说当时她自己也不知道这究竟是怎么啦，只知道自己的青春期很漫长，令人感到孤独的窒息，一种死亡般的漫长。她极其叛逆。她的父亲是大学老师，他们是冤家，根本谈不拢，说上三句话就要吵，家里仿佛有两台会吵架的机器。她高考交白卷，就是对父亲最大的抗争。高考第二年，父母先移民到肯塔基州，不久，她也申请来肯塔基读大学，但还是和在老家一样，见面就噼里啪啦一通吵，几乎没有任何消停的时候。父亲所有的观点，她都不认同。她痛恨他的父亲。

大学后她就搬到纽约来工作，有一天，她猛然明白，这一切到底是怎么回事。她发现自己只喜欢女生，是一名拉拉。她对高考的叛逆，对父亲的不满，对上海的愤恨，或许就是来源于亘古的压抑和无休无止的原始折磨，遇到了专制、说教、偏执的父亲，如火星撞击地球一般的惨烈。

"逃到纽约后，我发现这里是心灵的自由之地，真正的故乡。"她说。她从来没有发现一个地方，可以像纽约这样包容和多元。在这里，她开始跟别人学做地产中介，后来自己开了一家事务所。她正式谈过几个拉拉朋友，渐渐有了倾诉对象。她和艺术家们做朋友，并开始用中英文双语写诗，在某个画家的家里做菜、读诗度周末。

她再也没有回过上海。

"纽约是寂寞而四处游荡的灵魂的一个归宿，在这里，你总能找到属于自己的那份自由。"她说。

最后，我问她，你现在还有恋人吗？

她说，分手了。她现在单身。

"你的父亲呢？"

"他前些年在肯塔基去世了。"她说。

"那么你和父亲最后和解了吗？"

"不！尽管他去世很多年了，"说起往事，她如此坚决，"我到现在还是没有完全原谅他，他去世那么多年了，我好像也没有什么想念他的，因为想起他，就想起我痛苦的 18 岁。"

"那么你有没有觉得，你其实挺像你父亲的呢？"这句话在我的嘴巴里转了两圈，终于还是没有说出口。

纽约是移民抑或是逃亡者的天国，但是要逃亡者把自己的心完全地从过去逃亡出来，又谈何容易呢？

喝完咖啡，我们一起拐去第五大道散步，往中央公园的方向溜达。

近 56 街的时候，看到一栋杀气腾腾的玻璃幕墙大楼，顶部如七把"达摩克利斯"利剑作势砍下，底部夹角处宛如暗伏刀斧手，指向对面的哈里·威斯顿珠宝店大楼。

好凶！好狠！好毒的设计！在中国的风水中，这种宝剑飞劈，是要"剋"第五大道的命啊！把珠宝业大王哈里·威斯顿压在身下不得翻身的感觉。如果在香港这么设计，隔壁大楼的老板肯定无法淡定了，一定会跳起来骂娘或者来一个反设计，对着七把宝剑安一面巨大的镜子"反射回去"。

这栋楼挂着巨大的金字招牌——"特朗普大厦"！

难怪这厮要做总统啊。

Y 说："这个头发诡异的家伙造房子凶，对移民的态度更是凶巴巴，他说墨西哥移民大多是毒贩和强奸犯，要严格收紧移民政策，导致无数移民申请不到永居证。他可能忘记了他自己其实是美国移民政策的最大受益者——他身高 179 厘米、胸围傲人的超模妻子梅拉尼娅，是个地地道道的移民，她还是唯一出生在社会主义国家（斯洛文尼亚）的第一夫人，直到 26 岁，才依靠模特工作，甚至拍裸照，艰辛地辗转到纽约的。"

进入特朗普大厦就是一阵"土气、豪气"扑面而来。中国房地产商见了特朗普估计要三呼"兄弟"了，因为他们也都爱死了土豪金。从66层开始就是特朗普的三层复式豪宅，在他的土豪窝可鸟瞰中央公园，地板、墙壁和柱子都是大理石制成，盘子、吊灯、花瓶、装饰都镶着24K金，英国记者报道中写特朗普的客厅还是法国国王路易十六会客的凡尔赛镜厅风格，奢华得已经冲出银河系了，白宫太寒碜了……不过，多半人看了这货的房子后留言说，特朗普品位有点"三俗"。

英国记者把路易十六的镜厅与特朗普的大厦相比，是不是有点不厚道？因为前者的镜厅被人民打劫一空，路易十六也上了断头台。笔者翻了一下时间，吃惊地发现，特朗普就任总统是1月20日，而路易十六上断头台的时间是1月21日。

傍晚打算坐船去看自由女神像。

走得脚掌发硬，终于看到曼哈顿下城17码头，我挤在人头攒动的大厅里，等待一艘双层的渡轮吐出无数"蝗虫"，然后又把我们这些"蝗虫"吞噬进去。

这艘通往史坦顿岛的通勤轮渡，是唯一免费近距离看自由女神的方式。

渐渐到了下班高峰，那些通勤者或许早已厌倦了这艘船上日复一日的重复生活，而游客们却点燃了通勤时光的热情。无论是戴着橘色丝巾远眺的优雅法国老太，从中国北方来的着魔一样不停自拍的高鼻子姑娘，还是操意大利南部口音、又蹦又跳的幸福一家，抑或是来自哥斯达黎加的比萨小店主，脸上都洋溢着一种看大戏前的隐约兴奋。

戴七道尖芒冠冕的绿色女神一点点靠近，她似乎有点发福了，右手高举火炬，左手捧着《独立宣言》，脚下是打碎的脚镣，动作似乎比常人忙！看到自由女神像，某些国家人的心情其实很复杂，这同西方游客不一样。

我站在船的最尾部，坐船看自由女神的时候，船尾一直跟着一艘全副武装的巡逻艇，浪涛滚滚，该艇架着机关枪，紧盯本船不放。据说，这是防止游船上的恐怖分子袭击自由女神像。就在去年，纽约警方接到报信，说是"911唯一在逃犯要炸掉自由女神像"（这个故事编得太牛了！），一时间搞得大家非常紧张。当天，爱丽丝岛紧急撤离了3200人，后来发现是一场恶作剧，是西弗吉尼亚的一个聋哑人利用iPad（平板电脑）的听障辅助装置拨打的"捣蛋"电话。

其实要炸自由女神像，比追求心目中的女神要难百倍。从天上看，自由女神像附近是禁飞区，非法飞行物会立即被发现并进行迫降，如果不迫降，会有两架F16出面直接发射AIM-120导弹，精准毁灭；从地面看，接近自由女神像都要安检，携带的便携式炸药很难过关；从海上看，有海岸巡逻队，巡查密度就如同马蜂群盯着它们的窝，看看我乘坐的这艘通勤船就明白了。那么如果挖个地洞呢？让地面塌陷，自由女神像一歪脖子不就咔嚓了吗？就是这个隧道工程太浩大，估计还没有挖到岸边就有一副锃亮的手铐等着你了。

自由女神本来是庇护人民的，现在她自己则被人民全副武装地庇护着。

通勤船到了史坦顿岛，我大约等了一刻钟，多数游客又重新登船原路返回曼哈顿，这样等于免费看两遍自由女神。我中学的时候，隔壁班有个女生眼睛特别漂亮，漂亮得几乎可以让我献上膝盖，我每天午后从他们班级门口也是一样地来回走两遍，试图看她个够。

回程，多数的游客都是从右舷挤向左舷，驶过女神岛后，一个独立的小岛缓缓进入视线。岛上有一个红砖双塔的殖民时期建筑，这是美国移民局的旧址。二十世纪上半叶，那些受迫害的东欧犹太人为了活命，不少挤在大西洋客轮甲板下面最便宜的统舱，缺少淡水和食物，在旅途中和风浪、跳蚤、疾病做斗争，被折磨得奄奄一息。这样在海上漂泊数周，直到有一天，突然，所有的人像发了疯似的奔向甲板，挤作一团，尖叫："自由女神！自由女神！"但是，下了船，他们发现还有更恐怖的一刻在等待他们。

那就是，我眼前的爱丽丝岛，一个令移民腿肚子打战的地方。他们能否顺利进入美国，全靠岛上移民官的"六秒钟过堂"。成百上千的人操着不同的语言熙熙攘攘地挤在铺着方砖的大厅入口处，等着他们的是那冰冷的铁栅栏、那盖帽下面无表情的海关职员、居高临下的医生和精神病学专家。"你从哪里来？""你有盘缠吗？""你的精神是否正常？"这些疲惫不堪、神色惊慌的逃难者，哪一个像正常的人？许多人都因官员的苛刻询问而紧张得腿软，甚至一头大汗。

爱丽丝岛拒绝传染病、同性恋、妓女，或者需要救济的人。因此，有妇女因没有足够的盘缠而怕被拒入境，就匆匆在岛上找个人结婚。而被拒入境走投无路自杀的人也并不在少数。20 世纪初，岛上的医生使用一种铁制小工具把移民者的眼睛略微撑开一点，以便检查其是否患沙眼之类的眼疾。许多人在给亲戚朋友的信中提及此事，此话传到大西洋客轮的甲板上便走了样，说是移民者上了爱丽丝岛后眼睛要被挖掉，或者至少眼镜是明令禁止戴的。

在纽约自由女神像基座上，刻着这样一首诗："都给我吧，把那些疲惫的人、穷困的人，渴望自由呼吸的芸芸众生，喧闹海边的可怜虫，都送到这里来，无家可归、颠沛流离的人们。在金门之旁，我高举明灯。"

下了船，天终于完全黑了。

自由女神像和爱丽丝岛变成了远处昏暗地平线的一部分。

曼哈顿的灯火通明，每个离开通勤渡轮噔噔噔走上岸的人，仿佛是一根根移动的火柴头，正把这座魔幻的城市点燃。

"雷神之水"的诱惑

> 冒险能让人变得强大，让我们平常的生活更加
> 刺激，这种刺激带来的心理奖赏，宛如面包上的草
> 莓酱，一旦尝过，就再也停不下来。

套着只露出眼睛的蓝色雨衣，我挤在船头，旁边是一对紧紧抱在一起的五十多岁的情侣，他们的头发耷拉在雨衣外面。不远处传来大瀑布的吼叫，更大的雷霆似乎在酝酿。

我们的船向着一片迷雾中的瀑布航行。

一只死去的河鸥在深蓝色的水波中时隐时现，它是在瀑布旁飞的时候，被雨雾打乱了视线，误入了垂瀑的激流吗？

雷声近了，轰隆隆，轰隆隆，印第安人的传说，这种滚雷式轰鸣，是天上的雷神在说话。船终于摇摇晃晃驶入马蹄瀑布巨大环幕般的怀抱。

我离开波士顿后一路往西，7月18日，到达尼亚加拉大瀑布。

进入雨雾之中，所有的乘客突然感到船身一震，瀑布的外围水体硬生生砸到了船上，冰凉的雨点从天上急坠下来，抹在脸上，跌落人群。湿身的一瞬间，耳边充斥着世界各种语言的尖叫，那满眼望去高悬无边的瀑布猝然坠入深潭之间，如万头犀牛在奔腾，如千只公狮咆哮宣布自己的领地。船开始剧烈地晃动，怀疑即将被拽着下沉，我不自觉地用手抓紧了栏杆。这当然是船长玩的鬼把戏，故意造成震撼效果，让我们体会一下什么

是"雷神之水"，一点冒险带来的刺激。

和我挤在一起的中年男女，女的身材已经发福，男的头发稀疏，他们居然撩去了雨帽，在船头直落的瀑布雨雾中，拥吻在一起，我侧面望去，两人已经忘我地把舌头搅到了一起。

我把头别过去，我好像不习惯看别人在我面前接吻。他们的棕色头发着了雨水，成了稀疏的几绺，搭在额头上，热吻的样子似乎完全不管不顾船上可能有单身狗的存在。我从他们十指紧扣的样子分析，他们该是热恋中的情侣吧，因为如果是夫妻，通常这个年龄，中年女人不嫌弃丈夫满嘴口臭或者有烟酒味就不错了。扶着剧烈晃动的扶手，船从雨雾中晃出来后，我们闲聊了几句。

"11 年前，2005 年我们来过这里。"男人说，我吃惊地看了他一眼，他的眼神很温软，还紧紧拽着女人胖胖的手。

女人打断了他的话："理查，你记错了，我们是 12 年前来的尼亚加拉，2005 年年底大卫出生了，那年我们没有出远门。"男人说："好吧，算你对。"他把头转向我，说："我们每年都留一周时间给我们自己，让她妈看几天孩子。"

尼亚加拉灰色混浊的河水在我眼前流淌着，疯狂而迷人。

它以时速 35 公里的流速跌下巨大的悬崖。站在瀑布的底部向上望去，52 米高的半围合的马蹄瀑布面，无休无止的巨水从天垂落，让人心生敬畏。

简直不可想象，就在前不久，这里上演了一场"命运的奇迹"：一名 40 多岁的男子从我眼前的瀑布上游约 10 米的地方纵身一跃，跳入尼亚加拉河，随即被湍急的水流顺着瀑布冲下来，几乎是垂直摔到瀑布下的深潭里，在波浪中翻滚沉浮了一阵子，竟然还好好地活着，成为少数未使用安全护具坠入瀑布的生还者。

须知大瀑布的平均流量达 2407 立方米每秒，下落的冲击力足以将任何木制品轻易击碎，将金属容器压扁。我用末速度公式计算了一下，从大瀑布顶部下坠，撞向深潭的最高速度可达到每小时 69 公里左右，这个速度可以把脊椎折断、头颅砸坏，让你粉身碎骨。

我坐在大瀑布旁喝了一杯拿铁，用手机查到尼亚加拉的一个官方网站，闲来读了两句，发现一件不可思议的事情：第一位从大瀑布顶部跳下的居然是个女人，而且是一个身材发福的小学退休教师。

我永远不敢想象，我以前同样胖乎乎的小学老师会做类似的事情，通常我们在走廊上剧烈奔跑，她都要声嘶力竭地喊"当心摔跤！"来制止我们。

63 岁的安妮·泰勒（Annie Edison Taylor），密歇根州退休教师，她的丈夫在此之前去世了，她完全失去了生活的重心（宛如米兰·昆德拉的"生命不能承受之轻"？），从来没有任何冒险经验的她，决定干一番惊天动地的大事——"跳大瀑布"，以此冒险实现成名的人生梦想。

这位小学退休老师用白色的肯塔基橡木，找人定做了一个密闭桶，橡木板被七个铁箍紧紧固定在一起。漂流桶中间的直径为 86 厘米，长 146 厘米，还钉了一个 100 多磅重的铁砧放在桶底压舱。她细心地在木桶的内侧填满枕头软垫，再用气泵将桶内的气压打到每平方英寸 30 磅（以抵消瀑布水流冲击木桶的压力）。为了测试木桶的安全性，她先把一只猫放在了桶里从瀑布上冲下，猫确实安然无恙后，她决定自己上阵。

如今，我站在响声狂暴、无情跌落的瀑布下，仅仅站在那里，小心脏都快要爆掉了。我更不能想象 1901 年 10 月 24 日的那一天发生的事情——泰勒，在她生日的那天，体重 160 磅的她穿着一件肃穆典雅的黑色长裙，别着朵大胸花，戴着厚实的宽檐帽子，庄严地抱着她的猫钻进了桶里，然后把盖子拧紧。一艘小船将木桶拖进了尼亚加拉河的主流，下午 4 点左右，连接船的绳子被割断，桶朝加拿大一侧漂去，大约下午 4 点 30 分，人们看到那桶从悬崖边缘滑落，翻了几个身，随垂瀑急坠下来。对岸围观的人群屏住了呼吸，有人发出尖叫。不到一分钟后，橡木桶重重撞击在瀑布底部的潭面上，忽上忽下沉浮在水中，并继续它的漂流。一刻钟后，救援人员沿着加拿大河岸靠近泰勒的桶，把它拖到一块岩石上，有人担心她已经身受重伤或者不省人事。砍掉桶顶将她放出来的那一刻，令所有人惊讶的是，安妮·泰勒安然无恙，她神情有些飘然，唯一受伤的地方是前额，那是她被人拉出木桶时刮伤的。

从桶里出来后，泰勒夫人第一句话是："以后，谁也不该再干这样的事了！"

安妮·泰勒因此成名，上了媒体的头条，曾在美国四处演讲了一阵子。但她是一个小学老师出身，而不是商人，不善经营，并未利用关注度赚到钱，人们很快遗忘了她。她晚年常住在尼亚加拉瀑布区，在街道上吆喝她的壮举，还摆姿势和好奇的游客合影来赚点小钱，她喜欢和游客开玩笑，她说："我再也不会第二次尝试跳瀑布了！""我宁愿走进一门大炮里。"

后来她那个著名的橡木桶也被人偷走了。她活到了83岁，死前一贫如洗，但是人依然乐观开朗。

我读资料时发现，安妮·泰勒跳瀑布那年，又有15人义无反顾地跳入尼亚加拉瀑布，他们都采取了保护措施，但只有10人生还。20世纪20年代，英国冒险家斯蒂芬斯（Charles G. Stephens）乘坐安有铁梁、铁箍的木桶从大瀑布上冲下，木桶不幸被强大的水压击碎。事后，人们在下游发现了木桶，里面仅找到了斯蒂芬斯的一段右臂。

尼亚加拉大瀑布发生的最夸张、最刺激的冒险行为是在25年前，冒险家罗伯特·奥瓦克（Robert Overcracker）为了给流浪汉筹款，骑着一辆摩托艇从马蹄瀑布上冲了下去。非常不幸的是，他的"火箭喷射式"降落伞失灵没有打开，他直接落入瀑布下方满是漩涡的水潭中，尸骨无存。毕业于加利福尼亚州特技学校的罗伯特·奥瓦克可不是一般的冒险分子，他是专业的特技演员。所以，他非常清楚要进行这样的表演需要做大量的准备工作，他足足花了七年时间来计划这次跳跃的每一个细节。根据他的计划，他骑水上摩托车在马蹄瀑布的边缘跃起，此时将激活"火箭喷射式"降落伞，喷射会带动降落伞把他拉起来，下降到一个安全的位置。

但是，不知为何，他这次的运气那么差！

着红色伞服的罗伯特骑着摩托艇从瀑布上冲下，他高高飞跃在摩托艇的上方，那个背影，那一悲壮的瞬间，被媒体拍摄下来，成为他在世的最后一张相片。

我站在尼亚加拉瀑布下面，搅拌得半浑的河水奔腾而下，光看看已经腿脚发软了，我想，那些冒险者尝试在大瀑布峡谷边缘用生命一跃而下，是多么疯狂的举止！

美国人为何那么爱荒野、爱冒险呢？

爱冒险背后深层次的原因是什么呢？

我一路往西走，试图探寻。

眺望河流附近密密匝匝的原始森林，让我想起莱昂纳多的《荒野猎人》，里面那个为了兽皮，死了无数伙伴和唯一儿子的皮草猎人休·格拉斯，在荒野中九死一生，全是早期美国人生存的影子。

冒险和征服的血脉应该来源于最早移民北美的几代欧洲人，他们无论是淘金者还是清教徒，都算得上冒险家，并且一代一代把这种血脉传承下来。

设想一下早期移民，16世纪从英国或者荷兰搭船去美洲大陆的冒险之旅，其难度和勇气可能不亚于从尼亚加拉瀑布的顶端跳下来。那个时候，船离开港口后，就算"下海"了，没有可靠的航线，没有无线电，没有卫星导航，没有天气预报和暴风雨预警，漫漫的航行全靠船长的航海经验、驾驶技术以及上帝的旨意。船长仅仅依靠辨识星座的位置，再辅以几个简单的仪器，计算出航海经度，一旦遇到持续的暴风雨、大雾等坏天气，他们就无法进行观察，只好靠计算里程、罗盘及向上帝喃喃祈祷了。其中一部分人会在漫漫的旅程中直接生病死去，好容易奄奄一息地到达目的地，还要在荒芜的土地上面对饥饿、瘟疫，或者一不留心迷失在丛林里面，或者被印第安人捉住吃掉。

即使这样，仍然有源源不断的欧洲人离开繁华的都市，冒险远涉荒蛮，寻找传说中的黄金或者没有宗教迫害的天国。例如，活下来的人发现了一种黄金："冒烟的印第安人"，美洲土著人经常围坐在一种植物干叶做燃料的火堆旁，用一根怪模怪样的木管插入鼻孔，去吸火堆冒出的烟，那些人从中获得了巨大的享受，这种木管叫"多巴哥"，即烟草。这种印第安神草进入欧洲市场的头一年，价格几乎和黄金一样，人们爱得发疯。尽管早期去美洲搞烟草，死亡率可能在 60% 以上，但活下来的人不少发了财——冒险有了第一次重大的回报。

从某个特殊的角度来看，不少美国人是活下来的冒险家的血脉，他们是冒险的受益者。

从尼亚加拉出来，天快黑了，瀑布的轰鸣声反而更响了。

我开"毛驴"上了一条车道，跟着一堆亮尾灯的车子开着开着，前面要上一座桥了，我看到桥前方巨大的提醒标记：前方加拿大。不对，怎么是加拿大？我可没有加拿大签证，想着，我就赶紧掉头，双车道的马路很窄，车头底部"咚"的一声插在对面的马路牙子上了，不险！不险！我想，福特越野的车身比较高，无大碍。

往民宿开的时候，我忽然想到，生活本身不就是处处有冒险吗？

纵身跳入飞逝的尼亚加拉瀑布，或者横渡未知的大西洋是冒险，如驾车旅行、离婚、结交男友、失业、投资股市、生病、国家之间的博弈，以及在一个飞速变幻的世界中，所有的这一切不都是一场生存的挑战吗？不也是一种冒险吗？

在原始社会，去猛兽出没的地方或许就能找到美味的水果，山洞里等候的女人也喜欢与这类胆大冒险的男人交媾，觉得他们更有种，会带来更多食物。

最终这类人的基因和习惯被遗传下来。

冒险能让人变得强大，让我们平常的生活更加刺激，这种刺激带来的心理奖赏，宛如面包上的草莓酱，一旦尝过，就再也停不下来。

另外，我觉得国家间的博弈说到底也是一场原始的冒险。如果说美国的精神世界一部分发源于早期欧洲人的冒险，那么，中国的精神世界则发源于君臣父子的儒家秩序。未来，血液中有冒险基因的美国人会不会率先走出最危险的一步棋？看看肯尼迪在古巴导弹危机中的表现，你就会明白，这种冒险的对决一定在不远的地方等着我们。

当晚，我投宿在距瀑布一小时车程的小镇上。

这个小镇寂静得可怕，巨大的树木围合。湖岸旁的一些别墅里面只住着些老人。去瀑布的旅人通常傍晚赶到，一早起来，像寂静松林落下的松针一样，悄无声息地离开。

那些最早涉险来这里长居的人，魂魄如今在何处悠游？

住的地方有一个靠湖的院子，萤火虫一明一灭地在四处飞，我在屋子里放朴树的歌，"窗外没有诗句，只有远去的站牌站牌站牌"，现在窗外只有寂静寂静寂静。

惊魂夜的老别墅往事

> "我家的这个房子叫 Dunromin，我希望它一直
> 存在，因为这个房子包含了我的父母罗伯特夫妇的
> 远见、审美和付出的心血，也是他们两人合作的一
> 种纪念。"

昨夜我投宿的是一个老别墅，位于尼亚加拉大瀑布旁的一个叫李维斯顿的小镇上，门牌号为 4482，这栋静谧祥和的房子直接坐落在尼亚加拉河畔，河对面就是加拿大的原始森林。沿别墅后门的小坡走 30 米左右，可以直接下到河边上。这段河水流淌得不紧不慢，略有浊色，站在尼亚加拉河畔，望着对面加拿大的森林，一群水鸟扑啦啦地飞起来，盘旋良久，又扑啦啦地飞回去，夏日的墨绿涂抹着天际线。

这是栋老式乡村别墅，目前的主人是前美国国家冰壶队的女运动员，据她说，这栋房子是她前几年向一个叫罗伯特的老先生买来的，该屋建于 1936 年，和我父母的年龄差不多大。老冰壶队队员目前靠短租这个房子谋生，她住在隔壁的院子里，中间有一道篱笆。

我坐在客厅的沙发上休息，喝茶、研究地图是我的最爱。沙发对面就是二楼走廊，走廊上挂着一幅中世纪的人物肖像画，画是全黑的背景，里面的贵族面孔消瘦，脸白皙，嘴角上有两撇胡子，他穿着带大圆假领子的金黑色礼服，一副不苟言笑的表情，侧脸扫视着客厅，看得我有一丝丝不祥的寒意。

这天夜里两点钟，我突然口渴醒过来，从床上摸索起来，踢踏着拖鞋去厨房。穿过客厅时，听见大座钟嘀嗒嘀嗒走着，夏日的夜风把草皮的味道吹进了屋子。我突然看到二楼走廊上那幅肖像画中的人，正从画上慢慢转过头来，脸色煞白，似乎要和我说话。我吓得大叫起来，却怎么也喊不出口，我想跳起来扑上去把他用力推开，但是并不能。这样无声地呃呃挣扎了很久，我终于完全醒过来了，发现还好这是一个噩梦。我躺在床上，蜷缩在空调被中，再也睡不着，望着窗外。这个夜晚的尼亚加拉河畔的乡村，是如此静谧，静谧得恐怖，让在大城市生活惯了的人能听到自己的心的跳动。

第二天起来，我在餐厅某个台面上，发现了一封已经泛黄的信件。

我泡了一碗燕麦粥，然后翻阅起这封信。

这是当年建造这栋别墅的主人罗伯特写于 1988 年的一篇文章，那个年代还没有电脑，这篇文章看得出是用老式打字机一个字母一个字母打出来的，是尘封已久的一份"建房记"。

罗伯特写道——

这座屋子人来人去，未来会不停地变换主人，只要两三代人可能就遗忘了这栋房子曾经不一般的过去。我们总是为战争英雄、社区服务和某人的商业事业写纪念的文章，很少有人为自己的父母建房撰文记录的。

我家的这个房子叫 Dunromin，我希望它一直存在，因为这个房子包含了我的父母罗伯特夫妇的远见、审美和付出的心血，也是他们两人合作的一种纪念。

爸妈为何选择这么偏远的乡下建房呢？因为父亲出生在苏格兰的乡野，当地某个房屋的名字就是 Dunromin，Dun 是苏格兰语山丘的意思。父亲不希望自己的孩子沾染上城里孩子的浮夸习气，他希望选择一块田园乡间的土地建造房子，每年夏天还可以带着孩子在附近的农场劳动。

1936 年，在比较了 3 块土地之后，父亲选择了这块地，因为这块地挨着河边，拥有非常怡人的乡村景色。这块地以前的主人可能是一个酒鬼，因为地基上有很多很多的酒瓶子，我和妹妹就跑进去，玩砸酒瓶的游戏，就是把酒瓶子用力扔向残墙，啪啪地开花了，我们非常开心。

这栋房子的地价和总建造费用为 20400 美元，父亲几乎花光了他所有的积蓄：5900 美元，剩下的 14000 多美元则是依靠银行贷款。父亲就在小镇商店附近的一个二楼工作，有很长的时间，他的工作并不是很稳定，但是他总是努力地去找新的工作。这栋房子于 1937 年春天动工，1938 年建成。搬进去的时候，房子里面还没有什么家具，空空荡荡的，母亲临时买了几张床。

我和妹妹刚刚搬进去的时候，觉得非常新鲜，我们的房间对着门口的马路，那时候马路还是土路。晚上，有汽车开过，车头大灯的光把窗户的影子投在墙上，光影从移动到消失，我们觉得像看电影一样。

母亲在山坡下面建了一个池塘，等冬天结了冰，她教我们两个溜冰。她是一个很好的溜冰手，我挽着母亲的左胳膊，妹妹挽着母亲的右胳膊。记得第一次在冰上独立滑，摔了一个大大的跟头，很痛很痛，如今记忆犹新。那时候，父亲则担心我们会掉到池塘的冰窟窿里面去。

慢慢地，母亲在房屋的四周种下了落叶松、橡树、白桦，还有四季的鲜花。每年，这栋乡村大屋的花朵都次第开放，玫瑰、金盏菊、山茶花……河岸的风摇动对面的茂密森林，吹过山冈，拂过草皮，那些花瓣摇曳而落，还有蒲公英的小伞，一朵朵旋转着飞向湛蓝湛蓝的天空。现在想起，那时候的场景是如此美好。此后，父亲 40 多年时间都在修剪花木和草坪。我 11 岁的时候开始帮助父母做一些维护房子的工作。

记得有一年夏天，父母带我去农场劳作，微风的午后，在蔬果田里，大家一起有说有笑地摘番茄，突然，妹妹直起腰，迎面扔了一个番茄过来，正中我的脸部，大家都哄的一声笑了，只有我伤心地捂着脸哭着跑了。

大约在 1988 年，由于父亲身体不好，还有孩子读书的问题，我带着全家搬到附近的布法罗市区去住了，可能那里的生活更方便一些。

我估计这篇纪念文章，就是罗伯特全家搬离这里的时候写的。

这篇文章大概有四页，罗伯特对往事记录得很详细，是一个寻常的美国普通家庭的建房故事，但更有意思的是，这个建房记被退役冰壶运动员保留在出租屋里了，往来的陌生人，都知道了这座古怪乡间别墅的温暖往事。

第二天，7月19日，上午离开前，我和冰壶运动员站在屋旁的那棵大橡树下聊天，大橡树撑着巨大的树冠遮蔽了屋子的一部分，我和她说起那篇建房记，她说，罗伯特的父亲前些年已经在布法罗去世。

我想，他死前有没有再回来看过这栋住了50年的老房子呢？

正如罗伯特所说，我们记录了很多国家英雄或者商业明星的往事，但是对普通人来说，我们父母平凡而伟大的往事搁在哪里呢？

每个人的爸妈都有一个心酸的"弄房记"，我沿着尼亚加拉河开"毛驴"的时候，就回想起我自己的爸妈当年是怎样的情况。

爸妈从安徽的农场回到上海，全家四口没有住房，我和我爸住在厂里的宿舍，而我妈则带着姐姐寄宿在外公外婆家的地板上。那时候没有商品房，我爸的厂里一时半会儿分不了房子，我妈觉得这样下去不行。她就一次次地去跑政府街道、跑妇联、跑国企老单位，跑各种衙门，回家后还给各种衙门写上访信，说自己当年因为冤案19岁被迫离开上海，如今人到中年回沪，全家没地方住，望政府开恩。数年后，妇联终于开恩，我妈一直说那可能是女人部门的原因，女干部有同情心，分我妈一个仅8平方米的底楼小房子，在漕河泾附近。于是我们一家四口在上海，第一次有了自己的家，尽管小得可怜，但是毕竟再也不需要寄人篱下了。那个房子实在太小，而且还和四户人家共享厨房，潮湿无比，此外还有老鼠、鼻涕虫、蟑螂，暴雨天外面的积水过膝盖。

我妈当时的弄房环境是苏格兰移民后代罗伯特不可能想象的，她挽起袖子和周边人家去争夺厨房，然后在门后放上老鼠夹子，把墙上的鼻涕虫用筷子夹住放在玻璃瓶子中，带领我们全家在夏季大暴雨的夜晚，用盆子往屋子外面舀水。那年我 16 岁，舀水时我直起腰，看到我们的小屋子外面漆黑一片，汪洋上垃圾四处漂荡。我怔怔地想，家是什么呢？是宝盖头下面几头猪，几头拱来拱去、相依为命的猪。

10 多年后，我爸妈打算买一套便宜的房子，把家里所有的钱凑起来，床垫子下、花瓶里、书本里的钱都翻出来了，还缺点钱，那时我刚做记者，也没啥积蓄，就厚着脸皮向单位借了 15 万元。现在想想，那时候的报社也真是好，知道我家困难，居然二话不说，让我打了逐月扣还的借条，就借给了我，而且还全是现金。于是，我就用报纸包着一捆钱，陪着爸爸妈妈去签了合同，一堆钱在桌子上推向景瑞房产公司财务时，我暗想：这场景怎么那么像是给黑社会老大交赎金？"赎金"交完，全家人终于有了一个像样一点的窝，我这辈子也第一次有了自己独立的小房间，可以放下一张单人床和一个自己打的书柜。

后来我又搬了很多次家，每次都用尽全部的心智、体力去装修新的房子，但是，我却是那么深刻地怀念我曾经住过的那个破沙发，还有那个只能塞进单人床和旧书柜的小房间。那时，我再晚再累回家，爸妈都会为我开着一盏走廊的灯，一个变压器嗡嗡作响的日光灯，这种时光哪里再去找呢？

傍晚，我开着"毛驴"，慢慢地往密歇根州和芝加哥方向走，天逐渐黑了，路过的街区一户户房子的灯火都亮了起来，在窗边一闪而过，都慢慢消失在远处了。

变成堂吉诃德的鲍勃·迪伦

> 民谣不就是该这样吗，不为金钱浮华所动，不
> 随波逐流。
> 民谣不就是该这样：一把破吉他，一个烂嗓
> 音，一颗平静而狂热的心。

7月28日夜投汽车旅馆。

一个小池塘旁，黑暗中，几只雄萤火虫亮着金色的尾灯，一暗一亮地发出"摩斯密码"，在飘忽的风里寻找着爱人。每一种萤火虫都在发出它们自己的密码，夜空里，密码对上了，于是两只萤火虫在快乐地交配，灯光灭了，那是它们懂得害羞，拉了尾巴上的小开关。

早晨，我的"毛驴"脾气大发，沿着90号州际公路，从芝加哥近郊往西飚了数百公里。这条横贯美国的动脉从波士顿就开始如影随形，据说可以一直开到4800公里外的太平洋，消失在惊涛骇浪中。从大西洋到太平洋，史诗般的长度，一路上的风光是令人难忘的壮丽。

向西，向西。

谷歌标志显示进入明尼苏达州了，先是跨过密西西比河，满眼的祖母绿色，浓厚地流淌在柔软铺陈的大地上。

我看见，车窗外，一片阳光照耀的草地上牛羊在吃草，还有尚未退尽的蓝雾和远方的迷人天空，以及视线尽头渐渐消失的地平线。云在天上肆

意地舒卷，找到自己最舒服的姿态，蜷着身子，俯瞰着一望无际裸露的田野，就差给它手里配一杯咖啡了。河流和湖泊从车窗外闪过，连绵一片；田野上高大的桦树枝折断了，哗啦呼啦随风摇摆。

公路旁，棕色羽毛的鸟掠过河流和小镇，欢快地尖叫，上下扑腾，高频拍打着翅膀，向后倒退着，消失在反光镜中，背景只剩下那片云卷云舒的天空。

——这里是明尼苏达的夏天，用一个词可以形容：宜人。

——这里是吟游诗人鲍勃·迪伦的故乡，曾经寒风凛冽。

在鲍勃·迪伦的记忆中，家乡不完全是宜人的，而是一种淡淡的忧伤。他的家是美国的"五线"城镇，在明尼苏达北面一点的希宾，冬天刮起风来气温可以低到零下25摄氏度，暴风雪能活活冻死人。他的老家是一座一步一步走向死亡的城市，20世纪60年代，由于开采成本过高，导致希宾铁矿难销，城市里的萧条就像漫长的垂死挣扎，大批失去工作的年轻人游荡在街头，很多家庭陷入困顿。在鲍勃·迪伦的记忆中，家乡是一个让他又爱又恨的地方，他用歌描绘过一幅温柔而又残酷的美国中西部小镇的画面："希宾周五的夜晚，引擎咆哮，汽车全速飞驰／希宾的酒吧里，波尔卡乐团彻夜欢歌／站在希宾主干道的一头／就能将小城全貌尽收眼底／希宾是一座可爱的老城。"在鲍勃·迪伦的很多歌曲中，你都可以听出那个小镇老去的忧伤，一片属于明尼苏达的乡间空旷，一种对生活反叛的倾诉。

假如鲍勃·迪伦不是出生在这样一个"生锈"的五线城镇，世上还会有鲍勃·迪伦吗？

现在，我终于踏上了鲍勃·迪伦的故乡，耳轮中那个带口琴的吉他声在四处飘扬。知了在树下鼓动着它们的发声器，进行着一场午后的音乐会。

鲍勃·迪伦是犹太鞋匠的后人，10岁时第一次听到乡村音乐，灵魂瞬间被唤醒了，"那唱片的声音让我觉得自己是另一个人，就像是我投错了胎"。他的中学毕业手册上写的"伟大理想"是"加入小理查德的乐队"。

在明尼苏达生活到 19 岁，一个年轻人的世界观已成熟时，他倔强地把罗伯特·齐默曼这个典型的犹太名字改为鲍勃·迪伦，头也不回地离开北风呼啸的"老去之城"，要寻找他的远方，去拜访心中的偶像格斯里。

我在公路旁给"毛驴"加油时想象：20 岁的迪伦，黑头发乱蓬蓬的，穿着牛仔裤，提着旅行箱和吉他，在公路边挥手，搭便车去纽约，路过的车子把灰尘卷了起来。他口袋里大概只揣着 10 美元，晃着肩膀走进格林威治村的时候，纽约不知道它迎来了历史上最伟大的民谣歌手。

再过一小时，90 号公路将和 61 号老国道交会，这老国道就是"布鲁斯之路"，被无边的森林、草坡和小麦田包围着，从北面的明尼苏达一直向南贯穿整个美国，到达说法语的新奥尔良。当年很多布鲁斯音乐家背着行囊走在路上，抛开烦恼，在路上四处游荡结交新朋友，这对迪伦也产生了深远的影响。后来，他写了一首歌《重返 61 号公路》来纪念，写道："一个四处游荡的赌徒百无聊赖，他试图引发下一场世界大战，他找到一个以前遭受过挫折的贵人来帮忙，贵人说：我以前从未做过这样的事，但是我想它一定非常简单，我们只需找一些漂白粉在太阳下晒干，然后将它撒在 61 号公路。"

明尼苏达夏天的树荫下是极乐之所，饥肠辘辘的我在一家公路边的麦当劳前停好车，门一开，一股麦当劳的香气扑鼻而来。大约 200 斤重的店员姑娘，脸上长着两个很深很深的酒窝，她问我："你怎么样？想吃什么？"我坐在冷气大开的窗口，冻得瑟瑟发抖，大口大口嚼着温热的麦香鱼汉堡，瞥见窗外一阵风抚摸过乡间大树的长发，20 岁之前的迪伦，是否也曾经一样饥肠辘辘，是否也曾坐在公路旁的某个汉堡店里，嚼着薯条，看着窗外的大风和大树，哼起他脑子里突然出现的一首曲子呢？

十八九岁是多么美妙的岁月，我也曾经有过。

那年，到了纽约格林威治村的鲍勃·迪伦，遇到初恋女友苏西·罗图洛。

他说:"我知道自己第一次坠入爱河,即便在三十英里外仍能触摸到她的气息。""她有金黄的秀发、白皙的皮肤和热情的意大利人的血统。空气中突然充满了芭蕉叶的芬芳。我们开始谈天,而我的头一直晕晕乎乎的。我听见了丘比特张弓搭箭的声音。"

他执意要把她的照片放在唱片《放任自流的鲍勃·迪伦》的封面,那年他20岁,她17岁。

这张音乐史上最著名的照片之一:纽约的某处小街,地上都是狼藉的残雪,看上去北风把他俩吹得有些趔趄,他冻得缩着肩膀,两人紧紧偎依在凛冽的寒风中,相互取暖。他穿着土黄色的夹克,两只手伸进蓝色牛仔裤口袋,她穿着一件暗黑色的棉风衣,脸庞青涩。

我曾看到的唱片封面已经发黄。他给苏西·罗图洛写过一封信,平静地述说着情事:

> 这儿什么也没发生 / 狗在等着出门
>
> 贼在等着老妇人 / 孩子们在等着上学
>
> 条子们在等着揍人 / 每个人都在等着更凉快的天气 / 而我
>
> 只是在等你 / 那些美好就在我们身边 / 但却没有被留意

苏西为迪伦堕过胎,术后开始抑郁,她不希望自己沦为迪伦的一件财产,不久他们分手了,爱情枯萎。尽管他们的恋情仅维持了3年,但一直维持好友的关系。2011年,苏西·罗图洛67岁那年因肺癌辞世,鲍勃·迪伦罕见地被拍到神情悲痛、脸色苍白的那刻,他一言不发木然地坐在举行追悼会的教堂。他向来害羞,注重隐私,痛恨跟拍,但是为了苏西,这次好像破例了。教堂告别的一刻,那一脸的苍白,让人想起他自己的一首歌:"站在路口 / 我的双眼开始模糊 / 于是 / 我回头看着房间 / 那是爱人和我曾熟睡的地方……我们不过是那周而复始已似多余的清晨 / 只是彼此已相隔千里。"

似乎总有那么一个深夜,我们会突然想起埋藏在心里很久很久的一个人，那一刻记忆之舟穿越时光的黑洞。

鲍勃·迪伦始终像一团迷雾，一方面他孤傲而独行，一如明尼苏达旷野的大树；另一方面，他一直笼罩在一种神秘之中，迷雾重重，让世人捉摸不透。没有哪个歌手敢像他这么大胆地在歌声中恶毒地骂人，迪伦的代表作《像一块滚石》宛如复仇之歌，本意就是发泄怒火，打垮一个人，摧毁一个人，歌里他肆意嘲笑"寂寞小姐"，"你早晚要栽跟头的""你孤身一人的滋味，你觉得怎么样？""（你）像个流浪汉！"。他觉得自己是一群撒谎者中唯一说出真话的那个！

没有哪个歌手敢像他那样无情地在歌声中咒骂统治者带来的黑暗，《大雨将至》是一篇控诉宣言，"我看到一个新生的婴儿被野狼包围着""我看见整条路上都是钻石却空无一人""我看见一根鲜血淋漓的黑色树枝""我看见满屋子都是人而手中的锤子在流血""我看见一万个空谈者的舌头断掉了"。

他的民谣摇滚风，糅合了摇滚、乡村乐、灵魂乐、布鲁斯，但更多地糅合了一种桀骜不驯、不安分的灵魂。

迪伦从不在演出中与观众对话，他特立独行的形象，甚至有点奇怪的个性，钻进美国人的骨髓之中。

他还因太像流浪汉而被警察抓。2009 年，迪伦在新泽西州的朗布兰奇举行音乐会，表演之前他出门散步。很快，小镇上有人投诉，说有一位"衣衫褴褛、行为可疑的老人"，警方立即出发抓到了这位没有身份证的歌手，他被警察带回到酒店时，人们才发现这是当天的主角。

艺术家桑迪·马泽奥（Sandy Mazzeo）有次开着一辆 54 岁的老爷灵车在兜风。他突然听到后厢体有一阵窸窸窣窣声。"我在想，哦，天哪，这是鬼。"他看着后视镜，发现居然是鲍勃·迪伦。"迪伦不知什么原因爬到灵车的后厢体里睡觉了。迪伦当时正戴着上舞台的头巾，他睡在头巾里，头巾被解开了——他看起来像一具木乃伊。"

迪伦的反叛和不安分，也成为很多偶像成长过程中的偶像。

史蒂夫·乔布斯，就是在鲍勃·迪伦的忧伤、反叛的音乐中度过了他的少年时光。据说，见鲍勃·迪伦是一件让乔布斯精神高度紧张的事情。2004年，乔布斯第一次见到了他的偶像，他说："我当时紧张极了，跟他说话时舌头都打结了。""我们坐在他房间外面的露台上，谈了两个小时。我真的非常紧张，因为他是我心目中的英雄之一。而且我也怕他本人不像我想象中那么聪明，或者他只是在'模仿'自己，就像很多人那样。但是我很高兴，因为他说话入木三分，他的一切都和我想象的一样。"

鲍勃·迪伦告诉乔布斯："我现在怎么都写不出年轻时候的那些曲子了。"他停顿了一下，然后用他沙哑的嗓音微笑着对乔布斯说："但是我还是会哼出这些调调。"迪伦再一次到附近演出时，他邀请乔布斯在演出前到他的旅行车上来坐坐。他问乔布斯最喜欢什么歌，乔布斯提到了《多余的清晨》（"One Too Many Mornings"），于是迪伦当晚就唱了这首歌。演出结束后，乔布斯走在回家的路上，一辆旅行车驶过他身旁，发出了刺耳的刹车声，车门滑开了——"喂，你听到我为你唱的歌了吗？"

最近20年，再也写不出歌词的迪伦，把主战场转向了绘画和装置，他几乎每天都在画啊画的，有毕加索和马蒂斯风格的，有风景和裸女，还有大量66号公路的写实主义作品，看得出，他是在和他日益老去、腐烂生锈的创作激情做最后战斗，像是一个举着画笔、铁器、冲向风车的年迈的堂吉诃德。

迪伦身上罩着一团迷雾，在音乐上，他一会儿乡村野夫的民谣，一会儿金属质感的摇滚，一会儿老掉牙的布鲁斯，一会儿凶巴巴的朋克；在信仰上，作为一个犹太教徒，他有一天突然宣布自己是再生基督徒，并创作了大量受宗教影响的作品，但此后又渐渐疏远基督教；他自己演唱反战歌曲，却又不喜欢自己被树立成反战大旗。如此捉摸不定，可能他是不想成为任何外在事物的代言人，不想被贴上某一类的标签，他只是想做他自己而已。

迪伦的孤傲独行是举国皆知的。奥巴马总统曾在白宫举行纪念美国人权运动音乐会，特地邀请迪伦献唱《时代变了》，迪伦非但不参加排练，就连音乐会当天与总统夫妇拍照的环节也丝毫不感兴趣。奥巴马说两人仅有的互动就是礼节性握手和迪伦离开时报以的一个微笑。"如果他做些别的什么，那他就不是鲍勃·迪伦了。"

民谣不就是该这样吗，不为金钱浮华所动，不随波逐流。

民谣不就是该这样：一把破吉他，一个烂嗓音，一颗平静而狂热的心。

如今，民谣歌手老去，再也写不出年轻的歌了，但他还是握着一把画笔，一坨铁器，倔强地嘶吼着冲向风车。

"昔日我曾如此苍老，如今才是风华正茂！"

我把"毛驴"停在一个空旷加油站的停车场上，躺在旁边微微隆起的小草坡上眯了一会儿午觉，我噼里啪啦驱赶着蚊子。

天上的流云在迅速变幻着脸，正在燃烧的太阳沉入大地。

一路往西，穿越广袤的农区。

晚上七点半，我扛着行李箱走进明尼苏达州的一家公路旅馆，这旅馆的四壁充满了烟味，弹簧床垫子不太利落，吊灯歪斜，还瞎了一只眼，但我睡得很香，清晨嘴角挂着口水醒来，走出院子，看见启明星还挂在无边的旷野上。

我突然想到，如果没有在明尼苏达北风呼啸的青春，没有那座渐渐生锈的小镇，没有忧伤的百般无聊的生活，很可能就没有后来的鲍勃·迪伦。我非常能够理解这种"五线"小城的生活状态，因为我小时候也曾经住在一座渐渐生锈的小镇。那里有一座灰暗的国有工厂的子弟学校，我的音乐老师姓娄，平时是个沉默寡言、不苟言笑的大马脸，非常可怕的是，这个马脸还扎了一条大马尾巴，常常阴沉着脸从走廊上飘过，和同学们连招呼都不打一下。岁末的全校师生联欢大会上，学生演出结束后，压轴大戏让我们大吃一惊，娄老师居然抱着吉他上台了，他穿着短袖的花衬衫，这花衬衫的纹案宛如东北棉被风，宽喇叭口的牛仔裤，平时扎起来的马尾巴放下来，披头散发，在我们眼里宛如妖魔鬼怪……他抱着吉他，在舞台上吼起摇滚，有崔健的，也有唐朝和魔岩三杰的，每一声都吼得好粗好粗，震耳欲聋，有些歌他是一蹦一跳地唱，这样把联欢会推向了高潮。最搞笑的是，他的裤带上还绑着一串钥匙，随他的演唱一起一蹦一蹦的，现场所有学生都嗨翻了，同学们鼻涕都笑出来了，蜂拥到台子前面去看娄老师，我后来想，这个娄老师的心里藏着一个怎样不安分的灵魂！

疯马

> 苍凉的排笛声飘浮在草原上，月光也没有，就这样，他用马驮着孩子的尸体一步一步走回去，回到苏族人的帐篷群里。啊，我的儿子啊，回去吧。

记得33岁某月某日的一个夜晚，我对镜梳头，惊愕地发现一大把头发夹在梳篦之间，嗷——我要秃头了?！担忧和恐惧瞬间紧紧抓住了我。后来，偶尔翻阅报纸广告，某个牌子的洗发水广告像闪电一样击中了我的心："为什么印第安纳人没有秃头?！"是啊，电影电视里没有看到印第安纳人有秃头的，他们的头发都很酷，他们为何没有秃头呢? 于是乎，我就冲到店里买了一大堆这个牌子的洗发水，使劲地洗啊洗啊，按说明搓啊搓的，两个月后，头发没有想象中的如夏草疯长，反而掉得更凶了，一如秋风横扫的梧桐树叶。有天，薅着一把落发，我突然悲哀地明白了一个道理：印第安纳人的头发好像和这个洗发水没有半毛钱关系，八竿子也打不着的啊，是哪位高明的大爷想出这么一句神一样的广告语? 俺了个去，俺掉大坑里了!

想着这句撩人的广告语，摸摸如今光溜溜的脑袋，我开车从明尼苏达进入了苍苍茫茫的南达科他州。

公路笔直地伸向前方，好像没有尽头，两旁散落着一大片一大片的玉米田。我开着半扇车窗，风把座位上的一本书吹得哗啦哗啦的，我突然想到，这片大陆曾经空旷得一个人也没有，只有树叶落下来的声音和风吹过草地的声音，这么广袤的土地，连一只猴子也没有，是一种什么样的感觉？

会不会是一种亘古的寂寥？

直到几万年前，这里的第一批先人才在白令海峡结冰的时候，从亚洲摸到这里，子子孙孙繁衍下来，他们就是印第安人。

谷歌地图显示车子进入了大平原的腹地，这里曾是印第安人中最剽悍的一支——苏族人生活的地方，他们骑马不用马镫，在马背上可以做到箭如雨矢。美剧《冰血暴》第二季中就讲了一起这里的真实血案，一个复仇的苏族人，冲进旅馆，干掉十几个警察和黑帮人，血洗了南达科他州苏族瀑布城。

还有一部拍摄于此的长达 4 个小时的奥斯卡奖传奇影片——《与狼共舞》。4 个小时，全程无尿点！看完后满脸是泪，瞬间对美国西部充满了无穷无尽的神往。我记得电影里那些难忘的镜头：无名的野花在原野上怒放，一匹孤独、苍老的狼和它毫无恶意的眼神；满脸憨态的野牛在无休无止地狂奔；乳白色的炊烟从褐色的牛皮帐篷里突然升起……苏族人的彩色羽毛头冠在墨绿远景下随风摇曳，男人们胯下是白马，腰间配着亮瞎人眼的三尺金刀，手上高举长管火枪，在呵斥声中纵马疾驰。《与狼共舞》拍摄地在恶地国家公园、黑山附近的荒野区，仅猎捕野牛那一幕，就有上百位印第安骑手和数千头野牛驰骋于现场，野牛蹄子奔腾带起的灰土遮天蔽日，何等壮观！！在庞大的牛群中，没有一头野牛出自特效，堪称那个时代经典中的经典。这个剧本的作者迈克尔耗尽心血，在 20 世纪 80 年代写完此书后，无人愿意出版，他一度穷困潦倒，在洛杉矶街头无家可归，直到遇到了天才导演科斯特纳，后者自导自演，还自掏腰包拍了这部电影。他们都是西部牛仔精神附体的人。街头流浪的作家迈克尔后来成了 1991 年奥斯卡的最佳编剧，他说：希望展现已然消失的东西的同时，或许能重拾些许。

车子进入当地最大的城市拉皮德，Rapid City，我叫它"激流之城"。这座矗立在西部荒蛮中的小城，几乎没有几幢高楼，杂草在人行道旁探出脑袋。这座小城的人非常之少，但是它有两样东西在美国却是家喻户晓的：四位总统和一个印第安英雄之间的一场旷世对峙！

四位总统的头像站立在出城不远处的拉什莫尔山，华盛顿、杰斐逊、西奥多·罗斯福、林肯四人巨大的石雕像，如同要从山石中挣脱出来似的。我站在山脚下，仰头看去，山即是像，像即是山。林肯的脸有 9 个姚明那么高，一个鼻子就有 6 米长，一个鼻孔塞进去几个日本相扑胖子应该没有问题。正在山体肖像上维修的工人，仿佛是一只趴在华盛顿脸上的黑色蜘蛛。总统雕像的开凿源自当地的一位历史学家罗宾逊的疯狂想法，他打算以此景点吸引全国人民的关注，搞活家乡旅游业。1927 年，达科他人民在雕塑家博格勒姆的指挥下，开始爆破式"雕山"，历经多年的"愚公移山"，终于建成西部蔚为壮观的人工景点。在此后无数部好莱坞电影或者各种恶搞中，总统山要么被恐怖分子炸得稀烂，要么被地震震得七倒八歪，要么成为外星人的秘密基地，在一张政治漫画中，拉什莫尔山上竟然出现了第五个人——奇怪发型的特朗普。总统山下的观景平台堪称西部人口密度最高处，摩肩接踵。我挤在游客中，看到了一个非常有趣的景象，由于山石颜色不一样和长年风蚀，神情凝重的林肯脸部侧面宛如披了一条新娘的面纱；90 年前的罗斯福总统的眼镜是目前最时髦的款——有框无镜片式；而伟岸的华盛顿总统更神奇，他的额头发际里长出了两个神秘的黑洞……当然，整个总统山还有一个真正伟大的地方，凸显总统气度、大国风范，那就是所有游客一律免门票。我爱免费！

从总统山上下来，天色陡变，铅灰色的密集云团正向我的方向涌动，一场西部的夏季豪雨似乎正拍马赶来。我依然按计划，开车去看那座比华盛顿、林肯更为雄伟的山体巨石雕塑，仅仅几十公里之外的山上，屹立着一位印第安酋长——疯马，一位仅活了 35 岁的传奇英雄，他的巨雕与总统山遥相对峙。

汽车停在一个很简陋的收费岗亭前，探出一个胡子拉碴的大叔，指了指岗亭旁的一块牌子，上面密密麻麻写了一堆字，里面有一个关键意思：私人项目，门票22美元。下了车，远眺这座巨大的灰褐色山体，目测比总统山要高出许多，疯马的脸部已经被清晰地雕刻出来，他的手笔直地指向远方，但是，整个山体看上去仍然像一个未完成的工程，除了头部和手以外，身体部分仍然是原始的山体，其中马头部分已经被人用白色的颜料在褐色的山石上标注出来。我接着又花2美元，买了一张公共汽车票，坐上一辆破败的美国二手校车，这就算是一辆观光巴士。它载着我和一堆美国各地的游客绕疯马雕像山一圈，其中很长一段是土路，高低不平，我从座位上被突的一下颠起来，头硬生生地撞上车顶，痛得要命。

云色变黑了，风抽打在山脚下的树上，猛烈地摇动着它们的身姿，大雨的前锋部队已经光临，在漆黑的天色映衬下，汽车正好带我们转到疯马的脸的正面，那双灰褐色的岩石雕刻出来的眼睛，凝视着远方，带着一丝忧伤，一丝愤然，一丝平静，这个眼神要杀死人的啊。疯马头上束着印第安苏族人的发髻，手笔直地插向远方，风扯动这一切，我似乎听到了马在风中受惊的嘶鸣，耳郭中似乎还听到一声爆响，头上传来狮吼声。

一定有一些印第安人的灵魂在空中飞舞。

四位总统的巨像在黑山地区开建后，引起了当地印第安人的强烈不满，黑山曾是印第安人的圣地，另外，从北美原住民的视角，四位总统都是屠杀美洲印第安人、掠夺他们家园的敌人。以林肯为例，他曾下令绞死了明尼苏达苏族部落的38个酋长，这些被绞死的人大部分是各个部落的神职人员和政治领袖。

当地的酋长"立熊"站了出来，他想让全世界知道"印第安人也有伟大的英雄"，黑山曾经是印第安人的神圣土地。酋长给远在波士顿的雕塑家齐奥尔科夫斯基写信，邀请他来此地为"疯马"塑像，建一座比总统山还要高的山体雕塑，代表过往印第安人永不消散的灵魂。

神迹发生了，收到此信的齐奥尔科夫斯基风尘仆仆地赶到黑山后，内心受到了印第安人的召唤，从此决定定居此地，日夜凿山，成为美国版的

"愚公"，惊天地，泣鬼神。

我在疯马纪念馆里面看到一张照片，是1948年的齐奥尔科夫斯基，他穿浅色宽松裤、戴大檐帽，一副城市酷哥形象，经过漫长的雕山工程，到了20世纪70年代，他已是一个须发皆白的老人，仍带着他的妻子和7个子女每天"挖山"不止，由于日夜在野外开山，他被晒得漆黑通红，胡子拉碴，城市酷哥已经宛如荒野野人。据说，他每天要爬上七百多级台阶，用冲击钻打岩石钻孔，放炸药，每次点爆时，齐奥尔科夫斯基都要大吼一声："疯马"你在吗？轰的一声爆破声，似"疯马"在回答，"我在"。

"愚公"齐奥尔科夫斯基知道自己有生之年无法完成疯马的雕像，于是生前写了三本"疯马雕山秘籍"，这样他1982年去世后，他的妻子按照"秘籍"指引，继续带着7个子女完成他未竟的事业，男孩上山挖山，女孩经营游客中心。两代人足足挖了50年后，到了1998年，"疯马"的头像部分完工，那山顶上的印第安英雄的眼神，在黑山干涸的山峦上出现了，引起巨大的震动，使很多人开始反思白人欺压印第安人的历史。

这期间，他家还两次拒绝了美国政府的拨款。他说："因为这是印第安人的事，不要白人政府的钱。"迄今，疯马雕像工程只接受私人捐款和参观者的捐助，所以，这儿是全球游客最积极买门票的地方。

齐奥尔科夫斯基用着二手的、破旧不堪的设备，趴在山体上突突地钻山，就是一幅印第安人永不妥协的肖像画，尽管他本人并不是印第安人。

很多人说，他是疯马投胎转世而来的。

如今他的孩子们继续着疯马雕像的身体、战马部分的工程，10个儿女、23个孙辈都上阵了，子子孙孙，无穷匮也，标准的"愚公移山"。

二手校车改的破巴士还没有到游客中心，西部的暴雨就来临了，扯天扯地、噼里啪啦地砸在车顶上，好像还夹着冰雹，由于车窗没有关，大家像受惊的羊群一样纷纷往车子中间挤。我突然想起附近的国家公园叫"恶地"，名字用在这地方好贴切。我们一群游客都被困在车上，隔着雨幕，往车窗外望去，雨水打得山土溅起泥浆，噼里啪啦的，疯马的巨大雕像屹立在山顶，迎着狂风暴雨，遒劲有力，他的背景是黑黢黢压迫着大地的云。

疯马曾是印第安人的"阿凡达"。

如今站在这片荒芜的土地上，依然可以感受到他的力量。仿佛看到他带领着原始的印第安部落战士和美军正规部队作战，以血肉之躯抵挡白人的先进武器，居然击毙了林肯爱将、南北战争名将卡斯特，并全歼美军骑兵团200多人，为被白人赶得流离失所的印第安人出了一口气。

疯马属于拉科塔的苏族印第安人，他长得像一个健美的阿波罗神，具有印第安人特有的那种文质彬彬，他还是个天生的武士。15岁时便成为部落里一名骁勇的猎手，他战斗时"就像一匹疯狂的战马"，在一次战斗后的庆功会上，他被父亲改名为 Crazy Horse——疯马。"疯马"这名字并不表示他的马疯了，而是他的马在梦中以古怪的方式跳舞。在和美国联邦军队的战争中，他表现神勇，并成为部落首领。

1874年，黑山地区最大的灾难来临了：这里发现了金矿。为了淘金，西进中的白人撕毁协议，侵占印第安人的圣地，驱赶苏族人，苏族人只能发出最后的吼声。

战争如箭在弦。

西点军校毕业的名将卡斯特以往战无不胜，被誉为"印第安人克星"，他的小胡子和一身战袍的形象，仿佛是美国军队的偶像。他率领第七骑兵团打算包围印第安人，并准备在一个叫"小巨角河"的地方彻底击溃他们，让他们诚服。小巨角河畔，疯马和坐牛、红云三位酋长带领印第安人安营扎寨在那里，双方都憋足了劲，命运之神会青睐哪一方？可能是蔑视印第安人的心理在作怪，卡斯特贸然发动攻击，他把他所率领的骑兵团分成三路，两路从侧边进攻，他自己则带领200多名骑兵从正面进攻。没有料到疯马集结了4000多名印第安人伏击卡斯特这一支队伍，疯马冲在最前面，苏族人紧随其后，潮水一般地冲锋。卡斯特的部队第一次遇到这么彪悍的印第安战士，马上陷入恐惧的惊慌失措。战斗中，疯马身中数枪，但没有致命，卡斯特却当场战死，跌下战马。在三个多小时的战斗中，终致包括卡斯特在内的200多名骑兵全军覆没，唯一的幸存者是一匹战马。

美军200多名骑兵的尸体都被毁坏，脸部被用刀划烂，印第安人相信这样死者的灵魂无法辨认自己，就不会再回来报复。

这是印第安人的最后一次怒吼，最后一次胜利。

此战后，印第安骑士四下散去，他们的时代已过去。

由于南北战争英雄竟然在建国一百周年时遭到印第安人的杀害，林肯震怒，认为必须剿灭"红番"以告慰这位"英雄"，数千人的骑兵部队陆续被派到这个区域作战，在往后一年中，他们毫不留情地驱赶印第安人，处死了数不清的酋长和反抗者。冬季来临之前，白人还围杀了几乎所有的野牛，让印第安人失去赖以生存的食物和生活物资来源。

战斗打赢了，但疯马却因此不得不四处躲避美军的追捕，他浪迹草原与荒滩。第二年，因妻子生命垂危才悄悄回到家中，美军的眼线立即发现了他，他不幸被抓获。白人把他关押在审讯室，身边的卫兵畏惧他的勇猛和厉害，把他紧紧地反绑在座椅上，在他激烈地挣扎反抗时，一个士兵将铮亮的刺刀从背后捅向了他的前胸。

伤是致命的，疯马当晚就去世了，年仅35岁。

人们虽然至今仍无法确认疯马出生的日期，但永远记住了他去世的那一天——1877年9月6日。

疯马去世了，野牛群也没有了，圣地黑山丢失了，印第安人的灾难何时是尽头？

在一位名叫沃沃卡的印第安人巫师的带领下，一场神秘的预言运动席卷印第安人聚集地。相传他在日食发生时，受到了神的指示："1889年的春天，印第安人的祖先将复活，印第安人赖以生存的野牛也将会重新覆盖整个草原，可恶的白人将全部死去。"在这一天到来之前，所有印第安人都要跳舞，一直跳到第五天的黎明到来。

常年饱受饥饿困扰，已被白人逼入绝境的印第安人听到这则消息，无疑为他们苦难的生活注入一剂强心针，他们狂热地信奉这个预言，并在此基础上增加了一种特殊的"鬼衣"，据说穿上此衣将刀枪不入，鬼舞反抗运动迅速蔓延。最终，一行鬼舞者在伤膝河安营扎寨，美军第七骑兵团密集的枪声乒乒乒响起。坚信"鬼衣"能够护体，印第安男人、妇女、儿童都在枪声中翩然起舞，在凄离苍凉的排笛声中，在摄人心灵的鼓点中，数百名印第安族人最后一次与神对话、最后一次通灵之舞，都在冰冷的枪声中戛然而止，老人、孩子、女子、壮汉全都倒在血泊之中，流血和呻吟。后来人们发现，那些"鬼衣"只是一些白色的衬衫而已。

没了疯马，他们宛如一群"过家家"游戏中的孩子。

伤膝河大屠杀是印第安人抵抗白人运动的终结。

疯马游客中心聚集了很多人，大家都在嗡嗡地说话，那些陈列的印第安木质手工器物则默默无语。我摸着一把石斧头上木头的裂纹，向窗外再次望去，发现雨已经完全停止了。

这西部的雨来得快，去得也快。

我买了两本书和一块石头，快步离开大厅时，一扭头，看见天色开始变成有一丝血色的暗红，在乌云翻滚的天边。据网上说，有人经常看到一朵神秘的云，云里会有一名印第安骑手，不知是真是假。这位云中骑士左耳吊着绛红色石头，赤裸的胸前挂着蓝色的松石，他在云上奔驰，脸颊上刻着一道长长的闪电形的划痕。

耳轮中不知怎的出现了疯马父亲的那哀伤的挽歌。

那个晚上，他的父亲一步一步走在草原上，牵着马，唱着悲凉的印第安挽歌，而马背上一颠一晃的是他挚爱的儿子——疯马，以往温暖的身体如今已经冰凉，血迹凝结。苍凉的排笛声飘浮在草原上，月光也没有，就这样，他用马驮着孩子的尸体一步一步走回去，回到苏族人的帐篷群里。啊，我的儿子啊，回去吧。

这是印第安人的儿子。

他用双手刨土，双手刨出血来，把儿子葬在恶地的草原上，他永远永远永远睡在那里。

灵魂皈依荒原。

他儿子的遗言是："这是我们的土地，是我们得以安葬的地方。"

（My lands are where my dead lie buried.）

开着"毛驴"离开黑山，目力所及可达地平线的尽头，雨后，白色的迷雾笼罩着无垠的旷野，无垠旷野后面还是无垠的尽头，夏风劲吹。

天地空旷，让我想起古龙的名句："天涯远不远？""不远！""人就在天涯，天涯怎么会远？"

狂野比尔的死木镇之死

> 我们都是这片空旷之地的匆匆过客，那些留在
> 荒滩上的脚印要不了几天就没了踪迹。

7月30日。

从疯马雕像山回来的路上，抬头看看天，晚霞不知被赶到哪个旮旯里去了。

夜投拉皮德的一家自称为"舒适"的小酒店，踢踏着拖鞋和一位服务生蹦单词聊天。大意是"这儿好玩吗？那儿好玩吗？附近哪里好玩？"。这是位一脸喜庆的西部小伙子，胡子一根一根地从下巴下面倔强地钻出来，被梳成小卷往上翘着，他说的英语是飞快的卷舌，我一脸蒙，最后他挥舞着他的左手，指着酒店厕所的某个方向，反复强调了一个单词"逮德吾爹！"，单词的发音都被他的舌头吃掉了。

"逮到吾爹？"

"逮德吾爹！"

"好的！逮到吾爹！我听明白了。"

我其实不太明白，怕忘记音，口里喃喃着"逮到吾爹"，回房间查了一下谷歌，才恍然大悟：此人口中的"逮到吾爹"就是 Deadwood，汉译为"戴德伍德"，这是附近的一个小地方，又名死木镇，离我这儿才 67.2

公里。

于是第二天一早，马马虎虎地抹把脸，嚼个死硬的面包，就上了我的"驴子"，从90号州际公路一路往西飙车，天上连一丝云都没有。一路荒滩和草原风光纠缠着交替着，45分钟不到，翻过一座山，山上有多处被砍和大火烧过的林子，部分山丘一片焦黑，全是死木、死木，我忽然明白这就是到了"戴德伍德"镇的地盘。

这是一个外表还保留着100年前模样的西部小镇，只是当年的木结构全换成了现代砖砌，而且粉饰一新，满街都是节日的旗子，大概是西进淘金运动某某年的纪念，挺像碧桂园公司在东莞街头立了一排排刀马旗广告卖房子。

上午11点一过，突然鼓乐大作，一场西部嘉年华式的大游行开始了，140多年前的当地生活场景仿佛海市蜃楼一般出现了：老式四轮马车上载着一家一当，男女淘金者徒步走着；女人们穿着维多利亚时代乡下妇女的衣服，绣花软帽、披肩，巨大的暗绿色裙摆下面露出里面白色的衬裙，男人则骑着马，戴着黑色大檐帽，穿着米黄色宽松裤，腰间配着枪；淘金时代的儿童在马车学堂上琅琅读书，书似乎是拿倒了……

我喜欢看驴子，发现那些驴车吱呀吱呀地蹍过小街时，驴一边走一边从屁股蛋里扔出褐色的炸弹，这是它们欢迎大家的手雷。

半小时后，侏儒人驾着侏儒马车，欢乐的小手像可爱的鸡爪子；出殡的队伍拉着黑色棺材也缓缓走在队伍中，有跳舞的姑娘们向路过的围观游客撒花似的撒糖，路上的孩子蜂拥而上争抢糖果……

整个游行队伍后面压轴的，居然是一辆现代化洒水车，以及一辆扫地车，他们负责清扫前面游行队伍的马、驴、羊留下的褐色炸弹。但是，由于前面车子的辖辘早就把驴粪马粪轧扁了，现在洒水车洒上水，粪便就化了一地，再被扫地机器的辖辘扫帚一扫，一搅和，结果，整个小镇都弥漫着一种马粪驴粪的混合臭味，刺鼻的腥臭随风四处飘荡。

人群掩鼻四窜后，一条褐色炸弹留下的水迹，长蛇般蜿蜒在死木镇的大街上。

夜晚，死木镇在赌场、酒吧的老式霓虹灯一闪一闪下还魂了。

站在主街上，空气清凉得让人快活无比，"老虎机"的啾啾声此起彼伏，这"天籁"之声让你彻底告别白天的秩序，自由的液体在血管里奔腾，一切回归原始欲望。

酒吧赌场小街，一家门口的木牌上刻着"死木最老酒吧"，另一家是"比最老酒吧还老的酒吧"，玻璃窗上还张贴着一张"星期三女士之夜，全部一美元"的小广告，但我没有看到几个女的或者有女性特征的人。死木镇的夜店全部24小时营业，这里宛如一个小小的拉斯维加斯，不同的是，拉斯维加斯是一个都会型赌城，而死木镇是一个西部野性的迷你小镇。

140多年前，死木镇是赤裸、狂野、暴乱的。这片法外之地，上演着疯狂的剧目：酗酒、赌博、性交易、杀戮，导演是无休无止的欲望。

死木附近发现了金矿，"那里有金子！""金子！""金子！！""金子！！！"消息在附近的州传开后，人们全发了疯，士兵扔了手中的枪，女人放下针线活，小职员丢下手中的笔，一路长途跋涉、跌跌撞撞摸到溪畔，扛着铁锹，拿着脸盆、脚盆、菜盆跳进冰冷的溪水中，着了魔一样舀起淤泥，眯着眼睛在太阳底下寻找金沙。金子啊，金子！投机商、逃犯、妓女、赌棍、华人劳工、黑帮等蜂拥而至，聚集在这个污水池，人人渴望一夜暴富。死木作为给淘金者提供服务的集市，最高峰时有5000人来到这个法外国度。

我看到一张1876年的黑白照片显示，小镇泥泞混乱不堪，马路当中堆满了山上砍下来的烂木头，这或许是这个小镇名字的来历？照片里，街道旁边是一家家旅馆、酒吧、餐厅，甚至赌场和妓院，店招横七竖八地插着，几乎塞满了整个小镇。死木一夜间就成了淘金者的"销金窝"。

那一年，有一个叫艾尔·斯韦瑞根的瑞典大胡子骑着马来到了这个小镇，开了一家宝石剧院。这个剧院不是传统意义上的剧院，而是一家让客人听歌看艳舞的酒吧妓院。艾尔·斯韦瑞根把年轻而绝望的姑娘拐骗到死木镇，强迫她们卖淫。据说，他曾从内布拉斯加州的西德尼一次性"采购"了 10 个女孩，用拳脚和威胁逼迫她们在宝石剧院接待客人。那些闯荡西部的淘金汉的钱都流进了他的口袋，他发了大财。有人估算过，这颗"宝石"平均每晚收入为 5000 美元，有时甚至高达 10000 美元（相当于今天的 235000 美元），这是一棵长在西部荒漠中的带毒的摇钱树。

后来，HBO 基于艾尔·斯韦瑞根的真人故事，推出了电视剧《死木镇》。剧中讲述了淘金时代骇人听闻的西部往事：死木镇的小街上挂着破败的酒吧和旅馆的幌子，泥泞混乱的街道上有人在街边倒吊着一头肥羊在宰杀，羊肚子被血淋淋地掏出来；宝石剧院的木质阳台上，妓女们向过往的骑马路人抛媚眼；街上正在大兴土木，烂木头滚在街心，形形色色的路人眼神中充满了贪婪、希望、好奇以及杀机。整个小镇都置于艾尔·斯韦瑞根无处不在的势力之下，任何胆敢阻挡他财路的人都会被残忍地杀掉，被他的马仔用小推车推到街边的一个猪圈，剁碎了去喂猪。他对镇上每个人都了如指掌，任何风吹草动都逃不过他的耳目，这个恶棍是死木镇真正的王者，甚至政府军队也对他无可奈何。他极有头脑，善于和政府周旋并组织政治同盟，让试图恢复秩序的警长拿他一点办法也没有。

我查了资料，发现宝石剧院开了 22 年后，被一场神秘的大火烧得干干净净，这场火是仇人的报复还是仅仅是打翻的马灯引发的，无从考证。5 年之后，有人发现剧院老板艾尔试图跳上一列疾驰的货运列车，当场摔死，后来发现他是被人谋杀的，他的口袋里连一个子儿都没有剩下。还有一种说法，他是在两条街道中间的小路走路的时候，被仇家用刀砍伤头部而亡，然后被扔上了一列疾驰的列车。而犹如报应的事情是，在此事发生前两个月，和他长得一模一样的孪生兄弟勒穆尔也在家中被人射杀。这个情节有点像姜文的电影《让子弹飞》，那是一个中国西部无法无天的小城，叫鹅城，也有一对长得像孪生兄弟一样的恶棍。

第二天，我还是无所事事地在死木镇晃悠。

主街的尽头有一家充满尖叫声的欢乐"灰熊"游戏吧，很多人在啪啪地拍打游戏机上的按键，还有人坐在窗边喝啤酒。收银柜台后面站着的是

23岁的创业者"白亚",这是一个胖嘟嘟的、笑起来一脸憨态无公害的俄勒冈人。

白亚告诉我,这家店是他和他妈妈一起开的。

"那么你妈妈呢?"我问。

"她出去玩了。"白亚说。

我笑喷了,说:"这情况和中国正好完全相反,如果中国母子合开一家小店,八成是母亲日夜操劳,而儿子时不时出去玩耍一阵子。"

白亚和我一聊天,5分钟不到就把家底全都翻开来给我看,说他大学毕业后不满意自己的工作,就离开波特兰,和与他相依为命的母亲一起漂到了死木镇,合开了这家啥都有的小店。他说开店的费用主要是母亲出的,他没有太多积蓄,他主要出力,比如像看门狗一样努力守着这家店。他没有说他的父亲在哪里,什么时候消失的。

我问了一个傻问题:"现在的死木镇还有杀人事件和歹徒吗?"

他说:"没有,没有!"他说:"我特别喜欢死木,这里的人很友好。一点也不像100年前的样子!"

他接着说,他还超级爱这里的熊,说着把上衣脱掉,给我看他后背的文身,天!一只肉鼓鼓的灰熊趴在他的后背上,暗橘色的眼珠子盯着我,眼睫毛像刷子一样往外翻着,丑萌可爱的呀,我忍不住就想伸手去摸它。

闲聊中,我又问他:"这个小镇有中国人吗?"他说:"洗衣店都是华人开的。"

我说:"我怎么从来没有看到过他们?"他说:"他们都待在店里,不怎么出来玩。"

或许在某些美国人眼中,中国人是神秘而有趣的,中国人不需要玩,另外,中国人好像都不会死!因为从来没有人参加过他们的派对,也没有人参加过他们的葬礼,更没有人看见过他们的墓地。好像他们在老死之前,全都消失了。他们往往沉默着,像无声音的蚂蚁,默默无闻地在店里面忙碌着。

十一点半还完全没有睡意，我起来溜达。

外面有一点夏夜的凉意。

主街渐渐安静了，只有"沙龙十号"的红色店招横在人行道上，像是酒鬼的眼睛，特别招摇。

招牌上有一把手枪和5张扑克牌，这是什么意思？我走进酒吧，吃了一惊，里面居然人声鼎沸！和外面的安静形成了反差。酒吧正墙上钉着一把雕花的木椅子，上面写着"这是狂野比尔坐过的椅子"。这是个原始西部风的酒吧，粗糙的木屑还留在地板缝里，有一位妖娆的女歌手在唱西部老歌，里面挤满了戴大帽檐的壮汉，大檐帽举着酒杯挤来挤去，像木头培育架子上拥挤的白蘑菇。

三杯啤酒下肚，人自在多了，我也忘了这是哪儿了，先是在人群中随歌声扭起了屁股，起先还四肢僵硬，半小时后就自如了，像鸟，像猴子，像通电一样。接着和一对从附近的小镇过来的夫妻相聊甚欢，戴大檐帽的老公估计很少看到中国人，很兴奋地和我干了几大杯。酒吧太吵了，我们彼此完全听不见对方在说什么，个别时候吼几个单词而已，大檐帽脸上的痘子都笑出了声音。对！这就行了！为今晚干杯。

后来我才知道，这个令人快乐的沙龙十号，却有着极其惊悚的血色往事。

因为西部第一快枪手狂野比尔·希科克就被射死在这家酒吧，而墙上的那把椅子就是他曾经坐过的，并且他死在这把椅子上——一个死人坐过的椅子。

1876年8月2日下午，狂野比尔走进我所在的沙龙十号酒馆玩扑克。四位牌局中剩下唯一的一把空椅子是背对大门口的，这是他不愿意坐的位置，他通常喜欢坐在靠墙的位置，这样可以看到门口的动静。但是，那天好运不在他这边了，他没有这样的选择。过了一会儿，赌鬼杰克·麦考尔也进入了酒馆，他还和比尔打了一个招呼。麦考尔绕着桌子走来走去，停下来检查每个赌客的手。最后，他停在了狂野比尔的身后，突然，他拔出手枪，大喊一声道："该死的，去死吧！"朝着比尔的后脑勺开了一枪，狂野比尔中枪后，当场死亡，他向前倒下，把手摊开在桌子上，人们看到他手上的最后一副牌是：一对黑色的 8 和 A。这死亡之牌，就是牌局中所谓"死人之手"的来历。据后来收藏这副牌的人说，上面沾有狂野比尔的一点凝结的鲜血。而这副牌和手枪就被制作到了沙龙十号的店招上，像一个讽刺剧，招揽着过往的闲客。

神枪手被人枪杀，一切都是宿命。

我总结一下这位西部英雄极具戏剧性的一生，归纳为一个"杀"字，杀熊，杀人，被杀。

第一，杀熊。据说，1860 年，他独自一个人从密苏里州到新墨西哥州用马车运货时，在山间的密林小道上，他发现马车道被一头熊和它的两个幼崽堵住了。他立即下了马，走近熊，朝它的头部开了一枪，但子弹从它巨大的头骨上反弹开去，这枪声激怒了它。熊猛地扑向了狂野比尔，用它的身体压扁了他。慌乱中，比尔又开了一枪，打伤熊的爪子。然后熊用嘴咬住了他的胳膊，但是狂野比尔的另一只手摸到了自己的刀，他拔出来割断了它的喉咙，杀死了这个大家伙。狂野比尔受了重伤，胸部、肩膀和手臂都被压碎了。他卧床休养了 4 个月，算是捡回了一条命。（《荒野猎人》借鉴了一点点这个情节？）当然，这一切都是狂野比尔后来自己说的，是他杀死了那头熊。我就很怀疑这一点，因为，完全不排除这样一种可能：他最后装死，熊以为杀死了他，他逃过了一劫。再健硕的人在灰熊面前都是不堪一击的，熊皮那么厚，要割破气管导致它死亡，在匆忙间是很难的。当然，他被熊打死，那也是活该！谁叫他去惹熊?! 不能等五分钟红绿灯吗?

第二，决斗。在斯普林菲尔德的时候，狂野比尔和当地一个名叫戴维斯·图特的赌徒看上了同一个女人，二人发生了好几次争执。此后，狂野比尔在一次扑克牌游戏中输给了图特一块金表，这块表对他有很大的情感价值，他要求图特不要在公共场合戴它。但是，图特不听，还在酒吧里公然戴着他赢来的表，这彻底激怒了狂野比尔，最后，他们商量好在斯普林菲尔德小镇大街上，进行生死决斗。当天小街两侧挤满了人，根据决斗的不成文规则，谁后拔枪而击中对方，具有莫大的荣耀。他们面对面对峙着，把手按在腰部枪把上，看谁先按捺不住，先拔枪。但这次，图特没有了牌桌上的好运，他掏枪射击没有射中，而狂野比尔在 69 米外准确地击中了图特的心脏。图特在倒下死亡前大喊："孩子们，我被杀了。"两天后，狂野比尔因谋杀罪被捕。这项指控后来被减为过失杀人罪，最后被无罪释放。

图特可能不知道，狂野比尔的枪法是惊人的，据说他从拔枪到开枪只要 0.3 秒的时间，而且百发百中，无人可以逃出他的枪下。图特如果知道这个，他还会义无反顾地去和比尔决斗？他是真心找死还是真心英雄？

第三，杀戮警长。狂野比尔来到海斯镇，在一次特别选举中被选为警长，他担任警长的第一个月，就杀死了两个人，被誉为杀戮警长。其中一个是比尔·马尔维（Bill Mulvey）。他在镇上横冲直撞，醉醺醺的，在酒吧里朝镜子和威士忌酒瓶开枪。市民们警告马尔维要守规矩，因为狂野比尔是治安官。马尔维愤怒地宣称他是来镇上杀狂野比尔的。当他在街上遇到比尔时，他把上了膛的步枪瞄准了比尔。狂野比尔向一些旁观者挥手示意，高声说让他们不要从马尔维身边经过，然后大喊："不要从后面开枪打死他，他喝醉了。"马尔维掉转马头，去找那些可能从后面朝他开枪的人，在他意识到自己被愚弄之前，狂野比尔朝他的太阳穴开了一枪。

后来，狂野比尔没有连任警长。

他似乎是狂野西部的一个缩影，除了迷恋酒吧、当过治安官外，狂野比尔还当过南北战争的双面间谍，参加过对印第安人的战争，当过侦察兵，在马戏团做过演员，还竞选过镇长。人生丰富得像一道巨大的彩虹。

但是，彩虹很容易幻灭。

在我看来，美国的狂野比尔这个西部英雄很可能就是一个西部浑蛋，他太喜欢混迹于酒吧和赌场，太容易被激怒，太热衷于杀人。但是，那个混乱的西部——法外之地，人们需要一个英雄，需要一个神枪手，需要一个杀戮者，来满足他们的心灵需求。怀揣着发财梦冒险的西部人，需要一个无畏者给他们力量，给他们鼓舞，给他们神话。对于自然，他可以猎杀大熊；对于酒吧混混，他可以开枪杀戮；对于法外之徒，他可以追杀；对于无聊的生活，他的神枪故事更是打发寂寥生活的谈资——这是他们心里所需要的人。

狂野比尔是美国西部淘金者的一碗心灵鸡汤。

第二天早上，小镇的赌气和酒气被白花花的阳光晒散了。

黑夜中四处流淌的欲望在沉睡。

我在主街的小饭店吃起了早饭，一杯拿铁，一个火腿三明治。窗外街上的人们还没有起来，整个小镇都沉浸在上午阳光的静默中。我忽然有点孤单感，这是西部空旷时光中特有的寂寞，于是我拿出手机和母亲通了一个视频，时光一下子进行了一次穿梭：上海的夜晚，母亲正在家里数落父亲，说他用葡萄酒浸泡洋葱——一股怪味冲鼻子，我看了一阵哈哈大笑，孤单一下子跑掉了。这仿佛是西部小镇上方的一个洞，我钻了进去，温暖了10分钟，钻出来的时候，思乡的心平复了，这是140年前没有的药方子。

140年前的药方子就是去灌酒吧里的劣质酒，以及一把把地去抓赌桌上的牌，还有摸出裤腰旁的枪，那可以让大脑暂时清空，忘掉在里士满或费城家人的声音，忘掉新泽西或罗得岛情人的眼神！

我们都是这片空旷之地的匆匆过客，那些留在荒滩上的脚印要不了几天就没了踪迹。

死木小镇外面，那一闪而过的焦木、原野和土地上，曾经爬过荒漠的蚂蚁，曾经活过的马和人，曾经的快乐痛苦，曾经的各类激动人心的狂野，都会消失得无影无踪。

只有些许传奇故事在风中飘荡，但那又怎么样？

我坐上"毛驴"的驾驶位，导航显示下一个目的地：黄石。

那里会看到店主白亚说的灰熊吗？

黄石：土狼式的博弈

> 这样绝美的黄石，却有着世界上最残酷无情的
> 生命博弈。这个博弈法则就是，成则生存、繁衍，
> 败则死亡或被无情地淘汰。

7月31日，从死木镇到黄石。

路上听到这么一则惊人的新闻，去年，有一头350多公斤的灰熊袭击了一名独自徒步荒野的白人背包客，它把此人活活拍死，然后吃掉了一半。半截尸体上的伤痕显示，此背包客死前和熊进行了一场生死搏斗。到了8月，这头熊被发现，DNA鉴定确认其为凶手，而且野外背包客没有侵犯其领地而被袭击，于是这头熊将被安乐死。这头熊也太倒霉了，明明黄石公园是咱灰熊自个儿的家啊！有人在社交媒体上怒吼：自然界不应该为人类的野外活动而买单！

我也觉得熊死得太冤枉，因为野外背包客葬身熊腹，本身就是和诗人殉诗、教徒殉教、海上钢琴师殉琴一样光荣的事情，这是真正的回归自然。

午后，赶到老忠实间歇泉附近，那里有一座褐色的大木房子，里面电子屏上预报：下午2点08分有一场喷发。

我想，大自然抽筋都抽得那么掐分掐秒，那么有规律。

在黄石公园，这几乎是一个和自由女神一样有名的景点，每93分钟

对天激射，游人都要一睹奇观，我也不能免俗。一点半不到，等我赶到老忠实温泉时，发现两排观赏座位上早就坐满了人，而且中间最好的位置几乎都被我的同胞给占了，其中两位北京口音的大叔拿着单反，竖着三脚架，抢占了比慈禧太后看戏还好的角度，一副要把旅费拍摄回来的架势。记得，我小时候每天傍晚乘公交车时，那就是一部惊心动魄的功夫片。一辆仅能容 50 人左右站立的公交车缓缓驶入站台，有二三百个等得不耐烦的人已经在摩拳擦掌、跃跃欲试。公交车还没有停稳，已经有人不顾危险，像蜘蛛侠一样呼地跳上去扒住车门，吊着随车开上十米，壁虎般紧紧贴在门上，售票员探出头来，一通噼里啪啦地呵斥后，门吱吱呀呀地勉强才打开一半，那吊门上的"壁虎"大汉已迫不及待地掰开门，一个个猎豹式百米冲刺。对多数人来说，能够挤上这辆回家的公交车已属不易，但是，总有几个高手还可以悠然自得地坐在座位上，跷着二郎腿回家。他们是在用生命抢座位。

2 点 07 分，老忠实的先头部队来了，一些白色的水汽开始从泉眼里冒出来，到了 08 分，突然开始剧烈地喷射，一下子射出 20 多个人的高度，像一把在大地上站立起来的宝剑，像泰坦尼克号的船头在乘风破浪，又像是鬼魅的瘦脸努力把人间看个仔细。人群一阵阵地惊呼，我的同胞在照相机后面忙碌得像一只只蜜蜂。

夜晚住在黄石湖畔，那片蓝莹莹的水是这个星球的梦中情人，她的眸子在黄色的大地上睁开，风一过，水汪汪的，褶皱一片。

整个黄石没有手机信号。太阳快落山的时候，一个人搬把椅子，坐在湖畔客栈长长的木走廊上，对着湖，走走神，那些水在远处的杂草后面窃窃私语。这里没有短信，没有手机信号，没有无线网络，没有书，没有音乐，没有男女朋友。什么都没有的感觉，让我想起王维的诗：赖多山水趣，稍解别离情。

次日一早，开车从湖边拐上大路，路过一片林子。突然，我从后反光镜里看到一道转动、闪烁的刺眼灯光，我加了一下油门，发现这刺眼的灯光仍然不紧不慢地跟着我，我猛然明白，这是警察，不好！我哪里犯事了？我可没有美国驾照，中国驾照有用吗？按好友方正跟我说的，先把车靠边停好，接着把双手摊放在方向盘上。第一次和原先只在电影中看到的美国警察打交道，心怦怦地剧烈跳动，肾上腺素又开始分泌了。过了好一阵子，车窗的一左一右分别出现了两个巨大的制服身影。我哆哆嗦嗦地把我的中国驾照递过去后，那个身高足有一米九的警察拿着仔细端详起来，我的驾照已经破烂不堪，而且上面都是汉字，英语估计要用显微镜才看得清楚，他居然也没有异议。趁他看驾照，我仔细端详他，发现这是一个神态很和蔼的年轻人，腰间一圈像个杂货铺子，挂着手枪、电筒、警棍、手铐、子弹匣子，琳琅满目。他问我："你的护照呢？"于是，我走过去，打开汽车后备厢，里面的帽子、枕头、食物哗啦啦地掉在了马路牙子上，我手忙脚乱地捡起来。他拿着我的护照和驾照，对我说："你超速了，黄石公园很多地方都是限速的，刚才转弯的小道是限速 25 英里，你的速度达到了 40 英里。"我讨饶："对不起，我错了，我不知道。"他看了看我的眼睛："这次是口头警告，下次注意。"然后把证件还给了我说，"祝你旅行愉快！"就这么愉快地结束了？我上车立马走，生怕警察反悔。

可两分钟不到，我又看到那辆警车在我后面按喇叭、转警灯，这又是咋了？是不是发现我有其他问题？我只好又停车，惴惴不安地等他上来，那个和蔼的年轻高个子警察一路小跑，再次快步靠近我，敲敲我的车窗，我摇下玻璃，他递给我一样东西，说："你掉了！"我一看是我的遮阳草帽，原来刚才开后备厢的时候，滚到路边的草丛里去了——黄石警察很有人情味，跟北京胡同的大爷有一拼。

我被收拾过，后面就老实多了，每看到树林的时候都条件反射一下，松油门、减速度，生怕里面蹿出一个猫在那儿的警察。不过，这种症状在一周后就消失了，我又成了一个喜欢在空旷地区猛踩油门、不怕死的驾驶员。这和美剧《黄石》里面的剧情完全一样，写着汉字"豪华旅游"的大巴车把一群中国游客拉到黄石附近某农场，下来一群不怕死的同胞，他们大声喧哗，凑得非常近地拍一头熊，听导游介绍熊怎么拉屎、撒尿。这时，提着猎枪的牧场主人约翰开车来了，他警告人们赶快后退，免得被熊咬着，可是中国游客根本不听劝，农场主告诉导游这是他的地，未经允许不能进入，这已经是非法入侵了。一位中国老人听后表示："一个人不该占有这么多土地，你应该和其他人分享。"此话可彻底激怒了牧场主，于是他朝天鸣枪驱赶中国游客，并对他们说："这里是美国，我们不分享土地！"这一段视频传到社交网络立即引爆舆论。我一直觉得这部美剧是有事实依据的，因为前不久，就有几个胆大的吃货同胞在黄石公园里煮火锅，一锅火锅差点引发了一场血案！三名来自四川的游客，千里迢迢从祖国背了地道的火锅料，来黄石露营，并打算煮上一锅地道的四川火锅。在大家正准备大吃一顿的时候，惊人的一幕出现了，几匹土狼凑了上来，虎视眈眈地看着他们的锅，还有几只浣熊也赶过来打算分一杯羹。四川哥们儿吓得赶紧躲回车上。最后的花絮是，有一匹土狼跑来叼走了他们还未下锅煮熟的火锅肉。

我慢慢开车走在黄石公园里，穿梭于森林、瀑布、地热之间，赞叹地球在这里私自藏匿了世间最好的自然珍宝。如果从空中俯拍黄石河，会看到黄石河一路披荆斩棘、逢山开道，向北倔强地蜿蜒，雕刻出两条色彩斑斓的大峡谷。在阳光下，黄石峡谷的石壁颜色从橙黄过渡到橘红，再到黝黑，仿佛是两幅绵延曲折的壁画。由于公园地势高，黄石河及其支流深深地切入峡谷，形成许多瀑布，白练般跌落在人间。据说，黄石河最终流过蒙大拿的草原，流到墨西哥湾，注入烟波浩渺的大西洋。

在黄石看动物的窍门是，哪里人扎堆，就把车停在哪里，凑上去。离黄石湖5公里之处，人们像糖块上的蚂蚁一样拥挤，我拨开蚂蚁群，想看看大家都在看什么，用东北话叫"你瞅啥？"。大约500米处的草原和溪水接合部，薄雾迷离，北美麋鹿在河边休憩时，五六匹土狼发动了总攻，它们疯狂地围攻其中一只受伤的麋鹿。那只麋鹿逃无可逃，被残忍地扯拽、撕裂，鲜血外飙，可爱的麋鹿顿时成了土狼们的大餐。游客们纷纷拿起望远镜，看得一阵嘘唏。我问旁边的一个小姑娘借了望远镜，仔细地看那杀戮的战场上，土狼在分食，即使是在打扫战场，分食死亡的麋鹿，它们也要撕咬、踢踹，相互驱赶同胞，抢占那最好的一两块肉。这就是土狼的游戏规则，处处要博弈。

黄石公园是土狼的王国，美国《国家地理》花了3年时间，跟拍过一匹叫凯因的年轻土狼，因为想和狼群中的一匹母狼偷偷交配，被狼王发现，一顿暴咬恶打后，被驱逐出了狼群。对很多狼来说，被逐出狼群后，捕食变得艰难，到了寒冷的冬季，往往会饿死。但是，这个凯因却在极其严酷的环境中活了下来，它和獾一起抓田鼠，吃鹰的残羹，满地找腐食和鸟蛋，吃冬天的积雪，就这样居然活到了春天，还找到了另一匹被逐出群的母狼谈起了恋爱。最后，这部纪录片的高潮是，凯因重返以前的那个狼群，在一场生死大战中，打跑了狼王，成了狼群的新首领。而被淘汰的狼王，被逐出狼群，年长力衰，面临着悲惨的下场。这部片子真实地记录了黄石公园的春夏秋冬，景色极其壮丽，特别是冬天的时候，白色冰峰会隐约出现在远山之巅，冒着白色雾气的温泉恍如太古洪荒时代的幻境。但是，这样绝美的黄石，却有着世界上最残酷无情的生命博弈。这个博弈法则就是，成则生存、繁衍，败则死亡或被无情地淘汰。

这种土狼式的博弈，在美国人和中国人中最常见。如橄榄球属于世界上最强壮的男人的运动，这和评选狼王的标准非常接近。橄榄球的激烈程度也是其他运动远不能及的，这种面对面集体作战，简单粗野的暴力对抗，很多时候，都是直接上去把对方扑倒、撞倒，干掉！运动员断手断脚，脑震荡那都是小意思，运动员为了一个球，进攻或阻拦对手，当场血染战场或者一命呜呼的情况，也是屡屡发生。这不就是用生命去博弈胜利吗？

华尔街也是遍地狼崽子。莱昂纳多主演的"华尔街之狼"乔丹的销售信条就是："要么卖出去要么去死！"十足地霸道狼性。由于压力太大，他需要性、大麻和安眠药过日子。这就是华尔街金融圈的一个缩影。千万不要让华尔街的人闻到钱的味道，那简直就是狼看到了肉。兽欲满满的乔丹，和黄石土狼的唯一区别是，土狼靠锋利的牙齿和爪子，而他依靠巧舌如簧的忽悠技巧。

第三日的清晨，我打算从西边的门驶出黄石，刚上了路，发现所有的车子在路上被堵得一动不动，长龙一条，不知道前面发生了什么事情。过了 10 分钟，谜面揭晓了，原来，野牛爸爸妈妈带着孩子慢悠悠地在马路上散步——食草的和食肉的就是不一样啊！食草的一家人从从容容的，垂头踱步，全然不顾交通堵塞，不争啥，不抢啥。它们经过我的窗口时，我掏出手机一通狂拍，连整十多张，然后拟上传朋友圈，微信永远处于读取状态，猛然想起来，这里是没有 4G 和 Wi-Fi（无线网络）信号的，一点点也没有，顿时一阵怅然若失。

回顾在黄石里的 3 天，由于这里绝大多数地方没有 Wi-Fi 和手机信号，我的手机毒瘾略有发作，出现两大症状，第一阶段是不安，每到一热地、一瀑布、一景点，都会下意识地拿出手机翻一下，发现信号一格也没有，会有不安感，这仿佛是出门忘记穿内裤一样。还常常不死心，两眼死死盯着手机屏幕不放弃，好像和手机有仇。第二症状是出现轻微幻觉，这和抽大麻、嗑药是一样的，冥冥中老觉得有人在找自己，而自己陷入无法联系他们的痛苦之中，于是，内心深处咕咚咕咚不停地冒出来这么一个念头，死命地在呼喊："我得痛快地滚到床上去吸上一口 Wi-Fi！"

这么看来，黄石就是一个巨大的天然戒毒所。这个"戒毒所"要感谢长胡子的海登教授，他 1860 年第一次走进了隐秘的黄石，他把这里的山川河流、动植物和气候季节变化一一描述出来，不厌其烦地要求国会设立国家公园给予保护，经过长达 11 年的不懈努力，世界上第一个"天然戒毒所"诞生了。

最后一天，我终于还是憋不住"毒瘾"，买了一张国际电话卡，一切仿佛都回到了 1990 年的时光，我坐在宾馆公用电话亭的一个高高的凳子上，给大阪、上海的家人打了 10 分钟电话。我妈说，她 3 天没有我的音信，昨晚失眠了，整整一晚上没有合眼。

驾着"毛驴"从西黄石出来的时候，我想如果这片土地在中国会怎样？或许会有一座腾冲似的旅游城市在里面诞生，在湖畔，在河流旁，在峡谷处，建起许多房子，高高低低的，湖景、山景、峡谷景色的房子，男人在里面筑路建桥，杀熊宰狼；女人结婚生子，砍柴烧炭，柴米油盐，这也就是一幕人间最寻常的风景。唯一不妥的是，一切建成后，或许哪天黄石的火山憋不住喷发了，大地再次被烹饪，煎熬，燃烧，一切的一切全都灰飞烟灭，一切还会全部回到出厂状态。所以，一点都不用担心地貌被破坏这一说。因为黄石的火山女神迟早会回来收复她的一切领地和权力。

只不过这个时间是一万年。

大峡谷、尤物和孙悟空

> 一个人的自由能有多大？也许真的大不过他试
> 图逃离的心。很多人像克里斯托弗一样不要命，不
> 顾一切走在路上，走上荒原，或骑车，或走路，更
> 多的是寻找一种自由和反秩序。

那是个美丽的尤物，骑在一匹高大的白马上，穿过树林，爬上小山坡。

她海藻般浓密的头发在阳光下瀑布一样跌落，象牙色的白皙皮肤，透着一种大溪地珍珠般的光泽。

她的鼻子高挺，眼睛湖水一样幽邃且柔和，长长的睫毛像一对小刷子，每眨一下眼睛，就像在我心里刷了一下似的。由于长期骑马，她在马背上身姿格外挺拔，腰臀很有爆发力，在白桦林间一颠一颠的，洋溢着早春山间野梨花绽放的气息。这是我6000多公里长途旅行中遇到的美人，最迷人的姑娘，没有第二，看得我眼睛都不好使了，急需修理。

这是在大峡谷北面，雅各布莱克（Jacob Lake）附近，她是一个马场主的女儿。

时间是8月8日。

前天，我离开盐湖城后，先去了赭红色一片、宛如火星表面的锡恩国家公园徒步半天，然后驾车抄一条小路，离开犹他州，到达亚利桑那州的大峡谷北缘。

她叫玛丽，是爱伦 17 岁的大女儿，她妈妈爱伦不在马场的时候，就由她和 14 岁的弟弟二人看管马场。我说："你们在中国绝对是童工！"我吓唬她："你妈将可能被捕。"她好像真的有点相信我说的，辩解道："在美国，我已经算是成年了，因为，我可以开车了。"她每天带着弟弟，开一个多小时的车来到马场干活。帮妈妈看马场，算是她的暑期打工。

　　50 美元，我可以骑马兜一大圈树林和小山坡，她问她弟弟愿意带我去吗，他狠命地摇摇头，他坐在小木屋的门槛上，埋头在打游戏，枪声爆炸声响成一片。于是，她飞身上马，带我上了路。

　　穿梭在墨色松树间，马蹄嗒嗒地踏在叶子匝地的小道上。太阳刺目，直射下来，晃眼。光斑在叶子上狠命地跳跃，一阵风路过，松涛醒过来做集体舞蹈。无名花散乱地开着，让我想起王维的"野花丛发好，谷鸟一声幽"。

　　我把头伸在深林中，呼吸着芬芳。

　　看到一些白色的四角形印在树干上，时不时出现一下，仿佛冲你咧嘴一笑，我大声问："这些神秘的符号是什么？"她告诉我："是马道记号，否则很容易在森林里迷路。"

　　我觉得这么迷人的地方，有迷人的向导，假如迷路的话，那是交了好运。

　　骑完马回来，我和姐姐、弟弟三人坐在小木屋前聊天，我从口袋里摸出一粒皱巴巴的巧克力小糖，像"太君"一样地递给弟弟，弟弟的眼睛放大了足足二倍。

　　他们的妈妈爱伦一直没有出现。

　　看来，目前这个"童工"马场的主管是姐姐，但是，姐弟好像矛盾挺深。姐姐向我抱怨："弟弟什么事情都不干，就知道打游戏！"弟弟嘟囔着反抗了一句："我不是上午刚带过客人吗？！"口里嚼着巧克力，接着酣战。

　　我问："你们是摩门教教徒吗？"

　　姐姐点点她漂亮的脑袋，说："我们的家在特曼特小镇，离这里 6 个小时。暑假，母亲带我们来打理这儿的马场生意。"

"那个特曼特我路过了，没有多少人，居然有一个四川人的小馆子！"

我接着问："那么，你们的爸爸在做什么，他为何不来牵马？"

她说："爸爸做打猎服务去了。"她说："每到夏天，我爸就去修他的打猎帐篷、火盆、刀枪，为秋天的狩猎季准备。"

她说："这儿到处都有打猎的地儿。"

我想起在路上看到的一本广告小册子，说只要交一万美元，就带你去猎杀土狼和鹿，每次可以射杀一头五年半以上的鹿，或者随便多少匹土狼，我当时就想，土狼就比鹿贱吗？

我问："你爸爸跟你说过，最难猎杀的动物是什么吗？"

姐姐回答："黑熊。"

她说："这是有点疯狂的事，客人要花好多钱，还可能丢了命。进入黑熊的领地后，猎人在前方让十几条猎犬嗷嗷咆哮着包围黑熊，然后再射击。不过，很多地方目前都不可以杀熊了。"

我脑海中浮现出这么一幅画面：金主们挥舞着猎枪跟在狗后面，受了惊吓的熊可怜巴巴地爬到一棵树上，肾上腺素狂飙的金主，冲上去一通玩命地连环射击。黑熊应声倒下，壮烈牺牲。从本质上讲，这和地产老板王石爬喜马拉雅山一个德行。

我说："有钱真好啊！玩得霸气。"

姐姐一脸认真地说："不过，哪些动物可以杀，哪些动物不可以杀，都有规定的。如果你打伤一头动物而让它跑掉的话，你得沿着血迹去追，追上后再开枪杀死它——让受伤动物长时间痛苦哀嚎着死去是违法的。"

结束谈话前，我问他们姐弟最后一个问题："在大峡谷这么荒芜的地方，最让你们开心的事情是什么？"

我原来以为他们会说，是打猎或者开车之类的事情，结果，他们俩认真地想了想，弟弟说："去附近的一个乡村旅社的餐厅，吃炸土豆条。"姐姐表示赞同，说："那里的土豆条炸得超级好吃，金黄金黄的皮，肉很嫩。"说得弟弟的口水仿佛要流下来。

我问："具体是哪一家旅社？"

"雅各布莱克乡村旅社……"

"那不就是我昨天晚上住的地方吗！！"

我想起了那家乡村旅社的前厅是有一家老餐厅，也是附近唯一的餐厅，估计有 100 年了，那个餐厅几乎没有啥好吃的，炸土豆炸得半生不熟的，嚼在嘴里像在嚼蜡，我吃了一半就吐掉了，实在不敢恭维，后来我被迫去泡了一碗康师傅方便面。

记者出身的我，为了确认信息，又问了一下："是公路右边，离这里才一公里的那家雅各布莱克乡村旅社？"弟弟点点头，姐姐眼睛的刷子也刷了两下，我心里一抖，很同情地看着他们很久很久。

离开爱伦的马场，我的"毛驴"往前再开一阵子就是大峡谷北缘了。

这里进入保护区，杳无人烟，开阔的草场和森林都沉浸在一种亘古的静谧中。

太阳西斜，打开车窗，鼻子可以呼吸到开始变凉的空气。

这时动物们开始出来觅食。鹿在路边吃草，看到车子开近，倏地跳开，然后一蹦一蹦地跳进森林里去了，停在森林的边上，偶尔一头还会扭头看看我的车。前方草丛中，一匹与车并头前行的土狼，突然弹簧似的一蹿，居然咬住一只田鼠，它好像故意不一下子咬死田鼠，把田鼠放下来，田鼠吱吱地往前蹿去，土狼又一个箭步冲上去，一口咬住！这一幕，居然在缓慢行驶的汽车里面也可以轻易地看到，真是惊奇。

前面就是大峡谷了，千沟万壑浸在葡萄色的黄昏中，夹杂着一种勃艮第的暗红。

最陡峭的悬崖小路上，我迎面看见大峡谷古怪的一幕：一个少林武僧打扮的光头美国人，浓眉小眼，穿淡绿色对襟的丝绸功夫装，手里还拿了一根棍子，站在悬崖突出部分的一块大石头上扫棍、抡棍、戳棍、劈棍、舞花，最后一个亮相。

我为他捏了一把汗，轻轻说了句："哥们儿，当心小命！"

突然背后有人用中文问："你从哪里来？"我吃了一惊，扭头看见一个满头秀发的小伙子，大概也是个背包客，他说："我叫游民，是从广东来的。"他说："那位美国棍僧是我路上结识的伙伴，由于他整天拎着一根棍子，我就叫他孙悟空。"

孙悟空在千沟万壑前摆好姿势，舞动着"金箍棒"，唰唰几下，有点少林寺的感觉，顿时吸引了游大峡谷的吃瓜群众的手机，一通咔嚓咔嚓。

稍后，我和美国孙悟空站在悬崖旁聊起天来，说话的时候，他把金箍棒扔给我，我在手里掂了掂，还挺沉的，目测这根铁棍长约 1.8 米，棒身漆黑，两头涂着黄色的漆，明显是学的金箍棒。面对着大峡谷的千沟万壑，我也嘿嘿嘿挥舞了几下，好沉！

我问孙悟空："你在哪里学的中国棍法？"

他说："没有，就是看电视看来的。"他说："Bruce Lee（李小龙），Jackie Chan（成龙），甚至连 Jet Li（李连杰）和周星驰的片子，我都看过。"他说："看了中国功夫片后，我就不能自已，每天在院子里挥棍舞棒，上蹿下跳，最终自学了一套中国棍术。"

看来，过往的经验限制了我的想象力，这哥们儿一定是看电视就学会中国功夫的第一人。

我问："你这是要去哪里啊？"孙悟空说："我去蒙大拿！""蒙大拿？哇，蒙大拿离亚利桑那州还有上千公里呢！"他介绍说，他的爸爸不久前去世了，他爸爸是他的好朋友，他很爱他爸爸。他现在背着爸爸的骨灰盒，扛着他心爱的金箍棒，要去一趟北方的蒙大拿草原，因为，在爸爸活着的时候，二人曾经打算结伴去趟蒙大拿，爸爸骤然去世，他要远行去完成爸爸未竟的心愿。

我看看他单纯的眼神，心生好感，想，他的父亲在天之灵或许会获得极大的安慰吧，另外，这位父亲在孩子身上留下了太深的烙印，这是怎样的一种刻骨铭心的影响？以至父亲死了，一个 36 岁的男子还流连在父亲的情感烙印下，他这是去蒙大拿完成一次心愿呢，还是希望父亲继续给他以生命的力量呢？他的父亲生前是怎样一个人呢？

末了，他说起他在亚利桑那的母亲，说她完全不支持他，也不理解他，他的原话："她什么都不知道。"

美国孙悟空在路上碰到来自广东的游民，两个人一路结伴往北走，要么徒步，要么搭车。

我加了游民的微信，每天在游民的朋友圈看他们的动向。

和我分手的当天晚上，他们没有搭到车，于是走了8公里，在大峡谷里面搭帐篷，露宿野外。

次日早上，我在大峡谷的小饭店里醒过来，看见游民的微信里面说：昨夜夜宿大峡谷的山间，突然暴雨如注，帐篷瞬间变成了水床，在水上漂，不断有溪水冲过来，有一种冲浪的感觉。

又过了两天，我看游民的微信，顿时笑喷了，说美国孙悟空一路上扛着一根1.8米长的大铁棍，沿公路走，试图搭车北上蒙大拿，但是没有车愿意停下来。因为想一想就知道，谁敢停下来去搭一个拿大棍子的青壮汉子呢？结果，有一次他们不但没有在公路上搭到车，还招来了大麻烦。因为，有路过的司机打电话到警察局，说路上有两个形迹可疑的年轻人，其中一人扛着把来复枪在路上游荡，还不停地招手搭车，怀疑是打劫的！三辆警车闻讯呼啸而至，一堆荷枪实弹的警察把孙悟空和游民团团包围，并用广播喊话，让他们举起双手，放下武器。后来，发现孙悟空只是哆哆嗦嗦地丢下了一根烂棍子，虚惊一场。

此前一周，我在90号公路附近还曾碰到过一个叫二喜的北京人，满脸乱胡子，皮肤油黑肮脏，一身冲鼻的怪味，完全没了东亚人种的样子。这哥们儿骑着一辆破旧不堪的黑色捷安特，书报架上支了两个烂驮包，出门快一年了，打算骑遍北美。

我问："你都怎么过活？"

他说："我平均每天只花8美元。"

"8美元一天？天哪，你这是怎么做到的？"我吃惊。

他说："旅行最主要的开支是住宿和交通，我因为骑自行车，所以省了交通费。住宿呢，主要靠住帐篷，睡公园。在美国公园里面不可以连续住3天以上，否则警察就当你是流浪汉，把你轰走。所以，我通常住两天就要换一个地方。"

"那么洗澡和吃饭呢？"

"美国的公园里面都有自来水，可以洗澡和煮吃的。我在沃尔玛这样的地方，买好饼和食物，自己卷饼吃，或者用行军锅煮的。你看，美国沃尔玛的肉也不贵，比中国还便宜！有些时候，我也通过沙发客睡驴友的客厅，这样可以好好地洗一个澡。你看，8美元一天，绝对够了，真的！"

那天，二喜说得我一脸神往，和他比起来，我横贯北美的游历简直就是小儿科。于是我一拍大腿，请他吃了顿海鲜大餐。我啃了几口就饱了，很仔细地注视着他。他的脸埋在一个大面盆一样的大盘子里，眼珠子都要暴出来了，每一个蟹腿都剔得干干净净，像沙漠里面风干了一百年的骆驼骨头。

我突然感受到了他那一刻超级强烈的幸福感，这是我久违的东西。

我想起了《荒野生存》中的克里斯托弗略带失望地看着已经生蛆的鹿肉，坐在废弃的车顶上，四周是阿拉斯加的荒野，远处是无垠的苍穹，生命孤独地展开，天空透明而自在……一个人的自由能有多大？也许真的大不过他试图逃离的心。很多人像克里斯托弗一样不要命，不顾一切走在路上，走上荒原，或骑车，或走路，更多的是寻找一种自由和反秩序。人是群居动物，通过集体捕猎为生，通过秩序维持社会运营。但是，非常有意思的是，社会在快速旋转的同时，也游离出反秩序、反集体的一种逆流，这种逆流目前有越来越大的趋势。

此夜，我踱出大峡谷旁的一家小旅馆，走到外面的小道上去看星星。大峡谷沉浸在无边的黑暗中，巨大的北斗七星，闪烁在墨色的穹顶上，北极星明亮得像我23岁读大学时的恋人的眸子。那一刻的人，融化在宇宙的心海中。

一颗流星突然点燃了天空，被远方的寂寞山峦无情地吞噬。

8月9日，我开着"毛驴"离开大峡谷北缘，坐在峡谷底部公路边的一家汉堡店里，大口嚼着生冷的牛肉三明治，咕咚咕咚喝着冰镇可乐，我翻了一下游民的朋友圈，读到了他在大峡谷扎帐篷的时候，写下的一首诗：

（七夕那天，峡谷露营，信号全无，星河灿烂）

想起以前骗姑娘

说星星掉进了你湖水般的眼睛

它们不会游泳，快要淹死了

我要把它们救出来

用我的嘴巴

姑娘不让救

在我亲吻她的时候

她闭上了眼帘

从此她的眼睛里

永远有着星星的光辉

（三个男人，八个包，外加一根大铁棍，搭车开启艰难模式）

乌托邦幻灭与 66 号公路怨妇

> 66 号公路在电影《逍遥骑士》里没有尽头，是
> 西部自由之地，却又戛然而止。能在这样的路上找
> 到梦想吗？估计没有人能说清楚，但是无数人却为
> 之奔波。

8 月 10 日，花了十多个小时，我才从大峡谷南北间的谷地公路上绕
出来，驶入西部枢纽小镇弗拉格斯塔夫。这里，我第一次遇到了火车，红
灯亮起，路上的栅栏放下来，老款驼背式的运货火车，一节一节从我的面
前 "咣当咣当咣当" 闪过，感觉是停留在中国 1984 年的时光里。我像小
时候一样，"一节两节三节……" 数着车厢的节数，居然足足有 32 节，美
国火车头也是吃牛肉汉堡的，力气这么大。

从这里一路往西，那条历史性的 66 号公路就像一条藤蔓一样，和此
间的主交通干道亚利桑那州 99 号高速公路，紧紧纠缠在一起。地图上两
条公路时而拥抱，时而平行，时而交叉，时而追逐，像鬼魅缠身的行者，
像欲拒还迎的爱侣，像丛林中追逐的青涩少年少女。

我就从弗拉格斯塔夫驾离主路，终于驶上了魂牵梦萦的 66 号公路。

但是，66 号公路和想象中的西部乌托邦完全不一样，老公路很狭窄，
窗外的景色单一，车子经常突然颠簸起来，我的头狠狠撞向车顶。和辽阔
的荒滩戈壁形成强烈的反差，逼仄的公路像一条黄色混浊的溪流蜿蜒在毛
扎扎的荒漠之中。室外的气温很高，太阳把远处的地表蒸腾出一种热气的

湖泊镜像，汽车的轮子一直追逐着这种令人迷离的海市。

这条路在 100 年前是东部人揣着发财梦，赶着四轮马车去加利福尼亚州的赌命之路。

她也是美国的"母亲之路"，但是，奔走在上面的却都是男人。摇滚诗人查克·贝里翻唱的《66 号公路》："如果要驾摩托车西去……请在 66 号公路上找乐子！"这首歌其实枯燥无比，一大堆公路沿途地名，据说原作者是鲍勃·特鲁普，当年驾车在 66 号公路上，想不出来歌词，一憋气，就把沿途的地名全部堆放在歌词里，没想到倒成了一代绝唱，这首歌有许多个版本，歌词中就有弗拉格斯塔夫和我后面要去的金曼。

66 号公路在电影《逍遥骑士》里没有尽头，是西部自由之地，却又戛然而止。能在这样的路上找到梦想吗？估计没有人能说清楚，但是无数人却为之奔波。

梦想都很容易破碎，这一天，我和人连干两架！

靠近塞利格曼，马路边一块巨大的"66 号历史公路"招牌吸引了我，我停车，走进一家老旧的平房，那是一家 66 号公路纪念品店。

屋子非常狭小，透着一股长期不开门窗的老旧发霉气味，店里挤满了冰箱贴、钥匙扣、T 恤衫和帽子，与众不同的是，侧面墙上贴着一张巨大的黑白旧照，一个穿皮夹克的长发性感女子坐在一辆摩托车上，这张泛黄的照片积满了灰尘，里面那个女子脸瘦瘦的，嘴角有一颗痣，粗犷而撩人。

我扭头，看见店主人是个瘦小驼背的老太婆，穿着灰突突的衣服，自打我进店以来，她既不招呼，也不正眼看我一眼。

我问她："请问有厕所吗？"

她看也不看我，冷冷地说："这里没有！"

"请问哪里有呢？"

"出门用对面饭店的吧！"

我看到屋里的招贴画对面有一个半掩的小门，那明显是一个洗手间。可能是嫌我脏吧，我这么想。

于是，我去翻看她的冰箱贴，有几款石头包铁皮的还是很特别的，于是就拿了几个，打算回国送人。付完账出门，突然发现其中一个刻有"66号"的冰箱贴的金属部分和石头部分没有咬合住，松动了，有脱落下来的可能。于是，我又推门进去，找她换。

她把脸一板，说："我刚才卖给你的时候是好的，是不是你出门摔坏的？"

我说："我没有摔过！"

她面无表情地说："不可以换！"

我说："不是我摔的，我要换！"

她翻来覆去就是一句话："不可以换！"

我气得要死，狠狠地瞪着她的老脸，这个满脸愁苦的皱皮老太婆！我心里狠狠地骂着她，突然，我看到了她嘴角的那颗痣，我惊恐万分，扭头去看墙上的那张性感女人的老照片，瘦下巴！一颗痣！那个过去时光的皮夹克性感摩托女郎居然是她！！！

天！时光真是太凶残了，这把杀猪刀，杀人不见半滴血。是什么把她折磨成现在这个样子？一瞬间，我被深深的恐怖击中，是什么让她变成这个脾气？孤独而古怪地守着这个破旧的平房小店，在荒漠的边缘。

我油然生起一种同情。我忽然想起20多年前认识的一个叫天瑜阿姨的远房亲戚，她和丈夫关系不好，就在外面结识了个纺织大学的男生，二人爱得死去活来的，天瑜阿姨还为他从雁荡路的家里搬出去，到定西路去租老公房。后来，男大学生又结识了其他女友，不喜欢天瑜阿姨了，就把她甩了。她一次一次去纺织大学找他，对他的新女友说："他是我的男朋友。"男生当众冷漠地说了一句："你都这么老了，我怎么可能会是你男朋友?!"天瑜阿姨一瞬间被击倒，世界在眼前完全坍塌了，想回去找前夫复合也没可能了，从此以后，一直一个人孤独地活着，后来听说在浦东的一家小服装店里看铺子。某年过年，亲戚聚会，我再次见到了她，她看人的眼神带有一种愁苦和冷淡。我今天看到眼前的这个老太婆，眼神感觉似曾相识。

我拿着那个半破裂的冰箱贴，默默推门走了出来，外面是一股来自戈壁的热浪，空气干爽，星球表面的温度迅速升到 37 摄氏度以上。

我突然想到，这里的环境如此恶劣，她为何不在年轻的时候就离开这里呢？

她在这片荒漠地带，等候什么呢？

在对面的饭店上完厕所出来，寂静的 66 号公路上感觉开了锅：一阵巨大的摇滚音乐和马达轰鸣声由远至近，两个摩托大叔骑着高把哈雷摩托车，戴大墨镜，穿带铆钉的皮夹克，包着花头巾，锃亮的不锈钢前叉，黄色的油箱，大音量放着不知道是谁唱的摇滚，冲路边的我打个招呼，然后，呼啸而去。这样从东到西，横贯 66 号公路的摩托飙车党，几位大叔大伯，在荒漠的背景下享受一段没有羁绊的时光，和小孩子穿着奥特曼衣服打怪兽一样，爽爆了。

我想，骑摩托旅行和开车旅行最大的差别是什么？骑摩托可以感受风，感受雨，感受温度，感受自然的呼吸，这种体验让你对速度和环境多了一分皮肤接触的真实感，或许，更接地气。

摩托也是一种图腾。

公路片的鼻祖《逍遥骑士》里的那两个洛杉矶嬉皮士，带着年轻人特有的迷茫，他们开着哈雷，抽大麻，横贯美国。他们彷徨于性、毒品和摇滚，在欲望、自由与理想之间挣扎。

"你想变成别人吗？"

"也许变头猪不错。"

"我从不想变成别人。"

这是《逍遥骑士》里的一段对话，不知为何，我今天站在厕所的肮脏镜子前的时候想到了它。

《逍遥骑士》这部电影主题曲里这么唱道："她会哀求 / 她会辩护 / 她

会和理智争吵／她会明白我失去了什么／真的没有价值／最后她会明白／我生来就不循规蹈矩……"高亢的调子加上主人公漠然的表情，与西部狂沙荒野、绵延无尽的公路紧紧纠缠在一起，让人产生一种逃离的冲动，这可能是这部影片的最大力量所在。

最后一幕，主人公很偶然地被枪杀在公路上，一场逍遥被血腥地爆头，自由和梦想，全部戛然而止。

自由的代价是死亡，即使这样，他们也曾经无尽地逍遥过。

我是一个在现实中守着一亩三分田，常常猥琐地计算银行卡上数字的人，而内心却是向往流浪的，喜欢所有那些带有流浪气质的人，喜欢那些背把破吉他，五音不全，头发七天不洗的家伙。我最喜欢斯文·赫定的《亚洲腹地旅行记》和彼得·海斯勒的《江城》，这是两本影响我终生的书，也促使我在北美游荡了四个夏天。我最爱读《亚洲腹地旅行记》的这段：斯文·赫定小时候跟随大人，拥向斯德哥尔摩的港口，去看北极探险的船破冰回来，那一刻，他心中种下了未来终生远行荒原的种子。《江城》中最爱的一段讲的是他的父亲从美国来四川小城看他，他们一起背包在涪陵附近的山丘上露营，去涪陵乡间的老农家门口蹲着聊天，风从田野上低吟而过。我还喜欢《央金玛》《加州旅馆》，以及披头士的"Ticket To Ride"（《车票之旅》）……心情不好的时候听听它们，特别治愈。为何向往游荡和流浪？我们大多数蚁民，拥有大城市的一间屋子，一张办公桌，一两个孩子，一个妻子或丈夫，一些存折，一串存折上的数字，等等，并且为那数字后多加一两个零而奋斗终生，我们不能离开，因为我们拥有的这一切已成为我们甜蜜的枷锁，让我们成为被圈养的狼崽。

不过，66号公路的现实很狗血，也是处处枷锁，离逍遥很远。

下午，顶着要融化一切的大太阳，开车到皮奇斯普林斯，我又和人干了一架！

那里有一个超市，就开在66号公路旁，我进去买了一些面包和水果，同时，想把我早上没有吃完的卷饼加热。微波炉亮着灯，在旋转工作着。突然，有个胖胖的女工作人员出现了，她伸手按了停止键。我感到被冒犯了，非常不悦，问："为何？"她说："外来食物不可以在这里加热。"我说："我在你们超市买了很多东西，不是没有消费。"她说："规定如此，不是本店食物就不可以使用微波炉加热。"我说："我买了你们店的东西，我是你们的客户，这个微波炉不是为了服务客户的吗？"她说不可以，"这是店里的规定，店里规定必须遵守"。真是见鬼了，我心里嘀咕道，这个 66 号公路上的店怎么都是这么不近人情？前面那家不让我用厕所和换货，这家不让我用微波炉。

我终于失去了耐心，非常生气，几乎跳了起来。"你们这个规定有问题啊！你们不可以这样对客户！"但是，这个胖胖的女人还是坚持把我的卷饼从微波炉里面拿出来，我可怜的卷饼僵硬地躺在盘子里面，还缺了半个角，像是一具小土狗的尸体。我操着不熟练的英语，和她激烈地争执起来，后来，引来了超市的经理——这里唯一穿西装打领带的瘦男人，他和胖女人沟通了一番，说了一堆我完全听不懂的话，她终于同意，破例给我使用一下微波炉。我的半个卷饼软塌塌地从里面出来的时候，好几个顾客都抻长了脖子在观赏，估计他们也是 66 号公路的游客，把我当作沿途风景的彩蛋了。

还记得凯鲁亚克的《在路上》吗？相形之下，我的"在路上"好像挺狗血的。

书中，主人公好像从来不去考虑现实和未来。他说："我还年轻，我渴望上路。"萨尔和迪安于是不断上路，放浪形骸，一路上狂喝滥吸，各种放纵。

迪安是生活的疯子，像推开吱嘎作声的石板从阴暗地牢里出来。

作者凯鲁亚克也像疯子一样，他躲在炎热的屋子里，汗流浃背，进行神经病式的即兴创作，仅仅 3 周，在一卷 30 多米长的打字纸上（这简直就像卷筒纸一样）几十万字一气呵成，屋子里挂满了晾晒的衬衫。1957 年该书出版后，美国卖出了亿万条牛仔裤，66 号公路成为"垮掉的一代"的圣徒墓地。

而在我看来，《在路上》的文字更像一部流水账，一个大卷筒纸，一堆作者的意淫。

当天的路程不是很远，但是路况不好，下午3点，66号公路酷热难当，只要在车外面站15分钟，汗就像面条一样从脑袋里面冒出来。沿途的人估计因此内分泌失调，粗鲁而不友好，和严酷的荒漠一样。

我想，这条从芝加哥开始一直到加利福尼亚州的圣莫尼卡海滩的老公路，有约2500英里之长，如果在200年前，驾着老式马车，路上走走停停要花上一两个月。追求未来梦想的路上，有漫漫旅途的寂寥，有打劫盗匪的铁蹄，有时候，连找水源都困难，其他的就不用再说了。但是，每个人一旦上了路，都会有自己坚守的东西和不断放弃的东西，都有现在的自己和过去那个已经幻灭的自己，在无情地、无尽地拉扯着。

梦想在现实面前，总是太残酷，也太迷人。

梦想在现实面前，总是太残酷。

这天的傍晚，催"毛驴"赶到66号公路沿线重要的小镇金曼，听这个名字，感觉以前就是66号公路上的一个销金窟——当年你挖到了金子，你就是这个小镇的王。

我找到一个小旅馆住下，小旅馆的外墙满眼的彩绘西部人物，当中是一个小小的游泳池，正对着我的房门109室，于是，我脱了T恤衫，一头扎进略有些混浊但是超级凉快的水里。

好爽。

星落狂沙·金曼论枪

在金曼住了一宿，很寂静的夜，我睡得好香。早上推开窗，几颗星还在青蓝色的、未曾醒过来的天空中挂着，一丝血色的云霞在小镇的旅馆和靶场上空张大了嘴巴，像要吞噬一切。

8月11日，金曼。

一个大伯长着拉登式的长胡子，面色冷峻，一言不发，在我面前演示填弹、上弹夹、打开保险、瞄准、扣扳机五个动作，然后一句"明白了？"，不等我回答，撂下一把步枪和一把手枪在我面前，就晃着肩膀走出枪械店的靶场了。

我把弹夹插入枪托，咔嚓一声，然后趴在射击位置上瞄准。第一次打真枪，手脚难免激动得轻微颤抖。记得小时候，爸爸给我做过一把木头步枪，上了绿色的漆，我穿着假的军服，背着它雄赳赳地走过家门口的那排平房，趴在田埂上向远处的挑担农夫、农场干部和野狗瞄准射击，自己嘴巴里配合地发出"叭叭叭"声。农场干部一脸恼怒地拔腿奔过来用巴掌打我的头。现在可是真家伙，隔着护目镜，瞄准15米开外的一个人形靶子，疯狂射击，哐哐哐，滚烫的子弹壳"死"后跳出枪膛，一种令人疼痛的烫在手臂上咬啄。我一会儿步枪，一会儿手枪，一会儿手枪，一会儿步枪，交替双枪，有一种爽快的杀戮感。这让我意淫起电影《变脸》中的大反派约翰·特拉沃尔塔，他风骚无比地抽出藏在屁股蛋后面的一对金色手枪，玩命射击，就地翻滚。

打完以后，按一个按钮，被打得像马蜂窝一样的靶子飞到眼前，我愣住了，居然没有一发是打中靶心的，如果枪没有问题的话，那我的眼睛可能有问题，如果眼睛没有问题，那是哪里出了问题？以前那个双枪老太婆，敌人追她，她左手一发，右手一发，也不瞄准，百米外人应声倒地，不知道是咋办到的。

过足了枪瘾，付了95美元，出了枪械店，我饥肠辘辘，看到对面有一个三明治店，几个打枪的人好像都坐在里面。一个戴银耳钉、脖子上有文身的粗壮汉子把一盘吃的推在我面前，我低头一看，一个牛肉三明治，足足有小半个方向盘那么大，头回抱着这么大的三明治吃，有一种狂野感和三分放纵。这款三明治把烤到四分熟的嫩牛肉和水芝士、番茄配合在一起，入口感觉是柔软的挣扎、猛虎的细腻。好吃！我狼吞虎咽下去后，再定神看看四周，发现几个枪友和文身汉子聊得甚欢，看来都是这家小店的老客人。他们几个人的笑声把窗框都要震下来了。

出来三明治店，太阳灼热，远处有几座生锈似的平房，一个体格健硕的花白胡子哈雷老爹从其中的一间走出来，坐上他铮亮的大摩托，没有消音器的排气管呼哧呼哧的。我路过那间平房，探头一看，原来是一个老掉牙的酒吧，贴着老鹰乐队的海报，几个老头老太居然在里面对着一台破电视机唱卡拉OK，在唱的那位是个红脸，喉咙明显卡壳在歌的高音部分，但还是在倔强地突突通行。

午后，金曼小镇尘土飞扬，低矮的旅馆和枪械店外墙被太阳照得发亮，这里似乎与现代美国有点脱节。一堵白墙上刷着这个小镇自我吹嘘的广告语，"66号公路的心脏，亚利桑那州探险的出发地"。

摇滚歌王查克·贝里曾经唱到过金曼这个地方，他弹着欢快的吉他，晃着"鸭子步"，吉他像高射炮一样举得高高的。

我拿到了一个房地产经纪人的广告单页，绿色的纸头上赫然印着：金曼是最佳退休地！亚利桑那州西北部的好地方。没有野火，没有地震，没有龙卷风，没有火山，没有飓风，没有泥石流，没有洪水，没有冰或寒冷的冬季天气。金曼还拥有强大的消防和警察保护。听起来，这里比夏威夷、马尔代夫、日内瓦还要好，其实金曼就是戈壁滩上的一块不毛之地，仙人掌在砾石堆里探出倔强的脑袋。

在金曼住了一宿，很寂静的夜，我睡得好香。早上推开窗，几颗星还在青蓝色的、未曾醒过来的天空中挂着，一丝血色的云霞在小镇的旅馆和靶场上空张大了嘴巴，像要吞噬一切。

星落下去了，风没有起来，戈壁滩上还不是起狂沙的季节。我想起了那个永远的经典场景，《日落狂沙》中的约翰·韦恩戴着大檐帽，走出黑暗的门框，挎着一柄长枪，策马奔走在空旷的荒漠上，背景是纪念碑谷地那堵巨大的断臂红山。这个镜头，我曾看了无数遍，那是我心中的西部。

旅馆斜对面有个稍微像样点的楼，门口竖了根褪色的旗杆，美国国旗降在三分之一的位置，红色的条纹被含土的风吹得啪啦啪啦的，看上去有些伤感。

我问栗色头发的前台服务员："今天为何降半旗？"

他一脸茫然地说："具体我也不清楚，最近经常降半旗，可能为哪里的枪击案吧……"

"是为佛罗里达的吗？"

"也可能是为芝加哥的，谁知道呢，今年又是血腥的一年……"

提到枪击案，我想到前几天，得克萨斯州的同学老孟微信发给我一个枪战视频，视频里一个穿睡衣的福建女人和三个入室打劫的黑人进行了一场生死枪战。监控录像里，三个穿卫衣的家伙偷偷摸摸进了屋，他们拿着枪四处找值钱的东西，这时那个女人突然幽灵一样杀出，开火！劫匪们弯腰反击了两枪，但心绪大乱，完全被女屋主压制。两名抢匪逃窜，一名中弹倒地，那个女人冷静地补上一枪后，关上门，然后拿起电话报警……这个女人胆子大得像《第一滴血》中的兰博，对射期间，都不带弯腰躲避的。

我当时躺在硬邦邦的旅馆床上，微信里问他："这个枪击案发生在哪里？"

"好像在亚特兰大。"老孟爱说一个口头禅，"God works（老天的安排）！"他说："这是报应啊！我们长期被黑人小混混枪顶脑袋，这次简直是在美华人打响的第一枪，意义重大。"

我说："华人是性格脓包一点嘛，第一枪还需要女人来打响。"

学历史出身的老孟是个高才生，他给我发了一个尴尬的表情包，我想象他推着圆圆的黑框眼镜望着天，他说："我们向来不就是'十四万人齐解甲，宁无一个是男儿'嘛。"

他说："福建女人厉害，我前妻就是福建人，他们那里的女人下田插秧、扛水泥、淘大粪，从不含糊。这个穿睡衣的女人叫陈凤珠，卖龙虾的，这把枪才买了一个月，她也只去过靶场一次，都不怎么熟练。凌晨4点她被惊醒，听到动静，知道不好，因为她的华人朋友之前都被打劫过，于是她立即从抽屉里摸出枪，装上子弹，打了劫匪一个措手不及。杀了劫匪，过了一阵子，她照样开店卖海货，用秤称斤，用袋装鱼，卖她家水产，福建女人的心好大。

"福建女人彪悍可能是有传统的，我听前妻说当地田间蛇多，有些男人都被吓跑了，福建女人杀过去，脱了鞋，啪啪当场拍死，说是他们当地的一个女人，一年最多可以拍死20条蛇，不知是真是假。"

我说："我从芝加哥往西一路开过来，沿途狂沙尘土的小镇上都有福建女人开的中餐馆子。这么看来，劫匪以后要绕开点福建女人了，她们是变异族群。"

老孟说："God works！华人胆小，身边喜欢放现金，而且语言不过关，以前经常是抢了也白抢。这个女人出来震他们一下！我们也不是好惹的。以前，有个黑人歌手曾唱过一首歌，直接煽动抢华人！"

我说："把视频发我看看。"

老孟翻了会儿手机，给我发来链接，我一听，他们唱得其实还挺好玩的，在视频中，两名歹徒进门，镜头定格在一张华人四口之家的全家福上。歌里大意是：首先，你找到一个华人社区的房子，因为他们不相信银行。然后，你找到几个帮手——有人开车接应，有人去按门铃，还要有人胆大，不惜一切去抢……停车，观望，按响门铃，确保没有人在家，游戏开始了。

老孟说："很多人对这首歌气啊，有个鲸鱼岛华人乐队唱了首回应的'Stop doing the shit'（《别再胡闹了》），算是一场口水仗，这首歌唱：不要没有事情到处瞎转悠……你就是懒惰，懒惰！"

老孟现在是单身。几年前他的福建老婆终于忍受不了他整天掉书袋的迂腐，跟了一个能把她逗乐的白人老头，搬到旧金山的半山上去住了，他女儿也远在波士顿读大一，于是，他一个人生活在休斯敦。我怀疑 god works 先生读书破万卷后身体不太行了，老婆又是如狼似虎的年龄，书生的命就是苦。我在美国旅行期间，由于没了时差，晚上只要我在微信里冒个泡，他就立马抓到了一个可以说话的人，叨叨叨，能和我唠上半天。

今天，在靶场打完枪，晚上无所事事，我买了瓶 IPA 啤酒（印度爱尔啤酒），一碟鱼干，蜷在小旅馆客厅的破沙发上，看了一部在国内就下载好的老电影《天生杀人狂》，奥利弗·斯通这是要挑战我的三观？一场场逆天的杀戮，被美化的杀人。看完，我走出旅馆，金曼的上方仿佛弥漫着灰红色的夜色。我给老孟发微信："你对枪支泛滥问题怎么看？在美国感到安全吗？"

这一下子挑起了老孟的话头，他说："枪是美国的悲剧。"他说："你知道吗？民间的枪多到了什么程度？3.93 亿！这是什么概念呢？即使美国所有的人，包括卧床不起的老人或刚刚出生的婴儿在内，每人分一把枪，还多六千多万支。个别爱好者家里几乎就是一座军火库。这么多枪在周边，你会有安全感吗？"

我说："不过，枪是美国人的麻将啊，是生活的一部分吧？"

他说："现实是，枪带来了麻烦。枪击案死的人像滚雪球一样逐年增多，于是，俺们的总统说，如果美国人每人手上拿一把枪，就可以在枪手开枪前，先把枪手击毙。"

看来老孟是一个有良知的控枪分子，他说："只要人生绝望、精神压抑、反社会，甚至做爱不爽、家庭失和，都可以买到枪，到大街上、校园里、剧场里去'突突突'发泄，这是十分恐怖的，因为任何一个国家都充满了这样的人，日本压抑变态的人就少了吗？中国 14 亿人口，这样的人比比皆是，如果他们都有枪的话，你觉得情况会怎样？"

他最后停了停说："老婆和我离婚后，我有段时间情绪低落，一度也很想买把枪去'突突突'。"

我说："哈哈，你不会这样的，你看看明史和北美史就解气了。"

我后来又问老孟："既然这样，那么美国为啥禁不了枪呢？"

老孟说："God works！美国永远禁不了枪！"

我问："为何？"

他说："美国长了很多'恶性肿瘤'，比如美国全国步枪协会（NRA），这种协会是美国政治的'大哥大'，超级有钱，一年预算就有数亿美元，还有五百万会员粉丝。这种兄弟会势力之大能影响国会、左右总统选举啊！"

"刘群，你知道这种'肿瘤'是怎么工作的吗？据我研究，每次发生枪击案，民间反枪情绪都高涨，却并不持久，全国步枪协会支持的那帮政客的策略，是一个'拖'字诀。枪击案后，支持拥枪的政客们红着眼睛哭一通后，全国降半旗，然后，等人们的关注点转移到明星绯闻和朝鲜核问题后，民意不再鼎沸，无人注意之时，控枪法案就被搁置了。"

我问："拥枪是宪法修正案的精神——让人民不畏暴政。对吗？"

老孟说："200 年前可能有此功能，但现在不行了。目前的现实是，占领华尔街运动没人敢拿枪，别说拿枪了，拿任何凶器被警察确认后都可能随时被打成筛子。相比警察的重型装备和装甲车，民用枪就是渣渣，最多是意淫吧。"

临睡时，他说："我给你讲个故事吧。亚利桑那州，有人走进一家店里，说：你好，我想买一个巧克力扭蛋。服务员说，不好意思，美国不允许出售这种可能造成窒息的东西。那人说：那行，给我来把 M16 吧。服务员说：你好有眼光，这个枪卖得最火，我们搞促销，加一元还送 300 发子弹。"

他打字跟我说："美国就是这么一个神奇的地方。每位总统都讲，我们一定会讨论枪支法案，可是要等到啥子时候呢？"他最后又来了一句："God works！或许要等到太阳从西边升起来。"

我回复道："快了，我现在开到金曼镇，不正好是在西边吗？嘿嘿。晚安。"

鬼镇的夏天和克拉克·盖博的蜜月

令人唏嘘的是，一代风流倜傥的"好莱坞国王"却是最痴情、为爱疯狂的"情圣"，鬼镇奥特曼这家小旅馆的二楼15号客房，有那段爱的印记。如今，这些印记如海滩上的脚印正被海水冲刷着，渐渐消退。

午后逛了一下胡佛水坝，出发去奥特曼小镇的时候，天已经有些晚了，看看地图，只有几十英里的路，却开了很久也不到，眼看着太阳沉入大地，车子前后左右都是起伏的戈壁滩，旱柳、仙人掌在荒滩上挣扎着露出鬼脸，落日贴着荒漠粗犷的脸颊，天空被衬得暗沉沉的，一大片血红。

看来要夜投奥特曼了，谷歌地图显示小镇中心位置上有一家叫"奥特曼酒店"的旅馆，评价三颗星。

沙漠地带气温在急剧下降，我摇下车窗，在最后一抹暗淡的红光下，向奥特曼狂开，在起伏的荒漠小公路上，时速达到50英里。

天完全黑了脸，星星出来了，我终于开进了谷歌地图指引的小镇。

但是，状况好像有些令人震惊。

小镇上连一个人影都没有，沿街是两排影影绰绰的破楼，感觉全部是100年前的木制平房。没有一座房子是亮灯的，全部浸在黑暗中。街边只有一两盏昏暗的路灯，导航上显示，离目的地零米。

但是，这个"奥特曼酒店"在哪里呢？

借着微弱的路灯光，我在下车的地方，眯着眼睛仔细观察路边的房子，那依稀是栋二层楼的木结构小楼，上两步台阶，摸到大门口，我用力去敲门，想看看有没有人在屋子里，可以问问路。砸了半天，没有一丁点动静。我退到小街上，发现二楼好像悬着一个店招牌，我拿出手机，打开手电筒，一束光瞬间照亮了这个招牌，我惊恐地看到，上面写着"奥特曼酒店"两个单词，天！原来这就是奥特曼酒店?! 我把手机电筒的光移到二楼，二楼门窗紧闭，黑乎乎的一片，好像很久很久没有开过的感觉。

"鬼镇！"我脑子里突然想起这个词，西部这些淘金小镇废弃后，往往成为鬼镇。据说，夜晚有人会听到脚步声和笑声，因为现在只有死者占据它。

我赶紧上车，想马上离开这个鬼地方。开了一个街口，突然在路灯底下看到三四个人在走路，看他们走路的样子，应该不是鬼，而是和我差不多的游客，他们好像也在找地方？

我像抓住了救命稻草，摇下车窗，和他们打招呼："嘿！你们在干吗？"

那个中年白人立马跑了过来，他说："我们迷路了！"

我说："你们找宾馆吗？"

他说："是的，但是这里好像不太对劲。"

我说："这是一个鬼镇，奥特曼酒店根本就不再住活人了，晚上似乎没有一个人住在这里。"

他说："我也被谷歌地图骗了，我查了最近可以住人的小镇叫尼德尔斯（Needles），在东北 25 英里的地方。"

"那么我们一起去？"

"好的！你们在前面，我跟着你们开！"

"我是鲍勃！来自圣迭戈。"

"我是刘，来自中国。"

说话的这一刻，我借着路灯仔细观察了一下他们，共四个人，两男两女，黑暗中看不太清楚长相，但是其中一个年轻女人居然穿着极其性感的三点式橘色游泳衣，裸露着白白的腰肢，戴着黑色的大檐帽，站在这个黑暗的鬼镇小街上，反差之大，有些诡异。他们上了一辆五座的丰田大皮卡，大皮卡的后拖斗里面居然放着一艘小型四人座水上摩托艇。

"戈壁滩的摩托艇和泳装女。"我开车跟在他们后面，满脑子狐疑。

两辆车一路在黑暗的戈壁滩又摸索了一个多小时，才渐渐看到小镇的灯火，汽车旅馆、加油站的招牌亮着灯，在荒漠里面迎接着我们。

10点了，尼德尔斯只有一家中餐厅还愿意营业接待我们，店员直接用地道的山东话带我落座，我们几个人团团坐在这家很多年没有装修的店，感觉回到了20世纪80年代的时光。

40来岁的鲍勃和他的性感泳装女朋友坐在一起，由于有外人在，她此时已经加穿了一件男士的大号T恤，但仍然掩饰不住她发达的胸部，胸部上面，一头棕黑色短发，瀑布一样。此外，她鼻子高挺，眼睛深凹，皮肤呈暗棕色。我以前只在博物馆陈列的蜡像中看过类似的人种，于是，忍不住多看了她两眼。另外一个老头是鲍勃的父亲，一头银发，70岁不到的样子，他旁边坐着一位衣着得体的女友，一头金灰色的长发，年龄看上去和鲍勃差不多大。

三杯啤酒下肚，我立即被美国式的坦率给折服了。鲍勃如数家珍，把他们的私事全部说给我听了。

原来鲍勃和他的父亲都在圣迭戈离婚了，离婚的时间不详，鲍勃找了眼前这个大胸的墨西哥性感女郎做女友，她是墨西哥边境城市蒂华纳人，几乎不会说英语，只能蹦几个单词，她和鲍勃说西班牙语，并不停地用亲昵的肢体语言沟通——他拍拍她的屁股，她则回亲一下他的腮帮子。

而鲍勃的父亲看上去是个厉害的角色，他的银发让他坐在人群中有一种权威感，可能是他在圣迭戈长期经营房产中介公司的缘故。鲍勃则是眼睛和嘴巴都是弯弯的样子，估计睡着了都像是在笑。听说我在上海开房产广告公司，大家都从房子上糊口，顿时就亲切了许多。鲍勃父亲的女友，那个金灰色长发姑娘，原来是鲍勃的女性朋友！儿子把他的好朋友介绍给爹做女朋友，一对父子好朋友！这对父子说话的时候很生动，经常把大家都逗得哈哈笑，而鲍勃的女友则撒娇似的在旁边说，你们在说什么？于是，鲍勃再用西班牙语连带肢体语言给女朋友翻译一番。

我问："这里是沙漠地带，你们带着摩托艇干吗？"

鲍勃上扬着嘴角说："这附近不远就是科罗拉多河，我们昨天特地从圣迭戈开了大半天车过来，今天白天在河里玩了一天游艇，夜投客栈的时候，和你一样跑到了鬼镇。"说着，他用谷歌地图给我指引了河的位置。我瞥了一眼鲍勃弯弯的眼角和墨西哥姑娘的微翘胸部，突然明白，这对一起泡妞的父子，像铁哥们儿一样，在度一个充满激情的周末，宛如还在20多岁的青春年代，带着心爱的妞，驾车500多公里，来到这么远的沙漠地带玩游艇。

我羡慕这对父子的状态和他们朋友式的关系。

喝到最后，墨西哥姑娘拿出了手机，是一个非常老的苹果4，她给我看她女儿的照片，一头黑色波浪，笑得灿烂，7岁左右，和我的大儿子差不多大。由于语言不通，我没有细问她的故事，但我从她深凹的眼睛、傲人的身材以及眼角的鱼尾纹中，可以读出她不平凡的过去。

当晚和鲍勃父子告别后，各奔客栈。

我投宿在一家尼德尔斯的汽车旅馆，打算第二天上午再开车去奥特曼，看看白天的鬼镇啥样子。资料上说，上午奥特曼小街会上演西部枪战秀。我住的这家旅馆不是连锁店，就在公路边上，前台只有一张小小的桌子，后面挂着一个不太准确的时钟。一个微胖的墨西哥中年大妈在看店。

早晨我还在酣睡，突然电话铃大作，墨西哥大妈打电话，说让我去一趟大堂。她说，昨天晚上拖车公司拖了一辆车过来，那辆车抛锚在公路上了，汽车上的两个人支付了几百美元的拖车费后，说是没有钱修车了，而且他们两个人好像也不会说英语，目前住在客房里。我说，那干吗找我呢？墨西哥大妈说，他们是中国人，你可以帮我和他们沟通一下吗？

于是，我拿起了电话，拨通了207房间，听口音是个东北中年男人，他在荒芜的西部小镇的汽车旅馆里，睡眼蒙眬中，突然接到一个国人打客房电话，十之八九会吓一跳。我问他，怎么回事？需要帮助吗？

他说他在洛杉矶开卡车9年了，最近接到一个活是在凤凰城附近的，于是他就和他的女友花了几百美元，买了辆二手车，带了全部行李，打算开车搬家过去，结果这破车路上就坏了好几次。"×！我被卖车的人给坑了！"他一个劲地抱怨，他说，车子昨晚就直接抛锚在公路上了，花了好多钱拖回来，听说还要近千美元才能修好，他们身上的钱已经不多了，正苦恼地考虑是改搭长途汽车，还是继续修车，前者方便，但是很多未来要用的行李就要丢弃了。

我想两个同胞在异国他乡的荒漠地带，语言不通，陷入困境，就说你们需要我帮助吗？我心里等着对方说出一个我可以承受的数额。结果，那个大哥真是有东北人的硬气，一口回绝，说："谢谢好意！我们自己搞定那辆车子吧！"

我把情况跟好心的墨西哥大妈说了，她点点头，有点心事重重，我想，她是不是担心那两个人付不起房钱呢？

开车去奥特曼小镇时，心里挺担忧那对落难的中年东北人，不知道他们后来是如何渡过难关的。突然想到，尼德尔斯这个地名，中文谐音有点不善，接近"你得死"。

第二次去奥特曼。小公路一塌糊涂，开裂、坑洼、拱起，好几次我像弹簧一样飞起来，撞向车顶。

一头悠闲自在的野驴拦住去路，它尾巴一甩，一截黄绿色的大便挤出屁眼，滚落在地上，然后蹄子一抬，踏着灰，跑开了。

我发现要绕开驴粪蛋是不可能的，因为公路上东一坨，西一堆。昨天晚上太黑了，急着赶路，根本没有看到公路上有这么多的野驴粪。

在碎石渣渣的空地上刚停好车，两头探头探脑的野驴就把头伸进车窗，看样子是要讨吃的，我说"No！ No！"，用力把它们的头推出车窗，锁好门，向小镇走去。整个小镇都弥漫着一种驴粪的臊味，和着干燥的、炎热的天气，在蓝天下，充满了刺鼻的西部质感。刚走到简陋的淘金时代小街，就听到远处传来啪啪啪几声枪响，我知道这是枪战了。接着看到这个鬼镇上居然黑压压挤满了游客，然后哗啦一下散开了。你不能想象，这么多游客都是从哪里来的。昨天晚上，他们都住在哪里？

我就差几分钟，没有赶上枪战。戴黑大檐帽、穿黑色衣服的一男一女两个演员大步走在前面，男女身上都有子弹袋子，腰间别着枪，走路的时候包得紧紧的屁股一晃一晃的。他们走进了一个二层楼的破旧木楼，我抬头看见这家店上悬着的旧铁皮牌子——奥特曼酒店，天！这不就是昨晚我想投宿的地儿吗?! 原来，在白天，这家酒店提供一些简单的餐饮、酒水，二楼是博物馆，但是已经很久很久不接待住客了。

我买了一瓶冰镇可乐，坐在店里喝，望着定格在1930年的破败淘金老街，和一位服务员聊了起来。

"我昨天晚上本来打算住你们这家酒店的。"我说。

"我们有几十年不接住宿了，不过以前，这里还真是酒店。你知道吗，这里曾经最有名的住客是谁？"

"谁？"

"克拉克·盖博和他的新娘！"克拉克·盖博，我的脑子电光一闪，那个眼神总是带着一抹让人捉摸不透的玩世不恭，让女人不敢轻信却又无法抗拒的好莱坞坏男人？那个连玛丽莲·梦露都想勾引的男人？那个《乱世佳人》里两撇小胡子和一脸坏笑的白瑞德？据说有一次，他脱下衬衫，人们发现里面什么也没穿，结果，全国的男人都开始流行不穿背心，导致背心在商店里积灰。

他在这个鬼镇的鬼旅馆里曾经度过新婚之夜？我简直不敢相信。

于是我坐在木头的小桌子边，啜着可乐，用只有一格的手机信号，查了查奥特曼的官方介绍，真的，1939年，好莱坞之王克拉克·盖博和当年史上片酬最高的喜剧女明星卡罗尔·隆巴德在金曼结婚后，在奥特曼酒店二楼的15号房间度过了他们甜蜜的新婚之夜。此后，他们曾多次回到我目前所在的这家小旅馆，这个小旅馆只有七八间客房。

我完全无法想象，这家已不再接待客人住宿的旅馆，这座夜晚沦为鬼镇的小镇，这里的沙漠和风沙，居然见证了二人的生死之恋。

午后的风从窗外刮过，时间仿佛回到了 1931 年，盖博和隆巴德在一次聚会上相遇，隆巴德对盖博印象不佳，她认为"盖博像一块火腿"，高鼻子、微眯的双眼里有一点自命不凡。5 年后，他们在隆巴德主持的聚会上再次相遇，并开始偷偷约会。在一次朋友聚会中，一辆救护车驶过现场，医护人员小心地抬出了隆巴德的"尸体"，盖博目瞪口呆之际，她突然坐起来哈哈哈大笑，彻底"复活"，搞得盖博差点"精神崩溃"，两人为此斗嘴不已。直到 1939 年初春，他们才在金曼结婚。婚后，他们搬到了圣费尔南多谷的一个牧场生活，他们骑马、打猎、养鸡，招待好友。隆巴德和盖博亲切地称呼对方"爸"和"妈"。两人有时争吵，隆巴德过后会送给盖博鸽子作为和解。珍珠港事件后，隆巴德前往她的家乡印第安纳州推广战争债券，卖出 200 万美元。在决定如何返回加利福尼亚时，因为母亲害怕坐飞机，所以她尽量说服隆巴德坐火车。隆巴德建议投硬币决定胜负，隆巴德赢了，她们登上了 DC-3 这趟死亡航班，据说，隆巴德上飞机前给盖博发了最后一份电报，内容是"亲爱的，你最好去参军！"。飞机起飞后在雷电区飞行，飞行员偏离航线不到 100 英尺，与拉斯维加斯西南的台岩山顶相撞。卡罗尔·隆巴德和她的母亲以及飞机上的 22 人当场死亡，隆巴德年仅 33 岁。

飞机失事后，盖博被一种无法承受的痛苦笼罩，他要求前往拉斯维加斯领回隆巴德的遗体，并试图与志愿军人一起攀登雪山。最后唯一可辨认出隆巴德遗骸的依据是一枚残缺的红宝石胸针，那是盖博送的，一半已经熔化。

盖博对妻子的死亡感到深深的内疚，他想起妻子给他的最后一份电报中所说的"你最好去参军"，于是以 41 岁高龄申请加入了美国空军。在二战中，他担任轰炸机的尾炮手，参加了对柏林的轰炸，他嘟嘟嘟疯狂地向敌机开炮。盖博那张在轰炸机上打尾炮的经典照片，让普通人看了都热血沸腾。据说，希特勒是盖博的粉丝，他派空军部长戈林出重金悬赏捉拿盖博。在空中鏖战时，盖博必是抱了必死的心，想要在天堂与亡妻相会。战后，盖博又结了两次婚，但他的遗愿是长眠于隆巴德旁边，1960 年，在拍摄《不合时宜的人》一片时，盖博因心脏病突发而去世。他最后一任妻子把他葬在隆巴德的墓旁，实现了他的遗愿。他的妻子心也够大的。

令人唏嘘的是，一代风流倜傥的"好莱坞国王"却是最痴情、为爱疯狂的"情圣"，鬼镇奥特曼这家小旅馆的二楼15号客房，有那段爱的印记。如今，这些印记如海滩上的脚印正被海水冲刷着，渐渐消退。

据说，多年来，一直有人说在夜里15号房里会传出窃窃私语和欢笑声。

我相信它是真的。

我打算上二楼看看盖博和隆巴德睡过的木床，窄窄的楼梯间放了一块牌子，上面写着：维修中，暂不开放。

从奥特曼酒店出来，我遇见一个金发小男孩，十二三岁，衣服穿得还算体面，就是脸上都是灰土，他问我："可以给我一个25美分的硬币吗？那边一头野驴向我讨吃的，我想买点胡萝卜喂它，它是我的好朋友。"我看了看他眼睛里的光，是很纯净的那种，于是，我从口袋里掏出一个硬币。他欢快地跑进一间木头房子，拿了三根胡萝卜出来，一头野驴子马上把头伸过去，凑在他脸蛋边上，讨好地呼热气。我还没有看清楚，野驴的腮帮子已经鼓了起来，啊呜啊呜几下，胡萝卜就没有了。这个男孩抱着驴头，和它说了几句话，这头野驴估计是懂也装不懂，还是凑在他脸边上，一个劲地呼热气。

小男孩说这些驴从前是给矿上拉货的，后来金子挖完了，矿工走了，它们就无家可归了，成了野驴，靠向游客讨吃的过活。他还告诉我说，奥特曼酒店的二楼真的有鬼魂，他见过，是个长头发的，所有的人都看到过。我想，那是不是隆巴德回来看她的新婚之地？

我说，小伙计，你还懂得挺多的嘛！你从哪里来？

他说他叫文森特，他爸爸家就在小镇后面的山冈下。顺着他手指的方向，我果然看到这个旧时矿区小街的后面鼓着一个山包，光秃秃的啥也没有。天！这个鬼镇附近居然也是有极少量居民的！我昨晚可完全没有看到灯火啊。

他说："小山旁有一个老金矿，那里有吸血蝙蝠，你想去看吗？"

我将信将疑地跟着这个叫文森特的神神道道的小男孩，穿过老式的商店、酒吧、餐厅和 T 恤小店，在街的尽头，拐了一个弯，就看到一个废弃矿坑的入口，估计现在是一个景点。他说，跟我进来吧，不要钱的，于是我就弯腰钻了进去。这就是一个破坑，估计是山体的一部分，地上放着几样淘金的工具。文森特絮絮叨叨地说了很多东西，我也没有太明白。最后他提到了吸血蝙蝠，他说这个洞里晚上有的，现在有客人，估计都出去觅食了，到了晚上就飞回来。我抓住矿坑小窗口的栏杆，往外看了看天色，问他："下午还有枪战吗？"他说："两点钟可能有，但是不确定。"

于是，我和他倚在小街的木头走廊的围栏上，看看驴子，聊聊天。

他的金发好漂亮，就是沾了许多灰土。

我问："你在奥特曼小镇住，在哪里读书？"他说，他并不常住这里。他平时都在拉斯维加斯读书，爸爸妈妈离婚后，他一直都跟妈妈生活在那里，只有放暑假，妈妈才允许他回奥特曼来住一个月。他还告诉我，他有个哥哥跟爸爸在奥特曼生活，他超级崇拜他哥哥，因为他哥哥知道所有奥特曼的事情。

"那么你爸爸在奥特曼开店吗？"他说："不，他不开店，我也不知道他具体干啥，好像别人家里坏了东西，他去修，有的时候，也去一些人的店里帮帮忙。"我说："你爸爸每天都去上班吗？"他说："好像也不是。"我说："你爸爸今天在干吗？"他想了想说："他好像在家里睡觉。"

我说："你喜欢这里吗？"他说："非常非常喜欢，在这里很自由，没有人管我，除了我哥哥，这里和拉斯维加斯完全不同。有时候还有钱赚，我给游客们做导游，他们也给一点点小费。"

我问他："爸爸妈妈为何分手，你知道吗？"非常能说的他说到这个问题停顿了许久，他说："好像妈妈要在拉斯维加斯工作，而爸爸不要妈妈在拉斯维加斯工作，他们就分手了，爸爸就回到奥特曼了。"

可能，这就是大人给孩子的理由了。

不知为何，听他这么回答，我自己突然感到被一阵伤感袭击，我想起我的儿子袋鼠来。他晚上睡觉一直抱着个细瘦的泰迪小熊，因为那是他妈妈临走的时候给他的一个礼物。他再顽皮、再无忧无虑、再没心没肺的一天结束，到了晚上，临睡时都会去找这个小熊，他都要抱着它，淌着口水，沉沉睡去。如果别人问他同样的问题，爸爸妈妈为何分手？估计他也只能回答，爸爸工作忙不回家，妈妈不高兴了，于是就分手了。他一样不清楚真实的世界是怎么一回事。

现在我眼前的这个 12 岁的男孩文森特，说到爸爸妈妈的关系，他有些怅然地看着对面的街景，小小的心里似乎起了一点点的涟漪。

他说，爸爸妈妈分手令他最伤心的事情是，"我平时见不到我的哥哥了，一年只有一个月可以见到他"。

说话间，他看到一个瘦瘦高高的身影从小街上远远走过来，他说："哥哥来了！"说着，他向他哥高兴地招了招手，"我哥总是教我玩各种好玩的东西！"

"今天还会有枪战秀？"我最后问他。

他似乎没有听到我的这一个问题，也许在想什么事情。

忽然，他扭头问我："你可以再给我五美分吗？我想买一瓶可乐送给我哥哥。"我掏出来后，他欢天喜地地跑进一家破烂木头门的小店里去了。

又等了好几个小时，气温越来越高，好像有 38 摄氏度了，挨到了 3 点多钟，传说中的西部枪战也没有再上演，去奥特曼酒店一打听，说天气过于炎热，所以就不演了。游客渐渐散去，驴子也似乎被晒得不行，懒洋洋地挪着步子，抬腿向小镇外面走去。

傍晚，开往拉斯维加斯的路上，窗外，托着落日的沙漠浪头凝固了，像是一片睡着了的海。远处奇异的霓虹灯亮起来了。

望着那些奇异的灯火，我突然想到，那个小男孩文森特长大了以后，会不会也和他的爸爸一起开车去沙漠旅行，一起去科罗拉多河驾船探险，父子两个人会不会也一起去泡妞呢？

这还真说不定呢。

洛杉矶没有键盘侠和"结巴"的旅行

> 通过蝙蝠侠、超人、钢铁侠，美国人创造了自己的《荷马史诗》中的英雄——奥德修斯，这满足了国民心理需求，因为美国才200多年历史，这些英雄凝聚了不同族群的价值观。

8月17日，我的"毛驴"开进了洛杉矶，终于从大西洋海岸爬到了太平洋海岸。

晚霞下的洛杉矶天空如火烧，新闻里说已经一个多月没有下过一滴雨，全城有种大便干燥的感觉。

夜投一家山里的民宿，在威尔·罗杰斯州立历史公园附近，晚上10点钟左右，沿盘山小道上山时，车前突然有东西一晃，一束车灯打在一只动物身上，我一个急刹车——是头发愣的小土狼，它立定在马路当中，深不可测的小眼睛发着幽蓝的光，扭头看看我，随后一弓背，消失在夜的森林里。

睡到半夜，邻居的狗突然狂吠不已，叫声响彻山峦，嚎叫中夹着无法抑制的愤怒，我相信那是遇见了土狼，而不是这座屋子里的鬼魂。狼和狗在吵架，相似的物种总是最仇视对方。这里的山，到了夜里，就是土狼的世界，它们到处溜达，寻找交媾机会，顺便翻一翻垃圾桶——那是它们的米其林餐厅。

这家民宿在半山上，有一个游泳池，四周围着生锈的、毛刺刺的铁丝栅栏，估计是怕动物闯进来。由于洛杉矶干热，偶尔也会有黑白条的加利福尼亚王蛇或者声音咋呼的响尾蛇出没。游泳池的水碧蓝碧蓝的，让我想起大卫·霍克尼的画，诱惑我脱得光光的，一个猛子扎进去。我浮出头来时，发现水面上全是落叶和虫子遗体，那些已经死去的蜻蜓、蜉蝣、长脚蚊子和很多叫不出名字的昆虫都在水面上漂啊荡的，它们或许和我一样，在燥热无雨的日子里，被水的清凉诱惑，并愿意葬身于此间，从此万劫不复。

次日，我开车去看朋友老缪，突然发现"毛驴"没有油了，路过一个加油站，停好车，飞奔进超市买了一瓶冰镇可口可乐——先给自己加点油，然后再给"毛驴"喝，这期间还给老缪打了一个电话，说遇到突发情况，要晚到半小时。

我靠在"毛驴"外面喝可乐，休息片刻。

此时，旁边的位置驶入一辆加长的宾利，黑色锃亮的车体前，一个带翅膀的B字母，在一堆丰田和福特车中间，宛如一位贵族站在一堆小商小贩当中，特别显眼。

穿深色衬衫的男子从车里出来，有60多岁，半头短银发，有点乔治·克鲁尼的风度，优雅地站在他的宾利车旁边，一手扶车，一手加油，看着就令人仰慕。

整个加油过程可能3分钟都不到，但是，突然，意想不到的一幕登场了。

一个衣着脏兮兮的中年黑人手上拿着塑料袋，绕过加油站柱子，走过宾利车，站定在中年宾利男子的面前，摊出一只手，露出乞求的眼神。

我想，换了我的话，一定让他立即走开，或者给1美元赶紧打发了。

但是，我吃惊地发现，这位中年宾利男子却和乞丐攀谈了起来，而且谈了很久。

隔着车子，我依然听得很清楚，他说："你为何不去工作？""你为何要乞讨为生？"那个黑人咕噜咕噜说了一大通，大概是他想去找工作的，但是目前没有，总之，"能不能给我20美元？""我需要钱。"

宾利男子严肃起来，他拦下一个路过加油的人，问："你有没有工作？"那人说："有！"然后，他又隔着车子问我："你有没有工作？"我不知道在家写文章算不算是正式的工作，也赶紧说："有！有！"他转向黑人乞讨者说："你看，你看，大家都去工作，你为何不去工作呢？"

宾利男子说："如果我今天给你 20 美元，你答应我明天就去工作！"

黑人乞讨者嘴巴里咕哝了一下，好像是答应了。

宾利男子说："那你要对天发誓！"

然后，他走过来，对我说："你可以帮我一个忙吗？"我好奇地说："帮什么忙？"他说："你帮我录像记录他的誓言，可以吗？"

于是，加油站出现了这么戏剧性的一幕。

我放下喝了一半的可乐，高举着手机，庄严得像个摄像记者，全程记录。背景是一辆辆正在加油的车子。

他们二人面对面站立在宾利汽车前，像站在教堂的牧师讲桌前。

宾利男子说："你开始发誓吧，有这位先生如实记录下你的誓言。"

那个黑人男子似乎有点犹豫，但迫于形势，还是踌躇地举起了他弯曲的右手，说："我发誓，我拿了这位先生的钱后，明天就去找工作……"

"OK！"宾利先生愉快地握了他的手，拍了一下他的肩膀说，"成交！你一定要照你的誓言去做呀！"然后，从皮夹子里面抽出一张 20 美元，交到乞讨者手里。

黑人男子拿了钱，拎着塑料袋匆匆走开，宾利男子也对我远远打了一个招呼，钻进他的靓车。

我在加油站待了一会儿，把可乐彻底喝完，同时非常愉快地回想了刚才的那一幕，宾利男的多管闲事，多么不可思议。我怎么从来没有想过要去教化一个流浪汉？是我认为有些人是完全不可以被教化的吗？

折腾一大圈，终于在饭店里面见到了光头胖子老缪，他已经饿得前胸贴后背了。他是复旦社会学的校友，已定居洛杉矶 22 年，是一位地道的美国通。虾仁跑蛋和里脊肉端上来，两杯 IPA 啤酒落肚，我跟他聊起今天遇见的宾利男子的事。

他的眼睛在一副老式金丝边眼镜后面射出光芒，他说："这很寻常啊，美国处处是多管闲事的人。看看电影《超人》《蜘蛛侠》就明白了，超人、蜘蛛侠其实就是没事找事。以前，还有部电影，说一个人得了绝症，医生说他只能活6个月了，于是，这6个月里面，他到处找坏人，找歹徒，碰到歹徒就扑上去，玩命。"

他咕咚喝了一大口酒，接着说："老美心中的英雄不但本领大，而且还具偶像气质，你看，超人一边跑，一边撕裂自己套在外面的衬衫，露出巨大的红色S，先秀一番肌肉，然后才行侠仗义。超人经常要飞，外衣总被吹走，所以内裤穿在外面，那是起到固定作用。而另一个英雄，蝙蝠侠，别太在意，他的内裤是套在头上的！哈哈。"

我问："老美为何这么有个人英雄主义情结呢？地球上其他国家好像都没这样的。"

老缪说："我看过一本书，作者认为，通过蝙蝠侠、超人、钢铁侠，美国人创造了自己的《荷马史诗》中的英雄——奥德修斯，这满足了国民心理需求，因为美国才200多年历史，这些英雄凝聚了不同族群的价值观。"

8月19日，横贯北美的最后一个傍晚。

圣莫尼卡海滩，大海浸在骄阳的最后热情中。

好容易找到一个停"毛驴"的地方，脱了鞋，我穿过海边骑自行车的人，踩着漫长的沙滩，高一脚低一脚，走向墨蓝色的大海，远处海面上停着一艘白色的船。

太阳在地平线附近挣扎，海浪一遍遍舔着沙滩。贼鸥嘎嘎叫着从人们的头顶上炫耀性地盘旋而过，几乎要擦到我的头皮了。

在海滩上躺着的人开始收拾行囊，人影渐稀。

站在海水里，一股刺骨的寒冷袭来，海水的温度估计低于10摄氏度，碎浪在脚下打滚，海的那一头就是我的家乡——上海，太平洋东岸距这儿约有8000公里。

望着渐渐变成墨红色的水，老缪的话让我忽然想起了五年级时，放学后，我常常和邻居"结巴"一起在长江边玩英雄对打的游戏，好像是罗成战秦琼，江水也是这个颜色。我们把红领巾绑在额头上，捡了树杈当宝剑，来来去去地刺对方，一直玩到江水被染成红色，太阳掉下去。

那时，我妈妈在外地，爸爸要看船厂的大门，家里没有人管我，我就和"结巴"一起玩。"结巴"跟年迈的爷爷一起住，他没有爸爸，也没有妈妈。据说他爸有一次在船厂桥吊上作业时没系好安全带，倒栽葱摔了下来，砸成了个肉饼子。他妈是轮机车间的，立即赶去现场，看到这个惨样，精神受了刺激，后来失踪了。我和"结巴"打英雄仗打累了，就坐在江边看看水，我们把从来没洗过的脏鞋子脱掉，把脚探进江水里，记得水也好冷。

有一次，"结巴"突然问我："你妈妈会……会……会……会来看……看……看你吗？"

我说："会啊！她两年来看我一次，每次她都坐大巴士来，还给我带很多小糖呢。"

"结巴"羡慕地看着我说："你记……记得你妈妈长……长……长什……什么样子啊？"

我说："我记得，她穿着一条花裙子，梳一根大辫子。"

"结巴"用树杈敲打着地面说："我已……已……已经记不得我妈妈长……长什么样……样……样了。但……但是，我……我……我看到她就会知……知……知道她……她是我……我妈妈。爷……爷爷跟我说……说，妈妈是坐……坐……坐……坐……坐船走的。"

他说："我……我……我们一起去码头好吗？我想去看……看看妈妈，说……说……说不定她坐……坐……坐船回来了。"

于是，我们拿着树杈来到码头看轮船，等了很久，才有一艘渡轮靠岸，拎着大包小包的人被船吐出来，我们就盯着女的看，有胖胖的带小孩的，有鬈发瘦瘦的拎着箱子的，有穿黑裙子慢悠悠走着的，我们看了很久，"结巴"摇摇头说："没……没……没……没有我妈妈。"

天都黑了，我们俩还在江边扔石头。

最后，他的爷爷找来了，拎着"结巴"的耳朵回家了。

后来我爸爸跟我说，"结巴"小时候一点也不结巴，他妈妈走了，他才开始结巴的。我初中毕业考取了位于上海的复旦大学附中，"结巴"连中专也没有考取。我要离开那个小地方时，"结巴"跟我说："你……你……你……你可以去上海看你妈妈了！"他说："我……我……我……我……我以后也要去上海，去……去……去……去上海旅游，顺……顺……顺便找……找……找妈妈。爷爷……爷爷说，长……长……长江的船都是开……开……开……开往上海的。"

如今这么多年过去了，"结巴"音信皆无，不知道他最终有没有到上海旅游，有没有找到他的妈妈。我驾着"毛驴"从东海岸穿越北美六千多公里后，双脚踩进圣莫尼卡这片冰冷的海水里，脑子里出现的居然是我小时候那江边的破碎记忆，这一刻的寒冷变得柔软而有温度。

我发现，我们在孤单的童年就开始了独自的旅行。

洛杉矶机场，临上飞机时，我最后一次给"毛驴"加好油，我摸摸它温热的前盖，发烫的车轮，前门上都是烂泥，还多了一个小小的坑，风挡玻璃上有许多死去的小虫子的尸体，忽然有点舍不得。41天朝夕相处，感觉它是我的亲人，就要把它退还给安飞士公司了，颇为伤感。41天的游历，宛如一场持续放了41天的烟花，烟花再灿烂还是烟花，终归要归于寂静。

第一夏的游历落幕了，告别路上听过的歌，告别抚摸过的野驴，告别那些可爱的路人，我忽然希望，时光就此停滞。

就像我16岁的时候第一次坐绿皮火车去上海，告别了那个熟悉的繁昌小站，父亲干枯的头发在站台上被风吹得乱七八糟的。然后，火车就带着我拼命地往前开，在枕木上咔嚓咔嚓地轰鸣了几乎一整天。终于到了傍晚，窗外的楼宇渐渐密集起来，一片片地急闪而过，我不希望前面就是终点，我不希望下车，我不希望到达目的地。我有点害怕到了终点，终点却不是我要的样子，我希望火车可以咔嚓咔嚓咔嚓咔嚓地一直开下去。

人生的旅行，也大体如此吗？

■ 10 号沙龙，西部枪王狂野比尔被枪杀的酒吧，如今成了死木镇夜生活的中心。

■巨大的野牛在车流里悠然地行走着，它们俨然是现代交通的一分子。

■死木镇的西部嘉年华上，侏儒马载着客潇洒走一回。撒一把糖，孩子们一阵哄抢。

■ 大峡谷遇见一个美国"孙悟空"，他看港台功夫片自学了一套
棍法，抡、挑、扫、戳、舞。换了我光看电视可学不会那玩意儿。

■ 金曼 66 号博物馆，重现了当年西进路上，一户人家就地生活的场景，三个孩子和泥孩子一样，右边的老太像不像阿加莎笔下的某个破案老太？

■ "鬼镇"奥特曼有一家旅馆，目前只有幽魂还在里面游荡，昔日，
克拉克 · 盖博在里面度过了新婚之夜。

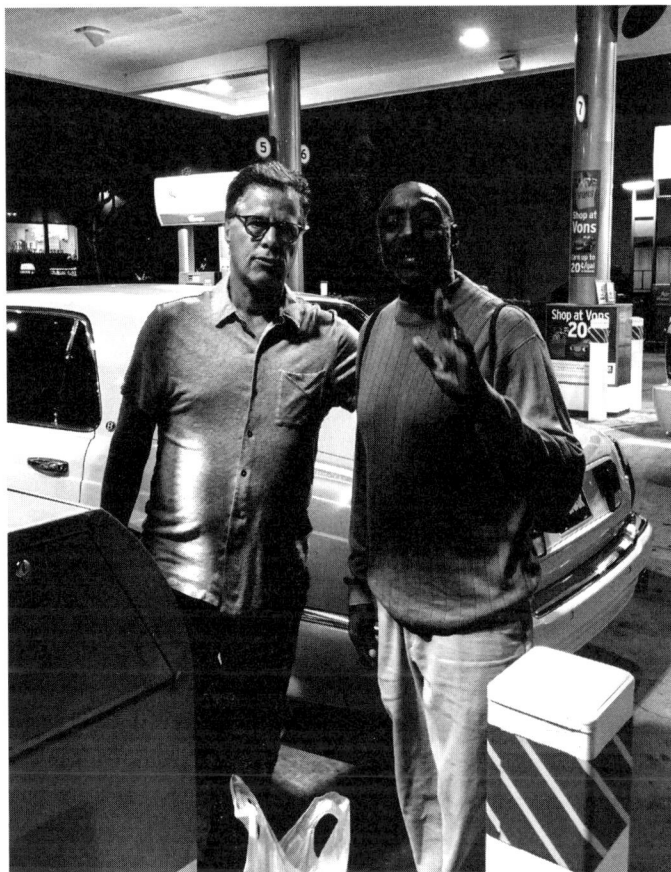

■ 开宾利的富商要求前来讨饭的黑人对天发誓"明天就去找工作！"，如果照做的话，可以给他 20 美元。富商让我全程用手机拍下来作为见证。

INTO
AN
UNKNOWN
AMERICA

又有谁会知道呢？

那曾经是明亮的，忧郁的，是蓝色的，还是灰色的？

反正，每个人的心中都有一座属于自己的西雅图。

2

第二夏

The Second Summer

美墨边境的"奶酪"与蜂蜜

> 所以，一方面我流连于圣迭戈无休无止的阳
> 光，感受夏天才 20 摄氏度出头的凉爽，另一方面
> 我又神往美墨边境线那一边——想象中的蒂华纳人
> 间地狱。我想，这大概就是中国人的"名谚"：不
> 作不死吧！

2017 年 7 月，我又来到了美国。这是我规划中的第二夏，打算从
美墨边境地区开始，一路沿浩瀚的太平洋西海岸北上数千公里，到达西
雅图。

去年是横贯美国，今年是纵贯，两条线路在洛杉矶交会，在地图上，
形成一个转了 90 度的"丁"字，是《丁丁历险记》的"丁"字。

我站在圣迭戈海边巨大的树冠下，看见太平洋在远处沉吟，午后的热
风轻轻吹动，银灰色的水光抖动出一层层细密的波纹。

"这厮是要疯！"一位去年在华盛顿接待过我的网球球友在微信群里
知道了这个信息，发出感慨，去年我横贯美国时，他已经表示了费解、不
安，估计他心里想说，这家伙吃饱了力气多得没处使。

"墨西哥有多乱你知道吗？去年，一个反毒品的女市长，在她上任第
一天，被枪手闯入家中杀害。人们在找到她的尸体时发现她的手被捆在一
起，推测她遭到了刀刺、毒打、火烧等残酷的虐待后才被杀死。该女市长
被虐杀纯粹是报复，带有行刑式处决的色彩，这个案子引起了全世界的愤

怒，但是，在墨西哥，永远无法破案……"远在得克萨斯州的老孟一如既往在晚上九点半给我发微信，给我提示卡。我去年驾车横贯美国的后期，他总像个军事指挥官，拿着个铜柄的放大镜，趴在他写字台后面那张新买的 1.8 米巨幅美国地图上，打电话或者发微信，告诉我下一站去哪里好，哪里可以去看看。

"晚上 8 点钟以后，千万不要出门哟！""如果驾车时碰到打劫的，你把车窗摇下一条小缝，把 20 美元塞到窗外去，记住是塞出去，千万不要摇下整个车窗，否则，他把枪伸进来，接着打开车门把身体挤进来，你就惨了，因为这样的话，简单的打劫有可能变成绑架。""等我拿着钱赶到的时候，你的耳朵可能不在头侧面了，或许你以后半辈子都得在斯德哥尔摩综合征的阴影下。"

我开车从圣迭戈海边回来，老孟的这段语音，听得我腿肚子都打战了。

7 月 12 日晚，我联系到一个叫老叶的球友，他约了我晚上在加利福尼亚大学圣迭戈分校附近跟当地华人朋友一起打网球。打球休息期间，坐在凳子上闲聊，我很仔细地询问了老叶和每一个球友，问他们有谁去过美墨边境线和墨西哥的边境城市蒂华纳。尽管这里离蒂华纳只有 20 多英里，开车最多 30 分钟，但是，他们都摇摇头，居然没有一个人去过那里。美墨边境和蒂华纳对华人来说，是恐怖的代名词。

打完球，我跟随他们去了一家福建人开的广东餐厅"皇朝"，喝着例汤，在这里生活了几十年的老叶说出了原因。他说那些蒂华纳抢劫犯爱打劫中国人，因为，我们一句西班牙语也不会，看上去是"二小"，样子小、胆子小，偏偏兜里还爱揣现金，不打劫华人打劫谁呢？所以，没事他们都尽可能不去墨西哥。

他说："你知道墨西哥警察的工资有多少吗？"

我问："多少？"

他说："才 375 美元一个月！这怎么养家糊口？于是很多毒枭集团都

给警察发工资。听话的警察有奖金拿，不听话的警察杀头。"

美墨边境蒂华纳的恐怖和混乱，如宇宙的黑洞，倒激发了我的探寻欲望，这就好比爬山遇到了一个黑乎乎的洞口，里面透出一线灯光，如果不让我进去探寻一番，岂不难受死了吗？但是，我又天生胆小，属于典型"二小"一族，特别怕死。有次大地震，我所在的省份有震感，当晚，我和爸爸在床上坐着发呆，突然，爸爸踹了我一脚，说：你别抖脚！我说，我没有抖脚啊！我们二人都抬起头，发现头上的灯泡在剧烈地晃动，再一看，房子的墙壁也在嘎吱嘎吱地动。爸爸说，不好！地震啦！房子要倒！快跑！我第一次感到了死亡的威胁，一骨碌从床上滚下来，想迈开腿跑，却发现我的腿软得像快要融化的冰激凌。爸爸连拉带拽把我拖出屋子，我记得自己一出屋子，就在门口的空地上一边跑，一边用颤抖的声音嘶喊：地震啦！地震啦！地震啦——！这绝望而恐怖的声音，配合着房屋的晃动，永远地刻在了我幼小的心里。

当然，这种濒临死亡的感觉也十分刺激，体内化学物质的释放会使心怦怦怦地加快跳起来，让人感到兴奋和刺激。或许越是害怕死亡，这种挑战死亡的乐趣也就越大，这种过程让人着迷。

所以，一方面我流连于圣迭戈无休无止的阳光，感受夏天才20摄氏度出头的凉爽，另一方面我又神往美墨边境线那一边——想象中的蒂华纳人间地狱。我想，这大概就是中国人的"名谚"：不作不死吧！

终于，在圣迭戈游荡了5天之后，老叶的一个朋友帮我找到一个在墨西哥生活的导游，答应带我去边境地区，而且，好消息是，这个导游还是一个地道的上海人。

次日早晨，一辆带有美墨两国牌照的丰田汽车停在酒店门口，那个姓沈的导游还是一副20世纪80年代上海人的样子，皱巴巴的细条纹衬衫，一副金丝边的眼镜，一串钥匙挂在裤腰上，感觉他被冻结在1980年的上海时光中了。只是他的皮肤已经晒得如墨西哥海边的海狮，透着一种闪闪发亮的黝黑。

一上车，我就问他：你在墨西哥被打劫过吗？

他说因为害怕，他在墨西哥18年了，晚上从来不出去，小心翼翼，所以从来没有被打劫过。车上时间多，他就讲了个他身边的事，十多年前，他初来墨西哥的时候在一个中国人开的贸易公司里工作，当时有一个年轻的墨西哥人来应聘，此人寡言少语，举止安静，叫干啥就干啥，特听话。后来才知道他是个毒贩子。有一年，他把毒品拿给下家，却没有收到钱，上家来逼他，他走街串巷找到下家，争执起来，一怒之下用弹簧刀刺中下家的心脏，下家当场委顿在地，大出血死掉了，他就逃跑了，一晃就是十多年。沈导说，他应该快要回到蒂华纳来了，因为根据墨西哥的法律，10年以上的案子就不再追诉。

说着说着，我们的车就过了边境，从美国这里进入墨西哥，国门洞开，二车并驱而入，畅通无阻，墨西哥方面连个护照也懒得看。

沈导说，这里有些警察特黑。看到你是美国牌照的车辆，他会挥手拦截下来故意找碴，于是，按照心照不宣的规矩，你小心翼翼地递上20美元作为小费打发他走。假如他是"本分的警察"，他会拿了钱放行，一句"阿你要死（西班牙语再见的意思）！"，你就快跑吧；如果他是"不本分的警察"，他会说"烦哥米锅（跟我来）！"，以贿赂罪把你带到警察局，敲诈一笔大的。

"好在，我的车也有墨西哥牌照。"沈导说，"而且我会说西班牙语。"

我看看窗外的蒂华纳，天色奇蓝，阳光炽烈，土壤干得都裂开了嘴巴。有一大片一大片的棚户区的房子，居然就盖在美墨边境墙旁边，黑压压的。

沈导先带我去革命大街和宪政大街转一转。

现实中的墨西哥革命大街是这样的：一个穿着白色紧身短裙，脸上、大腿上、屁股上的肉都肥嘟嘟挤出来的矮个女子，抹了猩红的口红，头发蓬松而凌乱，白了了的脸上刻着些许倦意，胸口的衣服低垂，懒散地倚在一个昏暗的店门口，眼神迷离。时间是上午十点半！

"这是妓女！"沈导小声说，"你注意哟，她们附近往往有黑帮的，穿花衬衫的文身的男子。"我往附近的街上扫了两眼，果然撞到一个凌厉的眼神，冷冷地扫视着街道。我的眼光碰到他的眼光，像是刚刚打开一个电冰箱的门。我本来还打算再看看其他几个妓女长得具体啥样子，看这情形，我想我还是快点走吧。

沈导说，一般加利福尼亚州人喜欢过边境来这里召妓，圣迭戈大学生毕业典礼后，大家也集体来这里寻乐子，在疯狂作乐中告别校园。因为这里召妓是合法的，而且价格十分便宜。

色情业是蒂华纳"发动机中的战斗机"，蒂华纳据说就是一个著名的老鸨的名字，当年她开了第一家店来做对面美国大兵的生意。

从革命大街到宪政大街，整个城市都是色彩鲜艳明快的西班牙风格建筑，但是由于很多房子经年失修，透露着破败与颓废，极像一块生锈的铁皮，又宛如一个浓妆艳抹的妇人，却掩盖不住一夜无眠、三餐不继之后的落魄。

我看到一堆墨西哥人在一家小银行的门口排起了长龙，每个人手上都拿着一张单子，队伍几乎不动弹，但是他们都超有耐心地相互聊着天。

难道这是一家网红店？

我好奇地抓住一个留两撇翘翘的胡子的胖子，问："你们在干吗？"他说："交电费啊。"我心想，交电费的场景都这么壮观。

这时沈导推着眼镜一溜小跑上来，对我说："你是不是把包留在车子里了？"我说是，他说："你赶紧回去拿吧！"他带着我往回跑，说："千万别在车里落下包，这里抢匪多如牛毛。上次，我的包在车子里面只停留了一会儿，等回来时，车窗被砸得破碎，汽车椅子上空无一物。"

拿好包，他跟我说，前两年，小城发生一起大劫案。警察从后来的银行监控录像中看到，劫匪开着大卡车来到银行的 ATM 机（自动取款机）前面，下来 4 个蒙头党，手上只有绳子和斧头，警察一上来也纳闷，这么简陋的装备来对付 ATM 机管用吗？结果发现，他们都是天才劫匪，他们先用大斧头把取款机周边凿开，然后用钢绳的一头套上取款机，另一头绑在卡车上，用力一轰油门，把取款机硬生生从墙上拖到大街上，然后再抬到卡车上运走，回家慢慢切割。

一个晚上，如法炮制，他们抢了蒂华纳 8 个 ATM 机。

我想，如果他们走上正道应聘苹果公司，那么蒂姆·库克这样没有想象力的人应该下岗。

美墨边境线跨过河流，翻越山脉，挺入荒漠，穿过城市和村庄，最西面的一段边境墙直直地插入蔚蓝色的太平洋，在大海里倔强地往前延伸了最后 100 米。这是我们这颗星球上，人与人之间竖立的最奇特的栅栏。

午后，我跟在沈导和几个美国游客后面，来到海边的边境墙。

这边境墙有两道，一道是破败不堪、褐色铁皮扎起来的 3 米左右的大篱笆，这是墨西哥方面的边境墙，在这道大篱笆的外面，是美国方面标准的边境铁丝网。铁丝网后面，不远处有警方的巡逻车、巡逻狗，地上有无数个摄像头，天上据说有些地区使用了无人机。

铁丝网的那边是生机勃勃的圣迭戈，铁丝网的这边是黑暗的蒂华纳。

那些偷渡者如大雨来临前的蚂蚁一样逃亡。

我问老沈："偷渡到美国最安全的是什么方式呢？"

他说："地道。"

他说，特朗普想在美墨边境修建一个新"万里长城"，阻挡偷渡，这堵墙仿佛是一个笑话，因为经过毒贩们不懈地挖掘，美墨边境已经有不计其数的地道，就像一块布满孔洞的奶酪。

我站在某一高处眺望，发现整个蒂华纳都是贴着边境墙修建的，像一只紧紧依偎着灶台取暖的猫。有一些房子看上去仿佛直接建在边境墙上，那些人家假如在墙上挖个洞，可以把尿直接尿进美国境内。假如坐热气球升空，往东看，会看到非常夸张震撼的场面，边境墙的美国一侧是荒无人烟的戈壁，像月球的表面；而边境墙的墨西哥一侧，则绵延着数不清的民居、仓库、工厂，密密麻麻纠缠在一起。理论上讲，这些都是走私地道出口的最好掩护。当地人解嘲说："因为墨西哥离上帝太远，离美国太近。"

前些年，美国警方累计发现了185条地道，据说世界上最危险的"卡特尔犯罪集团"和"古斯曼集团"是大部分地道的施工方。有人推测，美墨边境可能有近千条未被发现的地道。迄今被发现的最长的一条地道，是"大师级"土木工程师的杰作。这个地道从蒂华纳通往圣迭戈，700多米长，离地深度达10米，隧道内具有通风系统，设有金属结构支撑以防隧道塌陷，同时还铺设有轨道，拥有电灯、推车，而隧道墨西哥一侧的出口附近就是当地的警察局。

老沈说，特朗普修建新的边境墙，只能阻挡一部分赤贫的偷渡客，因为他们可能连走地道的费用也支付不起。

想想看，那些可怜的偷渡客，一路上拖儿带女，背着简单得不能再简单的行囊，扒火车，跳火车，睡路沟，住野外，风餐露宿，抵达美墨边境的蒂华纳。这样子到达边境时已如惊弓之鸟了，然后再要用衣服包住头在烈日的烘烤下用尽全力翻越边境的荒漠地带，或者佝偻着身子在幽暗的臭气熏天的地道中摸索，奔往一个多数人听不懂西班牙语的地方，一个耳熟能详却又十分陌生的社会。

迄今最"奇葩"的一个墨西哥偷渡案，是一个瘦子把自己伪装成小汽车的座椅——头是靠枕，身体弯成90度的座位——藏在座位里，试图过关。脑洞不是一般的大！

就在我抵达美墨边境的前两个月，一天夜里，圣迭戈港附近的警察正在进行例行巡逻，突然发现前面有几十个人慌慌张张地走夜路，一喊话，他们惊恐万分，撒腿就跑，跑到一个都是干草和树枝的洞口，顺着长长的梯子就往一个洞里爬。于是，这些人被带到警察局，接着，最狗血的事情发生了，警方问话的时候，吃惊地发现，偷渡的人多数不会英语，也不说西班牙语，因为他们绝大多数居然都是华人。从前的中国人先想办法来到墨西哥，然后再从边境偷渡到美国，从圣迭戈去美国各地的中餐馆或者华人店家打工，这个路线艰辛、曲折，却是几十年来的经典线路。随着中国的崛起，这样的人或许越来越少。

偷渡是惨烈的。香港期货大王刘梦熊是 20 多岁偷渡到香港的，他说，由于海禁，他走了 6 天 6 夜才到海边，天一黑，他就下水了，从天黑游到天亮，终于抵达了对岸……他说光他的同学在偷渡中就死了 8 个，其他就不知道死了有多少了。据说，偷渡者一般都带有汽车轮胎或者救生圈、泡沫塑料等，还有人将避孕套吹起来挂在脖子上，或者用一网兜的乒乓球当救生圈，一直游过去。从陆上偷渡，哨岗和警犬的组合是致命的危险。为了防狗，偷渡者临行时往往会到动物园收买饲养员，找一些老虎的粪便，一边走一边撒，警犬闻了粪便的气味以为有虎，心怯了，就不敢追了。

非洲人花几百欧元偷渡到西班牙的"危险之旅"，也往往死在路上，地中海上曾经漂浮着上百具偷渡客肿胀的尸体，随波逐流，无处可去。这些人的妈妈可曾找到她们孩子的尸体？这些曾经在她们怀里吃奶，牙牙学语慢慢长大的孩子，变成了在海上和树枝、水草、海风一起四处漂荡的浮尸。

偷渡者也是无辜的，只是为了追求想象中的美好生活而已。

站在蒂华纳的海边，夏日的海风呼啦啦很大，我看见一个小孩把手臂张开，T 恤鼓起来，宛如海鸟展开翅膀，如果可以一点点飞高，飞高，就可以飞过边境的那堵铁皮墙。

我目测了一下两国接壤的漫长而壮阔的海岸线，发现从海上游泳泅渡到美国似乎是容易做到的事情，但是很少有人这么干，主要原因是整个夏天都是加利福尼亚寒流，海水的温度极低，跳进冰冷的海水里，游不出五里地，人就冻僵了——即使是在炎热的夏季。

这美丽的海岸线上，只有一样生命是真正自由的，那就是海鸥。

它们在墨西哥这边吃吃游客的残渣，在海滩上跳跃着小碎步，接着呼啦啦地飞过边境墙，在那一头翱翔，停歇在美国的海滩上……这比我们人类要自由得多啊，面对着那一片蔚蓝的海和褐色的墙，你会思考，为啥人这么高等的动物，万物之灵，却没有鸟的自由？而那些低等的鸟类啊，体内或许只是延续了一些翼龙的 DNA（基因）而已。

离开美墨边境前，沈导带我去海边一个地道的小店里吃墨西哥卷饼。这种卷饼将烤碎鸡肉、熟豆角、生菜、细奶酪条抹上酱，卷在薄饼里，并完全包紧，送入口中，那个爽呀！此刻，附近的大海泛出绿松石蓝，涛声悦耳，天色透着迷人的深墨色。

我呼吸着海的味道，坐在人群中。

突然，4 个戴着墨西哥大檐帽、脸色黝黑粗糙，穿着统一红衬衫的中年粗壮男子聚拢过来，其中一个额头上还有长长的刀疤，他们一声不出，把我们团团围在餐桌上，我十分紧张，他们要干什么?!

猛然，这一刻，他们手上的家伙鲜活了起来，手风琴、吉他、低音提琴、手鼓一起奏响，是熟悉的西班牙弗拉明戈……气氛一下子活跃起来，5 元一首歌，我们一桌的人都东倒西歪地跳起了舞，跟上节拍或者没有跟上节拍，和着那慷慨、狂热、豪放的音乐，刹那间，《卡门》让我们忘记了黑帮、偷渡，忘记了死亡的威胁和一切暗淡的东西，忘记了自己身处何方。在 4 个墨西哥大叔的音乐中，我们都变成了那些异乡的、美丽而自由的灵魂……

蓦地想到一则佛教寓言，一个人被老虎追赶跌入了深井，却发现井底盘着一条毒蛇，上有虎下有蛇，他只好四肢并用困在井壁上，正沮丧无比的时候，井壁上方的树枝上有个蜂巢突然滴下一滴蜂蜜，正好滴进他的嘴巴里，他就细细地品味起来。品味蜂蜜的这一刻里，他就尽情地享受那滋味的美妙，暂时忘却了一切忧愁，因为忧愁永远像老虎和毒蛇一样在前面、后面等着你。

那一曲激荡的弗拉明戈不就是生活赐予我们的一滴蜂蜜吗？

那就享受这一刻吧。

我从美墨边境墙回来后，看到一则温暖的新闻：4 月，美国边境巡逻队两位警官合力把圣迭戈和蒂华纳边境墙上的一扇大门打开，人们激动地鼓起掌来，一位脸色黝黑的中年人在大门口一把抱住了他白发苍苍的老母，母亲的眼泪涌出来。这是美墨边境墙开放活动，让一墙之隔的亲人们相聚3分钟。

你没有看错，是3分钟！只有3分钟！

分隔两地，很多年没有机会见面的亲人们，在那3分钟里紧紧拥抱在一起，这一刻希望时间停滞，不再分离。

视频里，我看见一位奋力滚动轮椅的残疾人，挤在门口张望着，张望着，希望能够在对面的人群中看到自己亲人的身影。

更多的人由于时间不够，只能隔着边境墙的栅栏相会，隔着栅栏，他们看不清自己的孩子或者妻子的脸庞，孩子长高一点了吗？妻子脸上可有岁月的纹路？母亲的背是不是更佝偻了？

出海寻找孤独的鲸鱼

———

　　墨蓝的海水在阳光下泛动着亮色，气势恢宏的
加利福尼亚寒流或许正在北美西海岸温和地列队南
下。我看见许多人跃入大海，和海狮一起游泳，间
或有两只年轻的海狮在海里快乐地呼朋引伴，"嚯
嚯"声此起彼伏，忽远忽近。

从蒂华纳回来，我不争气的贱胃开始想念中餐。

晚上 8 点多，根据谷歌地图找到一家粤菜馆，装修是 20 年前的土豪
风，只是如今豪气被蒙上了一层猪油，宛如富贵女子经历了社会动荡和岁
月的无情摧残。一位目光炯炯、胡子拉碴，看上去意志力坚定的东北老板
守在厨房入口处，正在督工厨房。我坐在他对面的位置上，"这旮旯那旮
旯"地和他侃了会儿大山，咕咚咕咚仰脖灌下一瓶青岛啤酒。

最后只记得他反复说："美国的刀了（dollar）也不好挣。"

我说："全世界哪儿的刀了都不好挣啊！"

"这倒也是。"聊得高兴的时候，他突然说，"我给你炒面里加点青菜。
只多两刀，要不要？"

第二天临近中午，我打算去拉霍亚角的海边看看海狮、海豹和海鸟，
今年租的"毛驴"是一辆白色的本田，这头"毛驴"干净得像是洁癖患者
开的。半路上，看到一家汉堡王，下去买了一个火烤鸡腿汉堡，香喷喷
的，我舍不得吃，打算带到怡人的海边吃掉它。

拉霍亚角的海边是一大片绿色的草坪，海边的树长得如海风一样没有规律，树冠宛如一团物理上的混乱熵值，草坪在靠海的地方突然消失，变成悬崖峭立在海边。站在那些海边的悬崖旁，在湛蓝湛蓝的天空下，海风呼啦啦地吹着，风大得几乎钻进了我的毛细血管。

我想闻闻大海的味道，但是，走上草坪不到十步，就闻到一股刺鼻的臭味，这是海风腥味中夹杂了某种腐臭，东一阵，西一阵地飘来，像极了中国的霉干菜。浙江绍兴有些地方把新鲜的雪里蕻菜腌制发酵后，铺在房屋的走廊上、马路上暴晒，整个世界都弥漫着一股刺激的腐臭味。现在，这种绍兴乡下的味道搬到了圣迭戈的海边。俯视悬崖下面的海滩，到处都是海狮，小眼睛眯着，懒洋洋地四仰八叉地在那里，间或吧嗒吧嗒动几下鳍状前肢，奋力往前挪动一下，或者张着嘴巴"嚯嚯嚯"叫着。此间，我只在思考一个问题，怪怪的臭味是不是来自它们？

一阵阵饥饿感涌上胃壁，我也顾不得这四下飘散的腐臭味了，拿出火烤鸡腿汉堡，就着刺鼻的恶心味道，狼吞虎咽地吃起来了。

肚子里是一阵冒火的饿，鼻子里是一阵反胃的臭。

海风一阵阵地吹着。

这一刻真的是很奇妙的感觉。

墨蓝的海水在阳光下泛动着亮色，气势恢宏的加利福尼亚寒流或许正在北美西海岸温和地列队南下。我看见许多人跃入大海，和海狮一起游泳，间或有两只年轻的海狮在海里快乐地呼朋引伴，"嚯嚯"声此起彼伏，忽远忽近。

此刻，天色的蓝和海水的蓝融合在一起，这微凉的夏日海边，除了那股怪怪的味道，真是地球上和谐的角落。拉霍亚好像是西班牙语"珠宝"的意思，其实，我觉得应该理解为：海狮们"拉"开了嗓门，在"嚯嚯"地喊"亚"。

接下来的一天，我在圣迭戈出了趟海。

此前，中途岛博物馆的对面，一张揽客海报吸引了我：出海看鲸鱼去吗?

"看鲸鱼?!"去!去!去!

清晨7点,我揉着睡眼来到海边的小码头,三组同行人有一半睡眼蒙眬,凛凛的海风吹醒一切。在加利福尼亚的海边,夏天的早晨可以把你冻成一只寒号鸟。

一个大学生模样的肌肉型帅哥负责开快艇,此哥的眉眼长得颇有点像少年版布拉德·皮特,说话宛如连珠炮,我勉强才听懂几个单词。坐在快艇最前排的是一对墨西哥中年夫妻,皮肤黝黑,体形富态,都着丝绸的短袖花衬衫,戴墨镜,让人不免联想起电影中"墨西哥大毒枭"的样子。船上还有一对美国母女,女孩有10多岁,脸上有美丽的雀斑。我坐在快艇的最后一排。

气温很低,我戴上帽子,穿起冲锋衣。

临出发,少年版布拉德·皮特递给我们每人一件上下连体像登月服一样的救生衣,我感觉我穿了冲锋衣,可以不用这个"登月服"。前排穿丝绸衣服的"墨西哥毒枭"夫妻,更是皮糙肉厚,无惧严寒,穿丝绸短衫出海,一个字,牛!

船绕过科罗拉多岛,刚刚驶出圣迭戈港口,少年版布拉德·皮特已经第一个穿上了"登月服",把胸口的拉链拉得紧紧的。我看最前排迎风昂首的墨西哥夫妇,还是毫不在乎海上的寒气,心想,或许不用穿这个熊一样的救生衣吧。

8点钟,海上的雾气并没有消退,城市和岸远远退后,青色的海、黛色的天和着灰色的寒风迎面而来,一阵钻心的凉意。这一刻,你或许能够听到宏大的加利福尼亚寒流心跳的声音。

看海狮!大家齐刷刷地呼喊起来。

一个棕色的胖家伙,居然趴在一个航标灯的底座上,随波摇曳,呼呼大睡。它或许是上一次涨潮的时候,爬上了这个高高的底座。

兴奋地注视着海狮,一道青色的鼻涕悄无声息、几乎垂直地从我的鼻子里流了下来。好冷!我急忙伸手去拿刚才发的"登月服",再一看,船上的人除了墨西哥夫妇，都已经不知在什么时候穿上了这厚厚的家伙。

岸渐渐消失了，波涛似乎汹涌起来，快艇却并没有减速，从上一个浪峰上啪的一下跌入下一个浪谷，紧接着又随波冲上下一个浪峰，我的心摔得一荡一荡的，和坐过山车一样。放眼望去，无边的青灰色海浪滚过来，我在想我们的小船会不会翻掉，于是，我去看少年版布拉德·皮特的脸，那么年轻，那么嫩，他会不会是一个新手？

一对大嘴巴海鸟吸引了我的注意力，它们在船的右上方逆风展开翅膀，有时候一动不动，姿态缓慢而优雅，如果此刻配上舒曼的幻想曲《飞翔》，简直绝了。

七八只海豚在十多米的地方跃出水面，朝着它们前进的方向，我们的快艇和这些海豚来了一场追逐。

上百只海鸟在远处的天空中盘旋、俯冲，年轻的船长带我们过去，让我们看看是什么。原来这里有鱼群，宛如海鸟的海鲜大餐厅，大家都来聚餐，两头海豹也混在里面抓鱼，发亮的身子一滚一滚地俯身下潜，活像两只黑色大皮球。

那群飞翔、尖叫的海鸟密密麻麻遮蔽了鱼群上方的天空，这些鸟让我突然想起小时候，我在安徽的一个国营农场里面读小学一年级，天天背着军绿色的小帆布书包走半个小时的田埂路去学校。某个秋天的清晨，我吃惊地发现田野上有数不清的白色大鸟，在青灰色的迷雾中嘎嘎叫喊、拍打翅膀、扭头小憩或是散步觅食。我从来没有见过这样壮观的大鸟迁徙场景，痴痴呆呆地看了很久很久，我甚至把书包摘下来，蹲在田埂上，想伸手去摸那些鸟。等到了学校，已经迟到20分钟了，严格的班主任罚我站在讲台右边的墙角整整两节课，在同学们幸灾乐祸的目光下，我想着那些即将飞往远方的鸟。下课，我捅捅前后桌的同学，问他们有没有看到，他们居然没有一个看到那群鸟，我感到失望又感到庆幸。

但是，此行主要是来看鲸鱼的，在海上逡巡一个多小时了，那些巨大的灰鲸在哪里呢？

少年版布拉德·皮特用对讲机和其他观鲸船在联络，好像其他船只也是一无所获。于是，他分配任务，让我们分别观察自己一边的海面，看看有没有喷水柱。这里的灰鲸都是从遥远的白令海峡游过来的，它们呼出一口气，会喷出 4 米高的水柱。

水柱，找水柱！

我眯起眼睛，扫射着海面，快艇在海上跳跃，太阳没有出来，海风依然凛冽。长时间盯着海面，没有任何动静，后来，连海豚也不见了，海浪翻动着世界。我甚至产生了一点幻觉，觉得自己似乎看到了水柱，但是，揉一揉眼睛，什么也没有。

回圣迭戈海港的路上，船长大概是在向我们讲解鲸鱼的知识，弥补我们没有看到鲸鱼的遗憾，他讲得飞快。

那个穿丝绸衬衫的墨西哥老哥坐在驾驶位置上，把着方向盘。

我问少年皮特，看到鲸鱼的概率是多少，他说 50%。我说，看到海豚的概率呢？他说 60%。我说，那是不是有人连海豚也没有看到？他说是的，有 10% 的人出海，很不幸，什么都没有看到。

下船告别大家，我心想"墨西哥毒枭夫妇"身体真是好，怎么一点不怕冷呢？

他老伴恩爱地拉着他的手，从我身边走过，我瞧瞧他的脸，原来是黑里透红的，现在好像变成黑里透紫了。

那对母女从我身边走过，她们嘟囔着，我一听，好像是法语，敢情她们也不是说英语的。那么，那个少年皮特在船上热情如宋世雄版本的高频解说，全白费了。

他自己知道吗？

上了岸以后，我看了篇文章，说南游的灰鲸是在每年的 11 月到 3 月期间，游经圣迭戈地区，也就是说现在的 7 月份，是最有可能看不到灰鲸的。如果这个夏天看到了鲸鱼，这头灰鲸会不会是落单的，或者是孤独症患者呢？

这里的近海，今天看来没有一头鲸鱼患上孤独症，也没有一头鲸鱼在鱼群中落单，只有那些快乐地吃鱼群大餐的海鸟，还有我残存的童年记忆。

一个海风凛冽的美好上午。

回程路上，我路过圣迭戈码头，看到那个著名的"胜利之吻"。日本投降日，那位着深色海军制服的士兵突然一把抱住身边的白衣女护士，女护士下腰75度，二人猛地热吻起来。据说，拥吻后男主一句话也没说，就兴冲冲去火车站接自己的女朋友了，这小子愣头愣脑的。

有一对欢乐的年轻情侣在8米高的雕塑下，也摆了同样的造型，让路人代为拍摄，特别有"东施效颦"的喜剧效果。

小岛的艳遇通鉴

最后，总统兄弟抛弃了"金发炸弹"的她，抑郁症像魔鬼一样伴随着她，整垮了银幕女神。她走向末日，不是极致辉煌之后的一种幻灭吗？

生活曾经如此灿烂，又是如此艰辛。

7月15日，圣迭戈。

回到住的居家小酒店，在大堂里遇见前台服务员。

"我的爸爸是纽约一家万豪酒店的总经理。"这是我第一次听素不相识的美国人说起他的爸爸，我抬头仔细看这位服务员，他的头发、胡子都修得很干净，语调柔和，似乎比周围的人都要有教养。

"那么你家一定很有钱啰！"我赞叹。

"我爸爸是很有钱，可是你知道，这跟我无关！"他把肩一耸，脸上露出一个大大的笑。这一瞬间，我的脑海里想到"李刚"，我也笑了。

"明天你打算去哪里？"他热心地问。

我说："你有什么推荐吗？"

"坐船去科罗拉多岛吧，那是一座非常迷人的岛，岛上有一个著名的酒店，英国国王爱德华八世在那儿遇到了他的心上人，丢掉了王位，另外那儿还是玛丽莲·梦露和肯尼迪约会的地方，你一定不会失望。"

"玛丽莲·梦露？这可是我小时候的梦中情人啊！"我立马产生了兴趣。

告别这位服务员的时候，我在他手心里面塞了3美元的小费，他的笑容很灿烂，他很感激地护送我出居家酒店的大门。我想，如果万豪酒店中国老总的儿子得到3美元小费，会是什么样的表情？

开往科罗拉多岛的渡船二楼是敞开式的，坐在海的中间，可以远眺"中途岛"号航空母舰，这个庞大的机械怪物粗暴地践踏着圣迭戈的柔美。

加利福尼亚的明媚阳光四射下来，气温怡人，我摸摸自己的脉搏，跳了58下，心动过缓，却是处于一天中最祥和的节律中。墨蓝的海湾很平静，海水又浓又亮，发出一股咸咸的潮湿味道，拍在船帮上，温柔作响。

船一点点靠近科罗拉多岛，感觉是在一点点靠近玛丽莲·梦露。

玛丽莲·梦露是我们高中时代共同的梦中情人。那年头上海还是一片灰色，那时候的女人都包裹得像粽子一样。夏天，我买到一本《大众电影》杂志，里面有一个外国女子，一双迷人的眼睛，好像会隔着纸头对我说话；白色的短裙，那么生机勃勃又性感撩人。我突然发怔了，目光像被粘在杂志上一样。你想象一下我们的生活，每天从早到晚在机械地背单词、背课文，做数理化题目：$2aS=V_t^2-V_0^2$，或者 $y^2=2px$，表情阴森的物理老师、戴着厚厚镜片的数学老师敲着桌子，宛如牢头；多少次从梦中焦虑地惊醒，永远是考试时间结束，而我的题目只做了一半。她的出现，却似一抹春天的绿色，擦亮了我们生锈的心。那本《大众电影》在宿舍间传递，大家看着她，隔着杂志，似乎听到她朗朗的笑声，看到她惊人的胴体，傲人的胸脯，芬芳的气味从腋下流淌出来，充斥着我们的鼻子，并电击着我们的小心脏。后来，那本杂志和玛丽莲·梦露都不见了，我的上铺渐渐赖在床上，早晨怎么喊也不肯起来，晚上，整个床和蚊帐都地动山摇，后来，我在他的枕头底下找到了这本杂志。

整个科罗拉多岛是一个公园，我跨上一辆二十八英寸的自行车，时速16公里，一路猛蹬，海边的小店、高尔夫球场、各式风格的老别墅一闪而过。

到处都是红色屋顶、白色墙面的房子。

那远处的海，深如画布上抹的蓝，而岛上的绿、白、红，也是东一笔西一笔涂上去的，假如整个岛从空中镶上一个大画框，就是法国巴比松画派的天然作品。

我的左脚趾最近患了脚癣，赤了脚在白色的沙滩上走，皮肤特别舒服。那些沙子白如银，钻进脚趾缝里。这个沙滩就是玛丽莲·梦露主演的《热情似火》的主拍摄地，而沙滩后面那座大酒店的顶部，宛如一顶墨西哥人的暗红色大檐帽，那是肯尼迪幽会梦露的酒店——科罗拉多大酒店。

我记得《热情似火》好像是部黑白喜剧片，里面玛丽莲·梦露演一个女子乐团的胸大无脑的甜心，一心想钓金龟婿，结果上当受骗，令人啼笑皆非。现在上海、香港、纽约的女孩不都是这种想法吗？唐朝李商隐的诗"无端嫁得金龟婿，辜负香衾事早朝"，恐怕是诗人自己吃不到葡萄的怨情吧。你看，古代唐朝人和现代美国人一样有嫁金龟婿的社会风气。

科罗拉多大酒店是纯木头结构的房子，建成这么多年来，居然也没遇上一次火灾。

酒店走廊上悬挂着肯尼迪总统、罗斯福总统下榻时的老照片。我还发现了温莎公爵的旧照，当然少不了玛丽莲·梦露的，其中一张是拍摄《热情似火》时，她穿着白色风衣短裤，头发凌乱地站在海滩上；一张是穿着白色的貂皮坎肩，下身是紧身小裙，匆匆走路的一个侧面，感觉是在急着赴约的途中，她要和谁去吃晚饭，着装如此正式且行色匆匆？

《热情似火》里最好看的是一场接吻戏：男主角乔假扮成一名石油大亨邀请性感女郎秀珈到一艘豪华游艇上，他声称自己性冷淡，对女人没有兴趣，如果有哪个女人能治好他的病，他就会娶她。梦露扮演的秀珈果然上钩，用自己的美色给乔治病，趴在他身上亲吻起来。据说，所有男观众都被这个吻搞得欲火焚身。导演怀尔德很坏，影片中用了一个性隐喻来暗示乔被亲吻之后的反应——一只高高跷起的脚。

和观众感受完全相反的是，她的男搭档托尼·柯蒂斯曾透露，拍摄在游艇上接吻的镜头时，"亲吻梦露如同亲吻希特勒"。

科罗拉多酒店里的墙都是褐色的木板，显出一种老派的庄重。我觉得这种老派的庄重最经不起推敲，一推敲全是动物凶猛。

一楼拐角处是纪念品商店，里面有很多 T 恤和明信片，我看到其中有一张明信片是梦露赤裸全身裹着一条绿色浴巾，酥肩全露，这是在科罗拉多岛拍戏的瞬间，性感喜悦的眼神中隐藏着一丝憔悴。

从一个人的人生来说，性感女神的背后是无尽的悲哀。

她的单身母亲在精神恍惚之中产下梦露，并常常在孩子面前突然大哭大笑，反反复复地唠叨一件事情，无数次发病被送进精神病院，而梦露也被送进了孤儿院，这一点和卓别林非常像，卓别林的母亲也是精神分裂症患者。8 岁那年，据说梦露还受过性侵犯。梦露从小没有安全感，心理能健康到哪里去呢？她 16 岁被迫嫁给邻居男孩，如果不结婚，她将重返孤儿院；仅仅为了 50 美元，她就同意脱了全身衣服给杂志拍裸照；无数男人诱骗了她的肉体，3 次失败的婚姻，都没有让她得到家庭的幸福。她梦想成为一位母亲，却 4 次小产，7 次人流，还有宫外孕，孩子也与她无缘；她的飞吻、媚眼、摇曳如蝶的撩人姿势，成为好莱坞的摇钱树，但是公司却压榨她，不给她应得的待遇；她自己成年后多次住院接受治疗，长期服用药物；她表面光鲜靓丽，私下却是渴求爱而不得，充满不被人理解的痛苦，她常常把自己灌醉，醉倒于地。梦露说："男人们宁愿花大价钱买我的一个吻，却没有人花 50 美分了解我的灵魂。"

梦露的第三任丈夫，美国作家阿瑟·米勒这样评价她：梦露是一名站在街角的诗人，试图向争抢着拉下她衣服的人群朗诵诗句。

最后，总统兄弟抛弃了"金发炸弹"的她，抑郁症像魔鬼一样伴随着她，整垮了银幕女神。她走向末日，不是极致辉煌之后的一种幻灭吗？

生活曾经如此灿烂，又是如此艰辛。

我看见酒店沙滩上个别穿三点式泳装的性感姑娘，在白浪里时隐时现，突然想到，玛丽莲·梦露留给男人的福利多，还是留给女人的福利多呢？

我觉得答案应该是后者。

在玛丽莲·梦露这金发尤物在银幕上展现性感以前，地球上多数女人不知道可以这么火辣辣地展示"性感"，甚至炫耀性感是女性的一种权利。日本女人穿着厚厚的和服，裹得宛如一个大肉粽，把脖子后面的一点点白肉露出来，这就是性感了；中东女子从头到脚都遮起来，一双眼睛才是展示性感的部位？

而玛丽莲·梦露打破了这一切。

性感可以波涛汹涌，可以红唇似火，可以高调，可以美艳，可以热情，可以酷辣，可以无时不在，可以踢翻规则，可以让你热血澎湃。

在玛丽莲·梦露之后，越来越多的人知道，女性可以这么炫耀地自由展现自己的性感，是一种女性的权利。

如今在美国，女孩子不炫耀性感，你或许就失去了一些机会。这种文化符号是玛丽莲·梦露这个人强化给美国的。

午后 1 点，我坐在酒店的外走廊上吃中饭，点了最喜欢吃的青口贝、鸡蛋蘑菇三明治，外加一杯大大的冰白熊，猛灌一口入嘴，爽！那里的围栏是白色的，可以无障碍地眺望大海。隔壁桌是一对满头卷曲白发的游客，黑人服务员在鞠躬给他们倒酒时，他们仨闲聊了一会儿。

我听见那银发老人问服务员："听说这里有一鬼屋，曾发生过凶杀案。"我一下子竖起了耳朵。

"是的，曾经有人被刺死在床上。"黑人服务员说。

"听说，无论房间里的东西怎么换，总有客人看到一个人的灵魂在屋子里四处游荡。是真的吗？"

黑人笑了："我倒没有看见，我下次看到他的话，代你向他问候。"

闲聊了几句其他的，白发的夫人问："请问，哪一个房间是玛丽莲·梦露和肯尼迪总统约会过的？"黑人说："……"他说得太快，我没有听见。

我以前看过一个资料，说由于梦露知道了太多秘密，并扬言要揭露这些秘密，梦露的传记作者认为最后是肯尼迪兄弟痛下杀手，除掉了梦露。当然，这一切都是推测而已。

知道梦露死亡秘密的人都已带着秘密进入坟墓了。

梦露在这里拍的《热情似火》荣获了金球奖，过了两年，她在麦迪逊公园广场上为约翰逊·肯尼迪总统演唱《生日快乐》歌，当时，她着一件几近赤裸的金属珠串的衣裙，性感美艳征服了整个地球人，人们普遍认为她是肯尼迪的情人。这首歌唱完仅仅两个半月后，她就香消玉殒，离奇地裸死在她洛杉矶的家里，药瓶倒地，现场显示她是自杀的。但是，由于有太多疑团，所以，她的死几十年来都是一个谜，她生前的时装设计师之子在书中透露，玛丽莲·梦露死前曾经说她已经怀上身孕，但她自己也不知道肯尼迪兄弟二人谁是孩子的父亲。

现在，科罗拉多大酒店就差公布玛丽莲·梦露和肯尼迪约会的房间了，酒店对面的洁白沙滩上或许留下了他们的秘密。梦露死后一年，肯尼迪也在得克萨斯州的达拉斯被人射中头部死亡，两个人都离奇地去世，他们宛如天空中最闪耀的一对流星，照亮了整个宇宙，划破天空，迅速烧尽熄灭，留下无尽的悬疑。

我走在通往酒店客房的走廊，两旁都是深褐色的实木护板，这是二十世纪六七十年代古旧的装修风，现在看来真是老土了。当年，肯尼迪和梦露也曾穿过同样的走廊，手拂过护板，避人耳目进入其中的一间，共度良宵。

我只想知道：他们曾经真正相爱过吗？

作为人，他们假如在这家酒店曾有一夜真正的欢愉，那也是极其值得的，管他娘的外面的滔天巨浪！

我大学时候学过一点点法语，其中有一个例句：Marilyn Monroe est une femme fatale. (玛丽莲·梦露是一位蛇蝎美人。) 现在想想，很好笑，梦露哪里有一点点"蛇蝎"呢？她是无公害的大胸"白痴女神"，这不就是很多男人的梦想吗？

梦露的名字不知道是哪位大大的牛人翻译的，取自《金刚经》中最重要的一句：如梦幻泡影，如露亦如电。她给世界一道惊世骇俗的光芒，然后，如朝露一样迅速消失，生命如梦幻一样破灭。

登船离开科罗拉多岛的时候，码头旁的一个中年乐队在午后的阳光下尽情地摇摆，好像在唱老鹰乐队的《亡命之徒》，风把大叔们的歌声传得很远，几个人在树下快乐地摇摆着屁股。

我扔下双肩包，四仰八叉地躺在那片隆起的草坪上，听了好一阵子。起来时，发现前一班次的渡船已经开走了。

回到住的居家酒店，在门口又碰到那个前台服务员，他问：玩得开心吗？

我说：想再看一遍《热情似火》。

他说：我想当里面的男主角。

于是，我在他手上又塞了3美元。"演出费。"我说。

纽约某家万豪酒店总经理的儿子又笑了，嘴巴是一道浅浅的弯。

海军陆战队的"售货老妹"

> 曾经是高度军事机密所在的航母，如今变成了一个游乐场一样的地方。
>
> 曾经仇恨的敌人，曾经相爱的恋人，都被时间带走了。
>
> 禅宗说，我们不要太执着一切事物。

中午吃了个超大的牛肉芝士汉堡，肚子几乎爆掉。汉堡是汁水横流的那种，外加一杯大可乐起了催化效果。

午后，我散步去停泊在圣迭戈港湾内的"中途岛"号航空母舰，这艘已经退役的航母如今变成了一个闹哄哄的军事博物馆。买了门票，沿着灰色的旋梯爬到主甲板上，太阳明晃晃地刺眼，机翼折叠的战斗机没有汉堡的战斗力强——汉堡在胃里的运动起了功效，我睡意一阵阵涌上来，该死的午后犯困。于是我找了一片甲板上战斗机之间的空地，仰面倒下，在一架老式鱼雷轰炸机的阴影下，我用帽子遮住脸，迷糊了半小时，再坐起来，一抹嘴巴，口水横流。

我脑中一片空白地看了会儿轰炸机，又看了会儿远处的海，它正泛着死鱼肚皮似的光。

她递给我一张七英寸的黑白照片，里面的姑娘站得笔直，穿着深色的海军陆战队制服，戴军帽，打深色领带，眉毛浓浓的，一双乌黑的眸子大而深邃，宛如晴空一样把人点亮，有点奥黛丽·赫本的清朗。她旁边站着一位神态温和的中年军官，二人眉眼间有一些相像。

"这张照片是 1943 年拍的，那年我 23 岁，旁边的是我的父亲。"这位满头银发的老妇人指着照片跟我解释说。遇见这位老人的地点是在航空母舰机库的中央走廊，退伍军人摊位上。

"太漂亮了！"我赞美道。

望着她消瘦的身体、皱起的皮肤、充血的眼睛，我问了一个数学白痴问的问题："你 70 多岁还是 80 多岁？"

人群嘈杂，她还是听清了我的中国山区式英语口音，她笑着说："97 岁。"

"哇！快 100 岁了。"我心里说，西方人年轻的时候不见年轻，年老的时候也不见老啊。

她说她名字叫齐默曼（Zimmerman）。

我说："你好英武哦！你以前在这艘航空母舰上工作吗？"

她说："不。"

我说："你在哪艘船上当兵？"

她说："我哪艘军舰也没有去。我在海军陆战队，陆上工作。"

"哇，海军陆战队的女兵！"我肃然起敬。

她说她也不是战斗人员，是在陆战队后勤小卖部工作，负责卖衣服的。

"海军陆战队的女售货员？！"太逗了。

在"中途岛"号航空母舰上来站台，和吃瓜群众合影的二战老兵，居然是一位前"售货小妹"。代表二战老战士的人，不再是那些开枪打炮的猛士，而是当年小卖部的工作人员，你不得不感叹岁月的无情流逝。

不过转念想想也是，那些参加二次大战的人如果还活着，基本上都要 100 岁左右了，而能够活到 100 岁的，又有几人呢？

说话期间，我端详着她，她脸上的皱纹透着一种穿越时光的安详。

我和 97 岁的齐默曼合影时，我又问她："你以前那么漂亮，不！你现在也依然漂亮，在军队的时候，有很多男孩子追求你吧？"她认真地想了一想，混浊而有血丝的眼睛变得深邃起来，仿佛又回到了那段岁月里，她说："是的，很多人追求我，有军官也有士兵。"我笑说："是不是很忙？"我想70多年前，她工作的那个小卖部，一定是大兵们来侃大山的好地方。

她说："我后来嫁给了一个少校，战后，我们生了两个孩子。"

她好像不愿意谈她的婚姻，她的一本老相册放在桌子上，我从头翻到尾，也没有看到她丈夫的照片，70多年前那位开吉普车来海军小卖部追求她的少校后来去了哪里？难道离开她另外组建家庭了吗？我只是胡猜。齐默曼两个孩子的照片倒在里面，也都是70岁上下的老人了。她很高兴地指着一个20岁左右的女孩照片对我说："这是我的重孙女！"我发现这个姑娘的眼睛也是大大的，眉毛很浓密，依稀有她当年的影子。

我觉得她有不平凡的过去。

说起那些战友，她平静地说："他们多数人都走了。"

她说："以前常常对一些小事情很计较，现在想想都过去了，很多老友、亲人都消失了，一切的一切都会消失，那也就没什么好计较的了。"

我继续在这艘航母上爬上爬下。

我发现"中途岛"号，其实是一艘沽名钓誉的航母，不但和中途岛海战没有什么太大关系，而且连"二战"都没有参加过。"二战"结束一个月后，这艘航母才姗姗来迟地下海，它的命名只是为了纪念那场著名的海战，那场6分钟决定了战争命运的关键之役。

而且这艘航母的设计和后期改装可能有严重问题，只要一满载飞机，舰首就沉到巨浪里面，吃水太深，行驶的稳定性很差。当年，对全美国的航空母舰上的飞行员来说，"中途岛"号都是一个巨大的挑战。海上夜间训练时，常常狂风大作，战斗机飞行员要在这艘稳定性不佳的小型航母上降落，是非常要命的事情。因为起伏的海面带着晃动的甲板，在高空中，以时速200公里的速度，用肉眼努力去搜寻晃动的甲板上的那条线，极其困难，先是瞄准，然后再控制飞机摇摇晃晃地降落下去，这简直是一个噩梦，个别年轻的飞行员因此牺牲。

1975 年的一天，"中途岛"号正在南中国海航行，突然一架小飞机出现在中途岛号航母上空，像蜜蜂一样在航母上空兜着圈子，接着一个黑乎乎的手榴弹呼地从天而降，吓得航母上的大兵大喊一声"卧倒"！过了很久，手榴弹没有爆炸，有人上前一看，原来是一个烟灰缸绑着一卷航海图。打开航海图，背面写着一行字：你们能把那些直升机挪开吗？这样我就可以降落，请帮助我、我的妻子和 5 个孩子。

原来南越政权终结，一个叫黎邦的南越军少校驾着陆军观测机疯狂逃命。还有一个小时，飞机的油就要用完了，那些娃娃在天上惊恐万分地望着下面汹涌的大海。

"中途岛"号上的大兵被震动了，为了救这一家子，他们狠狠心，一群人抬起军用直升机，这可是价格不菲的武器装备啊，居然直接扔到海里去了，腾出地方让少校的飞机降落。

不得不说，在那冰冷的岁月里，那些大兵的心肠很温暖。

我是个军事迷，打小就喜欢看战争片，小时候常常背着我爸爸给我做的一把长柄木头枪，趴在田野上向路人啪啪啪射击。有一次，被路人"马脸"书记发现后，他在后面疯狂地捡石块，嘶吼着追打我；我长大后也痴迷于讲述"二战"和斯大林格勒保卫战、中途岛海战一类的电影，讲述诺曼底登陆的黑白影片《最漫长的一天》，我看了无数遍。

但是，这艘"中途岛"号航母却颠覆了我对战争和航母的敬畏之心，如今，它已经沦落得更像一个游乐场：一些孩子在中央机库里玩 4D 空战游戏，还有一些人在摊位前排队买热狗，烤香肠的炉子嗞嗞地冒着烟。机舱里停着预警机、攻击机、救援直升机，人们纷纷爬上去，从打开的飞机窗户中，伸出一堆堆的剪刀手。据说，更夸张的是，某个农历大年夜，有一个 300 人的中国旅行团浩浩荡荡上了该舰，在这里狂欢，吃年夜饭。你只要静心想一想，国人过年时喝酒的嗓门有多大，喝完酒后脸有多红，喝完酒后蹦得有多高，就可以推测出这个夜晚"中途岛"号航母上狮吼炮轰的壮观了。

下了"中途岛"号，阳光依然晃眼，海边天气凉爽得如上海桂花飘香的秋天。

我站在岸上远眺这个巨大的灰色家伙，突然想到航母不就是一个国家军事上的阳具吗？大家比赛造了那么多硕大的航空母舰，到处巡航，宛如向周边的人炫耀彼此的军事阳具。但是，如果只是为了炫耀而炫耀，那说明内心还不够强大。越是有强大的肌肉，其实越是要秀出自己柔软的身段。如果整天在街头上嚓嚓嚓地打碰自己手上的武器，炫耀自己的肌肉，只会吓退那些胆小之徒和无能之辈。你看，二战初期日本有那么多航母，中国也没有任何屈服啊。

曾经是高度军事机密所在的航母，如今变成了一个游乐场一样的地方。

曾经仇恨的敌人，曾经相爱的恋人，都被时间带走了。

禅宗说，我们不要太执着一切事物。

回到居家小酒店，我看到双肩包里放着一张复印的齐默曼的照片，她下午临别时送给我的。她的瞳孔里有那种历经沧桑后的平和，柔软而有力，这是"中途岛"号航母上，我遇见的最有价值的东西。

我把它撕掉，扔进了落地台灯旁的字纸篓中。

最慷慨的吝啬鬼

富豪也不一定需要每天吃满汉全席、法国大餐吧，恐怕没人受得了。富豪或许只是多了一种生活的选择而已，人家可以选择土豪奢侈，也可以选择赤贫一般的节俭。

7月22日，开着白色的本田"毛驴"进洛杉矶，这是我去年夏天旅行的终点城市，像大饼一样无限摊开在我的眼前。

太阳好晒，大地好像被烧烤着，那些棕榈树孤零零的。

开车腰累歪了，我找了爱彼迎预订的一家 condo（公寓）型民宿临时住一宿，鞋子也没有脱，就横在床上，困惑地想，洛杉矶这么大，明天去哪里兜呢？打电话给得克萨斯州的"地图指挥官"老孟，老孟好像正在蹲坑，因为说话的声音和平时不一样，他哼哼唧唧咕哝着说："按照国内的说法，洛杉矶有三大'文化工程'：环球影城、迪士尼和盖蒂博物馆。本人觉得第三个最好，因为是免费的。"

"免费的？"我有点不相信自己的耳朵，在美国也有免费的东西？

去年横贯北美六七千公里，我瞪大眼睛都没有搜寻到哪里有免费的东西。最让我不能适应的是，美国人太小气，大多数宾馆客房连个免费矿泉水也不送。好在部分酒店大堂是有免费水的，于是，我每次经过大堂，就咕咚咕咚喝到打饱嗝为止。曾有一天，在圣迭戈的喜来登酒店，我正在咕咚咕咚喝大厅的免费水，过来了衣冠楚楚的一家五口人，也在免费水前轮流喝个够。特别是长得像银行家一样的父亲，一头银发，着三件套深色西装，喝起免费水来毫不含糊，一杯接一杯，喉结上上下下像乘电梯一样，我数了一下，他足足喝了五杯，喝到最后一杯，他还打了个嗝，最后我吃惊地看见，他从高级皮包里掏出一个空瘪的矿泉水瓶子，灌起饮用水来。

我想，算你狠啊。

我太喜欢免费的东西了。记得读大学的时候，阮囊羞涩，大学的食堂有一种清可鉴人的咸菜清汤是免费的，中午时分，我常常花五毛钱买份白米饭，然后就着这碗免费的清汤把饭吞下去。一次，我正仰脖咕咚咕咚喝清汤，发现对面一个骨瘦如柴的黑框四眼也和我一样舍不得买菜，在咕咚咕咚喝免费汤，我俩相视一笑，双手举碗，互敬对方，把最后一点免费汤一饮而尽，那情景宛如高渐离别荆轲的前夜。

上午 9 点多，我吃了个超市买的没有热狗的热狗面包。

坐上"毛驴"的一瞬间，我突然有一种自由的快乐感觉浮上心头。

墨蓝色的太平洋在左边翻涌，右边是一片夹道的棕榈树，直插天际。沿着海边公路，猛踩油门，开了 20 分钟左右，就来到盖蒂博物馆。

那是圣莫尼卡山脉上的一片白色房子，不，严格来说，是一堆堆白色的石头。我抚摸着这些石头，表面粗糙，它们是大小完全一样的正方形，爬满了建筑的外立面。每一块石头都仿佛在挤着眼睛对我说："我是用金钱刨出来的。"当年的世界首富保罗·盖蒂先生花了 13 亿美元！

我听见一个导游说，建盖蒂博物馆的 16000 吨石灰石来自距离洛杉矶万里之远的意大利。

她说："白色的石头是一种精神。"

这真是一个令人震撼的私人博物馆。

你不得不感慨捐赠者保罗·盖蒂的大方。

我免费看到了这几件馆藏——

凡·高的《鸢尾花》，一朵朵患精神病的花。我觉得应该是凡·高得精神病时住在法国南部的一个修道院时画的，画面被一片蓝色占去了大半，浅如海蓝，深似墨团，透露着一种亘古的忧郁，但又不乏生机。蓝色的花海中，一朵白色的鸢尾花开得如此残败和病态，在画面中突兀、倔强地呆立，和凡·高本人一样精神有疾？这幅藏品曾被拍卖出 5390 万美元的高价，要知道这可是 1987 年的价格……

一幅《路易十四》的画像。这个腰配宝剑，手扶权杖的太阳王，乍一看就是个表情做作的"蠢蛋"——头戴着羽翼般的蓬松假发，身上披着一条羽绒床单一样的袍子，像舞女一样露出纤细的腿，脚上更夸张，是一双猩红的高跟鞋。按照现代人的标准，完全是一个裹着床单、男不男女不女的怪物，这就是伟大的法国国王？他把 17 世纪贵族全部的顶配都集中在了自己身上！联想到这位大人物才 1.54 米高，或许就原谅他的肤浅了，可能只有矮子才会如此强调自己的伟岸吧。听说路易十四还酷爱舞蹈，曾日夜苦练亮相、压腿、跳跃、旋转，甚至亲自上台大跳芭蕾舞，这幅肖像把戏子国王画得如此怪异，画家居然没有被杀头，也真是服了。

还有德拉克洛瓦的《希阿岛的屠杀》，画家直接画出血淋淋的冲突，一团团的血似乎四溅在画布上，血已经凝结成深褐色，刺痛我的双目，我想起那句名言："这不是希阿岛的屠杀，而是绘画的屠杀！"

这样的藏品在盖蒂博物馆只是冰山一角。

盖蒂博物馆的捐建者保罗·盖蒂是 20 世纪 50 年代的世界首富，曾经蝉联世界首富 20 年，比比尔·盖茨还牛。他花了 22 亿美元——毕生财产的 2/3——来收购这些伟大的艺术品，并称"任何人只要穿上鞋子，就可以免费参观"。

我进大都会博物馆要钱，我进 MoMA（现代艺术博物馆）要钱，我去古根汉姆要钱，我去天安门旁上个公厕都要钱，进盖蒂的地儿，免费！哇！这难道不是地球上最慷慨的人?! 但是，非常不幸的是，他生前身后饱受抨击，被美国媒体评为一个极端"吝啬鬼"，一个靠石油发财的"怪人"，开启了一个"悲剧家族"。

我曾经看过一部电影《金钱世界》，讲的就是保罗·盖蒂，导演斯科特对他是极尽挖苦：电影一开始就是保罗·盖蒂的孙子被绑架，儿媳急匆匆地去向保罗·盖蒂报告，盖蒂大概正在埋头看股市行情，居然认为她说的事打扰了他的工作，他冷冷地说道："股市马上要开盘了，出去！"

这就是保罗·盖蒂的家族丑闻——"孙子绑架割耳案"。

1973 年，他的孙子保罗·盖蒂三世被一个意大利黑帮组织绑架，可当该组织向他索要 1700 万美元赎回他的孙子时，盖蒂却拒绝了他们的要求，这一举动震惊了全世界。直到绑架者将这名少年血淋淋的右耳朵连同一缕头发一起寄给盖蒂，最终，老盖蒂还是支付了 320 万美元的赎金，其中一部分钱还要用来抵扣税金。这名少年被囚禁了几个月，后来在一个加油站被人发现。

其实，当时的情况比想象的要复杂，盖蒂的孙子就是一个"讨债鬼"，经常对外声称可以绑架自己骗爷爷的钱，此外，保罗·盖蒂也认为：他不愿意支付赎金，是因为他有 14 个孙子孙女，如果他支付了这笔赎金，就等于让其他孙辈处于危险之中。

我研究了一下盖蒂的生平，觉得如果了解他是如何发财的，或许就能理解他的选择了。这是和绑匪的一场博弈，而博弈必然是有风险的。保罗·盖蒂绝不付款的博弈态度，其实某种程度上保护了他的其他家人，至少以后的绑匪，会觉得和这家人打交道没有油水可捞。

而保罗·盖蒂成为石油大王，就是带有中西部人的那种赌性。

盖蒂喜欢豪赌，23 岁那年，作为牛津大学的毕业生，他没有去纽约发展，却跑到俄克拉何马某个环境恶劣的小镇去冒险，用仅有的 500 美元租了块土地，赌地下有没有石油。很多人买了地打不出油，就破产了，盖蒂运气很好，在租借地上所挖的第一口井就出油了，赚得了他的第一桶金。

60 岁的时候，盖蒂又进行了另一场生命的豪赌。没有人会想到，他看中了沙特阿拉伯和科威特之间的一大片沙漠，他获得了 60 年石油开采特许权，但必须满足沙特阿拉伯相当苛刻的条件，要冒极大的风险。美国石油界许多人认为，盖蒂这样做注定是要破产的，他们认为那里根本不可能出油。盖蒂却很有信心，他在 4 年中先后投入了 4000 万美元，但只产出少量劣质油。这种油很难提炼，几乎是他破产的前兆！然而，在经历了 4 年之久的不断挫折之后，成功意外地降临了。第 5 年，这片不被看好的土地上发现了含油沙层，接着就开始向外喷油。这一发现彻底扭转了盖蒂的命运，高产油井被一口接一口地打了出来，一个月内，盖蒂公司的股票翻了一倍，他就依靠这样的一场豪赌，逐渐成了世界首富。

回顾他在孙子绑架案中，和绑匪进行的那场博弈，或许也是他的一种豪赌。作为他的孙子，简直倒霉透顶，但是，他的其他家人或许就此摆脱了被绑架的可能。这里有面对亲情的残忍，也有一种智慧。

盖蒂博物馆的圆形中央花园里有一个植物迷宫，三个大圆圈裹着一堆小圆圈。

我刚进迷宫就后悔了，这是欧洲人发明的"害人"的东西，太绕了，非常费体力。

接着又看展，走到下午 3 点，我已经累得快要瘫倒在地，最酸痛的还是眼睛和大脑，信息量太大，大到爆，我怀疑自己会不会得了博物馆疲劳症。不过，我发现我不是第一个瘫倒的人，已经有人在过道的座位上横躺下来，呼呼大睡。

花 13 亿美元修一个走得人双腿发软的私人博物馆，保罗·盖蒂的胸襟不可谓不大，可是，我翻阅历史资讯，看到的全是这位首富先生的"吝啬鬼奇闻"。

随便来一个，如"萨顿庄园的付费电话"。盖蒂的豪宅为萨顿庄园，这位超级富豪常常在家里举办派对，会见各类宾客。那些出席聚会的宾客有需要打电话的时候，吃惊地发现，这地球上最富裕人家的电话居然全部是公用付费电话。原来，盖蒂怕他家仆人偷偷长时间打电话，居然把所有的外线电话都变成了付费电话。另外，他家里的地毯要到露出大洞实在看不下去了才叫仆人去修补；他要求仆人在旧信封上重新填写地址，以便反复使用；手下人的旧铅笔一定要完全用干净了，他才让换新的——按照美国标准，这不就是一个标标准准的吝啬鬼吗！

但是，我觉得这种亿万富翁"抠门"的情况在亚洲不但不是什么吝啬鬼，反而是一种值得传颂的美德。如李嘉诚，他的皮鞋坏了，都让人带去鞋店补，补好了照样穿。熟悉台湾首富王永庆的人都知道，这位"世界塑胶大王"的个人生活也是节俭到"抠门"的程度——他觉得长途电话费太贵，不喜欢子女给他打电话；他给子女写信选择很薄的信纸，字迹密密麻麻，这和保罗·盖蒂简直一模一样；他吃的原则是"简便"，常常就是一份卤肉饭，打发一顿正餐。曾经做过中国首富的娃哈哈老板宗庆后，一次出差途中，被人用手机拍摄到，他居然挤在二等座的火车座位上，和一群大妈、推销员挤坐在一处，使用很便宜的国产手机打电话。

我觉得在"抠门"中，这些富豪或许更有安全感，因为这是童年时播下的种子。富豪也不一定需要每天吃满汉全席、法国大餐吧，恐怕没人受得了。富豪或许只是多了一种生活的选择而已，人家可以选择土豪奢侈，也可以选择赤贫一般的节俭。

盖蒂博物馆的某些花园不种花，种一排排的仙人掌和仙人球。

我在花园露台咖啡馆坐下来休息，这个巨大的半敞开空间拥有270度环形视野，可一览洛杉矶全景，还能看到远处淡蓝色的海笼罩在洛杉矶蒸腾的空气中。

我想象，当年的建筑师第一次爬到这个山坡上，整个洛杉矶平铺在眼前，他的视野越过连绵起伏的山丘、密密匝匝的城市，他看到笼罩一切的虚空，立在天地之间，他的心与这宽广的景致一起跳动起来，灵感之花绽放，他触摸到了这个建筑的灵魂，也找到了自己生命的意义。

我点了一个鸡肉汉堡，一边吃一边做些笔记。这个汉堡口感很差，鸡肉没有味道而且有点冷，还硬，宛如嚼蜡一样。因为两面没有墙，所以咖啡馆的风很大，一阵大风突然刮过来，我的导览地图被风吹跑了，我从座位上起身，拔腿就去追，嗵嗵嗵地跑过四五张咖啡桌子，才一把抓住。

说起吃饭，保罗·盖蒂还有"100个女朋友的愤怒"的奇闻。

新闻中说，保罗·盖蒂跟女朋友吃饭却不愿意付钱，他声称要给他的100个情人留下遗产，于是他就不断地修改他的遗嘱，多达25次。而在他死后，许多与他有关的女人只感到失望和愤怒，她们认为盖蒂欺骗了她们每一个人，遗嘱里钱根本就不多，有的甚至少到带有侮辱性。

保罗·盖蒂是世界上第一个"勇敢"而且"无耻"地承认有100个女朋友的亿万富翁，这个数字或许有点夸张。他的名言是："只有做生意失败的人才能和一个女人维持长久的关系。"

估计对一个亿万富翁来说，如果要交女朋友，最希望的是和普通人一样，至少自己觉得是靠自身魅力来吸引对方，而不是单单靠财产。所以，当双方AA制付费吃饭的时候，他们的关系出现了这样一种假象，即他们和美国的其他普通男女朋友一样约会，两情相悦，而不是冲着保罗·盖蒂的钱在约会。但是，事实上，很少人不会因为首富先生的巨大财富而和他约会，保罗·盖蒂的钱就是保罗·盖蒂这个人的组成部分，这或许是他没有想明白的地方，他还是太天真了。

那生首富先生气的100个女人，既然觊觎的是首富先生的钱，而不是首富先生的人，被遗嘱耍了一把，也无须太气。这就好比销售员找客户，在客户身上投资了很多而没有得到单子一样，是社会上最常见的事情，因为这种投资行为本身就带有极强的目的性。

中国有一句古话：成也萧何，败也萧何。说的就是首富先生的钱。

我最要为保罗·盖蒂打抱不平的是他的"500美元遗产丑闻"。

有媒体说保罗·盖蒂自己一掷千金买艺术品，却只想留给儿子500美元的遗产，亲情太过淡漠。其实，在美国的价值观中，父母的钱是父母的，和孩子无关。保罗·盖蒂自己成长为世界首富，其实就得益于他父亲的这一理念。他23岁时与父亲合作，由父亲投资石油设备，占公司70%

的股权，喷油后盖蒂将其转卖出去，按照与父亲的协议，他仅仅取得了这次转卖利润的 30%——11850 美元。父亲的这个举动很好地培养了两点：一是商人做生意的诚信；二是借钱投资的观念。这种观念是钱买不到的、无价的。老盖蒂临终时，为了防止儿子成为一个纨绔子弟，他给妻子萨拉留下了 1000 万美元的遗产，并把遗产的控制权交给指定的遗嘱执行人和他的副手；保罗·盖蒂只得到 50 万美元遗产，一个零头。

同样曾为世界首富，被称为"赚钱机器"的比尔·盖茨，将自己所有财产全部捐赠给比尔及梅琳达·盖茨基金会，不给自己的后人留下一分钱。他说他希望和自己的妻子一起，以正面的财富观念来引导全社会。股神沃伦·巴菲特也承诺将把自己绝大多数的财富都捐献给慈善组织，而且他的子女也支持他的这一决定。

捐出财产的最大好处是，可以有效地防止孩子成为纨绔子弟。

西方人那么热衷于捐出个人大多数财产，还有一个宗教因素，教义中说"恺撒的物当归给恺撒，神的物当归给神"，每个人或许只是替上帝临时保管一下资产。相比之下，"文明礼仪之邦"的中国社会直到今天还没有这个观念，绝大多数人（包括很多知识分子）也都希望孩子来继承自己的财富。所以，坑爹的纨绔子弟比比皆是，如"四大名爹"之首的李刚，给他儿子买汽车、买名牌，这小子就在校园中喝酒、泡妞、胡乱驾车，结果当场撞死两个女大学生，坑死他老爹了！

作为地球上最慷慨的"吝啬鬼"，保罗·盖蒂收购艺术品可不吝啬，他在经济萧条年代艺术品跌价时，还在大量买买买。他说："一个不爱好艺术的人是一个没有完全开化的人。"

我想，艺术对保罗·盖蒂来说是什么？应该是他平庸生活的一剂春药。

走出盖蒂艺术中心远眺，白色建筑群有如从地面自然地生长出来。巨大的观景天台与室外花园、附近的山峦、海景融在一起，白融于蓝，海、天、楼一体，这是东方人能够体会到的一种"空明"的禅境。

5点了，我打算去车库开"毛驴"，看见一群人都在一个窗口排长队，我走过去探头一看，原来是需要交纳15美元的停车费，看来，"怪人"首富的地盘还是精明，门票免费的同时，还是留了一手。

高！

"5B"之家

吃早餐的时候，穿着土灰色 T 恤的强尼问我：

"昨晚有没有烤火看星星？"

7月23日，洛杉矶。

前天订的房间只能再住一天了。

于是我打开爱彼迎，设定好价格 150 美元以内，一个叫"最好的沙滩、床、早餐和自行车"的五星评价的房子跳了出来，一下子吸引了我的注意，这个"4B"（四个单词 beach，bed，breakfast，bike 的第一个字母都是 B）的独立屋离威尼斯海滩只有 3.5 英里，上一个住客的留言是"很棒的体验，房东超级搞笑"。

房东叫强尼和马克。"我们是结婚 25 年的一对男同志，忠诚的伴侣！"他们的自我介绍里是这么说的，"我们和两条狗住在一起，它们叫'狼帮传奇'和'海德薇格'，它们举止文雅（暗示不会咬客人？），希望你也喜欢狗哟！"

我没有跟他们说，我的老家附近有一个冬天要靠炖狗肉补身体的地方，那里离上海约有 250 公里，每到冬天，上海人在抱着心爱的狗亲吻的时候，附近乡村的野狗都惶惶然四处乱窜，一群流着口水的秃子和农民拿着套绳在后面疯狂追逐。

我在孤独的城市女房东家里住过，也在丧夫老太的海边出租公寓中住过，但还从来没有在同志家中住过，这会是什么样的一种体验呢？

我按照谷歌的指引，驾着"毛驴"一溜烟地疾驰。

一栋漂亮的橘色两层楼前，谷歌结束了导航。和其他的房子不一样的是，这栋房子外花园的草木丰盛，一种旱地生长的大草长得有一人多高，紫色和白色的绣球花绽放出笑脸，背后三棵细瘦的棕榈树插向蔚蓝的天空，在缺水的洛杉矶地区，这种茂盛宛如黑夜地区亮起的一盏明灯。

我正在这栋楼下东张西望，突然，一个头发蓬乱、五十多岁的男子从二楼的窗户里探出脑袋，问我："你是刘吗？我是强尼。"等我穿过精致的花园，推开房门，惊呆了，这家里的布置完全就是一座小型的家庭美术馆，挑高的客厅墙壁上，悬挂着密密麻麻的各种尺幅的油画作品，从100多年前的类巴比松风景画派作品，到当代的小尺幅抽象画都有，地板上铺着波斯梨花图案的阿拉伯地毯，每一盏灯，每一处饰品，都是主人从世界各地搞来的藏品。

"Daily Bitch！（每日婊子！）"这是桌面上放着的一本日历，是他家的第五个B字。每天都画着一个撩人的女演员以"婊子"形式说一句搞笑的话，比如："我假想中的男朋友从来不会认为我疯了""我们不就是离开马戏团的小丑吗？""节食3天，我已经丧失活下去的意愿了"……

马克抱着他心爱的海德薇格出现在楼梯上，目测大约65岁，脸色灰暗，鹰钩鼻子，眼神犀利宛如福尔摩斯，衣服耷拉在身上，不修边幅，但是抱着狗的温柔姿态，却又像公主一样挺拔而矜持。

他们两个大白天都待在家里，是搞什么工作的吗？我心中生疑，偷偷又去查了一下爱彼迎上的介绍，说他们都在"娱乐业工厂"工作。

我不明白娱乐业工作是什么，直到应邀和他们一起吃完晚饭。

晚饭同席的还有一个出差来洛杉矶也住在他家的客人，小圆餐桌很小，于是，我和3个陌生美国大叔紧紧地挤坐在一起，像是一场同性恋的相亲聚餐会。

他们两个看起来和路上碰见的普通美国大叔没有什么区别，我们聊了会儿各自的旅行，突然，电视新闻里出现了特朗普，他正在某个集会上演讲，下面的人们挥舞着口号牌："美国再次强大！"

我问："你们对特朗普是什么印象？"

煮饭后头发更加蓬乱的强尼说："Fuck！特朗普！"

我一惊。

马克正举止优雅地给大家分水果，他缓缓抬起他的鹰钩鼻说："特朗普就是一个白痴！他什么都不懂！"

听说同性恋都是毒舌，看来这一点不错。

强尼附和马克说："他，一个自大自恋的家伙！对于全世界，特朗普就是一个笑柄，而不是领导者。"

骂了几句解气话后，马克优雅地坐下说："其实，他是一个有钱人家被惯坏了的孩子灵魂，困在了一个71岁的老男人身上！"

他接着说："他甚至可能会发起毁灭全人类的战争。"

我问："你为什么这么觉得？"

他说："对于一个白痴和浑蛋，发生什么事情都不会觉得奇怪。"

他们对自己的家充满了全宇宙的自豪感，说前一次家里住了几个北京人，一进屋就要打开所有的门窗，因为强尼家的花园太美了，这里的空气太新鲜了。

"在北京会呼吸困难吗？"马克转脸问我。作为特别好面子的中国人，我头上顿时冒出一滴汗，打算嗯嗯啊啊敷衍一下。

他似乎也并不在乎我的答案，替我回答："住在我这里，所有中国人都会被治愈。"

我岔开话题说："我从圣迭戈开车过来，那里的海太美了！"

通常中国人都会附和一下"哦，是的"之类的，但是，强尼不这样，他说："圣迭戈简直太无聊了！"马克也跟着说："圣迭戈没有洛杉矶有趣。"

我说："我很喜欢旧金山，过两天开车过去。"

"旧金山吗？我憎恨那个地方，尽管我出生在那里。"强尼说。

我问："这是为什么呢？"

"因为我在那里失去了我的母亲。"强尼半开玩笑半正式地说。

说来说去，我终于搞明白一个意思，他们觉得洛杉矶是天下最好的地方。

我前天曾经从洛杉矶的华人超市买了一份烤麸，这是我的最佳"啤酒伴侣"。吃饭期间，我拿了出来，对他们说："你们要尝尝吗？这是中国人最常吃的菜。"看见油乎乎的烤麸，他们两个异口同声地说："不！不！这个会让我们中毒的！"这个这个，文化差异也太大了，他们这么说话，让我几乎无法再继续后面的对话了。

吃完晚饭，强尼洗碗，因为是马克准备的晚餐，这完全是一个和睦家庭的分工，而且和我家的情况一模一样。我妈妈准备晚饭，晚饭结束了以后，由我爸爸洗碗。强尼和马克这样的分工好像已经持续了一二十年。

我在博物馆似的房子里四处转了转，问马克："我可以拍一些你家墙上的绘画吗？"

马克摸了摸鼻子说："那最好不要拍！因为，你发到朋友圈，很多人会看到，这样贼就会来我家偷画了！我可不想我的画被偷走。"我看着他的眼睛，不知道他是开玩笑还是认真的，头上又是一滴汗。

洗好碗，马克和强尼带我去后院，说要自豪地介绍一样设备。绕过精致的花园，朝着围墙的小草坪中央有一处隆起，那是一个碎石火盆，火盆的旁边放着四把老式的木头椅子。围坐在碎石火盆边上，马克打开煤气，用打火机点了一下，石头就跳动起蓝色的火焰，在这夏日寒气袭人的加利福尼亚海滩附近，迅速传递温暖。马克说，在晚上的时候，围坐在火盆旁喝啤酒，烤火，看暗星、舒云和棕榈树，很爽，你一定要试一试哟！

我的脑子迅速回放，上一次烤火看星星是在哪里？好像是 N 年前的一次了，那时候我还年轻，还自由自在，我和朋友背着包去了云南大理古城。深夜在人民路上的一个小酒吧，那里的酒吧都在斜坡上，还带一个小小的院子。酒吧主人从洱海畔的树林里捡来枯树枝，用它生起一堆火，听着毕毕剥剥的木头燃烧声，一种红色的炙热蒸腾起来，坐在那里的夜里，没有大城市的嘈杂，没有人会讨论房价、孩子和股票涨幅，感觉回到了曾经居住过的久未曾谋面的老巷子。于是，我们一群陌生人就像老朋友一样聊着天，脸上红扑扑的。记得，天上有随风快速流转的云，还有几颗不怎么眨眼睛的星星，院子里长着两棵矮小的果树，叶片还带着夜的气息，大家直接拿着冰啤酒，嘴对嘴吹瓶子，我们扯东又扯西，聊了很多虚无缥缈而又不着边际的话题。记得那些虚无缥缈的话题，把我带回到小时候，我们在几栋破房子间的空地上胡乱坐着，大脑空白，无所事事。

现在场景切换到强尼和马克家的院子，一阵夜风吹过棕榈树，这样的画面闪现在我的大脑中：两个穿得像矿工一样随意的中老年大叔，乱头发和高鼻子，手拉手坐在火盆边上，火苗跳动，他们彼此亲密地互望着，然后一起抬头仰望墨色的天空，此刻，流星划破天际。高鼻子会毒舌地说"流星许愿就是一个骗局"吗？

他俩的卧室就在我房间的隔壁，我路过的时候，朝里张望了下，屋子并不大，中间放着一张1.8米宽的双人床，看样子，这两个胡子拉碴的大叔每天还要抱在一起睡觉，而且一抱就是二十多年，并且无比忠诚于对方。

这不能不让我感到有点不可思议，晚上，我躺在他们隔壁，突然想起这句话："一切皆有可能！"

早晨起来，他们已经细心地为我准备了丰盛的早餐，桌上放着黄油、燕麦、水果，盆里是水煮鸡蛋、香肠，以及三种可选的面包。"茶、咖啡、果汁，你们要喝哪一个？"看起来，这里的服务比飞机头等舱还好。

吃早餐的时候，穿着土灰色T恤的强尼问我："昨晚有没有烤火看星星？"

我说："我太累了，很快就睡着了。"

他表示很失望，这么好的东西错过了，实在是太遗憾了。"你少了一次罗曼蒂克的机会。"他最后总结说。

我说："午饭前，我就换地方走了。"

强尼突然扭头仔细地询问我："下一站会住在哪里？"

我说我可能去住一个酒店，在洛杉矶市区，他似乎松了一口气说："这就对了，因为只有我们家的 4B 房间是最棒的，爱彼迎上洛杉矶其他的房间全都是臭狗屎！"

"是吗？！"他略带混浊的眼睛看着我。

我赶紧猛点头。

等待查理兹·塞隆

"流浪是一种生命状态，精神病也不可耻。"晚上，老孟在临睡时发微信跟我说。我熄了床头射灯，想想我的小时候，那个常常饿肚子而温暖的世界，便沉沉地睡去了。

洛杉矶海边的上午很寂静，偶尔才有一辆汽车远远驶过的声音。

离开5B民宿前，倒在床上和老孟微信聊天。

"流窜到哪里了？"

"洛杉矶。"

他说："洛杉矶要当心。"

我说："洛杉矶又怎么啦？"

他说："这个世界上，有三种人你是绝对不能去招惹的。"

"都有谁？"我好奇地打字问道。

"东京的高中生，沈阳的大妈，和洛杉矶的流浪汉。"

"哈哈，你这么一说，我发现这里的流浪汉真多，像天上的星星、地上的牛羊。"

"你晓得哦？"老孟不经意间打出了上海口音，"洛杉矶市区现已完全沦陷为'流浪汉占领区'了，晚上8点后，你千万不要进城。"

"会遇到麻烦吗？"

"可能会遇上打劫，特别是你这大舌头英语，打劫的非裔兄弟估计听不懂，以为你耍他，惹毛了他你就惨了啊。"

我发了"嗯嗯"二字，忍住了，没有跟他说——我今晚就要住洛杉矶市中心。

午前，马克帮我把行李扛上白"毛驴"，他和强尼穿得像两个码头工人，手拉手站在车库前，旁边的剑麻、绣球花和三棵细瘦的棕榈树刚刚浇过水，场景既雷人也温暖。

我从圣莫尼卡的海边开车进了城，进了市中心 ACE 酒店的 20 楼。

这个新开业的工业风设计的酒店坐落在一个哥特式大楼里，据前台介绍，酒店底楼带有一个 1600 座的大剧院，其疯狂的装饰灵感来源于一座西班牙教堂。

晚上 9 点左右，我从 20 楼俯视街面，发现车辆渐渐稀少，但是楼下蚂蚁大小的人脑袋似乎聚集在一处，有些反常地热闹，于是，我也下楼去看看热闹。

底楼的剧院门口灯火通明，人头攒动，这里暂时没有流浪汉和劫匪的踪影。

几辆黑色奔驰和 GMC（吉姆西）商务巴士停在剧院的门口，一排穿黑西装，配耳麦、枪支，胸肌鼓鼓，肱二头肌凸起的安保人员围成一个半圆形的圈，警戒周边，如临大敌。我稍微靠近一些巴士，他们马上挥手势大声地驱离我。

这是什么情况啊？我抓住一个从剧院里面走出来的青年男子问。

那青年男子穿着西装，他的女朋友则穿着拖地的深色长裙，旁边的一些人还有的穿着黑色发光面料的晚礼服。

他边匆匆往前走边对我说："这里刚刚举办完电影《极寒之城》的首映式，查理兹·塞隆来了。"

"查理兹·塞隆？"我惊呼了一声，那个眼睛深邃而迷人的 Dior（迪奥）香水女神？那个《速度与激情 8》中的反派性感尤物？她一身黄金战衣从金色的水中湿漉漉升起来的火辣场面，封神香水广告，还有电影《女魔头》，性感女神在里面自毁形象，演一个被社会抛弃的、丑陋不堪的杀人妓女，她满脸疙瘩叼着香烟，整场表演刻骨铭心。

我想，我今天有点幸运了，流浪汉和打劫犯没有碰到，碰到查理兹·塞隆了。

原来剧院门口的这一排黑色商务车是接剧组人员的，而门口那么多人则是参加完首映式的观众，很多人都聚在门口说话，不急着离开，在等查理兹·塞隆。

于是，我也混在人群里，掏出手机，一阵猛拍，希望能够看到查理兹·塞隆的蓝色眼珠子。这个年龄和我差不多的女人，身为奥斯卡影后，演戏依然玩命，本月，洛杉矶全城的户外看板上都是她的新电影《极寒之城》的海报。据说她在戏中有震撼级的"手指劲爆戏"。有一个真实的笑话，说是塞隆这个人太认真了，容易紧张。她第一次遇见奥巴马，就出现了"语言性腹泻"，她提出要带奥巴马去脱衣舞俱乐部。回来后，足有一个月的时间，闭上眼睛，这个错误就像个大苍蝇一样嗡嗡嗡萦绕着她。

大约等了 30 分钟，人群渐渐变稀，一些人走掉了，还是没有她的身影。

正有些失望，突然，街对面出现了一阵骚动。

是不是查理兹·塞隆来了？

等候的人的脸都转过去，看着街对面。

我向前紧走了两步，透过安保人员，就看见根本不是什么大明星，而是一个 30 多岁的身材不高的白人男子，五官比例不错，但就是眼神凶狠中透着迷乱，上身的 T 恤几乎烂了，头发像个鸡窝，横着从街对面撞过来，跌跌撞撞，脚步歪斜，直接就穿越了保安的警戒线。同时，他还用右手的食指和拇指做成一把手枪的样子，指着自己的脑袋，叫嚣着："我要杀了我自己！我要杀了我自己！！"歪歪扭扭地穿过人群，那个声音简直像在咆哮，在嘶喊。"我要杀了我自己！！！"这声吼叫盖住了街上所有的嘈杂声音，尖锐刺耳，非常恐怖。

旁边人一边慌忙地躲避，一边嘀咕：吸毒的。

他几乎是贴着我身体横行过去，差点撞到东张西望的我。他身上散发着一股酸臭的味道，而这种酸臭味是流浪汉的烙印。

这人刚刚过去不久，人们也终于明白查理兹·塞隆不会再出现了，宛如等待戈多。估计她早早就退场离开了剧院。于是，保安开始护送商务车发车，人群完全散开。

此刻，又有一个头发微卷的中年黑人大叔拿着塑料袋隆重登场了，他厚厚的嘴唇嘟囔着什么，在每个还在剧院门口的人面前都纠缠几分钟，把手一伸一缩，重复着一个单词。"Change（零钱）"，似乎无人愿意搭理他，他仍然坚持不懈，终于有人从口袋里找出一根烟递给他，然后他走到我面前要火。我把手一摊。

10点不到，街上人烟稀少了，我还打算在夜晚的南百老汇大街走上一二百米，但紧接着下一刻的场景，就好像是一个打僵尸的游戏。

每过三五分钟，就不知道从哪里冒出一个流浪汉，或瘸腿破裤子的黑人，或喃喃自语的披发老人，或脸上脱皮的精瘦高个，他们或空手，或拎着破口袋，或推着超市推车，一个个冲我走过来，拐过来，挤过来，每个人都是老和尚念经一样喃喃一个词，零钱，零钱，零钱……几乎要把我搞疯掉了，最后，"僵尸们"彻底打败了我，我连个"植物炮"都没有发，就落荒而逃。

第二天，我的大学同学老于进城来看我，他以前是个扔铅球的，膀大腰圆，光头牛眼，向来以胆大著称，但是见我第一句话就是：你怎么住在这里?!

这句话怕就是洛杉矶人对城区的印象。

他告诉我昨天报纸上登的一件事情，说前两天一个中国游客在洛杉矶的小巷子里拍照片，结果正好拍到几个卖白粉的，卖白粉的不高兴了，要他删除，结果双方发生了冲突，那个可怜的游客被活活打死了。

"你小心点。"他上车的时候对我说。

晚上，我在微信里问老孟："我一直在思考这么一个问题，美国人为何容忍洛杉矶这样的大城市成为流浪汉的天堂？"

"因为美国的精神病院在大街上……"读历史的老孟打字说，"20世纪60年代，很多精神病院虐待病人，如电影《飞越疯人院》里面的护士长，就喜欢用大音量音响折磨病人，这一情况引发了愤怒的吼声，于是，各地索性关闭了精神病院，这导致大量精神病人直接睡大街。"

我说："这么多人睡大街不影响城市形象吗？"

老孟说："在美国，无家可归者有'露宿街头'的人权。在我的记忆中，国内街头只有讨饭的，是'正在工作'的乞丐，而美国不同，多数流浪汉都是无家可归（homeless）者。"

我说："是的，中国的大街小巷属于公共场所，是不可以随便露宿的，一旦露宿，马上有铁面黑脸、神腿无敌的城管出现。"

他说："攻陷洛杉矶的流浪汉中有精神病、瘾君子，此外还有真正的破产者，他们中很多是老人，比如，房租上涨，合约到期支付不了房租，索性带着狗直接住公园睡大街。此外，还有的人是不爱劳动，喜欢晒晒屁股、唱唱歌，到处流浪的嬉皮士。"

"在美国做流浪汉会饿死吗？"我问。

"一般饿不死的，因为不同的州情况不一样，不少州的流浪汉每月可以从政府领取600多美元的食品券。

"折合近4000元人民币啊！"我掐指一算，"从绝对值来说，比咱三四线城市的白领收入都高。"

老孟说："街头流浪冬天最难过，越来越多的流浪汉在往不太冷的西海岸迁徙，洛杉矶作为西部第一大城市，其城区被流浪汉'攻陷'，那是情理之中的事。"

"甚至有些州，会给流浪汉一张单程机票，让他们去更温暖的夏威夷。"

老孟说："洛杉矶允许精神病、流浪汉露宿街头，是一种包容，他们觉得公民的基本人权，比城市的面子要重要。"

他说："美国流浪汉中，有五大流派，除僵尸乞讨派、吸毒癫狂派、精神病派和嬉皮士派，还有最让人唏嘘的无敌天才派。"

他接着微信发给我一段新闻，我一看，新闻是讲一个叫博斯特尔的哈佛大学高才生，沦为街头的流浪汉，引起了全美关注。新闻开篇就很雷人：一起非法入室案在华盛顿特区高等法院开审。被告是一位无家可归的流浪汉。法庭上，当这位名叫博斯特尔的流浪汉称自己 1979 年毕业于哈佛大学法学院时，审理该案的法官简直不敢相信自己的耳朵与眼睛，因为他本人也是 1979 年从哈佛大学法学院毕业的，同班同学中还包括美国联邦法院首席大法官，这位胡子拉碴、身材浮肿的流浪汉竟是他的昔日同窗?! 原来，这个博斯特尔从小就是学霸，在其母亲的公寓，可以看到壁橱里满是他的奖状、证书。他 31 岁时考入哈佛大学法学院学习，从法学院毕业后，他在知名律师事务所谋得了高薪工作，但是，生活突然就断裂了——他得了精神分裂症。博斯特尔的一个亲戚说："那时，他过着富裕的生活，忽然间，一切都变了。没有人知道到底是怎么发生的……他失去了一切。这绝对很疯狂。"之后，博斯特尔与他心爱的姑娘分手了，没多久，他就彻底发疯了。30 年一晃而过，这期间博斯特尔几乎消失在人们的视野中，过着幽灵般的生活。

我回复老孟："你要当心，你是哥伦比亚毕业的天才，从天才到疯子，仅有一步之遥。"

老孟说："我没疯，说明我不是天才，哈哈。不过牛顿和康德患精神分裂症，恺撒和拿破仑患癫痫，普希金和歌德有狂躁型抑郁症……仿佛天才身上存在着精神分裂的基因。"

第三天早上，离开洛杉矶前，我去饭店附近的超市买点水和面包，在门口看见一个头发像乱稻草堆一样的黑人流浪汉推着辆超市顺来的手推车，里面放着用来睡觉的硬纸板。他停好车，居然和我一起走进了超市，他身上有一种刺鼻的酸臭鱼腥味。结账时，他又正好在我前面。我看见他挑了一个卷饼、两条面包，他从脏兮兮的破口袋里往外掏钱，除了 2 美元纸币，剩下的只有几个 1 美分、5 美分的硬币。营业员是个黑头发的胖姑娘，她数了一遍说："你的钱不够买。"流浪汉耸耸肩，顺手抓起面包和卷饼就往外走，大模大样地跛着步子出了大门。胖姑娘也没吱声，好像也没有叫保安。我正在发愣，身后一个排队的戴眼镜的中年男人突然插话说："缺多少？我这里有零钱。"

整个过程在笑声中结束了。

洛杉矶人的这种包容感和同情心，让我挺感慨的，这也是我曾经非常熟悉的。

我小时候也曾经有露宿街头、流浪的经历。

我 10 岁那年，因冤案在劳改农场被强制劳动了 23 年的父亲带我返回上海，因为我身高已经快到他下巴了，还没读过什么像样的书，父亲最好的年华都已荒废，他希望我不要再走他的老路。于是他带着我，背着一床破被子、草席和一个水壶，衣衫褴褛地从安徽农场出发，走了很久很久，先是抵达一个黑黢黢、满是苍蝇的小镇车站，然后，我们睡在颠簸的长途汽车上，睡在绿皮火车的长椅子上，没有换洗的衣服，路上花了两天两夜才到上海，已是春末了。没有地方洗澡，估计我身上也和美国流浪汉一样，有一种酸臭味。我趴在火车站前的广场上，吃了一碗酱油当浇头的光面。爸爸来到他 23 年前的老单位，一个已经公私合营了的国营纺织厂——上海第六帆布厂门口，他 22 岁的时候，是这个厂的工会主席。那个厂门是在江宁路和安远路的交叉口，他把席子铺开，让我睡在马路上，睡在门口。现在无法推测当时父亲的心情，他那个时候是怎么想的。他告诉我，这个叫"滚钉板"。我第一次来到上海这样的大城市，不想睡觉，我想看来来往往的电车，父亲说，你睡觉！于是我就睡在厂门口，睡在那里。一个衣衫褴褛的中年人和他臭臭的营养不良的儿子睡在马路上。我眯着一只眼睛偷偷地看街景，16 路电车带着长长的辫子开过，带着呜呜的绵长声音。厂里的叔叔阿姨不时从我们的身边走过，他们没有嫌弃的眼神，都是同情地说："哦，好可怜的孩子。"到了晚上，厂长出来了，把我们安顿在厂里的宿舍住下，结束了我的流浪生活。这样快 40 年过去了，我依然记得工厂那些叔叔阿姨关切的眼神，不是对流浪者和上访者的讨厌，而是深深的同情，那是 20 世纪 80 年代的中国社会中最温暖的一抹颜色。

在脚步奔忙、自我膨胀的城市中，这种同情心，哪里再去追寻呢？

"流浪是一种生命状态，精神病也不可耻。"晚上，老孟在临睡时发微信跟我说。我熄了床头射灯，想想我的小时候，那个常常饿肚子而温暖的世界，便沉沉地睡去了。

好莱坞最后一个好人

他常常头发凌乱，一下巴乱糟糟的胡子，穿一双非常破的靴子，衣着邋遢，像流浪汉一样地坐在街头，享受着无拘无束的自在。作为好莱坞巨星，他不置房产，在一家普通的汽车旅馆住了很多年，过着四处飘零的日子。

一夜乱梦，早晨起来，坐在窗口呆呆地看了会儿楼下的街景。

然后，我发短信给老孟："今天我去好莱坞和比弗利玩。"

老孟发了张照片来，显示他正在喝豆浆配蒜蓉面包，然后，他回我："依我看，地球上著名的景点，全是旅游陷阱，那儿没风景，只有一车一车送上门的'游客小猪'和正在霍霍磨刀的'游客屠夫'——好莱坞就是这样的地方。"

"我算是去打个卡吧。"我回复。

"那还不如看看电视，有个真人秀，叫《比弗利娇妻》，比那些景点好玩多了，你应该看看。"老孟说。

"怎么个好玩法？"

"话说有个比弗利阔太'豪'得没人性啊，住大别墅，房间太多，她在家里需要用广播哇啦哇啦找老公。

"人家的衣帽间有 5000 平方英尺，大约是 5 个上海老百姓的家。"

我回道："如果溜进来一个流浪汉，那就更好玩了，住在衣帽间里和主人玩躲猫猫，3 个月找不到人。"

午前，开我的小"毛驴"先去好莱坞。

这里的太阳毒如芒刺，土地干裂，一个月不下一滴雨，但似乎并不妨碍长出一二十米高、枝干巨粗的棕榈树。

一个个黑脑袋在街上使劲地攒动，还有三角形的小旗子在街上麻雀式地跳跃，不时传出"大家请跟上哟！"的中文。大家都像老母鸡啄米，低头在星光大道上找星星，莱昂纳多的名字在哪里？玛丽莲·梦露的名字在哪里？

巨大的青色屋顶，门口立着两根玉皇大帝天庭似的红柱子，这个好莱坞的地标——中国大戏院的牌子上，赫然挂着"TCL"，这个在广东乡镇生产彩电的企业，如今把招牌挂到了好莱坞大道上，有点时光穿越的感觉。

走在好莱坞，想起我第一次看好莱坞电影，大概是1994年的秋天，我和一个眼睛弯弯的女同学在复旦后门"开膛破肚"的马路上一家灰暗的小店里，租到一部录像带，是哈里森·福特主演的《亡命天涯》。这片子当时在上海上映引起了轰动，我第一次看到了炫目的特技镜头、爆炸、枪战、撞车、追逐……要知道，那可是20世纪90年代啊，可惜我家的那台彩色电视机屏幕小得可怜，尽管如此，刚勇的哈里森·福特从水坝上一跃而下的场景还是深深震撼了我们，趁着紧张，我拉紧了女同学的小手。

我看街对面的TCL剧院正看得入神，突然，有一只黑乎乎的毛手在后面猛拍了我一下，我吃了一惊，回过头去，看见一个面目幽暗、衣着邋遢的黑人大叔正冲我咧嘴笑，问我："比弗利山庄要不要去玩？"我说："不要！"拔腿就走。他就一路跟着我说："马上就走，很便宜的，可以看很多名人的漂亮房子。"我嫌他烦，扭头瞪了他一眼，说："No, thanks（不了，谢谢）！"这一刻，我突然发现他是一个瘸子，走路一拐一拐，似乎很吃力地跟着我。大约跟了100米，我感到有点不好意思了，看他走路一高一低，嘴巴像一部复读机，不停地说："给你一个好价钱！比别人便宜20美元！""给你一个好价钱！比别人便宜20美元！"街上的人似乎也都在盯着我。我第一次感到比中国胖大妈还厉害的是美国黑人大叔。我只好站定，看着他的眼睛，问："多少钱？"

这里 7 月的中午，太阳就是一个大功率烤炉。

我们的观光车一溜烟地上了好莱坞后面的山，然后转向比弗利山。

两个多小时后，太阳更加肆虐，气温直线上升，我们车子顶部是彻底敞开着的，太阳没有任何遮挡，赤裸裸地烘烤着我们。所有人已经在车里被太阳烤得不要不要的，每个人的脸都红里透黑，像一群各种肤色的酒鬼坐在一起。

好容易爬到了半山坡，在一个眺望好莱坞全景的地方下车。其他旅游小巴也都会合过来，各色"旅游小猪"都下车来，我突然发现，其他所有的车都是有遮阳篷的，唯独我们的没有！那些游客都不慌不忙地从车上下来，而我们这车人都如酒鬼一样从车上狼狈地逃下来，四处去找树荫。我想，车子上没有遮阳篷可能就是因为我们便宜的那 20 美元吧。

烂顶的巴士在比弗利山附近的山峦上转悠，驾驶员兼导游是个有点歪嘴巴的络腮胡子，介绍着那些别墅，歪嘴巴不时蹦出几个熟悉的名字，如迈克尔·杰克逊、布拉德·皮特。山头上那栋大房子是茱莉亚·罗伯茨的，她好像养了双胞胎，从谁谁谁手上买了这栋房子。络腮胡子还说了一些如雷贯耳的名字，我频频点头，那些人的名字如雷贯耳得我都忘了这些人都是干吗的了。

其实多数在外围的房子都只是比较好看的别墅而已，略微大一些，个别花园很大，而且修葺得特别好，要知道洛杉矶这么干旱的地方，每天得浇多少水才能维持一个大花园。很多人算算水费，一阵阵抽筋地心痛，于是，心也就蔫菜了。当然，算水费的人，可能永远也住不上这样的房子。这是一个悖论。我们总是在悖论中意淫地自我解嘲。

在山顶或者是景色绝佳的位置，掩映着一些规模非常不同的超级大房子。

歪嘴巴络腮胡子说："哈，这些房子，只有三种地球人可以住，大明星、犹太大律师、中东大富豪，目前多了一种新物种——中国新'土豪'。"他说，比弗利的海外买主目前不少是中国人和俄罗斯人。"这里的房子都是用最好的大理石、最好的外立面石材和最好的木材来营建，还要配上最好的家庭剧院。""最好的"三个字他说得特别用力，有点砰砰砰拍胸脯的感觉。这话是如此熟悉，让我想起当年叱咤风云的星河湾老板和一些山西煤矿主的相似爱好，他们现在又在何方漂泊？

车子路过著名的购物大道——罗迪欧大道，这是《风月俏佳人》中理查·基尔带着茱莉亚·罗伯茨疯狂购物的地方，这里的名言是："买东西不要问价钱，问了就表示你买不起。"可能是一眼就看穿了我们这群买便宜20美元票的游客是绝对买不起贵包包的，所以，歪嘴巴络腮胡子在罗迪欧大街连停都不停，一踩油门，就开走了。

他真是一个明白人。

旅游小巴转到下午两三点钟回到好莱坞，我感觉自己鼻子都被晒焦了，刚下车，就瞥见那个黑人瘸腿又很执着地跟在一个鬈发游客的后面，口里喃喃着道："票！给你一个好价钱！""好价钱！""好——价钱！"

对面是个巨大的正方形大门框，那是杜比影院，奥斯卡奖的颁奖地，我到了二楼，点了碗日本拉面。煮拉面的小哥好像是个墨西哥人，尽管穿着日本服务员的衣服，但我隐隐觉得这碗面不会好吃。

面果然生硬得很，而且淡得没有味道。

我吃了一半吃不下了，发短信和老孟聊天："刚刚参观完比弗利山庄，你说买数千万美元的大豪宅，那么多房间，晚上住着都瘆得慌，还有巨额的维护费用，这些人是不是有点蠢？"

老孟今天看来没啥事情，他回得很快："他们一点不蠢，精着哪！除了自己住夜里恐怖点外，这背后其实是一门大生意！"

"大生意？"

"美国像比弗利山这样位置的房子，本身就保值，一旦遇到像去年那样的地产上涨年，就赚疯了，投资两千万美元的房子，一年不到可赚四百万美元。

"另外，买比弗利山的房子对主人来说，也是一个绝好的广告，还可以结识各类大佬，如王薇薇，这位婚纱女王，她花了千万美元移居比弗利山，因为，那些好莱坞明星都是她的'猎物'。"

我感叹道："不得不服，还是这帮人脑洞大，会算计。"

老孟说："美国哪里没有算计呢？好莱坞也到处是赤裸裸的算计。有一个词叫'沙发试镜（casting couch）'，就是年轻女演员为出名，出卖她们唯一的资本——身体。当某些导演遇到来自中西部的漂亮女孩，他可能不会要求她们白天来参加面试，而是请她们共进晚餐……"

"这个，中国的电影圈不也这样吗？"

"美国可能会更赤裸裸一点，玛丽莲·梦露在自传《我的故事》中说，她在好莱坞遇到了无数的骗子、失败者、野狼，好莱坞就是'一家拥挤的妓院，一个为种马备了床的名利场'。"

他发了一个资料给我看，里面说好莱坞"金手指"哈维·韦恩斯坦，《低俗小说》《英国病人》《杀死比尔》的天才制片人，就是一个好莱坞的旧式领主，习惯向那些惊慌害怕的年轻女演员不雅地露出下体，让助手把那些女演员带到他的酒店房间，让她们看他洗澡，给他按摩，或是强迫和他发生关系。

老孟说："好莱坞不相信眼泪。成功是唯一的衡量标准。"

我反驳老孟："好莱坞也不完全是这样吧，我的偶像基努·里维斯就是一个反例。"

基努·里维斯一直是我的神。

《黑客帝国》里那个沉默的黑发男子，他是一颗孤独的行星，与老孟说的好莱坞格格不入。他会读完马塞尔·普鲁斯特《追忆似水年华》的全部七卷，大约 130 万字，只是为了加深对角色的理解。他愿意牺牲 6 个月的个人时间，独自在一个空旷寒冷的仓库里苦练中国武术，只是为了出演一个角色。

他常常头发凌乱，一下巴乱糟糟的胡子，穿一双非常破的靴子，衣着邋遢，像流浪汉一样地坐在街头，享受着无拘无束的自在。作为好莱坞巨星，他不置房产，在一家普通的汽车旅馆住了很多年，过着四处飘零的日子。

对于金钱，他把《黑客帝国》收入的 70% 都捐献给了治疗白血病的医院，他将 7500 万美元的分红分给工作人员，他给他的 12 位替身演员，每人送了一辆哈雷摩托车。此外，还有各类慈善项目捐款无数。

这不就是禅宗说的一种大自在吗？摆脱了一切名利的束缚。

"好莱坞还是有好人的啊！里维斯就是。"我打字给老孟，从杜比影院里面走出来。

"恐怕还是唯一的好人。"老孟回复道。

我觉得这可能太绝对了，就没有回复。

从杜比影院大门出来，突然，3 个打扮成阿凡达一样的人从侧面围住了我，绿脸上两个尖尖的耳朵，女的还有一条长长的尾巴，口里喊着"一美元！一美元！"让我和他们合影。

我猛地推开他们，说："不要，不要。"

女阿凡达突然龇牙咧嘴，冲我"啊呜——"了一下，我跑开的时候，她的尾巴还重重地打在了我的屁股上，口里喃喃地咒骂了一句。

我落荒而逃，找到停车库，上了"毛驴"后，摸摸屁股，给老孟发了一条短信："在好莱坞，里维斯的确是'唯一'的好人。"

洪都拉斯推土机

天空湛蓝，像是一个深邃的梦境。脑海中不知为何浮现出泰戈尔的诗歌："夏天的飞鸟，飞到我的窗前唱歌，又飞去了。秋天的黄叶，它们没有什么可唱，只叹息一声，飞落在那里。"

今天是在洛杉矶的最后一天，我一摸我的头发，发现杂草丛生。尽管多数人认为我是一个光头，但是，实际上我是保留有两毫米长度的"准光头"，属于"草色遥看近却无"，而且，这两毫米是表示"我还有头发！"的庄严声明。

为了理齐这两毫米，我打算找一家小店理发，谷歌给我推荐了附近 3.3 公里处的一家叫 Fransco 的店，评价说，"价钱便宜""服务非常好""在这里理发是愉快的体验"。二话不说，我开了白色小"毛驴"，一溜烟地驶向那里。

在一个大商场旁的停车场，导航显示目的地只有 20 米，我陷入了混乱，这分明是个停车场，哪里有理发店，是不是导航出错了？是不是在对面商场的底楼？我下了车，拿了手机向大商城走去，但是导航马上提醒我，离目的地越来越远。于是，我迷惑地折返回来，站在停车场上举目四望，突然发现离我 20 米的地方，那个看上去像是停车场的保安岗亭的小小房子角上涂着红白蓝三色的长条形发廊标志。

欢迎我的理发师是一个棕黑色头发、棕白色皮肤的中年妇女，她的嘴巴闭着的时候就很大，笑起来就宛如弯月了。她自报家门，叫 Tina（蒂娜），她脸上的笑容不是那种服务员式的，而是从心而发、天然的喜悦，这种表情在泰国人、菲律宾人等热带地区的人脸上，常常看见。我一直不明白为何热带地区的人就要比温带和寒带的人来得快乐，是不是他们那里不容易得心血管毛病？

走进这个才六七平方米的小店，居然四面都是窗子，窗外面就是停车场，它像个碉堡一样站在停车场的出口处。我想，假如发生巷战，这里会是一个绝佳的狙击点，四台机关枪守住四面的窗户，前面全部是停车场开阔地，射击视野会十分开阔。

Tina 告诉我，这个理发店以前是停车场的收费岗，后来不需要人工收费后，开了一家小小的咖啡馆，再后来，也就是 9 年前，她的墨西哥老板把它盘了下来做理发店。我问她从哪里来，她说来自洪都拉斯，到美国 35 年了。我又问她，为啥不自己开一家理发店？她说，开一家店要很多钱，她没有。现在她和她的墨西哥老板五五分成，比如，剃一个男人的头，大约 15 美元，那么她可以分到 7.5 美元。而且，她特别强调，小费是她自己的。

她一边和我聊天，一边拿出一把推子来，我说两毫米，她调了一下推子上的调节刻度，就在我头上用力地推起来。这把推子明显钝了，更像是在刨地。但是，这么友善的一个人，我又不好意思反抗。我的头皮默默忍受着犁、耕、剔，我突然想起大学的时候，宿舍楼下面有一个脾气倔强的苏北老头，剃头也十分便宜，但是推子也是特别钝。我和室友们为了省钱都在那里剃头，他每次歪着脖子用力摁着我们的头，把我们的头皮都推得大痛，后来，我们一致送他一个绰号，推土机。

现在，这位"洪都拉斯推土机"正在我头上用力地耕耘，我明显感到我的头发有些不配合钝钝的推子，犁了一遍地后，一些草依然桀骜不驯地长在那里。

她也感到了"两毫米"工程的艰难，于是，笑着问我，要不还是"zero"（剃光）吧？

拒绝她就是拒绝一位国际友人啊，这让我左右为难起来。她已经拿了新的推子来，这是没有毫米调节的推子，上来就是一通横刨，一阵竖犁，我想，我的两毫米的尊严估计要跌落一地了。

　　10分钟结束战斗，我说："帮我简单冲一下头吧。"

　　她说："不好意思，我们这里没有水。"

　　我不敢相信自己的耳朵。"理发店没有水?!"我目光四下搜索一下，发现小店里是没有洗头沙发和水斗、水龙头之类的东西。

　　"那你们都是怎么搞定客人的头的? 如果是长头发，剪完了不洗，碎发怎么办呢?"

　　"喏，这样!"她拿出一个大个的电吹风，"吹掉啰，然后自己回家去洗。所以，我们的理发价钱便宜嘛!"她开到最大挡，呼呼呼地狂吹我头上的碎发，还解释："我们这里是停车场的岗亭，造的时候就没有铺设自来水管道。"

　　完了，她拿出一个圆形镶花的镜子，照着我的后脑勺。"满意吗?"我看到了一个彻彻底底的光头，俨然是《熊出没》中光头强的形象。

　　照镜子的时候，我通过小窗户瞥了瞥窗外，外面的停车场上，两只黑色的乌鸦在跳跃着觅食，间或扑打着翅膀，一点多钟，这里一个人也没有。天空湛蓝，像是一个深邃的梦境。脑海中不知为何浮现出泰戈尔的诗歌："夏天的飞鸟，飞到我的窗前唱歌，又飞去了。秋天的黄叶，它们没有什么可唱，只叹息一声，飞落在那里。"

　　这一个惬意的午后，是四处游荡中的一个短暂休止符。

　　我于是赖在椅子上，摸着我的光头，和她聊天。

　　"你从哪里来?"她开始问我。

　　"中国上海，你知道吗?"她说她知道，那是一个"大城市"。她问我上海有多少人，我说，上海是一个城市，有几千万人口吧，另外，估计还有五百万条狗和五百万只猫。她说，好大呀，整个洪都拉斯才几百万人口，你们的猫都比我们人多。

　　"你来洛杉矶干什么?"她又问。

"我从墨西哥边境开车去西雅图。"我这么说的时候,通常都会解释一下,我打算写一本中国人在美国旅行的书。

"你会把我写进去吗?"

"会的。你或许在中国会变得非常有名气。"她听到这个,不禁大笑了起来。她还不知道,坏坏的作者,已经给她起了一个绰号。如果她知道这个绰号,会笑得更厉害吧。

她告诉我,来美国后,她嫁给了一个巴基斯坦人,生了二女一男,女儿最近刚刚结婚。我说你看不出来像是女儿已经结婚的人,还很年轻。她笑得就更灿烂了。

我问:"你女儿过 30 如果不结婚,你们会逼婚吗?"

"不会啊,这个跟狗到了发情期拉出去强行交配,有何差别啊?"

她说完,我俩一阵哈哈大笑。

"你最好的朋友是谁?"

"一个日本的女发型师,和我差不多大,她单身。"

我隐约看到了,在美国,一个洪都拉斯女人和一个巴基斯坦男人组成家庭,然后和墨西哥人合开理发店,她的好友可能是一位略带寂寞的日本中年女人。

"你在洛杉矶最快乐的事情是什么呢?"我问她。

这是一个超越理发店层面的问题,有些人会觉得这是一个愚蠢的问题,她似乎第一次被人问到这个问题,停顿了一阵子,在脑海中搜索好,告诉我,最快乐的事情是去了一次拉斯维加斯。"去赌钱吗?""不!光在那里四处看看就很开心。"我说:"你喜欢那里赌场的自助餐吗?"她说:"没有去吃,那太贵了!再说,我太胖,看到自助餐会控制不住嘴巴。"

她说,三十多年来,她还曾经去过一次墨西哥的坎昆,加勒比的海太美了。我说你是洪都拉斯人去墨西哥没有问题,外国人在墨西哥会不会不安全?她说,是的,墨西哥很多地方你不能去,因为你是亚洲人的脸。

最后,付钱时,她提醒我,他们只收现金。

我给了她 20 美元的零钱,她接过钱,拉开一个靠窗的小桌子的抽屉,把15美元放了进去，那或许是她和墨西哥老板共有的抽屉，然后把5美元小费放在了自己的钱包里。这里没有监控，没有摄像机，墨西哥老板也没有自己特派的收银员。二人的合作，全靠一种天然的诚信。

这样近乎乡间小店的合作机制在我的家乡、她的家乡，是否也可行呢？我不晓得。

临别，我们合影留念，她特地梳了梳她有点波浪的头发。

我咧开嘴，灯光正好照在我的光头上，像个大电灯泡。一些不肯离开头皮的碎头发，搭在我的前额上，像是一个白煮蛋在地板上滚了几滚，沾了灰。

离开这家店，我用微信告诉远在华盛顿的同学方正，说我刚才只花了15美元就剃了个头，这儿可是洛杉矶市区。他正在上班，空隙时回了一句："我们这里剃个头更便宜，只要11美元。"我问："华盛顿为啥这么便宜，不是很多地方都要50美元、100美元吗？"他说："因为那是一个韩国人开的店，亚洲精神啊！你懂的。"

弥撒、迈克尔·杰克逊和榔头

> 我非常享受这一刻，有点忘记自己在哪里，忘记了时间，没有负担，没有工作的压力，没有旁人的眼光，不用努力去完成什么，不用向任何人证明什么，这个无用的瞬间，没有任何挂碍和恐惧，这一刻，是不是一种禅悦呢？不清楚。

7月29日，9点多，我坐上"毛驴"，把手放在方向盘上，有一种自由的快感。

今天将离开洛杉矶，我厌倦了那些密密匝匝的房子。踩着油门，一路往北。

中午驶上1号海岸公路。

我把车窗摇下来，风吹着我头发长度为"zero"（零）的头，左边就是惊涛拍岸的太平洋。

洛杉矶距离旧金山600多公里，如果沿崎岖的1号海岸公路开，路程会长很多。这里的风景像是从一场悠长的梦境中蓦然醒过来，完全缺乏真实感。一边是蓝玛瑙色的浩瀚大海，一边是起伏的山脉或者砾石荒滩，每开一段时间，就遇到一个海边的小镇。早晨的时候，夏日的浓雾在海上集结，阴冷笼罩海岸，中午阳光四射下来，浓雾退却，海岸边小镇上的人们出来晒太阳、遛狗、喝咖啡，或者什么也不做。在墨蓝墨蓝的海边呆若木鸡，怔怔地看着海。下午，天空澄澈，快乐得你直想扯着喉咙大喊大叫，四处撒欢。

进入圣巴巴拉，树木立即丰茂起来。停下"毛驴"，沿着小山坡一路走上去，远远的一大片一大片全是西班牙式的红陶瓦顶、白色粉墙的房子，掩映在棕榈树下，可能缺水，不少棕榈树的"巴掌"有些蔫了。

小城高处耸立着一座使命教堂，六根粉红色的罗马柱是它的最大亮点。

我正要往里走，一位黑袍的工作人员拦住了我。"买票。"她温和地看着我。我心想，原来，美国的某些大教堂和中国的寺庙一样，居然也是要买票的。

因为是周六，教堂里面挤满了人，我打算在后排休息一下，突然，提琴声大作，下午的一场弥撒马上开始了。我是禅宗信徒，想撤退已经来不及了，只好坐在里面入乡随俗。

主祭神父长着白胡子，穿着白色袍子，拿着一个金色十字架徐徐通过走道，人们都站立起来唱圣歌。我远远看见主祭在讲坛上站定后，大家静默了一会儿，我左边、右边的人都开始捶胸，我也只好跟着大力捶了两下。神父让大家坐下，跟着他念了一会儿经，然后，所有人不约而同地又站立起来。我一句听不懂，只是机械地一会儿站起来一会儿坐下去。有时候，隔壁的人已经站起来了，我还坐着，等我站着，他们已经全部坐下去。又过了一会儿，我看见神父拿着话筒，大声地唱起了圣歌，这是独唱，声音洪亮，穿透屋顶，绝对是一个优秀男中音，他的神情看起来很陶醉。我想，做神父也不容易，除了会讲经，唱歌还要达到美声水平。大约进行到 40 分钟的时候，前后左右的人突然相互鞠起躬来，前排的一个老人，转过脸来，向我鞠躬，我手足无措，情急之中自然双手合十，向他鞠躬，我发现我这是东方的佛教徒之礼，好在对方也不管，已经转过身去了。紧接着，所有人又咕咚跪倒在座位前，捶胸吟唱。整个弥撒前后大约一个小时，因为完全听不懂，我渐渐有些瞌睡了。

后来，教堂大门终于打开，阳光射进来，神父在圣乐中退堂，我也赶紧起立。

挤出教堂门口，正是明媚的一天，可以眺望到远处的海，蓝莹莹的一大片一大片。

门口站了好几个发小广告的，五花八门什么都有。我接到一位华人姑娘发的传单，上面写着"燕京饭店——圣巴巴拉地道的中餐馆"，看着上面麻婆豆腐的照片，我不争气地口水直接往外飙。

这家店估计有年头了，装修都是几十年前的风格，而且好像都没有翻修过。

我翻看菜单，对服务员说："'左宗棠鸡''李鸿章鸭'都不要，请问你们家是宫保鸡丁做得好，还是鱼香肉丝做得好？"服务员看上去是个内地来的小男生，他说："鱼香肉丝好。"我想了一想说："那么来份麻婆豆腐加米饭吧。"其实后者早在开过来的路上就钻进我胃的深处了。

太阳下山前，开"毛驴"去圣巴巴拉的海滩，翻过两个小山包，看到海边有个小酒吧，是蓝色和白色的木头组成的小房子，很多人坐在酒吧前的沙滩上，海浪在很近的地方温柔地翻滚着。

我问服务员要了瓶绿色的 IPA 啤酒，坐在沙滩前的木椅子上，慢慢地啜。被云包裹着的太阳马上就要浸入大海，海面上泛着鹅黄的水光，风有点刺皮肤，涛声忽远忽近。气温很低，我不禁抱紧了双臂。这时服务员递给我一条毛毯，我马上裹紧了，蜷在椅子里。几只海鸟在桌子、椅子底下跳跃着，寻觅着吃的。

我一直坐在那里，坐着。想到上一次是和谁一起去看的海，想到2000 年和一群朋友在海边扔鞋子玩，想到海明威笔下倔强的满脖子褐斑的渔夫老头。

想着想着，天就完全黑了。

离圣巴巴拉海滩只有几十分钟车程，就是迈克尔·杰克逊的梦幻庄园，名字取自《彼得·潘》一书，到了夜里，孩子们会飞去梦幻之岛。20世纪 80 年代，内心世界像儿童一样天真的迈克尔·杰克逊买下这片 2800英亩的土地，建起了摩天轮、人工湖、小火车、电影院，还有长鼻子大象、细脖子长颈鹿的动物园，让全世界的孩子可以免费进入玩耍，特别是贫穷和患有疾病的孩子。但是，一个叫钱德勒的男子诬告杰克逊性侵他的儿子，这场肮脏官司和漫天的流言彻底毁掉了杰克逊的事业、尊严和身体，间接导致了杰克逊的早逝。官司后，杰克逊离开圣巴巴拉，再也没有回来住。尽管后来真相大白，杰克逊得以昭雪，但是，梦幻庄园变成了全球歌迷的悲伤之地。最近，一则让我心痛的新闻说，梦幻庄园目前正挂在网上，狂降七成大贱卖——真是我们这个时代的悲哀。

凑巧，另外一位20世纪80年代地球上最重要的人物也住在这附近，那就是里根总统。里根酷爱在西部的大农场骑马。这位救生员、播音员、演员出身的总统是一个著名的段子手总统，他当年被一个流浪青年打了6枪，其中一枪离心脏只有一英寸，他中弹的时候，都不忘本职工作，他对南希说："宝贝，我忘了猫腰了！"躺病床上插满管子时，一堆人围着他，他还不忘来一段："如果当年我在好莱坞当演员有这么多人关注我，我就不来从政了！"

里根说当年自己要是在芝加哥的蒙哥马利百货公司谋到职位，就不会去当电台播音员；如果不是因为经济大萧条，电台削减播音员岗位的话，他就不会去当演员；如果做演员非常成功的话，他就不可能去从政当总统。他说，那些看起来像是细小琐碎和无关紧要的事情是怎样形成了生活，道路上一个偶然的转弯总是使我们偏离原来想去的地方。

我感觉里根总统是深谙"娱乐至死"精神的。1984年，他在一次广播演讲前测试麦克风时，对现场的记者说："我高兴地宣布，我刚刚签署了永久取缔苏联的文件。轰炸将在5分钟内开始。"现场的记者都知道这是一个笑话，但是，这段话居然传了出去，搞得苏联人神经紧张，战斗机一度升空。

娱乐也是一颗原子弹。这位罕见的段子手沟通大师最后和戈尔巴乔夫做了朋友，并一手结束了冷战，让世界摆脱了核战危机，东西方走向"大和解"，他是美国运气最好，也是最伟大的总统之一。

1986年，里根和他夫人南希骑在马上，在这片土地上纵横奔驰，那是一个让人铭记的黄金时代。

圣巴巴拉，一个住大人物的小地方。

当夜，我投宿隆波克的一家公路旅馆，在公共洗衣房里花了2.5美元，洗了汗衫短裤。

一早继续沿1号公路前行，中午前后经过圣克鲁斯，我下车赤脚在沙滩上走走，有些凉。这个海边小镇挺热闹，有一个古老的靠海游乐场，射气球的摊位、卖糖小贩车以及摊位上五颜六色的风车前，挤了不少孩子，欢乐充斥着整个小镇。

我看见一对只有十七八岁的学生恋人，青涩地手拉手上了过山车，我的耳朵里混合了他们的尖叫声和海风的呼呼声。

7月30日下午两点半，我到了另一个人烟稀少的海滩，达文波特。

这个海滩是在一处断崖下面，海浪比圣克鲁斯的要大一些，但是只有四五个游人，静得只听见海浪声和风声。我把随身带的《今日美国》报纸铺在沙滩上，在离海40米的地方，一个大字躺下，沉沉睡去。睡了一会儿，猛然醒过来，发觉身体一半冷一半热，很不舒服，原来这里一边是夏日阳光的炽烈烘烤，一边是寒冷海风的阴冷吹拂，弄得人体冰火两重天。

收拾好行李，爬上断崖，走去停车场时，我看到马路对面的一排靠海小店门口聚集了好多人，似乎有两辆刚刚抵达的警车，警灯还在旋转，两位警察在路上对一个女人问话，我正诧异间，一辆救护车又呼啸而至。

我好奇地走过马路，惊呆了，看见马路牙子上坐了一个中年男子，脸的侧面都是血。救护车上的医生拎着急救箱下车来，给他清洗伤口，包扎。我问一个围观的男子："发生了什么？"

他说："那个女的拉开那男人的车门，用榔头在他头上敲了一下。"

"天！"我叫道，"为什么？"

"不知道，可能是嗑了药。"

"什么样的榔头？"

"好像是铁的。"

我扭头仔细去看那个女人，40 岁不到的样子，金棕色头发乱得像个鸡窝，衣服也很脏，眼睛里有一点混浊和迷茫。警察在问询了周边几个目击者后，就把她双手铐上手铐，拽到警车上去了。

我一阵后怕，因为我刚才就在这排小店的门口停过车，如果我晚到 30 分钟，这个榔头很可能就会敲在我的头上。

我不禁摸了摸我的光头。

伴着一丝丝海风，我听着 QQ 音乐中收藏的马友友的《阿帕拉契之旅》，盎然的夏意让人没有力气。我从达文波特的海边拐上一条山路，离开 1 号公路，钻进前面的一片山，加利福尼亚的太阳快要落下去了，大提琴民谣在山路上飘荡。

今晚住在山里的一处爱彼迎客房。

房东是一个精明利落的女主人，她家的房子在前排，是一个很大的英式乡村别墅，她把后面的农舍仓库改成了一间客房，对外出租，灰色的麻布地毯，工业风的洗手间，精致的烛台，设计得很有品位。

窗户外面有一个没有认真修葺的大院子，院子里有一些杂草，大院子外面罩了一个一人高的大铁丝网，铁丝网外面是黑黢黢的森林和小山。

我问："这个铁丝网是干什么用的？"

女主人说："防一些动物闯进来，如郊狼、蛇。"

我说："你有没有看到铁丝网上有几个大洞？"

她说："是很旧了。"

晚上，我坐在院子里的铁凳子上喝啤酒，吃花生米，发微信，突然看到那个破掉的洞里，跳进两只灰扑扑的东西来。我仔细一看，嗬！居然是两只野兔子，它们一前一后，在院子里的杂草中，跳跳，停停，东张张，西望望，完全无视我的存在。

看来，这儿一直都是它们的游乐场。

我坐在那个破院子里很久，天上的星星像一颗颗宝石一样升起来。

对面的山麓只有暗幽幽的轮廓。

我非常享受这一刻，有点忘记自己在哪里，忘记了时间，没有负担，没有工作的压力，没有旁人的眼光，不用努力去完成什么，不用向任何人证明什么，这个无用的瞬间，没有任何挂碍和恐惧，这一刻，是不是一种禅悦呢？不清楚。很多时候，在自己待久了的地方，心思散乱，沉静不下来，不能忍受孤独，有时候连30分钟都坐不住，极力借助外来的东西来填满自己。其实，有时候人更需要享受独处的空间，找到一刻，放空一切。

记得一本书中有一段对话，也是发生在一个万籁俱寂的山间夜晚，偶尔山脚下的佛寺传来几声狗吠。巴楚仁波切和他的学生仰卧在地上。

巴楚仁波切问学生："你看到天上的星星吗？"

"看到。"

"你听到佐钦寺的狗叫声吗？"

"听到。"

"你听到我正在对你讲什么吗？"

"听到。"

"好极了，大圆满就是这样，如此而已。"

次日去圣何塞之前，我一早出门散步，巨大的松树围着纤细的公路。

阒静无声。

走了半小时，没有遇见一个人。

走着走着，突然听到有人对我"嘿"了一声。我循声望去，看见一个穿工装的人爬在电线杆子上，他正在离地大约3米的地方，笑着向我打招呼。我也赶紧冲他"嘿"一声。我问："修电线吗？"他声音洪亮地回答："修电线！"我估计，他很久没有看到一个步行路过的人了。

路的尽头是一家葡萄园酒庄，木制大厅里面堆满了橡木桶，看看板上的介绍，花25美元，可以品四杯酒。我向一个服务员要求品尝四杯酒，他面无表情地倒了四杯。我请他介绍一下酒，他也老大不情愿地嘟囔了几句，算是交差。我发觉他的心情不太好，举着杯子问他："你今天过得怎么样？"他抬头看了我一眼，发了一下怔，没有回答，低头继续去擦他的杯子了。

夜里赶着"毛驴"到达圣何塞，找了个便宜的民宿住下，这里靠近硅谷了。

帮主如是说

> 永远不要把死亡当作别人的事情。以前，我每
> 天都能收到一件珍贵的时间礼物，那就是当醒来
> 时，发现自己还活着。

我在一个黑暗的隧道中窸窸窣窣地向前摸索，看不清前面的路，摸索了很久很久，好累，突然隧道结束了，前面出现一条横向的车流很急的公路，我下到公路，居然发现有 96 路公交车站台，这不是开往我上海华山路的家的公交车吗？于是，我就坐在站台的凳子上等汽车……就在这一刻，我听到巨大的敲击声，咚！咚咚！咚！咚咚！"有人吗?! 有人吗?!"这个声音如此刺耳而且真切，我遽然醒来，原来刚刚是在一场思乡的梦里。

朦胧中，我听见一个外国女人巨大的、愤怒的尖叫声。"开门！开门!!"接着，这个声音又好像绕到房屋的后面，后院的窗户也被"咚咚"地擂得直响。

我终于明白是有人在敲我住的房子的门窗，我赶紧挣扎着离开温暖的被子。

揉着眼睛打开房门，我的天！一个有 200 多磅的中年女人叉腰喘着粗气站在我的面前，像一头愤怒的母牛，她的眼睛瞪得足足有两个乒乓球那么大，她恶声恶气地问："那辆白色的车子是你的吗?! 科罗拉多州牌

照的！"我说是啊。她说："你为什么要堵住我的车道?！你为什么要这么做?！"我这才想起来，昨天晚上开"毛驴"入住时已经很晚了，回这个民宿房子泊车的时候，路灯非常昏暗，我看到地上没有黄线，旁边也没有禁止停车的牌子，于是就放心地停了。没有想到的是，这个停车位居然是眼前这个女人的车道出口。

我赶忙解释了一下原因，连说："对不起！对不起！我不是故意的，实在是没有看清楚。"女人的愤怒好像无法停止，她像一只充了气的河豚，大声嚷嚷，几乎整个社区都能够听到她的咆哮声，她说："你知道吗！你害得我一个早上都无法上班!!"

我跟着她一溜小跑，低声下气地说了足足一百个"对不起"，赶紧发动车子把车挪开。下车走回去时，我看见了喜剧性的一幕，几个退休老头模样的人正在对面房子的门口吹牛，像看戏一样看着我们。这个胖女人对他们吼了一句什么，我没有听懂，然后胖女人和退休老头都哈哈大笑起来。我心想，这个女人很会扮演愤怒的公牛这个角色。

最后，胖女人从她的车库里面开出一辆车子，居然是一个带割草设备的拖斗车，嘟嘟嘟地开走了。

这是离圣何塞市区约几公里的一个普通住宅区，都是一模一样的房子，她是怎么知道我住哪里，以及那辆是我的车子的呢？我推测，她从我的科罗拉多州车牌照看出这是外来的车辆，而邻居中做爱彼迎生意的就是我住的这家，她估计整天看对面家的人来来去去，一切了然于心。

我住的房子的主人叫马克和琳达，因为时间已经接近晌午，可能他们一早就出门了，家里其他的借住客人也不在，所以，这一敲门事件，除了几个退休老头，没有什么目击者。

我选择在这里住，可能是他的房屋标价比较便宜，才1000元人民币上下，另外也因为其他客人的评价是"干净、热情"。其实，房子布局有一种过气的陈旧感，比我在其他地方住的都要简陋一些，洗衣机、厨具、烤箱、面包机看起来已经用了10年以上，但是维护得还挺干净的。我非常吃惊的事情是，房屋总共三个卧室，两个用于出租，主人夫妻自住一间，花园里面还违章搭建了一个带洗手间的小木屋，这样，房东同时能有三个房间在爱彼迎上出租。

是什么样的情况，会让马克这样的中产家庭把自家能腾出的空房间全部出租做爱彼迎，任陌生人每天进进出出，几乎完全放弃隐私呢？

昨夜我从圣克鲁斯过来，主人马克正好在家，他是个衣着朴素、满脸风霜的中年男人，50岁上下。他坦言自己是一个失业的工程师，而且已经半年多没有工作了。自从失业，他就开始尝试做爱彼迎的生意，现在看起来生意还不错。

他说："我以前从来没有这样的生活，一下子多了很多余暇时间。我白天就去附近的海边转转。不过，每天不去办公室，而是去看海，一开始还真的不太习惯。"

"那么你现在适应不上班的日子了吗？"

"现在觉得这样的生活也挺好。回到家，再和各种各样的客人聊聊天。不过，我还是希望找到工程师一类的稳定工作。"

我说："美国经济不是挺好的吗？现在找工作应该很容易吧？"

他沮丧地说："谁知道呢？反正我找了很久，也没有啥回音。"

我心想，或许全世界中年人找工作，都是招人白眼的。

他家的冰箱上贴着他儿子和女儿的照片，瘦瘦的儿子穿着8号球服，在一个校足球队的合影里笑着；女儿好像近18岁了，一头棕色卷曲的浓密头发。

我好奇地问："你家房间都出租，他们住在哪里呢？"

他说："我和前妻离婚了，孩子跟了前妻，目前的家是和现在的妻子重新组建的，妻子也是再婚，也有两个孩子，但是他们成年了，这些孩子都不住在这里。"我想起昨晚按门铃时，就是他现在的妻子琳达开的门，一个眼角、皮肤满是岁月痕迹，但是手脚利落的中年女子。

这位失业工程师说："我目前最大的遗憾是，如果女儿过来看我，不是想回来住就可以回来住了，需要提前和我预约，这样我好提前把你住的那个房间从爱彼迎网站上撤下来。"

我说："理解。"忽然明白这可能是他并不十分缺钱，却急切地找工作的深层次原因。

从马克家出来，开着停车闯祸的"毛驴"，一路往南。路上的车流很大，大家都想把车开得飞快，结果是堵成一团，谷歌地图上一条触目惊心的红，我把它叫作"硅谷红"。

先去丘珀蒂诺，看看苹果公司的新总部。

这是乔布斯生前的最后一件作品，一个宏伟的规划，建一艘巨大无比的"飞碟"，也许刚从银河帝国飞来，静静地停泊在地球某处森林。据艾萨克森的传记，苹果公司总部最初的构想可不是一个飞碟，而是一个弱弱的三叶草形，乔布斯的儿子看了后说，从空中看有点像男性生殖器，第二天"乔帮主"立马就要设计师修改，因为一旦产生了这个想法，简直是越看越像。

我把车停好，站在马路对面，远远望见一个椭圆形建筑，确实有几分星球大战的感觉。但是走近了看，那透明体和绿色的大树掩映在一起，却像是螳螂在草堆里下的一个巨大的蛋。这让我想起谷歌的新总部设计得如何牛掰如何高科技，有人却说像一副掉在地上的铠甲。

整个工程已经接近尾声，路边一个武装到牙齿，戴着防尘护耳头盔的工人拦住了我的去路，说前面施工，不通。我无路可去，就站在原地，和他聊起了天。他的脸晒得红里透黑，再抹上一层灰，呈现灰黑红三种颜色，像是走麦城时掉进了陷阱的关公，或是从马上一头栽下来的堂吉诃德。

全副武装的"关公"说："这个工程拖太久了，估计永远也造不好了。"

我说："新闻里面不是说快要好了吗？"

他说："我看不会结束，估计苹果公司的人永远也搬不进去！"

我说："那不是挺好吗？这样你一直有工作可以做……"

他说："好是好，就是太累了，每天在这里要站近 8 个小时，谁受得了这个……"

和他聊天挺亲切的，我感觉碰到了一个北京出租车老司机。

我绕着"大飞碟"散步，这个圈子有点大，足足一英里，一拐弯，遇见一个脸圆圆的胖监工，他正坐在一把椅子上，而椅子就在"Apple Park（苹果飞船总部大楼）"外围林荫小道的正中间，拦住了我的去路。看见我，他就用中文大声说："泥浩（你好）！"吓了我一跳。我说："你在哪里学的中文啊？"他说电视上，功夫片。我说："如果我光看功夫片，我可学不会中文，那是世界上最难的语言啊。"他得意地笑了，然后说："你们中文，一个人说'泥浩！'，两个人说'泥闷浩（你们好）！'，对不对？"我连连点头，到底是苹果公司的工地，工人水平都不一样。

苹果总部里面还不能参观，我就打算走到"飞碟"对面去喝一杯星巴克。

穿过马路就是一片商业区，我抬头一看店招，差点没有乐歪。一个很大的"冬虫夏草"店！没有看错，是中文的"冬虫夏草"汉字标牌，这简直太不可思议了！太穿越了！走进去，里面一个柜子里都是死去的褐色虫子，这么个卖土特产的中国店居然开在苹果公司新总部对面，据说冬虫夏草能够滋阴壮阳，难道苹果公司的技术员工这么需要壮阳？有些程序员连女朋友都找不到，还需要吃这个吗？太不可思议了。

从冬虫夏草店逛出来，旁边居然是一家上海老字号，"乔家栅饭店"，这在上海是老阿姨排队的点心名店，居然也开在这里。有点像来到了横店影视城。走了一圈，发现这地方是一个中国城。估计是哪一个华人地产商赚钱有方，率先在苹果公司新总部旁圈了一块地，开发一个中国城，然后用"苹果概念"把商铺卖给一个一个的中国投资客，中国投资客再租给中国商家，好像一个"螃蟹"后面带着另外一串"螃蟹"。硅谷地区充满了这种地产"发明家"，我昨天在马克家看到圣何塞的一个房地产广告，上面写着：快来抢圣何塞附近一个越南城的商铺，买了商铺，你每天在家睡大觉也能赚钱……

告别"飞碟"，我计划的下一站是去看一个车库——乔布斯的老家，帕洛阿尔托市 Crist Drive（克里斯特大街）2066 号，那个诞生苹果电脑的车库。

尽管苹果联合创始人史蒂夫·沃兹尼亚克泼冷水说，第一台苹果不是在车库里诞生的，但是，果粉们当他是空气，耳朵全部塞起来，理都不理他，所有人都宁愿相信传奇的苹果电脑是在车库产生的，而不是在令人作呕的办公室。

谷歌地图显示 31 分钟就可以到达，31 分钟后就可以亲眼见到乔布斯的那个车库，31 分钟后就可以触摸到他当年成长的地方，想想就心潮澎湃。

这是一幢标准的美国 20 世纪 70 年代风格的平房，屋前一块简单的小草坪，屋顶是最老款的黑瓦，有斑驳的红砖烟囱，当然，还有那个著名的白色卷帘门车库，样子普通得不能再普通，紧紧锁闭着。甬道入口处立了一块牌子，上面写着"不得非法侵入，整个路段全部摄像监控"。

仔细观察这栋房子，窗帘紧闭，发现里面还有人生活的痕迹。据说，乔布斯去世后，该房屋目前属于他的妹妹帕特里夏·乔布斯，她是乔布斯的养父领养的第二个孩子。我想假如是某某地方要开发旅游，这样的历史文物建筑，当地可能首先会把里面的人动迁走，周边围一个 3 米高的大铁栅栏，门口挂上"苹果车库博物馆"的牌子，对面立一个红色大广告牌子，上书"世界上第一台苹果电脑的诞生地"几个黑体大字，入口处再建一个岗亭，然后安排一个鬈发大妈端坐在里面，卖门票。

我和那个标有 2066 门牌号码的白色圆拱形信箱合影时，一辆车缓缓地靠近，一对情侣从上面欢快地跳下来，他们可不管什么"不得非法侵入"，立马跑到房屋的地界内，在车库前面激动得又喊又叫。我想，还好乔布斯妹妹不是一个持双管猎枪的易怒症患者。

这栋房子倾注了养父老乔布斯的爱，一度让老乔布斯变成房奴。这位生不出孩子却意外领养了一个儿子的二手汽车翻修工人，为了给乔布斯一个好的读书环境，在 1970 年前后倾其所有，咬紧牙关，负债买入了山景城这栋市值两万美元的新房。他万万没有想到，如果纯粹从房产投资角度来看，这可是一个天才的投资决定：在此后的40多年里，硅谷成了地球上房价涨幅最快的地方之一。我计算了一下，这栋房子的市值如今变成了150万美元左右，足足翻了75倍。

1976年，该房子的车库里诞生了一台电脑，21岁的乔布斯与26岁的沃兹在这儿成立了一家电脑公司，取名为苹果。我想，别人21岁的时候怎么就这么能干呢？我21岁的时候，傻得要死，还在背无用的课本和向爹妈要钱。

这栋房子的对面都是近些年建的高大的新别墅，明显有硅谷新贵风，衬得乔布斯这栋老宅像是停留在过去的时光里，宛如一部黑白电影。望着房子，我脑海中不知为何出现了《阿甘正传》中的最后一段场景："我不知道是否我们每个人都有注定的命运，还是我们的生命中只有偶然，像在风中飘荡……但我想，也许两者都有吧，也许两者都同时发生着。"这段阿甘在墓前说的话，好像就是说的乔布斯的一生。

乔布斯的传记有很多，我对他发明苹果电脑、搞iPhone（苹果手机）等事业上的伟大一点也不感兴趣，我感兴趣的是他传奇一生中的"生"和"死"。

我仔细研究过乔布斯的照片，发现他如果包上头巾，黑头发、黑眼睛、高鼻梁，活脱儿就是一个阿拉伯人，而且眼神特别像阿拉法特。的确，他的亲生父亲就是一个叙利亚人，叙利亚，那个战火纷飞的地方。所以，能想象吗？一个阿拉伯人后裔领导了美国IT产业。

乔布斯一出生就被亲生父母遗弃，他曾经去寻找原因，自己为什么会被遗弃？原来，母亲当时还是一个研究生，她是未婚先孕，由于家庭反对，二人无法结婚。母亲不肯堕胎，到旧金山秘密生下了他，然后把他送给了老乔布斯抚养。这是人人皆知的故事。但是，后来乔布斯根据出生记录，找到了自己的亲生母亲乔安娜，乔安娜说了两件让乔布斯震撼的事情：第一件事情是乔安娜和乔布斯的生父钱德里后来终于还是结婚了，但是他们并没有考虑把乔布斯领回来——我觉得无论如何解释，知道这事后对乔布斯内心的打击都是巨大的；第二件事是，几年后钱德里和乔安娜离婚后，又把乔布斯的亲妹妹莫娜抛弃了。

于是，乔布斯到处去找他的亲妹妹莫娜。她的亲妹妹在文章中这样写道："当时我生活在纽约，正撰写自己的第一本小说。我在一家小杂志社找了一份工作，办公室很小，还有其他三名作家在这间办公室工作。有一天，一名律师给我打电话，说他的一名客户非常富有且是名人，而这位名人就是我失散多年的亲兄长。在听到这个消息后，这家杂志社的编辑们都欢呼起来。要知道，那是1985年，我们发行的是先锋派文学杂志。而我个人的身世，却与英国著名小说家查尔斯·狄更斯经典小说中的情节相吻合。说实话，我们都非常喜欢这种传奇般的情节。"

从认识的第一天开始，两人就意识到无论是他们的长相、脾气秉性，还是兴趣喜好都惊人地相似，两人似乎都继承了亲生父母的优良基因。此外，更重要的是相同的被抛弃的命运，使得他们成了最要好的朋友。

可是，同样被抛弃的命运又发生在乔布斯的私生女丽萨身上。

乔布斯的女儿小时候也不知道自己的父亲是谁。丽萨出生后，他父亲几乎从不来看她。"我不希望做父亲，所以我就不做。"乔布斯后来说。丽萨3岁时的一天，乔布斯开车路过她家，决定停下来看一看。丽萨还不知道他是谁，他们坐在门前的台阶上聊天。直到丽萨8岁，乔布斯看她的频率才渐渐高起来。丽萨同样继承了父亲的性格，他们的关系就像是坐过山车，时好时坏。这次他们可能玩得很高兴，下次他就可能很冷漠或根本不用心。

乔布斯的生父钱德里同样是个工作狂，他曾是内华达州一个赌场的副总裁，在加利福尼亚也投资了几家餐厅。《乔布斯传》中有这样滑稽的一幕：乔布斯告诉已相认的妹妹莫娜，不要在父亲钱德里面前提起自己。被蒙在鼓里的钱德里，有一次和女儿聊起他的餐厅："所有科技界的成功人士都会去那儿，甚至包括史蒂夫·乔布斯……是真的，他来过，而且小费给得很多！"莫娜强忍着没脱口而出：那是你儿子！

到了多年以后，钱德里才知道了被他遗弃的儿子居然就是乔布斯，估计这个新闻让他太震撼了，他没有去找过乔布斯，担心人们说他贪图乔布斯的钱。终其一生，乔布斯都未与生父相认。从电视新闻中知道乔布斯得绝症后，钱德里用一部 iPhone 4 手机发了一封邮件给乔布斯，祝愿他早日康复。乔布斯只冷冷地回复了两个字：谢谢。

他终生都没有原谅这个遗弃了他和妹妹的人。

我在乔布斯老家附近散步，一些低矮灌木后面是高大的杉树和叫不出名字的乔木，公知了正在树梢上死命地嘶吼着，呼唤它的情侣，一片聒噪。车库门前的水泥甬道已经皲裂了，巨大的裂缝里估计住了无数只蚂蚁。卑微的小生命在顽强延续。

从 2003 年发现，到 2011 年，乔布斯和胰腺癌抗争了 8 年。

全世界人都曾热切地关注这个熟悉的陌生人的病情。

他在斯坦福的毕业演讲台上，说："我被诊断出癌症，医生告诉我，我大概只能活 3 到 6 个月了。医生建议我回家，好好跟亲人们聚一聚，那代表你得试着在几个月内把你将来 10 年想跟小孩讲的话讲完。"

尽管做了胰腺癌手术，他的情况还是急转直下，为了活下去，他还远赴田纳西州接受了肝脏移植手术，这可是一个要过三道鬼门关的极其痛苦的大手术。与奥巴马共进午餐的时候，从背影看，他已经非常虚弱、瘦小，完全没有记忆中的乔布斯的样子。

乔布斯为何会得胰腺癌？这似乎是命中注定的。在苹果发展早期，乔布斯曾焊接电路板。这个部件通常包含铅、锡和其他金属，铅有可能直接破坏 DNA，直接导致癌症。换句话说，如果不搞电脑，不搞苹果，乔布斯或许就不会得这个癌症。

我想，这难道就是宿命吗？

2011 年 10 月 3 日，史蒂夫·乔布斯意识到他最后的日子到了，那天，他突然希望自己不要被火化，他想葬在他的父母身旁。第二天早上，乔布斯给妹妹莫娜打电话，告诉她赶快来帕洛阿尔托。莫娜回忆："他的声音满怀深情，可爱，让人喜欢，但感觉就像一个行李已经放在了车上的即将起程之人。"对于离开，乔布斯感到很抱歉，他说："因为我们不能如愿一起变老了。"

在人生的最后时光，乔布斯也在反省，他并不是一位传统意义上的居家好男人。作为一个有家之人，他可能很粗暴，还经常心烦意乱。临终时，他的妻子劳伦娜和四个孩子，都陪伴着他，让他感受到了爱。他有三个女儿，其中两个都没有成年，他希望能够在婚礼上领她们走上圣坛，但是这下不可以了。那个周二，他一度长久地注视孩子们的眼睛，然后看向劳伦娜，最后目光越过他们看向远方。"噢哇，"他说，"噢哇，噢哇。"这是乔布斯生命中最后的几个单音词。

死是无常的，不分年龄、贫富，随时可能发生。

面对死亡，禅宗信徒乔布斯说："记住自己随时都会死掉，是你避免陷入畏首畏尾陷阱的最好方法……你已经一无所有了，没有理由不去追随你的心。"乔布斯是从一本书开始接触到这种东方哲学的，这本书叫《禅者的初心》，作者铃木俊隆，是只身赴美传教的日本禅宗法师。

我个人觉得，乔布斯留给我最受用的不是苹果手机，而是一些关于死亡的禅宗思想。

他说："没有人想死，但死亡是我们共有的目的地，死亡简直就是生命中最棒的发明。"

我从加利福尼亚北上西雅图，心里一直有个小喇叭在广播："每个人的时间有限，所以，不要浪费时间活在别人的生活里。不要让别人的意见淹没了你自己内在的心声。"

永远不要把死亡当作别人的事情。以前，我每天都能收到一件珍贵的时间礼物，那就是当醒来时，发现自己还活着。

这都是乔布斯教我的，我唠叨一下，记录在这里。

乔布斯隔壁邻居家在马路上丢了一个棕色的布艺三人沙发，已经积了一点点灰，写着：不要了，谁要谁拿走。我正好溜达累了，就一屁股坐上去，弹了几下，还挺软的呢，休息了一会儿，暖洋洋的，有点打瞌睡的感觉，再抬头看看天，天蓝得几乎没有底线！

于是，我在沙发上眯了一会儿。

醒来，抬头看看天，天上有上帝吗？有人说是上帝看到很多人在用iPhone 4，终于忍不住，也弄了个，可是又不会用，就把乔布斯叫去了。

上帝也是一个任性的孩子。

妈妈

—

> 罗丹刻刀下就是她曾经的痛苦和挫折，和作品
> 一样，要么化为摧毁自己的力量，要么化为重生的
> 力量。

早晨起来，我先往小"毛驴"的四个轮胎上猛踹了几脚，确定这些轮胎都还身体健硕，然后再跳上车。

正打算发动汽车，嘟嘟两声，收到一条妈妈的短信，只有 11 个字："美国又有枪击案，注意安全。"我都这么一把年纪了，她已很少给我发安全类的短信，今天偶然收到，有一丝温暖，也有一丝内疚掠过心头，想想自己有多久没有回家陪她好好说过话了，有多久没有打过一个电话了。我们在上海一见面，就是商量事务性的事情，好像很少停下来唠家常。尽管她和我一样有特别的童年——成长的时候，母亲都不在身边，但她非常爱我的儿子。天黑了，77 岁的她还常常跑到中山公园，去帮我接袋鼠回家，她对袋鼠的爱意，似乎是要弥补我成长的某些缺失。想到她微微伛着背，眯着眼睛，在一排一排的下班年轻人中焦急地翘首等袋鼠的样子，我很感动。

这一刻，在加利福尼亚，我突然非常想念她。

从乔布斯的老家到斯坦福大学很近，开着"毛驴"咻溜一下就到了。

但是，到达容易，停车太难了，我绕主校园停车场兜了三大圈，一个停车位也没有。

在斯坦福停车这是要"死了坦腹"的节奏。

然后我前往附近的教学楼，发现到处都是该死的各种各样的禁停标志，好容易看到一个空的停车位，大喜过望，踩油门飞车过去，发现旁边赫然立着"仅许停 C 证车"的告示。我翻了两个白眼，只好又兜回来，像驾车的游魂一样四处飘荡。我眼角的余光从反光镜上看过去，发现很多车子都和我一样，绝望地在停车场外的甬道上一圈一圈地兜啊兜，像时钟的秒针和分针。错车的瞬间，我发现这些驾驶员的眼神和我的相仿，渐渐堆积了痛苦。

我突然想起，当年乔布斯来斯坦福做他的那场旷世演讲，他同样找不到停车位。在前往校园的路上，乔布斯和夫人劳伦娜突然发现，VIP（贵宾）停车证似乎被落在家里了。校园里面到处都是涌动的人和车，他们才意识到自己应该提前动身才是——23000 名学生将会到场。当时，劳伦娜负责开车，估计她也和我一样，一圈一圈地绕行。据说，搞得乔布斯都开始紧张了，他怕会错过自己唯一一次答应的毕业演讲。终于，乔布斯一家来到了体育场前的最后一个路障前，那里站着一位威严的女警，她挥手让车停下，她对劳伦娜说："女士，这里不能停车。""不，不，不，"劳伦娜说，"我们是有 VIP 停车证的，只是忘带了。"面对女警狐疑的眼光，她继续解释："我们这里有人要去演讲，他就在车里！"女警朝车内看去，只见里面有三个孩子，还有一个白胡子黑胡子拉杂、头发稀疏，衣衫不光鲜的男人。她显然十分怀疑："真的？哪一个？"这时车内的所有人都忍不住笑出了声。乔布斯只好举起了手，他说："真的，就是我。"

后来，我就索性站在停车场一个车道的出口处守株待兔，念念有词乞求半天，终于有一辆小丰田车要出去了，我赶紧猛踩油门上去占位，正往车位里面小心翼翼地打方向盘时，一辆越野车慢慢开近了，里面的人小心翼翼地探头问："你这是要走了吗？"我说："对不起，大兄弟，我绕了半个多小时才找到这个车位的。"

在斯坦福这么痛苦地停车是有回报的。

它有全美最古典梦幻的校园。

校园马路边种着两行高大的棕榈树阵，形态舒展，对着幽蓝的天空婆娑摇摆。传道堂风格的中心广场（Main Quad），把人们生生拉到了17世纪西班牙的地中海边，土黄色石墙环绕下的红屋顶建筑，拱廊相接，形成象牙塔式的围合感。

在斯坦福读书的人都是幸运儿，但是多数学生没这么好命，那些失意者，据说，都收到一份告知书，上面这么写：真正能够影响我们一生的，并不是你在哪里上的大学，而是你在哪里学到了什么，以及你的与众不同之处。

假如在这所学校读大学，我脑补了一下自己的"黄粱美梦"：抱着砖头一样厚的书，穿着黑色拖地长袍走过半圆的古典柱式拱廊，对面斯坦福纪念堂的金色壁画反射着太阳的余晖，这样的人生才与众不同啊！好了，现在梦醒，我要去付款机前排队预付4美元的停车费了。

兜了一圈校园，我发现斯坦福最大的赢家是罗丹。

罗丹的雕塑比塑料垃圾桶还多。

这个胡子比头发茂盛的家伙是怎么做到的？

据说，斯坦福夫人生前收藏了200多件罗丹雕塑，她为何如此酷爱罗丹的作品？

我第一次这么近距离看罗丹的东西，特别是在斯坦福的这些作品，我被吓一大跳，这些黑乎乎的铜家伙，不少都是表达的极端痛苦的人生瞬间。

《地狱之门》永远被一群游客包围着，人们一点也不怕这个高6米的乌黑的"鬼东西"，还纷纷合影留念。其实有186个备受折磨的痛苦灵魂，全被罗丹钉在了这堵铜墙上。但丁说，"地狱之门"在圣城耶路撒冷的地下，那是个巨大无比的深渊。热恋中的男女在走入地狱，想吃人肉的饿鬼等在地狱，还有各种恶人、奸贼、暴君、淫妓等等，大家或为情欲、或为恐惧、或为贪婪、或为杀人、或为欺骗、或为理想坠入地狱，可以听到他们绝望的惨叫，他们为求第二次死而不断呼号，承受无比的肉体痛苦，精神幻灭，落入黑暗。

《殉教者》，一个体态窈窕、乳房微垂的美丽女子，却赤身裸体地平躺在地上，身体无力地翻动，头歪向后方，面向上，目光绝望迷离，正痛苦地挣扎着，煎熬地慢慢死去。

在斯坦福中心广场的《加莱义民》，6个有威望的市民自己穿上囚服，脖子上套着绳索，去英军处受降并被处死——在敌人的屈辱中死亡。真的，世界上还有比这更令人绝望的处境吗？其中一个义民双手紧捧着脑袋，极端绝望，也许他想到他的儿女从此将无依无靠，还有一个义民用手遮眼，好像要驱散这个可怕的噩梦，他站立不稳，因为死神临近，使他异常恐惧。

罗丹的心就是一杯苦酒，打工供他学艺术、他深爱的姐姐遽然去世，他的情人发疯，死在疯人院里，他的人生布满痛楚，他雕刻出人心的挣扎和悲壮。

所有在斯坦福的人都会思考一个问题，斯坦福夫人为何如此疯狂地喜欢罗丹的作品？

身为加利福尼亚首富利兰·斯坦福的夫人，加利福尼亚州第一任州长的太太，和自己的老公共同创立铁路公司、斯坦福大学，富可敌国，不爱富贵主题、宗教主题的作品，为何如此偏爱悲痛、悲凉、悲壮的罗丹作品，这里面到底发生了什么？

要揭开斯坦福夫人的这个谜，我先去逛了斯坦福艺术馆。

那里有埃及的木乃伊棺木，也有中国明代的木雕卧佛，居然还有几十个鼻烟壶，最震撼的则是多幅斯坦福家族的巨幅油画——估计养活了不少死穷死穷的画家。

其中一幅斯坦福夫人的全身油画，身体富态，穿着百褶拖地的丝绒长裙，旁边则是她老公利兰·斯坦福，一脸修剪得非常庄严的络腮胡子，其中还有一幅她的儿子小利兰·斯坦福的画像，西装礼服，安静青涩，20岁不到的样子——那是她早逝的儿子吗？

在花园里喝咖啡时，我找了些资料，仔细研读了一下斯坦福夫人的一生，唏嘘不已。

纵观她的一生，那些光鲜、那些名望、那些富贵传说的背后，她的内心其实处在一种无处话凄凉的悲痛中，最后她硬生生把这种悲痛活成了悲壮。

当年，斯坦福夫人随老公来加利福尼亚淘金，移居旧金山。在可以俯瞰海湾的坡地上，夫妇两人修建了一座豪华庄园，并在郊外买下5.5万英亩的牧场，这个牧场未来就是斯坦福大学的用地。斯坦福夫妇结婚后有一个巨大的心结，就是不知道哪里出了问题，一直都没法怀上一个孩子。夫人每天向上帝祈祷，奇迹终于出现了，婚后第18年，在斯坦福领导的东西铁路建设得如火如荼的时候，他们唯一的儿子小斯坦福诞生了，那年她已经40岁了，儿子终于来了！！中年得子，这是何等狂喜啊！她跪在地上，感谢上帝的恩赐。

斯坦福夫人把儿子视作掌上明珠，从儿子上幼儿园起，就专门为他请了音乐和舞蹈家庭教师，还特别对他进行法语训练。他们准备让小斯坦福将来上哈佛大学，所以把中学教育选在纽约。1883年，斯坦福夫妇带着15岁的儿子去欧洲旅行，厄运突然降临，小斯坦福高烧不退，经诊断，患的是伤寒。老夫妇那个急啊，特地从巴黎请来名医诊治。但是很不幸，小斯坦福还是死了。斯坦福夫人这一年55岁。

中年丧子，白发人送黑发人，这是怎样的一种痛啊！看着和自己打趣逗乐、活蹦乱跳的儿子，变成一具冰冷的尸体，作为母亲，怎么才能承受这种痛苦呢？欢景不再，阴阳两隔，夫妻二人相顾无言。

为了纪念爱子，斯坦福夫妇正式宣布捐出巨资创立大学，学校以他们的儿子小利兰·斯坦福的名字命名，所以，斯坦福大学的全称是小利兰·斯坦福大学。他们说："以后所有加利福尼亚的小孩都是我们的孩子。"这句话说得好悲壮。但是，学校创办仅仅两年后，又一次巨大的痛苦袭向斯坦福夫人，年仅69岁的斯坦福先生突然心肌梗死过世。原来可以和她一起分担些许丧子之痛的丈夫也不在了。

我可以想象一下，一位夫人在10年之内，相继死去了儿子和丈夫，留给她人生的是什么？

她跪倒在基督前昼夜哭泣，上帝为何要如此待她？

于是，独自活着。

她把所有的爱都投入到了斯坦福大学上去。她坚持不收学生学费，还从康奈尔大学找到了最早一批愿意远赴加利福尼亚的教授。像蜜蜂筑巢一样，她一点点地扩建学校。她设想在校园中心建造一个供学校师生聚会的地方，这就是如今的斯坦福纪念教堂，斯坦福夫人曾说："我整个的心在这所大学，而我的灵魂则在那座教堂。"

但是，紧接着第三波巨大的痛苦又来临了。斯坦福家族在铁路公司的资产全部被冻结，学校面临关闭。

这时，夫人开始省吃俭用，将家里原来的17个管家和仆人减少到3个，每年的开销降到最低水平。她将省下的近万美元年金全部交给校长，用于维持学校的运转。后来，学校的钱还是不够，夫人带着行囊，颠簸万里去了东海岸的华盛顿，向当时的总统克利夫兰求助。最终，她的爱心再一次感动了上帝。法院宣布解冻斯坦福夫妇在铁路公司的资产。夫人当即将这些资产卖掉，将全部的1100万美元交给了学校的董事会。斯坦福大学最艰难的6年终于熬过去了。乔丹校长赞扬道："这时期，整个学校的命运完全靠一个善良妇女的爱心来维系。"

我算了一下，斯坦福夫人比丈夫多活了几年，大约77岁的时候去世，也就是她在儿子去世22年后，去和他会合了。

这22年的时间，对斯坦福夫人来说，是多么煎熬。

人间无常，人间是不是值得呢？

我在校园四处游荡了一阵子，那些黄色拱廊的砖头毛拉拉的，很有沧桑感。远处，暗青色的山峦给红色黄色的校园画上一道迷幻的青边，棕榈树伸向天空，像是一个个少年的朋克头。

我突然想到，这个世界上妻子失去丈夫，儿子失去母亲，普通人所遭受的种种痛苦，莫过于母亲失去年少的孩子。这种痛苦在斯坦福夫人承受的3次痛苦中尤其强烈，尤其刻骨，撕心裂肺。这种打击如伤口流血不止，永远无法愈合。22年里的任意一个瞬间，记忆之门略为拨弄，都会激起斯坦福夫人不计其数的痛苦的想念，那微启的神秘的苦难大门里面，许许多多错综复杂、无可救药的精神上的伤痛，一道道悲哀的疤痕，一种种往事的苦味，让她久久不能摆脱幻灭感。

这22年里，她会依稀看到自己的儿子小利兰在书房念法语、弹钢琴的身影。

这22年里，她会看到儿子和自己说着笑着，一起在花园里散步，她看他在甬道上奔跑。

这22年里，她会看到儿子帅气地穿着礼服，打着红色的领带，端坐在画师的对面。

这22年里，她会看到发高烧，牙齿发抖战栗，脸色苍白的儿子，他对她说，妈妈，我头痛，妈妈，我受不了了。

这22年里，她会看到儿子去世的那天，他走了，脸色如此蜡白，身体渐渐变得冰冷。

这22年里，她会看到自己的儿子曾经用过的书桌，儿时曾经抱过的玩具，那些他曾经一遍遍读过的故事书正变黄变旧。

这22年里，她无数次在梦中紧紧地抱住她的小利兰，紧紧地，紧紧地，但是，醒来，一切都不存在了。

后来，她偶然一次看到了罗丹的作品，那些挣扎的灵魂，那些挣扎的肉休，那些纠缠在地狱边缘的苦难啊，那不就是她自己的内心世界吗？那不就是她的爱的挣扎吗？那不就是她并不想遗忘的苦难吗？罗丹刻刀下就是她曾经的痛苦和挫折，和作品一样，要么化为摧毁自己的力量，要么化为重生的力量。

我听一位导游说，至今还有传说，斯坦福夫人的灵魂会在教堂里面游荡。

但我宁愿她的灵魂已经在天国安息。

那些罗丹雕塑背后的故事，突然让我想起一段星云法师的话，他说：你遇到了困苦、灾难、不平、劫杀、死亡……那都是命运，不因为你做对了什么，就可以逃开；不因为你做错了什么，才受到惩罚。

人生，有时候他妈的就是一场逆境。

它或许会把我们变成有用的人。

中午不到，突然发现自己肚子饿得咕咕叫，校园服务中心挂着一个萌萌的圆形熊猫标志，这是疯狂扩张的"熊猫快餐"，它的繁殖能力比四川的大熊猫可要强太多了。看，都已经爬进斯坦福了。

这是扬州老乡程正昌开的"美国式"中餐馆。

我看过程正昌的照片，这位在美华人首富，银发圆脸，一副无锡胖阿福的长相。估计他当年不是这样子，他跟父亲从中国辗转到了日本，最后到达美利坚，起早贪黑开中餐馆，直到有一天，他突然有了要做"中餐馆里的麦当劳"这个想法。熊猫快餐目前已开了近 2000 家分店，看来他是有让所有美国人都吃上中餐的狂热劲头。

我挤在暑期学生组成的稀稀拉拉的长队里，一个长长的勺子伸过来，给我的盘子里来了一勺，鸡肉外面裹着厚厚黄黄的煎炸物，吃到嘴里，一股酸甜味，一股刺鼻的柠檬味，天哪！这还是中餐吗？

在美国，中餐也是无常啊。

熊猫也疯狂。

秋哥在谷歌

> 但事实上，只要有人群的地方，就有小团体，这是人性。特别是美国这样的移民社会，小团体是一种温暖的向心力，是一种乡音的呼喊，是一种跨越万水千山的亲切。

天渐渐暗了，太阳把最后一抹绯红涂在山景城的天边。

我和秋哥聊着天开着玩笑走向谷歌公司的停车场，他是一位身材敦实的硅谷 IT 精英，远处草坪上立着一个白色"GOOGLE"立体标志。

他说："我下班了！"我说："再见！"我把裤兜里面的一张印着格兰特总统头像的 50 美元提前拿出来藏在手里，这张皱巴巴的钱还带有我的体温，在握手的一瞬间，我把钱塞在他的手里。他顿了一下，脸上绽放出一个羞涩的笑。旁边下班的谷歌精英们都没有觉察到这戏剧性的一幕。我说："感谢你带我参观谷歌公司。"他说："很高兴认识你！"于是，我们开着各自的小车，扬长而去。

前天，得克萨斯州的老孟听说我去硅谷，想看看谷歌公司，他说他认识一个北方哥们儿，在谷歌工作，经常带人参观谷歌，届时只要支付一点参观小费即可。

收到联系方法之后，我立即编辑了一条消息："秋哥，你好！我是朋友介绍的，来自上海的大刘，想来参观谷歌总部，不知方便否？"我发了出去。

到了下午，我正在斯坦福参观的时候，他回了消息，几个字："今天下午 5 点如何？"

我一看时间，正好，赶紧跳上"毛驴"，往谷歌方向猛踩油门。

天好热，大地干得冒烟，我一边开车一边"咕咚咕咚"喝了一大瓶"箭头"矿泉水。

提前半小时到达谷歌公司，我在约定的纪念品商店里等秋哥。

这是一栋非常普通的小楼，旧得就像国内某个乡镇企业 10 年前的办公楼。但是里面人头攒动，都是来自世界各地的"谷粉"。一对德国中产夫妻带着三个娃凑在一个巨大的屏幕前，用 3D 地图查看自己的家在柏林的哪里。我也探着头看，忽然发现刚刚咕咚咕咚喝下去的"箭头"起作用了，一时内急，想上洗手间。

栗色头发的售货员温和地告诉我："这个纪念品店是没有洗手间的。"

"什么？这个游客中心没有厕所?!"我急了，"那客人如果要上洗手间怎么办？"

她摇摇头说："不好意思，如果要上洗手间，你得去旁边的那栋办公楼。"

"那么，我怎么才能进去办公楼呢？"我着急地问。

她说："你没有访问证是不可以进入办公楼的。"

"你的意思是，我不可以用你们的洗手间啰？"

"我想是这样子的。"

我一急，脱口而出："你们谷歌也太不人性化了吧！纪念品商店居然没有洗手间！"

我只好憋着，感觉自己的膀胱已经鼓胀起来了，随时会在纪念品商店"泄洪"。只好转移转移注意力，看谷歌地图，瞅瞅后面几个人住在华盛顿州的哪里，但是时间过得好慢，像是一只在跑马拉松的蜗牛。

好容易等到 5 点钟，长相敦实，剃着平头，迈着 IT 男特有的细碎步子的秋哥出现了。我说："内急！"他似乎并不能感受我的着急，先带我去隔壁楼给我做了一张访问证，然后，指了指方向，我挂着访问证，以百米冲刺的速度，猫着腰，撒腿狂奔向旁边的米色办公小楼里的厕所。

秋哥操着一口京片子，儿化音很重，他说："谷歌是搞 B2B（企业对企业）模式儿的，打起家就是服务企业的，所以，对散客的服务这方面做得就不如苹果好。"

我说："不是做得不好，是非常不好，害得我差点得前列腺炎！"

秋哥笑了，说："是！末了儿还得改改。"一派北京小哥的腔调。

我说："你们拉里·佩奇不放过每一个客户，乌兹别克斯坦人不用信用卡，佩奇就接受他们的'山羊'来支付。这个劲头如果用在服务散客上，我也不至于上不了厕所啊。"

秋哥告诉我他来美 5 年，30 出头。可能老是在办公室搞电脑技术不出去晒太阳，所以看上去白白嫩嫩的。如果不说话，一点也不像"秋哥"，倒是活脱儿一个"秋弟"。

我脖子上挂着"狗"牌，开始跟着秋哥参观。

先后有谷歌的陈列室、办公楼、员工餐厅、洗衣房、户外运动场，其中，最震撼的谷歌陈列室里，有一个谷歌在全球的运营情况，好像能够服务的区域是白色的，不能服务的区域是黑色的。

秋哥为人实在，对人自然而随和，兼具了北京人和硅谷人的特点。参观期间，他告诉我他是广告业务部后台负责技术分析的，说了几个专业的词，反正我也没有听懂他是干吗的，大概就是大数据分析，然后给公司提供发掘新客户的方案之类的，反正他们不直接面对客户。他说，他其实是青岛人，但是在北京读的书，口音被拐到北京去了。从北京来美国 5 年多了，一直在谷歌工作。我问他怎么来的谷歌总部。他说，谷歌每年都在北京大量招人，可能是在中国招的学生比较好使，尝到甜头了，结果就是每年有大量中国学生像候鸟一样，远渡重洋飞赴美国总部工作。他是中国人民大学计算机系的研究生，经过了两轮技术电话面试，然后还有书面考试，从清华、北大的一干人中杀出来的。他说他被录用的原因，很可能是英语听力比较好，还能适应多种口音，尤其是印度英语，因为谷歌最多的人就是印度人和中国人。我一边听，一边表示钦佩。

末了，我问他："在谷歌工作的人找老婆容易吗？"

"男的那么多，像钢铁厂一样，会容易吗？"他说。

我说："像上海张江男，很多老阿姨会去堵地铁口，往他们手里塞女儿的电话号码。"

他叹了口气，说："所以，谷歌把我们放在鸟不拉屎的地方，省去了麻烦。"

谷歌的办公楼散乱得很，几栋楼之间是一片沙滩排球场地，几个人在扣球拦网，附近还有一个逆流游泳训练池，池子里面喷出一股平稳有力的水流，我看到一个男子在里面，正玩命地双臂划水，和水流搏斗，这宛如一个游泳跑步机，下了班这么刻苦训练，是不是能量大得使不完？

秋哥领我去看谷歌的食堂。

一个接一个的自助餐厅，西餐、中餐、印度菜，随时可以开吃，最重要的是，全部是免费的！

还有冰激凌吃！！甬道上还停着一辆 MIKOMIKO 的大冰激凌巴士。"这里的夏天有些热，"秋哥说，"公司就与当地冰激凌商联合生产一种叫'It's IT Ice Cream'的冰激凌，这款'IT'冰激凌外头印着 Google 标志，外形酷似三明治，表面裹着一层薄薄的巧克力糖衣，有香草、巧克力、薄荷以及咖啡 4 种口味，每一个冰激凌的售价为 24 美分……"听得我直咽口水。

我说："我可以买一个吗？我想发朋友圈。"他说："不好意思，好像收摊了。"

推开一处办公楼的玻璃门，看到了那个著名的滑滑梯，原来是不锈钢做的。员工可从二楼一跃而入咪溜咪溜滑下来。

我问："你经常从上面滑下来吗？"

"好像从来没有过。"

"这个东西宣传效果大于实际使用价值啊。"我发现我的话有点多。

目前，这玩意儿在硅谷非常流行，各公司都大肆抄袭，疯狂拷贝。据说，YouTube 新总部里的超级滑滑梯青出于蓝，它足有三层楼那么高，而且不是直上直下的，中间有很多波浪起伏，滑下去可绝对爽歪歪了——是谁说只有中国人最爱抄袭的？

"谷歌公司是不是到处洋溢着一种自由的空气分子？"我问。

秋哥答道："你在公开场合是不可以讲中文的。"

"这在美国算是违法的吗？"

"应该算是违法的，但是没有人会去控告公司，除非你不想要这份工作了。"

他说，因为公司里面中国人实在太多了，很多中国人都喜欢直接用中文交流，于是，他们团队的领导就担心中国人搞小团体，遂做出规定，在公共场合都不可以用中文，违者罚款。大家都尽可能使用英语，消除族群间的隔阂。这个想法似乎和中国老板的想法有点相同，我们在管理上也很反对小团体。但事实上，只要有人群的地方，就有小团体，这是人性。特别是美国这样的移民社会，小团体是一种温暖的向心力，是一种乡音的呼喊，是一种跨越万水千山的亲切。

撼山易，撼小团体难啊。

末了，他感慨地说："离开北京来硅谷不知道算不算是正确的选择。"

他说："心里觉得，美国真的挺好的，但是北京未来的机会也挺多的。我不知道自己来美国的选择是否正确。几乎所有来美国的人都会思考这个问题。但是，这个问题永远无解。"

参观快结束的时候，从办公楼回到纪念品商店，要跨越一条车流滚滚的马路，人行道在远处的十字路口，我打算折回去走斑马线，秋哥拦住了我，说甭走冤枉路。于是，他带头，瞅准了车流的空隙，直接从绿化带上下到马路，我们一起横穿了略有车流的小马路。"我们都这样！"秋哥向我解释。这是硅谷吗？这令我感到震撼，一瞬间，我产生了错觉，这是美国还是中国？

告别谷歌的秋哥，后面几天，我继续沿5号州际公路一路北上，旅途的空隙，我默默地关注了他的朋友圈。过了一阵子，我看到他的朋友圈里面发了一张他18岁时的照片，他好像正在家里厨房的小桌子上喝豆浆、吃油条，穿着高中生的校服，那校服白衣蓝领，像是监狱里面的少年犯穿的那种，他边吃边笑，很憨厚的样子。

又过了一阵子，我发现他居然结婚了！他发了一张结婚照，他穿着洁白的西服，戴着红色的领结，在一棵满是金黄色的银杏树下。他的新婚妻子长着很典型的中国南方姑娘的小脸，小鸟依人，他们互相看着，看着，在那棵树下。

后来，我看到他还发了一张青岛的全家福，好像是新拍的，有40多口人，估计祖孙四世同堂，前前后后立了四大排，前排中间好像是爷爷奶奶，鹤发鸡皮，容光焕发。两个孙辈在爷爷奶奶膝下蹲坐着，男孩胖墩墩，小女孩穿着纱裙。秋哥的爸爸妈妈估计也在人群里面，亲戚们都笑得很灿烂，其中很多人似乎都发了福，大家庭团聚时的幸福感从这张照片里一览无遗，这是传统中国人最向往的一刻。

但是照片里面没有秋哥。

这张朋友圈照片，他的配文是这样的："没能参加全家福的合影，不过看到你们笑得这么开心，我也好开心。"

吃鸡和史密斯夫妇

> 大街上，一位中国老板模样的大腹男人和朋友从广东餐厅里面鱼贯而出，几乎碰到我，他剔着牙，回头对朋友说："这家正宗！"一口酒气几乎喷到我。我突然想到，对多数国人来说，"正宗"对一家餐厅的赞美程度是要超过"好吃"的。

猛蹬几下脚踏，一股巨大的横风扑面而来，8月1日上午9点多，我把自行车歪歪扭扭地踩上金门大桥。

左下方墨蓝的海面上飘荡着一层阴冷的雾气，这股雾气被风一吹，飞起来，飘过大桥，荡过红杉树、黑松树的尖尖，掠过对面的山峦缓峰，消失在无垠的天空中。

一阵寒气逼来，桥上浩浩荡荡的骑行大军都疯狂地蹬起来，每到一个无桥梁部件遮挡的横风口子，海风都试图把拍照的游客吹到海水里去喂虾米。我也停了一会儿车，把着桥栏杆探头往下看，桥面离海面足有60米高，波涛翻滚，胆小的人都会害怕。想当年，著名内衣品牌维多利亚的秘密的创始人罗伊·雷蒙德就是在我这个年龄，从这儿纵身一跃而下，结束了自己的小命。据说当时他的钱包里只有67美元，而被他卖掉的维多利亚的秘密如今市值已经数亿，这是金门大桥上最辛酸的红尘往事。

我这一天打算骑自行车环城，旧金山是自行车运动的"美女与野兽"。

说它是美女，是因为在骑行的时候，一个大弧度下坡，人好像飞起来，眼睛里全是森林、大海，翡翠连着墨玉，在那些森林里，松树、橡树、月桂杂生一处，是如天堂如美女一样的景致；但是，它又是倾斜之城，这城里有的坡道斜得令人胆战心惊，自行车下了一个 20 度的小坡，跟着上一个 30 度的大坡，每玩命地蹬一下，自行车才不情愿地往上蹿一蹿，人顿时气喘如牛，如地狱如野兽。

下午，骑过卡斯特罗街，这是最令人放松的同志小街，彩虹旗斜斜地插在街上的一家家商店、酒吧门口，大白天在这条街上，无意瞥见靠街餐厅里坐着的两位盛年大哥，四目锁定对方，怔怔间，两个人的宇宙都消失了，眼睛里只有对方；还有一对牵着手散步的金发郎，如年少时情窦初开爱如潮水的情侣，在街头十指紧扣漫步，我骑车一瞬而过，居然也有一种感动。

突然明白了，为何骑到这里特别放松。

当性别都不再是问题的时候，其他一切问题好像都是可以放下的。

一圈骑下来，到了五点半，脚已经严重不听使唤，像一只得了帕金森病的母鸡。

于是，到金门公园对面那家小店还车。

那是个意大利裔家庭开的自行车店，贴满了各种单车活动的招贴，店小二 30 岁左右，肤色黝黑、头发深褐色，自报家门叫里奇。他是一个热情温暖、脸上总是挂着笑的小伙子，他告诉我，他父亲在 25 年前租赁了这个门面开的店，没想到来金门公园玩的人越来越多，生意还不错。他说："我的老爸是老板，我给老爸打工。"我问："老板去哪里了？"他说："他有其他生意要做，当然，他也有可能是出去玩了。"我问："你平时什么时候出去玩？"他说："我要看店，这里很忙，没有太多时间去玩了。"我说："你爸爸比你自由嘛！"他说："对！他是老板嘛！"

我当时心里就想，这和我在死木镇遇到的情况一样，儿子干活，爸爸妈妈出去玩——我要有这样一个儿子就好了。

后来我又想，这和我印象中的意大利年轻人完全不一样啊，我一个叫彼得的同学在纽约读书，彼得说他的一个意大利同学特别花，超级会玩，超级会勾搭女生，对女生热情温柔呵护有加，换女朋友像走马灯。记得有次派对，一个圆脸长发的德国女生的手机不见了，这个意大利同学花了足足两个小时去帮她找手机，但是还是没有找到，于是又是细语安慰，又是轻轻揉脸，又是拥抱示好，最后派对结束后，他顺水推舟把这个女生带回了寝室。记得彼得转述的时候大声感叹：意大利男人，禽兽啊禽兽！

我听得出，这是一种不能取而代之而欲痛斩之的感叹。

但是这个意大利裔的里奇却是那么勤恳，"橘生淮南则为橘"，还是美国的水土好。

出了自行车店，肚子饿得好像里面有一只青蛙在呱呱叫，我赶紧上了自己的小"毛驴"，搜谷歌地图，一个叫"Spicy King（辣王）"的川菜馆就在几公里之外，想到麻婆豆腐和鱼香肉丝，我一边开，一边已经有点咽口水。

在离 Spicy King 大约 230 米的地方找到一个停车位，这是一个恐怖的停车位，它在一个大斜坡上，该坡向下倾斜有 30 多度，停车的时候，整个车头朝下，人几乎直立起来，猛轰油门，汗嗒嗒地倒进车位，如果手刹坏掉的话，小"毛驴"会不会像失控的犀牛一样冲向山坡下的唐人街？

我去找"King"，但是"King"在哪里？找了一圈，大脑发蒙，在定位的地方，发现一家英语名字叫"Queen（王后）"的川菜馆，门口还有两个中文招牌叫"麻辣一品""重庆小面"。正好有两个厨房大妈模样的人出来，我就直接用中文问："King 是这里吗？""对！"她们和中国广场舞大妈一样中气十足。"那么，King 就是 Queen 啰？""对！对！！"她们热情地说，"King 就是 Queen！King 就是 Queen！"

这个有四个名字的川菜馆布局非常有中国乡土气息，竹凳木桌，油烟四布，有一种家乡人民的可亲可爱的烟火气。刚才找 King 的时候，穿过唐人街，是那种熟悉的脏和乱，内巷里纸屑一地，油光可鉴，到处都是饭馆和杂货铺子。唐人街一会儿上坡一会儿下坡，多数店都是很老旧的中式装修风格，我有一种穿越到了 1996 年的山城重庆或是香港旺角的感觉，那时候重庆还没有大建设，朝天门码头附近布满了密密麻麻的苍蝇馆子，香港还没有回归，旺角的店招和全世界唐人街一个模板。

坐到了竹凳子上，就不用再说不地道的英语了，顿感舒坦。我跟店小二说，给我来一份毛血旺、一盘夫妻肺片、一碗白米饭、一瓶冰啤酒。

要的量这么大，一看就是饿疯了。那盘黑乎乎、油汪汪、火辣辣的毛血旺端上来的时候，我马上续命了，一大口鸭血，哇！爽！辣得我眼泪鼻涕全部奔流下来，马上猛就两口白米饭，老套路。这盘东西的味道实在很一般，但是够劲辣，辣补百味吧，能在美国吃上毛血旺已算是吉星高照、祖上有德了。

在我记忆中最好吃的毛血旺在大学后街一个公房的底楼，1月份上海很湿冷，穿格子衬衫的矮个子光头哥在他的小厨房里忙活，一地肮脏的鸡血、鸭血，不一会儿端出一碗热腾腾、麻辣鲜香的毛血旺，轻轻晃动的泛着亮色的鸭血，油汪汪的红汤，剁碎了的朝天椒，一把细如蚂蚁的花椒，再加上几块肥肠，简直是让人欲罢不能，吃完嘴唇发颤发酥，好像在打微型机关枪，整个人都能沸腾起来。

King 的夫妻肺片烧得也还凑合，据说，目前这道菜在美国某些地方也略有知名度。如果你看到一家中餐厅来了一对美国情侣，坐定，看菜单，他们以前通常会说："给我们来一份左宗棠鸡吧！"以后不排除这样的场景："给我们来一份史密斯夫妇吧！""来一份史密斯夫妇？"这是什么鬼？原来，美国《GQ》杂志发布了某"食神"亲口吃出的美国餐饮排行榜，休斯敦一家川菜馆招牌凉菜"夫妻肺片"荣登榜首。最牛 × 的是，这道菜的英文名被翻译成"史密斯夫妇（Mr. and Mrs. Smith）"，没错，就是布拉德·皮特和安吉丽娜·朱莉主演的那部电影。这个神翻译，瞬间让清末成都街头巷尾挑担提篮叫卖凉拌肺片的小贩穿越去了好莱坞的星光大道。

问："在美国人中最知名的两个中国人是谁？"答："毛泽东和左宗棠。"为啥是左宗棠？因为左宗棠鸡，是北美第一中华名菜。居然就是一盘鸡，把什么"麻婆豆腐""宫保鸡丁"等都盖了过去。有做事顶真的纽约人出差来上海，一定要找到最正宗的"左宗棠鸡"品尝，结果令他吃惊，全上海没有一家餐馆做"左宗棠鸡"。左宗棠鸡和清末将领左宗棠没有半毛钱关系，湘菜大师彭长贵为美国将军雷德福做菜，他心血来潮将鸡肉切成大块，先炸成金黄半焦状，再下了酱汁作料去炒出一道新菜。雷德福品味后大为惊艳，问这是什么菜？彭随口编了个名字：左宗棠鸡。

即使像我这样偏爱糖醋里脊的中国人也吃不下去"左宗棠鸡"。据说美国还有"李鸿章炒杂碎"，总有一天会真相大白：这些东西原来都是中餐馆专门用来对付老外的"假中餐"。

这似乎和肯德基在中国推出的"新奥尔良烤鸡翅"如出一辙。所有的中国人都认为新奥尔良地区有一道名菜是烤鸡翅，我问了从路易斯安那州来的英语老师凯文，问他喜欢家乡的烤鸡翅吗？他完全一头雾水，等我解释后，他笑得前仰后合的。

今晚吃得太撑，很有犯罪感。于是，从山坡上踱下去，在附近的唐人街逛一逛。

一路上看招牌，五花八门，有广东杂货店、北京商店、龙宫古物店、共和旅社，最多的还是叫皇宫酒楼或者湖南又一村之类的餐厅，满街的中文招牌，美国人会说："你看，这哪里是在美国呀，你们中国人在美国的土地上，居然把美国变成了中国。"

路上走着可以听到广东话、客家话、闽南话。孙中山的"天下为公"四个大字，悬在马路当中的牌楼上，附近五星红旗、美国星条旗、青天白日旗和红灯笼都挂着。另外，附近小街还看面相、手相的招牌，整个场景非常和谐、幽默。特别是有一处，破败矮小的电影院，上面赫然写着"明星大戏院"几个粗楷体，让我感觉20世纪30年代的周璇和胡蝶香魂结伴回来了，汗毛立了起来。

人行道旁的摊位有卖白菜和萝卜的，也有卖玉器镯子的，我在一个摊位前，仔细看了看这个大妈卖的东西，蓝得不真实的绿松石手链，金得黄灿灿的铜佛，以及比绿毛龟还绿的翡翠，所有价格都不高于10美元。大妈一口东北口音说:"试戴一下嘛,不要钱!"说完,双目热切地看着我。

这个场景对我来说熟悉得有点温暖。

唐人街最大的好处就是你一句英语不会,也可在美国生活一辈子。据说,一个长年生活在这里的哥们儿,一次在路上与人撞车,情急之下就打了911报警。他不懂更多的英语单词,于是就说"our car,嘣!啵儿啵儿come"。意思是讲,我们的车撞了,警车快来。他不知道"撞"和"警车"怎么讲,于是就拟警笛声。警察竟然也莫名其妙地搞懂了,把警车开了来。

我当香港记者的时候还看过一部英语禁片,叫《妓院里的中国姑娘》,就讲一个中国女孩来到美国接受一家餐厅聘请,好像是她已故的叔叔请她来的,她来了以后才吃惊地发现,它其实不是餐厅,而是一个妓院,就在旧金山唐人街!

这可能是美国导演的意淫吧,权当是给唐人街打免费广告。

大街上,一位中国老板模样的大腹男人和朋友从广东餐厅里面鱼贯而出,几乎碰到我,他剔着牙,回头对朋友说:"这家正宗!"一口酒气几乎喷到我。我突然想到,对多数国人来说,"正宗"对一家餐厅的赞美程度是要超过"好吃"的。

前些年,是不是"正宗"的中国菜,只需要拿出一根银针试一试。变黑了——"哇,绝对正宗!"

回答同样问题的两个中介

> 最后我问大善，如果我问多数美国人同样的问题，他们会不会都有一个关于枪的故事告诉我。
>
> 大善揉着他的大肚子说："很有可能，因为美国人的枪就是中国人的麻将。"

在旧金山逗留的四五天里，一个人闷得透不过气来，想找人说说话，哪怕遇到一个絮絮叨叨的话痨，也是一种心理安慰。猛然想起房地产中介，他们是最热心的人，一边跟他们看看房子，一边或许可以说说话、听听故事。

街上有一些铁皮玻璃箱子，从里面翻出一本中英文对照的"旧金山房屋信息"中介大全，这本印刷粗糙的册子，除了刊登房源信息，还刊登了脸上涂着厚厚白粉、明显曝光过度的华人女中介的照片，或者西装笔挺的、三七分发型、作风老派的绅士型男中介。

我打了电话过去，照片上那个脸白得不太正常的女中介不接电话，还有一个自称"最值得信赖的伙伴"的中介接了电话，说没有空；只有一个英文名叫"老鹰"的福建口音的人说可以，大概问了我的预算范围，说明天带我去看一些房子。

第二天，我开着"毛驴"到了圣布鲁诺附近，停在一家华美银行隔壁的星巴克，一个中等个子的敦实男子走进来，他前额头发微微卷起来，笑容像一只殷勤的鹦鹉而不是老鹰。我们坐在咖啡馆门口院子的圆桌子旁，外面是来来往往的车辆，大家只聊了几句话，就一见如故。

卷头发的"老鹰"原先是福建的一个中学物理老师，早些年和妻子双双去了新西兰打工，那里的市场"小得像一个马路跳蚤市场"，于是，两人再转战美国（就这点看，还是很有"鹰"派作风的）。看房前，他先带我去了隔壁的华美银行，那柜台后坐了个脸圆嘟嘟、操广东口音的女人，他们好像挺熟的。卷头发"老鹰"让我就贷款问题咨询圆脸女人——这一举止是否是为了让我对他产生信任感，确保我不会被卖掉或者被做掉？我推测。

然后，我坐上卷发"老鹰"漂亮的道奇车去了得利城。

第一处带看的独立屋在得利城的山坡上，大雾弥漫，都看不见房子在哪里。

我看见他在迷雾中摸出钥匙开门，勉强可以看到他的手。他说这里是加利福尼亚洋流冷气和地表热气交汇的地方。我说，这好像电影《小岛惊魂》的场面。我伸手去摸房子的外表，一把水。老鹰说，我的预算只能选这里的房子，他的一个上海客户去年花了90万美元，买了一栋类似三个卧室的，如今市场价要110多万美元了。除了夏天在雾里面穿来穿去这个缺点外，其他都是不错的。

这屋子的餐桌上放了些五颜六色的糖果和各种来过此屋的经纪人的名片，我抓了颗糖扔进嘴巴里，吧唧吧唧，酸酸甜甜的。想起有一次某个中介带我看一个空屋子，他急急忙忙地直奔洗手间，砰的一声关上门，然后我听到了惊天地泣鬼神的声响，很久他才出来，对我说："对不起，带看了半天，其他房间都有主人在。"

我又坐上卷毛"老鹰"的车去了第二处，路上已经开始堵车，这是从旧金山去硅谷的要道，一路车尾红灯，好容易才爬到米尔布雷的陡峭山坡上，奇怪！原来这里阳光明亮，一点点雾都没有！别墅前花开草长，蔚蓝的太平洋在面前尽情释放着迷人的粼粼波光，仿佛香港的赤柱山坡上的景致。这么好的住区，价格已经飙到得利城的一倍以上了。

老鹰很努力地开车带我去第三个房源，因为太堵了，又在遥远的东湾，我都有点不想去了，但是，他很热情而且坚持说我一定要看那个房子。最后，我们的车子完全陷在去圣何塞方向的车海中，完全没有想象中的浪漫——堵车时，大家偶尔有相互留电话的艳遇——只有他和我两个陌生男人，一个光头一个卷毛，肩并肩挤在他的道奇车子里。

于是，我们就开始唠唠嗑聊聊家常。他说来了美国，就没有办法照顾家乡的老人了。父母目前年事已高，非常担心家里人打来的长途电话。

我问："选择住在旧金山湾区，你觉得怎么样？城里很多流浪汉，安全吗？"

老鹰说："旧金山总体上治安还是不错的。但是，晚上出门要小心。去年我就碰到一件差点丢命的事情。"

他说，那天，他去给东湾一个客户看装修的房子，弄得晚了，大概是晚上 12 点，下楼来，到附近露天停车场去开自己的车。只有一些昏黄的路灯，这里的居民本来就不多，到了夜里更是稀少。他拿一个多余的花瓶下来，绕到车子的后面，打开后备厢，打算把瓶子放进去。低头的一刹那，突然感到一样硬邦邦的铁家伙抵在自己的腰间。瞬间，他浑身一阵冰凉，头皮都炸开了。一个声音说："钱！"他感觉自己的心怦怦地剧烈跳动起来，像是安装了一个鼓在心房边上，脚开始发软，颤动，然后汗就唰地下来了。他说："钱包在我的前座位的包里，我去拿。"那个人用枪顶了顶他，说："快！去拿！"于是他被顶着走到副驾驶旁，打开门，把包拿出来，翻出里面的钱包。那个人抽出里面的几百美元，然后把钱包丢在地上，说：还有吗？老鹰话都说不出来了，摇了摇头，腿肚子不争气地一个劲抖动着。他从侧面看过去，那是个黑人，身材并不高，黑暗中完全看不清脸，只有两个发光的眼珠子在黑暗中泛着微弱的光。"你把手放到车子上去！"黑人挥舞着枪。老鹰说："别开枪，别开枪，千万别开枪。"他把双手放在车门上时，听到一阵脚步声，等了许久，没有了声音，他转过身子，发现那个人已经跑得无影无踪。

他说："我当时坐回到车子里面，许久，手脚都在不听使唤地颤抖。"

我同情地说："我能体会这种恐惧。"

我们的车子一点点往前挪，终于拐上了去东湾的大桥，最后看的一处房子巨大，有450多平方米，有一个开间8平方米的客厅，布置着简约的水晶灯和漂亮的波斯地毯。站在二楼卧室，窗户外就是堵车严重的东湾大桥和透蓝透蓝的海。我们出来的时候，遇到了这个屋子的隔壁邻居，居然是一个黑人，他穿得非常考究，雪白的衬衫外面是一件意大利面料的黑西装，西装口袋上把手帕插成自然隆起的花朵。

老鹰说：他是一个建筑师，足足花了300万美元买了隔壁的大屋。

他似乎认识老鹰，我们握手互致问候的时候，我看见他的眼神很温和，发出自信的光芒。他说话优雅、缓慢，和我心目中的黑人样子完全不一样。

这次来美前，我的上海朋友给我介绍了一位他在旧金山的亲戚"大善"，也是一个房产中介。第二天，大善也来酒店接我去看房子。

他模子很大，肚子像6个月的孕妇，我目测他体重有100多公斤，五官倒是眉清目秀，笑起来很可爱，手臂上的毛发很旺盛，他说自己有1/8的德国血统。开车往圣布鲁诺方向走，遇见堵车，他就拿出一个4.5升的浅蓝色矿泉水桶，举在面前，对着嘴，在方向盘上方"咕咚咕咚"牛饮一番，把我看得一阵咋舌。

我们当天看了两个非常便宜的房子，一个是铁路员工家属卖的，就在铁道旁，还好火车好像不多，否则估计会因为火车轰鸣声患上严重的失眠症；一个是老寡妇的带两间卧室的小平房，推开门，全是老式的陈设，一股30年前时光的气味，尽管经纪人已经做了些布置，但是我还是可以嗅出那股味，依稀闻出当年男主人和女主人在厨房做饭，在客厅里面看电视、吃薯片的味道，窗外有一个荒草丛生的小院子。

看累了，我们回到旧金山一家唐人餐厅吃晚饭。

点好我喜欢的麻婆豆腐和青菜米饭后，我问大善同样的问题："旧金山那么多流浪汉，治安好吗？你觉得怎么样？"

大善说他模子大，肚子大，流浪汉从来没有找过他什么麻烦。但是，前些年，他遇到了一件极其惊恐的事情，一辈子都忘不了。

他啜了口热茶，慢慢说起这件事情来。

那时候，他还不在旧金山，而是住在得克萨斯州附近的一个小镇。他家是那种最常见的联排房屋中的一套，大概已经晚上 9 点了，他在餐桌上写报告，那是白天没有完成的一部分工作，妻子陪 7 岁的儿子在二楼卧室，二人正在阅读一本童话书。此刻，他听到一阵急促的敲门声，这个敲门声不同寻常，粗鲁而急躁。他心想，这么晚了，还有谁来呢？就打开了门。

门口四把黑洞洞的枪对着他。

四个大汉，满身酒气站在门口的台阶上，他们都穿着便装，端着半自动步枪，第一个人把手指放在扳机上，眼神不善。

大善说，他当时一下子就浑身瘫软，手控制不住地剧烈抖动起来，心里像有只兔子在跳，颤抖着声音说："你们要干什么？""我们是稽查队的，有人举报你家窝藏了偷渡的越南客，我们可以进来搜查？"领头的中年人挥了挥手上的纸头，他一张黑黢黢的脸，人很粗壮，黑夜中表情看不太清楚，但是听声音有一点急促和紧张。

大善无法看清那张纸头上写着的是什么，那个黑色的枪口又冲他扬了一扬，这样的关头，如果不放他们进去，他们会不会立即开枪？他只好点了点头，一侧身，那四个人中的三个马上鱼贯而入，一个人站在门口守着。

他们端着枪进屋，立即一间屋子一间屋子地搜查起来，这样的嘈嘈声把大善的妻子和儿子都惊动了，他们跑下楼，看到几个持枪着便装的男人在楼下乱闯，孩子顿时就哭了。

大善说，他当时第一担心的就是他们会不会借搜查的名义绑架他的妻儿，因为家里是不可能有躲藏的越南人的。他心里极度担忧，特别是他脸色苍白的儿子已经瑟瑟地躲在妈妈身后了。

一楼没有搜查出来什么东西，稽查人员又上二楼，两扇门被踢开，所有的柜子门都被打开翻查，里里外外搜了半个多小时。一无所获的人从楼上下来，其中那个领头的黑脸中年人对大善说："我们搜查结束了，你家没有非法移民，这是我的名片，如果你看到非法移民，请给我打电话。"然后，还没有等大善反应过来，这一行人已经扬长而去了。

大善看那张名片，上面只有一个名字和一个电话，没有任何工作单位和职务。奇怪了。他安慰了一下妻儿，就去门口看看动静。那几个人早就驾着车呼啸而去了。

门口的甬道上站着一个老头，定睛一看，是隔壁邻居罗伯特。

罗伯特说："刚才那几个人开车来你家，我都看到了，我还想跟你说，不用同意他们进去搜查。"大善说："他们端着枪，还有证书，我哪儿敢啊？"罗伯特说："他们是民间的私人稽查队，不是警察和移民局的，那张纸头啥也不是，所以完全可以不让他们进去。如果他们执枪硬闯民宅，那属于违法行为，理论上，你可以开枪击毙他们的。"

"难怪刚才他们四个人那么紧张！他们酒气冲鼻子。"

"是的，他们可能是喝点酒壮胆。他们也知道没有真的搜查令私闯民宅的危险。"

罗伯特告诉他："你知道吗？他们其实是五个人，有一个人开了一辆车停在你家后门，你没有看到，如果有人从里面逃出来，将在后门被活捉。"

大善说，这个邻居老头罗伯特活像个北京胡同的小脚侦缉队老太太，看得好仔细，他刚才特地骑自行车到大善家后门看动静呢。

我插嘴问大善："这些私人稽查队到底是谁啊？"

大善说他后来终于搞清楚了，他们是给移民局干活的，可能是民兵。他们可能得到信息，有偷渡客在我们这几个房子里面，就来搜查了，因为一旦查到非法移民，他们将他扭送至移民局，移民局会发一大笔钱给他们作为奖励。非法移民太多，移民局管不过来，所以就用这种扰得人不得安宁的民间稽查组织。

大善说，那天他回到家，关上门，终于长出一口气，不争气的手也渐渐停止了颤抖。时间已经十一点半多了。

听到这里，我嘟囔了一句："这些闯入大善家的私人民兵不就是以前西部的赏金猎人吗？到了 21 世纪，美国居然还有干这个工作的人。"

冒死替政府抓人挣银子。

美国是一个多爱发动私人力量的国家啊。

我胆子太小，如果生活在美国，也要去练练枪法了。

最后我问大善，如果我问多数美国人同样的问题，他们会不会都有一个关于枪的故事告诉我。

大善揉着他的大肚子说："很有可能，因为美国人的枪就是中国人的麻将。"

张爱玲和原子弹

在伯克利自由的空气中，张爱玲走完远遁社会前的一个过渡，宛如一座短短的桥梁，她在桥上歇了一会儿，然后就不回头地离开红尘了。

下了桥，那个灵魂，要飘到更远更冷的地方去。

8月6日在旧金山，雾都。

我冻得瑟瑟发抖地爬上"毛驴"，驾去伯克利大学，这是我心目中古灵精怪的圣地，曾有两朵自由生长的"奇葩"在这里开放过。他们一个是物理怪才，一个是码字精灵；一个制造出最具毁灭性的危险炸弹，一个描绘着人间柔软的心；一个曾是纽约的犹太人，一个是上海的民国女人。这两个八竿子打不着的人啊，却曾在同一个地方工作过。

后者是我最喜欢的女作家。

白色的"毛驴"载着我，跟着无声的车流，进入了旧金山面海的伯克利地区。

奇怪，这里没有一丝雾气！没有旧金山的阴冷，没有密集的高楼，天色蓝得像刚刚刷过漆的幼儿园墙壁。伯克利附近的马路窄窄的，街上的咖啡馆招牌迅速向后掠去，还有一对黑人兄弟在街头吆喝着跳跃着打着篮球，看见我的车过来，就收了球，原地拍着。

我赶在一辆雪佛兰之前，在马路边抢到一个停车位。

停车位旁边有一个脏兮兮的水泥柱子，柱子的底部贴了一张纸头，上面手写着"Doggies Please Piss Here（小狗狗们请冲着这个撒尿尿）"，这行字的下面，写着一个大大的名字——"Trump（特朗普）"。

哇，我想，自由的伯克利！

伯克利萨瑟门上的星辰环绕着希腊风的无名花。

阳光把树上跳跃的长尾巴家伙染成亮色的剪影，这天气，不出门都感觉对不住自己。想到上海8月热得人宛如沙丁鱼罐头，这伯克利夏日的清凉感就翻倍了。

在校门口的甬道上，有个脏辫子的哥们儿试弹一架风吹雨打的小钢琴，弹的好像是贝多芬的钢琴奏鸣曲，还不赖，估计贝多芬也会喜欢这个人的弹奏，因为他也听不太见。无人赏识似乎丝毫没有影响脏辫子小哥的表演，他的双手在钢琴上一起一伏，头还不时地扭来扭去。

校内那两棵巨大的橡树，估计要几个人环抱，树冠大得像格林童话中的小森林，随风自在地摇曳。看到它，我老是想起《飘》里的地名：十二橡树。

背后那幢伯克利高耸的尖塔，带着每一个人不一样的心情，直插天际。

一点钟，塔钟按时当当敲打起来，钟声送至伯克利的教室、楼梯和各个角落。

我一直觉得，伯克利是天才、极客、自由灵魂的天堂。

伯克利迄今诞生了几十位诺贝尔奖得主，但是，最有魅力的人却是一位没有得奖的主，一个叼着烟斗，整天咳嗽不已，被伯克利学生模仿搞笑的倔强天才，他改变了历史的进程。

他搞出了世界上第一颗原子弹，引爆在了新墨西哥州的沙漠里。

在我看来，他是伯克利的缩影。

据说，这位奥本海默在读大学的时候，就是神神道道的。有一天，他的老师、著名物理学家马克斯·玻恩在报告厅发表物理演讲，用粉笔在黑板上运算完一道量子物理方程式，然后，拍拍手，扫视着学生们，开始给大家讲这道演算的思路，此时，突然看见一个黑头发的犹太人从无数个脑袋中腾地站起来，像个移动中的黑蘑菇，但见他用力挤出座位，闪电一样冲上台来，打断了演讲。台下顿时一片骚动，这个犹太学生拿起粉笔，唰唰唰写了一个新的演算方程式，对老师说："这样的计算方式会更好！"玻恩被搞得目瞪口呆，怒火中烧，但是，他看见了那个学生清澈的眼睛和单纯的眼神。这个学生就是奥本海默。

学神奥本海默印证了那句名言——"哥就是个传说"。他以十门全优的成绩毕业于纽约菲尔德斯顿文理学校，接着，他三年神速读完哈佛大学，后以量子力学论文获德国哥廷根大学博士学位，据称论文发表当天，在座评审的有白发苍苍和风华正茂的物理学家，大家听了他的报告都静默了，像是一群不会唱歌的夜莺，竟无一人敢发言反驳。后来他来到伯克利任教，并创立了"奥本海默理论物理学中心"，站在了世界理论物理学最前沿。奥本海默的大脑结构估计异于常人，他研究范围很广，从天文、宇宙射线、原子核、量子电动力学到基本粒子都有涉猎。

这位"哥"还像一只聪明的八哥，通八种语言，尤爱读梵文《薄伽梵歌》。他常常穿着深色西装，撑开他那双浓眉大眼，站在一堆《量子论的物理学基础》之类的书前面，用高亢的、奇怪口音的梵语朗读："那些认为灵魂是屠夫的人是无知的，灵魂永远也不会去杀人或者被杀。"

在校园内部道路的一个十字路口，我看到地上镶嵌着一个铜质的圆形纪念牌，上面写着"纪念为第二次世界大战工作过的伯克利的学生、老师和职员"。看时间，此圆牌已经立了20多年，被无数双脚摩擦得发光了。我想，这里面需要纪念的第一位可能就要算奥本海默了吧。

二战期间，德国和美国进行了一场旷世的造原子弹比赛，历史的天平会向哪里倾斜？在海森堡的主持下，德国进行了秘密的原子弹研究，而罗斯福总统制定了最高机密的"曼哈顿计划"，目标是赶在德国之前造出原子弹。奥本海默作为"曼哈顿计划"的首席科学家，他招募了4000名顶尖科学家进驻洛斯阿拉莫斯基地，开始研制核武器。成千上万的男人、女人和孩子，在那个荒无人烟的绝密军事基地中，与世隔绝度过了战争年代，他们得向他们的家人和朋友撒谎他们的去向。要把原子核裂变理论，变成军事上的原子武器，须克服理论、方法、材料、技术工艺等无数难题，谈何容易？这是一个庞大、恐怖而且惊人的计划。结果，德国的海森堡（也许是故意）算错了制造原子弹的关键数字，让奥本海默抢先一步造出原子弹，随后在沙漠地区引爆。引爆的当天，奥本海默看着缓缓升起的蘑菇云，用奇怪的梵语喃喃："漫天奇光异彩。"紧接着，美国朝日本广岛、长崎投下了两颗原子弹，迅速结束了战争。奥本海默的成绩，被杜鲁门总统盛赞为"一项历史上前所未有的大规模有组织的科学奇迹"。

在我看来，他更是伯克利自由思想的代表。

当原子弹试爆成功的那一刻，奥本海默认为自己错了，后来他神情低落至极，惊慌失措，觉得自己打开了潘多拉魔盒，认为自己"成了死神、世界的毁灭者"。在联合国大会上，他对着联大主席，对着无数要员，对着新闻媒体的镁光灯，脱口而出："主席先生，我的双手沾满了鲜血！"气得当时的美国总统杜鲁门大叫："以后不要再带这家伙来见我了。无论怎么说，他不过只是制造了原子弹，下令投弹的是我。"

面对压力，奥本海默和他读大学时一样不屈服，他扬着不羁的黑蘑菇头。"无论是指责、讽刺或赞扬，都不能使物理学家摆脱本能的内疚，因为他们知道，这种知识不应当拿出来使用。"

午后两点钟，我走过图书馆门口的大草坪，看到一些在树荫下看书的学生，还有几个四仰八叉地躺在草坪上，呼呼大睡。阳光令人四肢温软，血脉自由舒张。

我拐去了校门附近的小街，有一个卖小商品的宪法广场，楼高三层，底楼拉着一个巨大的横幅"所有的玻璃器皿全部打七折哟！"，这个发旧的小楼，外墙油漆斑驳，贴着三四个市井气的招牌，散发着古怪的气味，门前行人寥落。我抬头望向这里的三楼，那就是当年的伯克利大学东亚研究所？

这就是张爱玲待过的伯克利吗？

那个玲珑心的女子。

张爱玲在美国的后半生，真的是急转直下。真应了她对胡兰成说的："我将只是枯萎了。"

东亚研究所这栋小楼是个里程碑。张爱玲曾经穿着精致的旗袍，她消瘦的身影走进我眼前的楼梯——1969 年到 1970 年她在伯克利找了一份工作，做文学研究。这时她的第二任老公美国作家赖雅已去世，丧偶的她，开始过一种离群索居的生活。

她在这座楼里工作时，小楼估计还没有今天这样杂乱。

她避免与同事碰面，曾经与她共事的人说："任何一个外人释放出的恭敬、善意，乃至期望与她沟通的意图，对她都是一种心理压力和精神负担。"

她希望远遁人群，一个人生活。

一个台湾作家兼记者试图去采访她，租在她隔壁的房子，一直没有机会接近她，就给她留了一个条子从门缝里面塞进去，上面写"如果可以的话，明天中午 12 点钟我来采访你"，结果，过两天，发现隔壁已经人去楼空，张爱玲悄悄搬走了。

胡兰成别了，赖雅走了，她只想和过去的那个世界在物理上告别，不想再有任何接触。

她一个人在自己的精神世界悠然。人类登月那天，她坐上公交车专门去附近的一个商场买电视，回程时错把路牌当成公交站，恰好被路过的朋友发现，得以搭车回家。

在伯克利期间，她在那张简陋孤寂的书桌上，写下了《小团圆》的第一个字。

张爱玲在遥远的伯克利开始写《小团圆》时，"文革"正席卷中国，东西方冷战，故国国门紧锁。她是没有爱人、没有家，也没有国可以大团圆了，只有在文字里，梦回故乡，和自己的爱人团圆了。她说："我写小团圆，这是一个热情故事，我想表达爱情的万转千回，完全幻灭了以后还有点什么东西在。"

我走在伯克利的小街上，一个人异国旅行很久，我忽然就很能理解这种精神上的小团圆意味着什么。

张爱玲在伯克利期间的写作兴趣放在《红楼梦》考证上，因为她有机会在大学图书馆看到脂本《红楼梦》，她完全醉心于自己的世界，窗外的万丈红尘，与她何干？她曾经被卷入过红尘，1949年她其实是留在了上海，次年还作为上海文艺代表团的一员，到苏北农村参加土改两个月，可是林妹妹终归是无法爱上焦大的，最后她只好远涉重洋。

一个不开车的人，她却在美国频频搬家；她的书在内地、香港、台湾地区，以及海外风靡的时候，她却住在汽车旅馆里面，住在混乱的街区。她是多么爱美爱优雅的人，后来因为公寓跳蚤（或者皮肤病），不得不剪去自己的头发，穿得像一个灯笼。

我很能理解她，她的过去都死亡了，爱都幻灭了。

她的至爱是汪伪政府的文人，胡兰成，她喜欢他，他是那么有才华，懂得她，他们相爱的那一年，胡兰成38岁，张爱玲23岁。一天，他向张爱玲提起刊登在《天地》上的照片，张爱玲便取出来送给他，还在后面题上几句话：见了他，她变得很低很低，低到尘埃里，但她心里是欢喜的，从尘埃里开出花来。两人热恋，岁月静好的时候，胡兰成在《民国女子》中这样描述："夏天一个傍晚，两人在阳台眺望红尘霭霭的上海，西边天上余辉未尽，有一道云隙处清森遥远。我与她说时局不好，来日大难，她听了很震动。汉乐府有'来日大难，口燥唇干，今日相乐，皆当喜欢'句，她道：'这口燥唇干好像是你对他们说了又说，他们总还不懂，叫我真是心疼你。'又道：'你这个人嗄，我恨不得把你包包起，像个香袋儿，密密的针线缝缝好，放在衣箱藏藏好。'不但是为相守，亦是为疼惜不已。随即她进房里给我倒茶，她拿茶出来走到房门边，我迎上去接茶，她腰身一侧，喜气洋洋地看着我的脸，眼睛里都是笑。"

抗战结束，全国人民抓汉奸。胡兰成一路逃亡到温州，并爱上了一个寡妇，张爱玲从上海一路颠簸着寻去，最后发现，他对她的爱没有了。于是她说，"我将只是枯萎了"。

到美国，她遇见了同样被美国主流文化所不容的第二任丈夫——65岁的落拓作家赖雅，两人相依为命。赖雅年老多病，中风瘫痪在床，张爱玲不得不从文人闺秀变成食人间烟火的家庭主妇。几年后，赖雅去世，张爱玲来了伯克利，此后越发远离人群。

我在东亚研究所小楼前转悠的时候，忽然明白张爱玲在这里的一切足迹其实都已经消失了，生命的温度都只在另外一个维度里。这时期的《小团圆》原是她写给自己的，她希望这本小说能够一把火烧掉，消失殆尽，无人知晓。

她曾有一次回国的机会。某年，北大学者乐黛云在哈佛访学，想请张爱玲到北大做一次"私人访问"。张爱玲回信致谢，说："我在大陆没有什么牵挂……"经历了战争、运动、离乱，她记忆中的上海，一切面目全非了。

正像她年轻时候写下的句子，三十年前的月亮早已沉下去，三十年前的人也死了，然而三十年前的故事还没完。

在伯克利自由的空气中，张爱玲走完远遁社会前的一个过渡，宛如一座短短的桥梁，她在桥上歇了一会儿，然后就不回头地离开红尘了。

下了桥，那个灵魂，要飘到更远更冷的地方去。

现在我所看见的伯克利是不是还是当年张爱玲看见的那个伯克利？

无论如何，此番驾车在北美乱窜，能在伯克利触摸到一点点她当年的气息，也是幸运至极的事情。不知为何，她一直是我心仪的女子。

我太爱她的自由意志，那种坚决，曾像闪电一样照亮黑夜中没有方向的我。

1995 年，张爱玲在美国的友人林式同接到警察通知，说 Eileen

Chang Reyher 去世了。他第一次走进张爱玲那套小得不能再小的公寓。根据他的讲述，这是张爱玲告别世界的场景：这是一个安详的世界，照皮肤的紫外线太阳灯还开着，电视机却是关着的。张爱玲躺在房间里唯一的一张靠墙的行军床上，她身穿一件赭红色的旗袍，身下垫着的是一条灰蓝色的毯子。她合上了眼，神态安详，只是出奇地瘦。她走了。走得寂静……她走的时候，仍是一个上海女子。

伯克利大学有奥本海默和张爱玲两个异类，不是一个偶然。

因为伯克利是美国西海岸高校中的异类。伯克利多元与包容，让每一种声音都可以有自己的讲台——这里拥抱异类。自由意志的血液，在奥本海默身上流淌着，也倔强地流淌在张爱玲身上。多数人生，都像是蒲公英，看似自由，却是身不由己。教授、研究员这些身份其实都是绑架，只有如他俩一样完全抛开了，才有可能通往自由之路吧？

太阳快落山了，有点凉意，估计温度降到 20 摄氏度以下了。

我问一个学生，咖啡馆在哪里？热情的他立即领我去一处带露台的咖啡馆，那个露台上，我记得仿佛可以远眺旧金山。一种毛茸茸的小尾巴的松鼠在最后一抹太阳光影里跳来跳去，有一阵子，它居然倏地跳到了我的大腿上，向我讨吃的。我被它的利爪刺入裤子，抓痛了腿，顿时一声惊呼。

此刻，风从咖啡馆后面的树林里面慢慢地吹来，那些橡树、红杉、银杏、桉树，还有叫不出名字的树都仿佛轻轻地飘荡起一层层褶皱。

这个咖啡馆就是言论自由论坛咖啡馆。1965 年伯克利发起了席卷全国的言论自由运动（Free Speech Movement），该运动改变了一代人对政治和道德的看法。

咖啡馆外面，我吃惊地发现，校园的阅报栏里，赫然张贴着当天北京出版的英文版《中国日报》，伯克利居然鼓励大家每天公开阅读共产党的英文版党报，这在西方大学中极其罕见。这让我想起伯克利一个礼堂的门，是没有把手的，那是象征着言论自由。

据说前阵子，伯克利还举行过盛大的反特朗普游行。游行的人集结了不少，不过这次挺平和的，一些人上台做了抨击式演讲，说特朗普不断撒谎，而且也没有履行竞选承诺。下面一半人鼓掌，一半人在举着手机拍照发 Ins（照片墙）。

警察叔叔则在旁边悠闲地吃着热狗。

伯克利的校训是，LET THERE BE LIGHT，我翻译成："让光明普照大地。"

跳上我的"毛驴"，看见一只野猫路过我前面，以为它在四处觅食，我把手上的面包渣渣留给了它，但是它只是闻了闻，就走开了。

连猫都这么个德行。

它沐浴在最后一道金色的光线中，喵喵叫着，看我一眼，跃进丛林。

旧金山的不动产也会动

> 地震也给了我"无常"的思考，即没有什么是可靠的，没有什么是不变的，没有什么是永恒的，即便是我们脚下的大地。

驱车前往旧金山，天空中突然传来一声巨大的恐怖声响，窗外的树木与路灯东倒西歪，错乱不堪，剧烈摇晃之后，紧急刹车后跳下车子，顿时被眼前的景象"震趴下了"：公路被一条深不见底的黑黢黢的深沟切开，这条深沟有几百米深，更让人倒吸一口凉气的是，一座房子被硬生生地撕裂成两半，隔着"深沟"遥遥相对。再往城市里面走，整个旧金山CBD已经变成一个大烟囱了，大火映红了天空，联合广场附近的大楼像积木一样坍塌，到处都是尖叫逃命的人。

还好这不是我在旧金山的亲历，这是电影《末日崩塌》中的场景。

昨天晚上，我和同学老孟在微信里聊旧金山，我问："听说华人喜欢炒旧金山的房子？"

我的这位地图指挥官说："我们得克萨斯州人才不买那地儿的房子呢，旧金山要来大地震，你知道吗？"

我惊愕道："大地震？"

他说："这是全美国人都知道的秘密！《末日崩塌》看过吗？"

我说："看过啊，一部大烂片，两次里氏9级地震引发的海啸淹没旧金山，夸张的是，水位已不可思议地到达城市最高建筑的顶层，无数大厦像泥巴捏的，瞬间被震成了碎渣，搞得美国好像都是豆腐渣工程。还有弹幕说，强森女儿的饰演者'奶震'比地震好看，她只穿一件吊带衫到处蹦蹦跳跳地逃难，她夸张的胸部罩杯和超夸张的地震震级一样离奇！"

老孟说："这电影拍得是有背景的，因为，整个旧金山湾区的确就是建在几个地震断层带之上，宛如把房子建在一个摇椅上。"

他发了一个资料给我，我一看，是圣安德烈亚斯断层（San Andreas Fault）的介绍，这横贯加利福尼亚上千公里的断层，地质学家形容该地区已"怀胎10月"，而且"已远远超过预产期"，断层地区每150年就会发生一次大地震，但该地区已300年没有发生大地震了（1906年旧金山地震是由于其他断层）。未来30年中，约有70%的可能性会发生6.7级及以上的地震，不排除8级以上。

老孟说："现在加利福尼亚州人对地震的风吹草动很敏感，最近最好别买房。地震来了，才知道不动产也会动，而且动起来要人命啊！"

傍晚，海边一片绯红。

远处的金门大桥在余晖中沐浴，大海墨蓝，宛如《黑客帝国》结尾，病毒特工被杀后的梦境。

我驾着小"毛驴"，开上巨大的红色斜拉大铁桥，像是一群蚂蚁正列队通过食蚁兽长长的红舌头进入它的身体，然后被消化在各个部位。

因为好几天没有好好洗澡了，后面几天我就奢侈了一小把，住在了市中心的宫殿酒店。

这家酒店位于新蒙哥马利大街上，是一个充满古典主义色彩的老派酒店，年长的拉门员举手投足很优雅，让我觉得小费给少了都有点惭愧。

9米多高挑空的大厅，大理石罗马柱子和凡尔赛宫一样的走廊，处处是巴洛克风格的纹饰，地上铺着土耳其手工绣花款式的大地毯，最夸张的是大厅天花板上有10个巨大的水晶吊灯，每个都有一个大圆桌面那么大，让每个走进去的人，产生一种自我陶醉或者某种"高贵感"，有人把这家酒店翻译成皇家宫殿酒店，那也是有道理的。

因为有免费早餐，所以，第二天早上九点半，我就坐在大厅里喝着红茶，嚼松饼。

猛一抬头，看见高悬的巨大水晶灯正在我的脑门正上方，7到8米的高度，让我有一种心惊肉跳感。我想，如果此刻发生大地震，这个桌面一样巨大的水晶灯晃落下来，根据自由落体公式 $v^2=2gh$，水晶灯砸向我的末速度是每秒13米左右，也就是这么重的东西以大约每小时46千米的速度直落我头顶，如果无处可逃，我肯定就会变成一个肉饼夹馍馍，早茶杯子会是这个馍馍上的一朵青瓷碎片花。

1906年4月18日清晨5时12分，这所酒店的人还在做大梦，8.3级大地震突然降临。旧金山湾的海浪剧烈翻滚，整个城市的大地也跟着翻滚、舞动起来，拱起又跌下，跌下又拱起，形成2至3米高的波幅。一位美国记者这么描写他的地震感受："在房间上下左右摇晃时，我听见玻璃的破碎声、家具的撞击声、地板和墙壁的错位声，钢琴的沉重跌倒声则又为这一长串难以忍受的噪声增添了一个音节。""当时我在睡梦中被巨响吵醒，惊慌地发觉自己的身子在床上被高高抛起，又重重落下，黑暗中，周围的一切都在被地震肆意地摇晃，摔倒，房子里的嘈杂声像几十个发脾气的人在摔东西泄愤，就像世界末日到了一样！"

大地震仿佛一只在地下行走的暗兽，很多地方被夷为废墟，市政厅像纸牌一样倒塌在地。接着，煤气管爆裂，引发全市大火，旧金山变成一片无法控制的火海，整个城市笼罩在1500摄氏度的高温下，钢筋软化，砂岩裂开。火焰在80公里外清晰可见，冲天的浓烟高达数公里。

我所在的这家酒店的老板，很幸运地发现大楼在8.3级地震中岿然不倒，暗喜建筑质量之高超，但是高兴了没有几小时，酒店却被随之而来的大火迅速吞噬，烧为一片灰烬。

这场地震带走了旧金山2500条人命，并让旧金山成为一片黑黢黢散发着焦臭的废墟，那些亮晶晶的铁轨变成扭曲变形的烂铁。但是，仅仅6年时间，旧金山的重建工作大部分已经完成，再过3年，"太平洋巴拿马世界博览会"在旧金山举办，一座亮闪闪、散发着摩登气的城市，已经取代了焦黑的废墟。

我目前所住的宫殿酒店是灾后在原址上重建的，推测是八九十年前重新开业的，落成剪彩时，华服、美车挤满了新蒙哥马利大街。这就是生命：野火烧不尽，春风吹又生。

但是，人人好像都有健忘症，好了伤疤特别容易忘了痛，酒店室内设计师一点也没有吸取上次的教训，要在客人正上方七八米处挂这么大、这么重的水晶吊灯，难道圣安德烈亚斯断层是纸糊的吗？

难道设计师都是西安人的后代吗，那么喜欢肉夹馍？

我亲历了三场大地震。

唐山 7.8 级大地震，全国有震感。记得大概是 7 月的一个傍晚，天气酷热，不知道为啥爸爸那天没有去邻居家串门，可能是天气太热了，哪儿也不想去，反正晚饭后，我们两个人都赤膊坐在床上呼呼呼扇蒲扇，床是那种很破很薄的木板床，床头上方吊了一个照明的电灯泡，我爸爸突然踹了我一脚，说："别抖脚！"我委屈地说："我没抖啊！"他说："床都被你抖晃了！"我说："我真没有抖啊！"这时，我们两个人同时看到，头顶上那个电灯泡在绳子上来回剧烈晃动，像一个到处飞舞的巨大萤火虫，我瞬间很委屈，这明显就不是我能晃得出来的嘛！此刻，我就听到爸爸说："不好了！是地震了！房子要倒！！"他起身拉着我的手下了床。到了地上，我发觉地在动，根本站不稳，一瞬间，我怕得要死，脚立马就软了，嗓子眼发热，好在那时候的爸爸才 40 来岁，身强力壮，使劲拽着我可能就像拖死狗一样地往门外猛蹿，我们住的是农场的一个平房，八九步路就蹿到外面去了。一跑到外面，我就声嘶力竭地喊："地震啦！地震啦！地震啦！"那是一种小动物濒临死亡的恐惧叫声，也是一种小动物给自己壮胆的呼喊，我一路跑一路喊，这才发现邻居都出来了。由于天气实在太热了，很多男女都是和我们一样半光着身子只穿条大裤衩跑出来的。等我平复下来，躲在爸爸身边的时候，发现很多阿姨穿了平时看不见的内衣，害羞地躲在人后面。那是一场 5.0 级左右的余震,房子没有倒,我们在外面待到半夜,终于抵不过睡意,很多人撑不住,还是回去睡觉了。现在,几十年过去了,想起那场地震,就是自己那声嘶力竭的呼喊,那个剧烈晃动的电灯泡,半光着身子的人群,还有爸爸有力气的大手。

2008 年汶川 8.0 级大地震,我清楚记得 5 月 12 日是一个工作日,下午,我假装去见客户,其实是翘班和一个朋友去看刚上映的电影《钢铁侠》,那是南京西路的一个电影院,白天看电影有种"偷得浮生半日闲"的快乐。当天,里面坐的人估计一大半是溜号的,若有人大喊一声"老板来了!",立马能走一半人。立体声效果特别好,小罗伯特·唐尼和恐怖分子进行枪战的时候,火力十足。我感觉到这个票买得很值,因为那一刻,连房屋都剧烈震动起来。等我们看完电影走出大楼,外面天光很亮很刺眼,我吃惊地发现,写字楼云集的南京西路上都是人,大家都西装革履地站在马路上交头接耳,像集会一样。我当时还很好奇,走上去,问了一个办公室女郎模样的人,她说:"你不知道吗?刚才地震了,写字楼晃了好几下呢!"后来,我回想起来,才发现到枪战场面时房屋摇晃不是影院效果,而是真的地震来了!这立体效果也配合得太天衣无缝了吧!回去后,我的一个同事告诉我,当时他正在跟客户打电话,很镇静地告诉电话那头的客户:"我这里好像地震了!"客户在那头停了停,也很镇静地告诉他:"那就挂了嘛!"后来,看到一条花边新闻,上面说,5 月 12 日那天,重庆有 4 个婆婆在打麻将,突然发现桌子在摇晃。婆婆们二话不说,分头去找了些硬纸板,垫在桌腿下面,然后坐下来继续打!这估计是重庆最强悍的几个老太婆了。

2016 年 4 月 16 日,大阪樱花怒放时节,我却赶上熊本大地震。

那天也是鬼使神差,我居然住在 288 米高的日本第一高楼里——位于天王寺"Harukas"的万豪酒店,我的房间大约是在 52 层,这座楼是360 度玻璃帷幕,窗口远眺,大阪的迷离夜色尽收眼底,甚至可远眺关西国际机场,由于相对高度太高,有一种仿佛站在大阪半空中的感觉。半夜,突然从酣睡中惊醒,在最初几秒钟,只有一个念头如雷电般在我脑海中闪过，地震了！大楼正发出"吱——""呀——"的恐怖声音，并在缓慢地左右摇动，床也在晃，人在床上根本睡不稳，远处低矮的大阪城市在夜色中摇摆，那一刻，我非常担心大楼会这么直挺挺地倒下去，和大地接吻。好在日本的酒店里面，没有任何悬挂物，连五斗橱都是死死钉在墙上的，一时半会儿也没有东西会砸向我的光头。我心惊肉跳地打电话到酒店大堂，前台很平静地说："不好意思，请在客房里等候，因为电梯已经自动停止运行。"哇！想跑都没有门了！我心里一阵哀叹！我当时就在责备自己，傻啊！日本在火山地震带上，地震这么多，我还选这么高的楼住。"吱——""呀——""吱——"这大楼恐怖的声音又来了。时间只有一两分钟，但是好像过了很久很久，我打开电视，NHK新闻里面播报，九州地区发生了大地震，关西有感。电视里面有一个地震地图，地图上有一个个红点点，像是蚊子叮咬过肿起来的一个个小包，那都是正在发生余震的地方。

后来，我听说一个日本人路过大阪的丰臣秀吉雕像，突然看到丰臣秀吉在向他招手，他差点被吓死，撒腿就跑，等停下来才知道是发生地震了。

这天上午，我想休息休息，在可怕的大吊灯下喝了一会儿茶，发了一阵子呆，乱想一通。拿着杯子时想到，人其实也是一件容器，哪怕是最轻微的震动，最小的颠簸，都可能让他破碎。

地震也给了我"无常"的思考，即没有什么是可靠的，没有什么是不变的，没有什么是永恒的，即便是我们脚下的大地。

喝茶时，我突然喷出一口来，因为突然想起有一句土土的中国"名言"，可以分享给旧金山人："专家叫蛤蟆不叫，可以安心睡觉。蛤蟆叫专家不叫，赶紧玩命逃跑！"

那片孤傲、铅灰色的海

> 只是冥冥之中，仿佛一直有个声音在我耳边
> 说：再走远点吧，什么都别怕！

8 月 12 日清早，我离开旧金山，继续沿海岸线北上，方向是西雅图。我把车窗打开，让大风横冲直撞地吹进来，把脑袋吹醒。

突然，鼻子里闻到一股怪味，臭臭的、臊臊的，一阵一阵地钻进来。我扭头看见旁边车道上有一辆双层运货车，我超车过去的时候，看见无数个猪脑袋被关在货车的铁栅栏里，它们在车里拱来拱去，也有几头猪正好奇地张望着外面。我看到一头猪阔阔的鼻子被卡在两根铁栅栏之间，那个表情好搞笑。

我踩油门远去的时候感叹，这些猪大概不知道自己是被送往屠宰场，被送往做汉堡的厨房，它们还在享受生命中最后一段欢愉的旅行。转念又一想，我们和这些猪的差别何在呢？最后都是死亡，它们是不自由的生命，我们又有多少时间是自由的呢？

这是漫长的一天，我途经北美最壮丽的一段公路——红杉树国家公园。

车里放着《逍遥骑士》中那几首老掉牙的歌："我更愿旅行在钻石般

的新月下 / 穿过圣山山谷 / 漫步穿过丛林 / 在那树木有光泽的树叶的地方……"我想和人说说这部电影，谈谈里面那快乐的长辫子、高把手的摩托车，在漫长公路上的自由飞翔，这种感觉，会有人明白吗？理解这种感受的会不会越来越少？我读高中时，在上海东北角的那所学校里，每天像关在笼子里的猪一样刷 200 道题时，曾偶尔读到一句"每个人，都是一座孤岛"，瞬间被击中了。后来我明白，那些孤岛即使联结起来，也不是一片大陆。

一度，太平洋方向吹来凉爽湿润的风，吹进我的喉咙，缓解了汽车里面的太阳暴晒。一度，我把两只手都放在方向盘上，头半趴在方向盘上。

这样慢慢地行驶一天。

公路的尽头还是公路。

到了傍晚，路两旁开始出现直挺挺插向云霄的红杉树，它们硕大的身影遮蔽了天空，最后一抹阳光斜 30 度穿过树林里那些巨大的躯干，微弱地照下来。

黑夜渐渐来临，我仿佛把车开进了森林巨兽肚子里。

刚开始还有几辆车开在我前面，但很快，他们拐到岔路上去了，四周一片漆黑。

夜投一家叫"绿宝石"的森林小木屋旅馆，推开估计 20 年没有装修的木门，吱吱呀呀的。前台一个鹤发鸡皮的老奶奶接待了我，她的灰白色头发枯萎地卷曲着，眼睛深陷在大大的鹰钩鼻子后面，说话很慢很清晰，只是声音微微发颤，让我联想起这是一个森林深处的小木屋，她这个样子活像一只老猫头鹰待在她的木质巢穴中，而我就是上门的那条虫子，而且是亚洲品种的瘦小虫子。

她让我填一张表格，我在"来自"一栏顺手填了个"上海"。办好事，问好我租的小木屋的方向，我正打算拖着自己的行李离开猫头鹰的窝，她突然咕哝了一下子，从柜台后面探出细细的脖子问我：上海是一个国家吗？

亚洲虫子头上顿时滚出一滴硕大的汗。

我不知道这位老太太是怎么度过她的生命的，每天夜晚她都一个人睡在森林里吗？她的鼾声只有森林的红杉树和那些北美云雀可以听见。假如一个人睡在这样的森林里久了，完全习惯一个人的生活，是不是就不想迁就他人，不想再回到喧闹的城市了呢？

次日一早，我离开红杉树国家公园，继续北上。

波特兰不远了，你在公路上就能感受到它作为港口城市的雄性脉动，一辆又一辆巨大、锃亮的集装箱卡车从我的身边呼啸而过，我见过一个车头拖着三个集装箱的，像开在我旁边的一列火车，非常震撼。

路边，高耸的广告牌映入眼帘，黄色的底色，黑色的字，"成人店"两个巨大的英文单词在高速公路上触目惊心，引人心猿意马。

9点，开车路过一片海，在暗灰色的海面之上，飘浮着沉重湿润的雾气。有几只海鸥的鸣叫声，孤傲而神秘的声波掠过砾石沙滩，掠过远处的森林，吸引我停下了车。太阳还没有力气刺穿雾气，砾石沙滩上，海浪翻滚，远处孤单单一个灰色的身影，路上孤单单一辆老式吉普车。我停好车，路过这辆车，发现它破旧不堪，土绿色的油漆已然斑驳，方向盘估计还没有助力，是那种只有收音机连 CD 都没有的老爷吉普，但是，车顶上却绑着一个鲜红鲜红的冲浪板，是那种纯度很高的正红，在铅灰色的海边，显得如此耀眼。

踩着一路碎砾石、鹅卵石、沙土、小贝壳、羽毛和鸟粪，走近海滩，那个灰色的身影，居然是位白发老人。他一个人在海边踯躅，漫步。我们交错的时候，彼此只是用眼神打了一个招呼，都不想破坏这片海的宁静。这种宁寂，宛如电影《钢琴课》开头的那片铅色的海，一些不规则的鹅卵石睡在泥泞的沙滩上。

那一刻，海鸥继续在我们的头顶嘎嘎叫着盘旋而过。海浪和着雾气无休无止地翻滚上来，齐刷刷地消融在沙滩上，留下一点白色的泡泡。

风吹过来，我看见开吉普的老人银发散乱。

爱极了这片铅灰色的海。

我想起了1845年梭罗眼里的瓦尔登湖，他在那里开荒种地时发现，每一种水面至少有两种颜色，一种是从远处看的，另一种是近看的。在天气好的夏季里，从稍远的地方望去，它呈现出蔚蓝色，特别是在水波荡漾的时候，但从很远的地方望去，却是一片深蓝。

28岁的梭罗撇开金钱的羁绊，独自去湖畔建一个小木屋，一个人生活了两年多。他是孤独而自由的人，摆脱一切世俗的通道。但是，其实你仔细读他的书，会发现在他的瓦尔登湖边的屋子里还是有招待一堆朋友的时光。

我很能理解一个人独处的滋味。

由于父亲政治平反，我是从安徽的大山回到繁华的上海读高中的，因为说的上海话口音比较重，一开始就被同学取笑，加上那时候人也很内向，没有啥朋友，只是每天机械地活着。记得有时候突然看到一件很有趣的事情，竟然发现身边没有人可以说，只好把那个笑话吞回肚子，烂掉。毕业那年，班长组织同学们去高桥的海边野营，到了基地，大家又说又笑，在借来的帐篷里打扑克，闹了一个晚上。我没有去凑热闹，独自一个人坐在海边，听那黑黢黢的海水翻滚了一夜，无休无止地循环往复，直到半夜，才回帐篷沉沉睡去。那一刻，感觉灵魂是我自己的，就无其他了。18岁夏天的晚上，下了晚自习，自己冲好凉再洗衣服，到窗口晾衣服的时候总喜欢默默地看天空，星星基本是看不见的，只看看月亮，是残月还是满月，一个人能看很久很久。

那年暑假，我看了5遍《这个杀手不太冷》，那个女孩跟莱昂说：自从遇到你，我的胃痛就好了。我想那个胃痛的感觉就是孤独了，我也曾有这种痛感。

我们都是孤独的行路人。

我也在想我自己，我离开上海，离开朋友家人，撇开工作，把自己抛在路上，要追寻什么？自己其实都不知道答案。

只是冥冥之中，仿佛一直有个声音在我耳边说：再走远点吧，什么都别怕!

踩着鹅卵石和碎石，从海滩上回到公路上，雾气依然弥漫着大海，远处的森林树木面目迷离。我告别那辆老吉普，继续往西雅图赶路。

一辆锃亮的大卡车呼啸着从身边开过去，留下一阵风。

在海边开车时，我坚守一个信条：一定要开窗，因为打开车窗就等于拥抱了大海。

午后，海不见了。

过了格兰德蒙德，我听到逍遥骑士唱了这么一句："真的没有价值 / 最后她会明白 / 我生来就不循规蹈矩。"

"I wasn't born to follow（我生来就不循规蹈矩）。"我也五音不全地跟着哼了几遍。

首富仙踪

> 我一直觉得比尔·盖茨手上有一个水晶球，因为他预测未来的能力，比那些巫婆可要厉害一万倍。

今天在快速道路上开车时，突发意外。

正在用谷歌地图导向麦迪那街，我猝然发现手机只剩下最后1%的电，赶紧去找那根充电线，一摸更慌乱了，可能是昨天晚上带到民宿充电时忘记从墙上拔下来了，顿时一头冷汗出来了。如果没有手机，我连西雅图的东南西北都不认识，在大马路上开，完全是两眼一抹黑。不要说去麦迪那大街，就是回民宿都困难。

又开了一阵子，手机突然黑屏了，彻底变成了一块石头。

我一片混沌地顺着车流往前开，心想：该怎么办？

还好看到右首方向有一个加油站，赶紧下去，9美元买到一根充电线，插上去一试，手机毫无反应，居然不兼容！我头上的汗又冒出来了。找服务员交涉，那是个膀大腰圆的黑人妹子，毫无表情地看了我一眼，走到一堆充电线商品前，拿出一个扔给我，豪爽地说："再试一下！"这下红色的电池充电标志终于出来了。

续上救命的谷歌导航，沿近千米的桥穿过一个大湖，车子就上了小坡，在逼仄的山林小道上转两下，车子就下坡朝着华盛顿湖的方向驶去了，一条几乎只容两车勉强通行的小道，两列树阵，树枝几乎打在车门上，一片密林的浓荫迎面而来。周边开始出现一些别墅，路突然没有了，一座巨大房子的侧面横卧在山林下，突兀的橘色条木外墙。橘色木算是西北地区的风格吗？不清楚。

西雅图麦迪那东北 73 街 1835 号，我仔细核对了谷歌上的地址和照片，确认这就是比尔·盖茨的家。

一座约 6000 平方米的巨宅，像一只趴在华盛顿湖畔喝水的巨型食蚁兽。

下了车，这里一切都静悄悄的，盖茨家入口处立着一个牌子："私人住宅，禁止入内。"我知道尽管没有保安挥舞着大棒出现在面前，但是，他们此刻肯定正在某个地方监视着你的一举一动，腰里别着擦得铮亮的格洛克 17 手枪。我想，如果我像走向火刑柱子的圣女贞德，抑或如江姐大踏步走向刑场般跨过大门，他们会不会当场击毙我？

这个入口估计是比尔·盖茨每天回家的路，距离他的公司只有 15 分钟车程，他的办公室看上去既无趣且无聊，我在美剧《硅谷》中看到过，所以，他要搞一个有想法的家。

我正想着，突然身后有汽车的声音打破湖畔的静谧。

我从反光镜一看，哇！好像是辆劳斯莱斯，是首富先生回家了！

啊哟，我差点叫了起来！我顿时肾上腺素剧烈分泌，心怦怦加快跳动，血液哗哗流淌，激动得有点发抖的感觉，能够看到地球上最牛掰的人的幸福感涌上来，一瞬间，脑子里面已经出现和比尔·盖茨合影，发朋友圈，获无数无聊吃瓜群众点赞的热血画面。

那辆车慢慢靠近我，经过我的一瞬间，我发现车子里面坐着二男二女，看不清脸。他们很快超过我，除了驾驶员，其他人突然都和我一样，摇下车窗，探出半个身体，拿着手机在咔嚓咔嚓狂拍，兴奋的表情仿佛把脸化开了。我仔细一看，他们开的车也不是劳斯莱斯，而是一辆长一点的克莱斯勒而已。等到他们也下车来，我发现驾驶员也和我一样，是一个光头，戴着高度近视眼镜，看见我注目于他，他对我咧嘴一笑，他的眉毛黝黑，是一个墨西哥裔计算机怪才的模样。

这个巨大城堡的橘黄色非常不自然，和周边的湖光山色反差很大，太像一个永远穿衬衫、牛仔裤，头发乱蓬蓬，戴着硕大的啤酒瓶底眼镜的"理科宅男"的成人玩具。

而且，我个人觉得这个智慧建筑物也太费电，比如配有大头针传感器，随时调节自己所在空间的温度和湿度。人又不是蚕宝宝，这么金贵对身体好吗？这个建筑物也太不人性，比如客厅养有大型古老虎鲸，假如有一天，这个大虎鲸突然死了，不会变成非常恐怖的事件吗？这个建筑物太像公共建筑而不像个家，比如供200人同时进餐的私人餐厅，以及藏有达·芬奇《莱斯特法典》手稿的私人图书馆，每年还要交付100万美元物业费！

现代人追求自然、简约、空寂，这不才是居住的最高境界吗？

比尔·盖茨是不是考虑到自己会像前世界首富保罗·盖蒂一样，自己的私宅在他自己百年之后，成为西雅图的参观胜地？毕竟，他30多岁就是世界首富了，连续做了多年，谷歌和百度上关于他的最多问题之一就是"比尔·盖茨还活着吗？"哈哈。

盖茨的想象力，以及他对未来的前瞻能力，简直就是一个魔鬼天才。

考虑到这一点，我就明白了他建造此屋的良苦用心。

我一直觉得比尔·盖茨手上有一个水晶球，因为他预测未来的能力，比那些巫婆可要厉害一万倍。

他还在读中学的时候，就预测自己将成为"班草"。因为他编写排课程序将自己排在了全是女孩的班级。

当别人还在为一个简单的财务目标奋斗时，他就预测"每一个家庭，每一张桌子上都会有一台电脑，而这些私人电脑将使用统一的软件"。各位，他有这一想法的时候，时间大约是1975年！于是，他开始搞微软。1975 年，这一年越战才刚刚结束，中国还在"文革"最后的混乱中。

我为他惋惜：他没有找到很好的建筑设计师。因为，他的家门口缺一个巨大的水晶球雕塑，这个雕塑应该纪念他的伟大预测。

他在 1996 年出版的《未来之路》中，就魔鬼般地预测：未来人可以亲自进入地图之中，方便地找到每一条街道或每一座建筑，这不就是 GPS（全球定位系统）和谷歌地图吗？

他预测，未来人们在观看电影《飘》时，可以用自己的面孔替换片中的嘉宝等知名演员，实实在在体会一下当明星的感觉。（这是多么美妙的想法啊，比卡拉 OK 可有意思多了，我想当一回《黑客帝国》里的尼奥！）

《未来之路》预测音乐销售将出现新的模式。那些对光盘等耗材感到头疼的用户将不会再受到磨损的困扰，未来的音乐将存储在一台服务器上，供用户通过互联网下载。（这不已经完全实现了吗？）

《未来之路》中写道：如果您的孩子需要零花钱，您可以从电脑钱包中给他转账 5 美元。此外，当您驾车驶过机场大门时，电脑钱包将会与机场购票系统连接，检验您是否购买了机票。（前者就是微信支付和支付宝，后者的功能也基本实现了！）

《未来之路》中写道：如果您计划购买一台冰箱，您将不用再听那些喋喋不休的推销员唠叨，因为电子公告板上有各种评论。（如今的亚马逊、淘宝、大众点评等任何平台，都能看其他人的评价！）

这简直太神奇了，他提前十多年想到了今天的样子！

我不能不怀疑他手上有一个巫师的水晶球。

退休后，这位科技巫师的预测和想象也是一样地爆棚。

他预测未来的人们，可以饮用大便提炼的水。他自己当众喝下了一杯"5 分钟前还是屎尿"的大便提炼的纯净水，并说"味道不错！"。原来，他为解决非洲地区卫生问题，发起了一个马桶设计大赛，最终英国团队设计出可以在 5 分钟内把粪便转化成饮用水，并且无须冲水的马桶。

他预测未来的避孕套更薄，而且可以杀病毒。于是他砸 100 万美元，悬赏设计能够预防艾滋病的超薄的人类第二代避孕套，这种新套套将使用突破性材料，"非常非常薄"，感觉如皮肤，还可以提升快感。

比尔·盖茨家图书馆穹顶上刻着《了不起的盖茨比》中的一句话："他经历了漫长的道路才来到这片蓝色的草坪上，他的梦一定就像是近在眼前，他几乎不可能抓不住的。"书架上方，巨大的英语字母环绕着穹顶，这似乎就是比尔·盖茨自己的写照。

我走回"毛驴"的时候猛然想到，盖茨百年之后，我如果再来西雅图参观他的橘色木纹私宅，就可以进去看到图书馆穹顶上的这行字。他作为一个魔鬼天才预言家，对自己身后事的预言，就是这座巨大的房子啊！

从比尔·盖茨家的小道出来，太阳还没有落山，再次开过大桥，越过那片巨大的蓝莹莹的湖面时，发现远处居然有一处雪山，那白色的盖子被金色的太阳点亮了，悠悠地浮在苍青色的天空中。

这就是雷尼尔雪山吧，我想。

过桥，我找了一个地方停下来，喝口罐装咖啡，仔细远眺这座雪山。金字塔形的雪盖下方被太阳燃烧成了金黄色，中间是米黄色，顶部是米色的，腰间还缠绕着一堆云，像是花式腰带。西雅图真是一个不赖的地方！不但处处有湖，有漫长的海岸线，居然还有一座横亘的雪山在天上罩着当地人。

雷尼尔主峰的积雪终年不化，山下是广袤的森林。听老孟说，他的一个美国朋友为了能登顶这座雪山，花了近一年的时间在登山俱乐部接受训练，然后才费老大劲登上这座山峰。我突然想起了《进入空气稀薄地带》的作者乔恩·克拉考尔，他从珠峰捡回一条命后，就是在西雅图写完全书的，他在登珠穆朗玛峰之前在雷尼尔雪山做了训练，他最终能够写出《荒野生存》这样的伟大作品，恐怕也是沾染了这座雪山的福气。

　　一座雪山，飘浮在一座城市的半空，会给这座城市带来完全不一样的灵感，不一样的胸襟。

刷锅水和西雅图的童话

————————

> 我们每天计算收入与开销的日子，我们每天被
> 老板和客户追赶着奔命的日子，我们不停吵架、不
> 停分手、不停和不幸战斗的日子，还是非常需要童
> 话，需要美好来引领我们的，即使被骗。

比尔·盖茨和霍华德·舒尔茨（星巴克创始人）被人用绳子吊着，在街头疯狂跳舞。

一个满头脏发的男子在路边弹吉他唱歌，同时还用脚指头提拉着两个小木偶，小木偶看来被绑上了提线，在地上又蹦又跳的。我凑上去一看，正在完成各种高难度动作的小人，一个头上贴着比尔·盖茨的脸部画像，另一个则是霍华德·舒尔茨。流浪艺人用臭臭的、估计3天没洗的脚指头控制着西雅图的两位超级大佬，让他们随着他的脚指头和音乐干这又干那。比尔·盖茨和霍华德两个小人偶披头散发，手脚乱抖，忙得不亦乐乎。

我乐颠颠地站在那里看了很久，心想，这有点莎翁年代英国市民广场讽刺剧的味道。

这一幕发生在去西雅图派克市场的拐角处，8月15日。

阳光像被清洗过一样地纯净，和煦的清风亲吻着港口，我浑身每一个细胞都仿佛张开嘴巴在用力呼吸，每一滴血液都铆足了劲在血管中哗哗哗地奔腾，特别是从雾霾之地过来的人，更能加倍体会到这种愉快，长期吸

雾霾的好处在这里集中体现了。

西雅图的人民都是好演员。

万头攒动的海鲜摊位上，正在上演"美男计"。

一位鼻子高挺、帅气的鱼档伙计，穿着白色围裙、黑色高帮雨靴，笑容温暖如初春的骄阳，一抬手就是胀鼓鼓的肱二头肌，抓举起一条硕大的鲑鱼，用了一个"空中大腾挪"手势飞掷向前台，同时高声喊着"飞往明尼苏达州的鲑鱼"，其余的伙计像星宿老怪的徒弟一样"嚯嚯"齐声应和。此时，站在柜台后面的高手也宛如大内高手一样，单手稳稳接住飞来的鱼，并手脚麻利地把鱼像夺命暗器一样扔向前台售货员。瞬间，那鱼在空中飞来飞去数次，速度之快，接鱼手法之稳，看得人眼睛都花了，只能齐声喝彩。其中几个女游客看见如此四肢发达的帅伙计表演，更是兴奋得刺耳尖叫，宛如黑猫在春夜里叫床。

此时，再扭头瞅瞅那些摊位上的东西——各种生蚝、帝王蟹、鲑鱼、鳟鱼、鳕鱼，都赤条条地睡在冰里面，会让嘴馋的人腿软得迈不开步子，口水横流。

从农贸市场的帝王蟹、鲑鱼堆里走出来，穿过明亮得晃眼的小街，对面有一家永远在排队的咖啡馆，这是全球第一家星巴克，无数朝圣者奔到此地，那门口还是老款的标志——棕褐色的双尾美人鱼正浮出水面，含情脉脉，仿佛手上捧着刺杀王子的匕首。整个店是墨绿色的墙体、门框、窗户，整个外形都保持了 20 世纪 70 年代的原始状况。

我在人行道上排队，看到了一双失落的眼睛。

这双眼睛来自紧挨着星巴克咖啡馆的一家眼镜店经理，他无精打采地趴在玻璃柜台上，望着窗外。长长的买咖啡队伍穿过这家眼镜店门口，隔壁万头攒动，而这家店里却一个顾客也没有，估计每天都上演这样的场景——这可能是西雅图反差最大的两家小店。

星巴克门口，两个意大利男中音在飙意大利歌剧，其中一个穿暗红格子西装、留络腮胡子的矮个子，唱到高潮副歌部分的时候，眼睛和眉毛都会剧烈地抖动，像是喉咙里面的小火山马上要喷发。1981 年，霍华德·舒尔茨第一次走进这家店的时候，他就看到两个艺人在演奏"莫扎特曲目"，他顿时为意大利的咖啡文化所倾倒。后来，他收购了老东家的咖啡店，并在全世界推广这种改良的意大利咖啡。而意大利人并不买账，他们认为，星巴克的过滤咖啡，就像"一杯没有味道的脏水"，类似中国人形容食堂的汤叫作"刷锅水"。前阵子星巴克宣布将在米兰开设首家店，这让咖啡胜地意大利炸开了锅，有国人评价，"那基本上等同于一个美国人在成都开一家川菜连锁快餐店，还是用微波炉加热的那种"。

但是"刷锅水"的说法，并不妨碍我对星巴克的喜爱。

曾经有人在办公室做过一个小实验，请十几个人，盲测来自星巴克和Costa（咖世家）的咖啡。结果是大部分人根本无法区分出来，一杯咖啡到底是来自星巴克，还是来自 Costa。很明显，只是优质的咖啡，是远远不能变成一家市值 800 亿美元的上市公司的。

那么是什么成就的呢？

我个人认为霍华德·舒尔茨从咖啡中揣摩出了什么是人性，并用人性的思考，来贩卖他的意大利"刷锅水"。戴尔·卡耐基的《人性的弱点》揭秘：在人类的天性里，最深层的本性就是渴望得到别人的关注和重视。

人们渴望和他人沟通，渴望倾诉情感，有的时候可能就是渴望说说废话。

意大利人喝咖啡也不只是为了喝咖啡，他们拿着清晨刚发的罗马小报，与咖啡师寒暄几句，然后点上一小杯浓缩咖啡，站在面对大街的窗口小口啜饮着，接着和旁边的人开聊尤文图斯队昨晚那个被射飞的点球，或是贝卢斯科尼的选美小姐出身的内阁部长，间或向路过的长腿办公室女郎发出"你的眼睛漂亮得像两把刷子！"之类的赞美之词。

星巴克也学到了这一点，你走进一家"星爸爸"，咖啡师会和你寒暄："你是在这附近工作吗？""这是你的中饭吗？"尽管多数内向的中国人好像不太习惯这一点。另外，我仔细看过很多本星巴克的留言本，这是情感宣泄的广场。一个中学生写："整天考试考试考试，头好痛！"另一个说，希望今年能够交一个靠谱的男朋友。个别留言簿上出现了很多交友留言，有的还留下了联系方式，仿佛"相亲登记簿"。翻一翻可以看到，有不少人写下了"祝李裕如早日脱单""王梦瑶今年要嫁出去呀"的字样。

我看到最感人的星巴克倾诉留言是一位女子的笔迹，她足足写了4页纸，都只是一句话："张超宇，死鬼！我好想你！！！""张超宇，死鬼！我好想你！！！""张超宇，死鬼！我好想你！！！""张超宇，死鬼！我好想你！！！""张超宇，死鬼！我好想你！！！"我数了一下，有100多遍，那些惊叹号像被大海一次次拍打上岸的浪花。至今，我都在想，这个张超宇是死是活？那些惊叹号后面埋着怎样的一个故事呢？

星巴克的每一个员工都被称为"伙伴"，这有点像历史上的某些秘密结社组织的做法，如郇山修道会、共济会，这些男性结盟组织，互称"兄弟"，他们关系亲密，能够激发出员工、客户的个人情感需求，这才是厉害之处。就这点而言，星巴克的理念，超越了咖啡本身，假如用这种理念来经营"武大郎牌"烧饼铺子的话，也一样会成功。

我大约排了40分钟的队，才进入店内，发现里面依然要排队，十多位星巴克员工在柜台后面像流水线一样地给客人做咖啡、拿纪念品。如此高的工作强度，他们估计都累得想翻白眼，已经没有一个人关注我的情感需求，毫无闲情向我打招呼、问候了。

端着拿铁，我拿着一个纪念缸子满头大汗地挤出这家店的时候，不禁感叹道，全球最不像星巴克的店，就是这个全球第一家星巴克店！

坐在派克市场外的马路牙子上喝那杯咖啡，发现口味很寻常，抬头看见"PUBLIC MARKET（公共市场）"的招牌，霓虹灯做的大红字，一副老派样子，和电影《西雅图夜未眠》里长得差不多。这里是西雅图的时空穿梭机，把各个时间到达的人们都通过这个不变的市场联结起来。

那部电影让当年闭塞的中国人知道了美国除了纽约、旧金山，还有个叫西雅图的地方。当年，我关于西雅图的全部美好印象都源于这部电影。

《西雅图夜未眠》讲一个丧妻的男子在他的小儿子的帮助下通过全国广播的谈心节目，在茫茫人海中找到了自己的新伴侣。该片是在 1993 年上映的，那时候通信不发达，电台是互相交流情感的地方，电影里，那个平安夜，钟声响起，女主听到了一个来自西海岸的厚实声音，是一个叫"西雅图未眠人"的陌生男子对着电台诉说他对亡妻的思念。就是这个声音，这种真挚的情感，这种刻骨铭心的哀伤震撼了她，让已经准备结婚的她突然想去寻找这个素未谋面的陌生男子，不远千里，横跨美国。

影片结束并不在西雅图，而在帝国大厦的顶楼。那是双方第一次见面，就立刻明白了对方是自己要找的伴侣。这时，顶楼观光处要关闭了，所有游客必须离开。保安人员低声咳嗽，暗示他们不得不离开。萨姆说："我们该走了。"安妮有一种失落。就在这时，萨姆却向安妮伸出手说："不一起吗？"安妮激动得眼里泛出泪花，接着把手放在萨姆的手中。他们一起走向幸福的未来。

这是好莱坞式的情节，一次次地错过，一次次地失之交臂，但是，两个相隔千里从未相见的人却最终牵手，那就是冥冥之中存在着的童话一般的缘分吗？很多年后，我们渐渐知道电影里面的故事都是假的。但是，我们的苦逼生活，我们每天计算收入与开销的日子，我们每天被老板和客户追赶着奔命的日子，我们不停吵架、不停分手、不停和不幸战斗的日子，还是非常需要童话，需要美好来引领我们的，即使被骗。

来西雅图的路上，我还是再次看了遍 iPad 里面下载好的《西雅图夜未眠》，依然颇有感触，是男主萨姆的伤逝唤起了自己的尘封往事吗？还是想起年轻时候多少个不眠之夜？

记得那些年，我们宿舍的同学在寝室熄灯后，都和电影中一样，上床静静地收听电台的深夜情感热线《今夜无眠》。大学毕业后，我夜里常常从床上爬起，走到虹口一个小区的院中，抬头仰望灰亮灰亮的天空，整个宇宙都是一片混沌和孤寂，这让我特别思念一座远方的城市，那是我自己的西雅图——泉州。

半年前，我途经厦门，鬼使神差地出现在泉州的街头——我 25 年前大学女友的老家。我在思考，25 年前的泉州的影子还有吗？

这 25 年，中国大兴土木，城市大拆大建，老巷子和旧房子往往一夜之间就不见了，泉州这样重商的地方可以说都变成另外一座城市的模样了。

25 年前，一个寒冷的冬天，我们曾经一起去过她的老家，那时正值春节，还是大学生的我清瘦单薄，鼻梁上架着廉价的塑料眼镜，女友则剪着齐额的童花头，拉着一个写着"上海"两个字的帆布箱子。我第一次来到了这座南方的小城，摩托车和自行车穿梭如过江之鲫，放眼望去都是低矮的铺子、老式的幌子和骑楼雨廊。不远处寺庙的香火袅袅升起，主街上的一家肉粽店人头攒动，闽南语叽里呱啦宛如外语。穿过仄仄的石板路、墙壁长有苔藓的小巷子，再拐七八个弯，就是她家的一栋平房了。

女友的爷爷是一个小有名气的私家眼科医生，但是从她的父亲起就不做医生了，全家都住在爷爷留下的一个旧诊所里，父母、兄妹每人一间房子，都是当年的诊室。而我临时住的客房就是当年的药房，所以，还有一个小小的发药窗口对着外廊，她的母亲为了监督我们是否有亲密举动，常常从这个发药的小小窗口偷窥里面的情形，以至我拉住女友手的时候，时不时要看看那里有没有一双黑黢黢的眼睛。

女友带我去吃泉州当地的粽子，这家"钟楼肉粽"里面的馅有虾米、蘑菇和肉，蘸一种特别的微酸辣的酱料吃，我能一口气吃三四个。吃撑了，再沿老街走过去四五百米，就是唐朝时留下来的开元寺。和南方的寺庙不一样的是，这里的大殿是唐代供法，东西南北中五尊大佛一溜排开，特别壮观。

半年前，48 岁，人到中年的我又出现在泉州的东街上，放眼望去都是高楼大厦了，那些仄仄的石板路、长苔藓的逼仄巷子和一层楼的老房子基本都消失了。东街盖了新的骑楼，星巴克咖啡的招牌竖起来了，远处传来购物商场的喇叭声，满街的汽车替代了当年的摩托，唯一不变的似乎只有马路的名字了。

当时还是料峭的初春，雨飘下来，南方是如此阴冷。

我走着走着，突然站定不动了，看到了一样东西，眼泪就哗哗地流下来了。那是中山路上的一家小书店，叫树人书店，居然还是25年前的位置，和25年前一样的行书招牌，和25年前一样的脏兮兮的塑料帘子，和25年前一样只卖历史和人文书，我上前打听，老板还是当年的那位。我的前女友，是商人文化泉州的另类，她喜欢看小说，喜欢读历史，喜欢思考，25年前的整个泉州就只有这样一个地方是她的精神家园。我记得一回来，她就急急忙忙拉我去这家树人书店，仿佛这里有她许久不见的老友。我们也不急着买书，先在书店里面静静地看啊看的。回来五六天，倒去了三四回。临别时，在那家书店挑了本张承志的《北方的河》，那是我最喜欢的作家的。后来，我曾经在上海的一个打折书店里面看到过它，发黄的《北方的河》被堆在了大特价处理品当中，五六块钱的样子，我心中一阵阵地抽搐。

现在，整个过去的泉州都不见了，只有这家书店居然还在，几乎和过去一模一样。它似乎就是静静地等我回去，在同样的地方静候着我的不期而遇。在25年激烈动荡变化的时空中，它在那里无声地坚守着，似乎就是等这么一天，告诉我过去的一切美好都是曾经真切存在过的，并没有完全灰飞烟灭。

我当时眼泪就哗哗哗地流下来了，是一种抑制不住的横流。

这种感觉就是一个时空穿梭机把你带回了25年前，带回了那个海外归侨最多的城市，带回了话也听不懂的人群中，带回了那年闽南的湿度和温度中，带回了那个南方多雨的小城，带回了那段懵懂青涩的时光，带回了那段心地明亮略带寂寞的韶华，带回了那甜美安详的一刻，带回了那个曾经有我爱人的地方。

这个书店就是一部时空穿梭机，而人已经不再。

后来分手后，我20多年来再也没有见过她。应了这首诗：此去经年，应是良辰好景虚设，便纵有千种风情，更与何人说？

终于，在西雅图要结束我第二年夏天纵贯美国的旅行了。

最后一天早上，我在爱彼迎的海边民宿收拾好行李，沿海边的仄仄小街走一走，坐在无人的海边花园，再看一眼西雅图的海。海浸在薄薄的雾气里，不过太阳似乎要升起来了，潮退去了，海边没有白日的喧哗和夜晚的迷离。想起顾城说："走了那么远，我们去寻找一盏灯。你说，它就在大海旁边，像金橘那么美丽，所有喜欢它的孩子，都将在早晨长大。"

涛声很远。

我不知道此去西雅图，有生之年是否还有机会再来。

不过，我可以记住这个地方的模样——

西雅图，一个可以一年下9个月雨的地方，忧郁而缠绵，以至到处都是湖，到处都是海，到处都是水。西雅图，一个印第安酋长的名字，一片生长出微软、星巴克、亚马逊的土地。西雅图，那里还曾经住着一位颓废的男人，日夜思念着他的亡妻。西雅图，也有一位幸运儿，找到了自己的童话结局。

西雅图也是一部时空穿梭机，它让你勾起一段思念。那里存放着的可能是远方的一座城市，可能是一列飞驰的列车，可能是一条寂寥的窄巷，可能是一个过去住过的小屋，可能是一些封存良久的旧物，那就是我们的西雅图，那里安放着我们往日的记忆，往日的朋友，和往日的爱人。

又有谁会知道呢？

那曾经是明亮的，忧郁的，是蓝色的，还是灰色的？

反正，每个人的心中都有一座属于自己的西雅图。

■ 美墨边境隔离墙的终点，破铁皮一直延伸到海里，一个男子
对着墙，弹着忧伤的曲目。

■ 97岁的前海军陆战队"售货小妹"齐默曼给我看了一张她74年前的照片,清纯、漂亮得不输那些明星。很多老奶奶都有小姑娘时候的不寻常往事。

■ 洪都拉斯"推土机"把我的头发剃成了 zero，她的发廊开在一个
没有水的小屋里，没有水给客人洗头，她依然很快乐。

■ 全球第一家星巴克在西雅图的派克市场，人头攒动，是最不像星巴克的星巴克。

■ 比尔·盖茨的未来之屋在西雅图的湖边，上书闲人莫入，闲人只能留影。

■ 斯坦福大学里收藏的罗丹雕塑比垃圾桶还多，图为《加莱义民》。

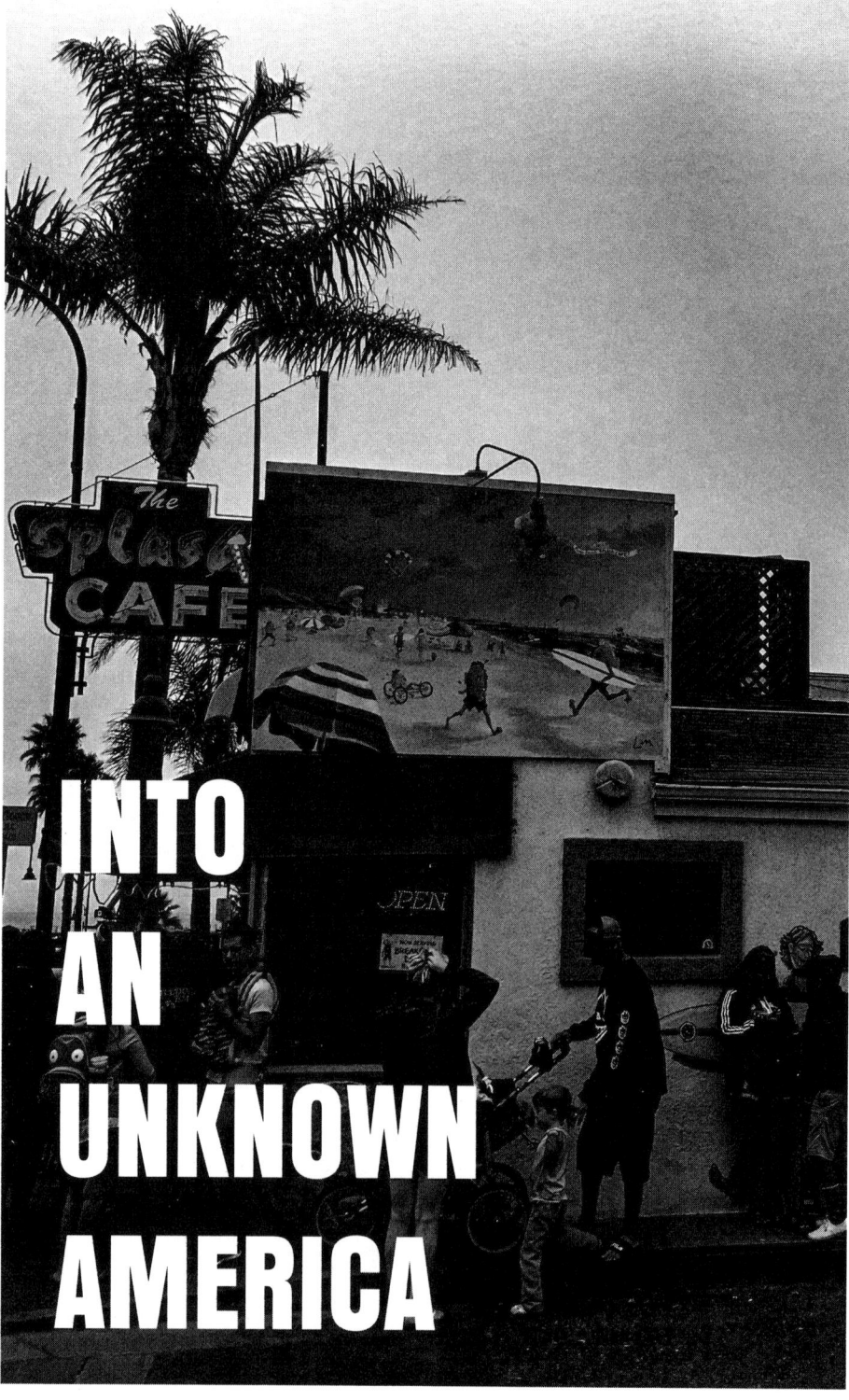

INTO
AN
UNKNOWN
AMERICA

这个夏天的海如此冰冷，

如此安静，

与北野武《那年夏天，宁静的海》一模一样的沉静和墨蓝，

一模一样的凉意和白浪翻滚，

只是没有执着在海边守候的贵子。

3

第三夏

The Third Summer

伯克利教授（上）

> 我看她慢慢走远，干瘪、瘦小的背影和硕大的
> 黑色双肩包消失在门口马路的人群里。
>
> 再会了，米歇尔。

　　他整个人瘦瘦的，戴着一顶鼠灰色的帽子，穿着一件鼠黄色的有领 T 恤，还戴着两个亮晶晶的银灰色耳钉，走起路来肩膀一耸一抖，身体一蹦一跳的，怎么看都像一只硕大的澳大利亚袋鼠。

　　他是加利福尼亚州伯克利大学社区发展课的教授，叫 Jeff，因为这个发音和中国的"姐夫"有点相似，所以，我私下里就和个别中国同学叫他"姐夫老师"。

　　这是我在美国的第三个夏天。

　　我于 2018 年 7 月 22 日赶到伯克利大学，开始了四门暑期大学课程，这也是我从复旦毕业第 N 年后，头童齿豁之前，第一次重返校园。

　　"姐夫"老师的第一堂课上来照例是点名，当叫到我名字"Leo"的时候，他突然停下来说："很巧！我的女儿也叫 Leo，我特地给她取了一个男孩的名字。"

　　他补充说："这样我会很容易记住你的名字！"

　　他上课的时候喜欢在讲台前剧烈地走动，一会儿在左边，一会儿又跳跃到右边，我看到他银灰色的耳钉一会儿被日光灯照亮了，一会儿又

暗下去。他每五分钟要耸一次肩膀，时不时用手比画的时候，还翘着兰花指。

我觉得他尽管有女儿，但应该是个同性恋，至少是个双性恋。完全凭直觉，我发现他的眼神和一般的男人不一样，有一种非常强烈的不确定性。

这堂课讲旧金山街区的高档化运动、人群的融合，内容枯燥无聊，令人昏昏欲睡，我干坐了两个小时，突然想起高中某位同学的"无聊课应对大法"，他通常对着班里的盆栽，开始数叶子，如果风一吹，或者被老师吓一跳，忘记数到多少时，不要担心，他可以从头开始，这样还没数完，保准下课铃声响起来……

"姐夫"老师布置的一篇作业是回家观看一部叫《教会街区》的电影，电影讲述的是旧金山拉丁裔族群的故事，看完写一篇观后感。

我不准备看这样的电影，上完第一堂，我想换课。

根据伯克利大学的规矩，你如果不满意课程，可以在一周内去课程管理办公室换，这时候不会产生课程的费用。

于是，第二天中午，我斗胆来到管理办公室，负责的老师很热情地接待了我，在电脑系统上查询我要改上的加州文化课有没有空位置，并把"姐夫"的社区发展课从我的选课桌面上剔除。正在这个时候，虚掩的门突然打开了，我看到了一个大大的鼠灰色帽子和一对亮晶晶的耳钉，"嘿！Leo！"居然是"姐夫"突然闯进来了，我吓了一跳，做贼心虚地用半个身体倾斜过去盖住电脑，希望他不要看到我正在换掉他的课！"请问米歇尔老师的办公室在哪里啊？"他问道。原来，他是路过管理中心，探头进来问路的。换课的老师给他指了一个方向后，"姐夫"说了声谢谢，他一身鼠黄色的衣服跳跃着消失在走廊上。

换课老师帮我联系了加州文化课的米歇尔老师，米歇尔是一个热情的老太太，她在电话里说：明天你直接来"生命科学谷大厦"2023室上我的课吧。

于是，第三天下午，我走进米歇尔的教室，吃惊地发现，这个教室就在"姐夫"班的隔壁。看来米歇尔的课非常受欢迎,里面坐得满满当当的,连一个空位置都没有。于是,个子瘦小、头发枯萎的米歇尔说:Leo,你可以帮我去隔壁教室搬把椅子吗?

我一脸尴尬,低着头推开"姐夫"教室的门,里面坐着和我上过一天课的同学,我希望没有人可以认出我来,也希望姐夫还没有到达教室,因为,现在离开课还有几分钟时间,根据伯克利的上课习惯,如果课表上写两点钟上课,那就是两点十分上课,整个学校的时钟会拨后十分钟。

突然,在课堂的角落里,一个鼠灰色大檐帽子升了起来,他直起了身,热情地说:"嘿! Leo,你来了啊!"原来他已经来了,在那里弯着腰插电脑。我只能尴尬地说:"我可以借一把椅子吗?""姐夫"很疑惑地看着我,我二话没说,扛着讲台前的一把小椅子,飞奔出教室。我的头上不是一滴汗,而是一堆汗,我看上去更像一只湿乎乎逃窜的袋鼠。

整个暑假,我发现"姐夫"几乎是阴魂不散,如伯克利钟塔的声音一样久久萦绕,成为我挥之不去的心结。

一天中午,我推开图书馆沉重的大门,发现有一个人很友好地帮我拉着门把手,我一眼就看到了那对耳钉,伴随着那个标志性的打招呼声"嘿! Leo"。还有一天,我在钟塔附近的大草坪上睡午觉,作为一个人到中年的学生,我每天都会在那里睡一会儿午觉。蓝天、草地、钟塔、大图书馆,朦胧间,我突然看到一个跳动的鼠黄色身影正在面前的甬道上越来越近,我马上判断这就是"姐夫",于是,我一个鹞子翻身,背对甬道,用衣服掩面而睡。

终于,有一天,我把那部 2009 年的拉丁裔同性恋题材的《教会街区》看完了,那是旧金山变迁的一个缩影,观念极其传统的父亲 Che 是墨西哥裔移民,他强烈反对他的同性恋儿子和另一个同性恋小哥谈恋爱,双方之间起了强烈冲突,甚至到了拳脚相加的地步。于是,我鼓起勇气给"姐夫"写了封信,算是完成了第一堂课的作业:电影观后感。我说我很同情同性恋男主角,还有那个有暴力倾向的父亲,那个被时代逐渐淘汰的人,那个还生活在过去的价值观中的人,他们无法沟通,有的时候,同情别人就是同情自己吧。

仅一天后，我收到了他的来信："嘿，Leo，今天很高兴见到你。你做了一个有趣的评论，我们同情他人就是同情自己。我很欣赏这部电影的一点是，Che 既没有被描绘成好人，也不是坏人，而是一个复杂的人。他会向前走几步，然后再向后走几步。我也喜欢结尾的含糊不清，因为他开车去洛杉矶看望他的儿子。他儿子真的准备接受他了吗？不清楚。祝一切顺利……杰夫。"

奇怪的是，自从我收到这封信之后，我好像再也没有在校园里看见过那个戴着大檐帽、跳动的鼠黄色身影。尽管我的目光经常在校园里面搜索他，可他就像从我的身边消失了一样。

米歇尔是一个热情的老太太，人干瘦干瘦的，枯干的褐色头发，皮肤干巴巴的，但是眼睛却是闪亮闪亮的，特别有神。她大概只有一米五八的身高，却总是背着一个 60 升左右的黑色大背包。上课前，我就亲眼看她从这个黑色的大包里面掏啊掏的，掏出过一沓复印好的鲍勃·迪伦的歌词，一本 10 年前的洛杉矶人物台历，一本《美生中国人》，一盘 CD，一堆让我们去调研的表格，甚至还有几块供我们上课品尝的饼干、点心和糖果。

我在想，她背这么重的东西，腰会不会受伤？另外，包包里面这么多吃的，会不会招蟑螂？

她是体验式上课法的代表，通常只呱啦呱啦讲半小时课，然后就背起她重重的黑色的"壳"，带我们出发去看博物馆、艺术馆。她带我们坐地铁去了加利福尼亚州奥克兰博物馆，这个不起眼的小博物馆，以前打死我也不会去的。但是，在这里我却看到了一个较为完整的实物加利福尼亚州史。

站在博物馆门口，米歇尔问我："你发现最有趣的加利福尼亚州历史在哪里？"

我说："最有趣的是 1510 年西班牙人刚刚发现加利福尼亚时，有人居然这样介绍它——这里有一个岛屿，叫加利福尼亚。这里非常接近地球的天堂。这里充满了黑色皮肤的女人，在她们中间没有男人！没有男人！！她们的手臂上都是金子，因为这个岛屿除了金子外，没有其他的金属。"这是一个叫戈西亚的西班牙英勇骑士 16 世纪初时眼中的加利福尼亚，我猜想他或许并没有真正来过加利福尼亚，这段描写是他对加利福尼亚的无限意淫吧。但是这段意淫却是多么神奇而富有想象力，是历史上最佳的广告语，比戛纳广告节的任何作品都要好，这段话里暗示的性和金钱，激发了所有具有野性的男人的欲望，他们均幻想有生之年能够去加利福尼亚探险。

在加利福尼亚，你最好不要和人讨论政治，因为，很有可能因为观点不一，双方吵起来，甚至大打出手。

我在伯克利期间看到这样的新闻：一次游行中，特朗普的支持者与反特朗普人士就爆发了肢体冲突。戴着护目镜、头盔和防毒面具的双方人员互相推搡、挥拳，甚至用举着标语的杆子相互击打，最后发展到相互掷石块，有些人头破血流。加利福尼亚曾是美国最富裕的州，精英人数居美国各州之首，也是反特朗普的大本营。早在一年多前，加利福尼亚的一次数万人游行盛典，天空没有一丝白云，天蓝得宛如在一场悠长的梦中，这时一架飞机嗡嗡嗡划过长空，飞机在身后喷射出几个巨大的字："美国很伟大！特朗普真恶心！"把所有人都看呆了，成为整个盛大庆典的高潮。活动期间，这几个喷射出来的巨大的白色的字悬浮在空中，宛如冻住了一样，久久没有散去。

前两天读到了一篇有趣的原创推文，说美国邮政打算发行特朗普总统的纪念邮票，但是刚刚发行不久，就宣布中止使用，理由是寄信人不知道应该往哪一面吐唾沫。

我发现伯克利大学多数老师都一致反对特朗普。

米歇尔是极其讨厌特朗普的一族。

上课的时候，她说特朗普修建美墨边境墙，让很多家庭分离；她说特朗普退出气候协定，导致全球环境恶劣。"他怎么可能让美国再次伟大？

他摧毁了美国的民主法治，传播了种族主义，散播了仇恨和恐惧。""他就是全世界的一个笑柄！你听听他的最近一次演讲，35分钟里面，多数时间在吹嘘自己的成绩，然后就是批评这个批评那个，他就是试一试美国还可以得罪多少人。"

一次课后，她和我在聊天的时候，突然想起他的又一条罪状："最近他要和中国进行贸易战，真的非常疯狂！"然后她又补了一句："中国好像不愿意对他让步，对！这样太好了！我们需要有人和他对着干！！"

"对！就是不要对他让步！"她的眼睛放着光芒。

伯克利的夏天，校园里流动的八成是中国学生，米歇尔最关心的是华人学生在美国逐渐"文化丢失"的现象，她安排我们去看《美生中国人》。该书中的男主美猴王，就是美生中国人的缩影，他们黑头发、黄皮肤，能说一口流利的英语，汉字却不识得几个。中国人会对他们说："你是中国人？那你怎么不会说汉语？"外国人会对他们说："你是中国人？你的英语怎么说得这么好？"他们变成一个独特的夹心饼干群体。

该书作者杨谨伦，是个已经不懂中文的二代华裔，这听起来如此忧伤。他这本书以孙悟空开头，探寻让大部分中国移民纠葛一生的身份难题：你当然已经不再属于中国，但是你肯定也没法属于那群几乎没有民族传统的白人。那你到底属于哪儿呢？

答案是：找到心中那个"自有者"，你会发现你就是你自己。

课程快结束的时候，我才知道米歇尔单身，我问了她一个很傻的问题：你的家在哪里呢？

她说她是一只"候鸟"。因为她只有夏天的时候才像候鸟一样回到加利福尼亚伯克利大学上课，而平时她都远在土耳其安塔利亚的一所大学里当老师。我第一次听说这个地名。她说安塔利亚位于地中海旁，被群山环绕。有成行的棕榈树和林荫大道，极其漂亮的海边老码头，是一座迷人的历史城市，当地的人非常友好。"只是最近越来越不好，因为土耳其出了一个非常坏的总统，他对新闻媒体进行大清洗，现在已经有几十家新闻媒体被总统查封，他逮捕了很多很多记者。土耳其里拉暴跌了四成。"

我问她，你以前大学是什么专业的？她说是新闻专业。我一下子跳了起来，我也是新闻专业，太巧了。

我说，你生活在两个国家里，都出现了你非常不喜欢的总统。她说，是啊，这也是没有办法的事情。"这一点上，我太不幸运了！"

她希望我有机会去土耳其旅行，有机会去她的大学看看。

我问，你在加利福尼亚有家吗？她说这里的房价太贵了，动辄一百多万美元，她买不起这里的房子，再说土耳其里拉跌得像坠入大海的流星，已经快要不值钱了。我想，一个打两份工的教授也买不起加利福尼亚的房子，这情况和上海多么相似。不过，她说她的朋友在伯克利这里有很大的漂亮房子，她每年回来都住在他的大房子里，顺便帮他看房子。"这一点，我又太幸运了！"

我们在奥克兰博物馆门口告别，她问我："你会来安塔利亚吗？来那里找我吧。"我知道这是猴年马月才能实现的事情了，但嘴巴上说："会的！"

那是她的最后一堂课，全体同学在博物馆门口散课。

我看着她慢慢走远，干瘪、瘦小的背影和硕大的黑色双肩包消失在门口马路的人群里。

再会了，米歇尔。

伯克利教授（下）

我开始知道画画是一种很令人着迷的东西，而且人一旦有了很着迷的东西，你就不会感到孤独，不会感到害怕。

光着白花花的屁股，扯着蛋，在伯克利校园中裸奔是一种什么感觉？

最近这几周，我每天路过古希腊风的大图书馆时，总是一通胡想。

据说，期终考试的前一周（dead week），晚饭后，大家正在各个教室看书、做题目、冥思，甚至半昏迷状态地打瞌睡，突然收到一条短信："图书馆集合！"精神顿时像被大麻点燃了。时间紧迫，书和本子也不收拾了，撒丫子穿过教学楼甬道就往大图书馆跑，到了图书馆先找个角落，把裤子一脱，丢在楼梯下面或者一排书架后面，然后就"嚯嚯嚯"叫着往大厅那光溜溜的人堆里冲过去。

大厅里面有少数人戴着面具，个别"奇葩"男子头上套一个塑料袋。一上来，参加者会担心自己的小弟弟太小，担心肚子上的赘肉丢人，担心自己的腿太细，担心自己的下体毛太密，后来发现每一个都不是完美的身体，每个人都有这样或者是那样的身体缺陷。于是，羞耻心被丢到垃圾桶去了，信心大长，或是呼啸着骚动着，或是跳跃着静默着，混在各色人群中。一大堆大腿、一群大汗淋漓并欢呼雀跃的肉体，大家像狂风暴雨一样穿过理工科书籍的排排书架，明亮的灯光照耀着肌肤上每一个毛孔。

有个别小哥会带着滑板，在人群中摔个白花花的大屁股蹲。裸奔群众通常会跑到伯克利南门小街上，街上有人喝彩，有人拍照，有人号叫。参加者都说，那一刻感觉太美妙！跑完后是一阵坦然和松弛。

记得有一个女生的背后用中文写着：你们穿衣服的屄蛋！！

这是一种抛开所有束缚的感觉！

可惜我是夏天来美游历，参加的是暑期课程班，所以就赶不上学生们的裸奔时间了，这是在伯克利最大的遗憾。

从 7 月下旬开始，每周两次，我都在午后急匆匆赶到生命科学谷大楼 4104 教室去听布莱登的课，由于没有课间休息，我都在上课前先尿个尿，这样上课的时候可以确保完全没有尿点。

布莱登人很高，有一米八五左右，金褐色头发有些稀疏，"高耸入云"的鼻子上夹着一副老派的金丝边眼镜，有点像电影《肖申克的救赎》中的主演蒂姆·罗宾斯的年长版。他走路很慢，举止优雅，说话是带点卷舌的加利福尼亚州口音，和纽约口音完全不同，慢条斯理的，每个音都发得倍儿清晰，宛如二战时的电台广播员，这让我这样的外国学生都可以听得如沐春风。他习惯的一身行头是：浅色长袖衬衫配老款的牛仔裤。

第一堂课自我介绍，他说他不是在伯克利念的书，他是斯坦福毕业的，说这话的时候，他很夸张地用食指放在嘴唇旁，嘘——让我们不要声张。哈哈哈，明明是他自己在声张，我们都笑了。

他的课在下午 2 点开始，也就是伯克利时间的 2：10，他拿着咖啡，笃定地走向教室，在教室门口停顿一下，撸一把头发，再甩一下头。他向我们说"Good afternoon（下午好）！"时，"Good""after""noon"之间的音拖得长长的，听起来特有诚意和教养。他通常把他的双肩包放在讲台边，然后往座位上完全靠下去，双手背在头后面，在椅子上先来一个 120 度的舒展姿态，先和我们聊天："杰克，上个星期天，你过得怎么样？""露西，你去那家餐厅了吗？" 5 到 10 分钟后，再坐回 90 度，开始他的美国幽默文化课。

他的幽默课超级受欢迎，因为，每节课都会像系列脱口秀一样，讲述他和他的印度尼西亚老婆的令人捧腹的故事。他显然对美国的"Tall Talk"文化很有研究，这是到西部探险的人说给"纽约佬"听的、早期英国冒险家说给"伦敦佬"听的"夸大的奇闻趣事"，这些奇闻影响了美国的国家精神。从某种意义上说，超人、蝙蝠侠、异形这一类都是这种文化的间接衍生物。

两个小时的课，他完全沉浸在个人"Tall Talk"时光中，讲故事的时候，他完全变成了另外一个疯狂的人。他站在我们面前，眼睛神经质地盯着教室的最后一排，眼神完全沉浸在他紧张的故事和有趣的情节中，他双手配合着做着大幅度的比画，简直有点手舞足蹈，刚刚捋得整齐的头发也散乱开来，到关键的时候，他会猛地甩一下，让它们回到本来的位置上去。

我尽管曾经过 10 年记者的严谨训练，但估计还是不能 100% 复原他的讲述。我记忆中最深的几个，其中一则是他第一次带她的印度尼西亚老婆回美国，如果和他的原版略有出入的话，就当是我给你讲了一场我的"Tall Talk"吧。

布莱登老师说他的老家在科罗拉多河边上，附近有一个小得不能再小的镇子，镇上有两个名人。一个是小酒吧的主人，叫"卟比"，不知道为何叫这么一个奇怪的女人一样的名字，"卟比"却是一个壮如牛，大光头，一肩膀文身的家伙。他的小酒吧是小镇上人的聚会场所，几乎所有的人都认识这个"卟比"。在卟比的酒吧里挂着一张发黄的大照片，照片上他双手抱着一条巨大的黑色怪鱼，边上放着他尖尖的鱼叉，他对所有的人说，这是他用鱼叉在科罗拉多河里抓到的。这条黑乎乎的大鱼足有一米五，有几十公斤，看了令人咋舌。但是，酒吧里面所有喝酒的村民都知道那不过是"卟比"的"Tall Talk"，因为那鱼根本不是他抓的，而是死了被水冲到岸边，他只是跑过去抱住拍了一张照片而已。不过，小镇上的人一致认为，科罗拉多河里有怪鱼，这些藏在河底的怪鱼，有时会杀人。

当地还有一个名人是小镇"首富"，我忘记了他的名字，就叫他罗伯特吧，他在小镇上推销他的大力吸尘器，几乎家家户户都买了他的吸尘器。他通常带着他的助手咚咚咚来邻居家敲门，说有一种新发明的吸尘器吸力无比大，大到可以把倒在地毯上的一盆番茄酱吸得干干净净。他说，如果吸尘器吸不干净的话，他就趴在地上用嘴巴把地毯舔干净。说话间，他的助手就会高高举起一盆血红血红的番茄酱，大声说："我倒了哟！我倒了哟！"准备倾倒在主人的客厅地毯上。通常主人都吓得心惊肉跳地说："算了算了，我相信，我相信，只是别毁了我的地毯就行。"就买了罗伯特的大力吸尘器。

所以，在小镇上，罗伯特的吸尘器和"卟比"的抓鱼照是家喻户晓的。

布莱登说他31岁那年，带着他的印度尼西亚老婆从外面结婚旅行回来，回到他科罗拉多河畔的房子。没有想到，那年科罗拉多河泛滥，他的房子正好在河边上，完全遭了殃，整个底层都是漫过腰部的大水，汪洋一片。他和他夫人从二楼的窗户爬进去，然后试图从二楼的楼梯下去，吃惊地发现客厅已经变成了一个巨大的水塘，更恐怖的是，水潭中有黑乎乎的一大团东西，看上去是一条巨大的鱼，正在来回不停地游动着。他跟他夫人说，科罗拉多河有吃人的怪鱼。他的夫人也吓坏了。他马上想起酒吧老板"卟比"，卟比有大鱼叉，还会抓鱼。于是，他们马上开车去找"卟比"。好久不见了，"卟比"热情地拥抱了他，胡子扎得他脸痛，听说有怪鱼，"卟比"超级兴奋，拿起自己生锈的大鱼叉就直奔布莱登家。

布莱登描述的最后一个画面是，"卟比"从二楼的楼梯上举着鱼叉，猫着腰，一点一点地靠近一楼客厅的"水塘"，布莱登和他的夫人屏住呼吸在楼梯上瞪大了眼睛。"卟比"撸起裤管，半个身子浸在冰冷的科罗拉多河水中，他使尽全身的力气，把鱼叉高高举起，猛地向那条怪鱼投掷过去。布莱登说到这里的时候，喘了一口气说，大家可以想象一下，"卟比"叉中了那条怪鱼，那条鱼在剧烈地翻动和挣扎的时候，他勇猛地扑了上去，抱着鱼在水中搏斗、翻滚，打得"水塘"狼藉一片，打得家里的家具四处漂流，浪花激荡。布莱登和他的印度尼西亚老婆站在楼梯上，心脏都要跳出来了，一会儿看见怪鱼翻动上来把"卟比"压在下面，一会儿看到"卟比"占了上风，把怪鱼死死卡在水里，真是一场生死大战。最后终于两样东西都不再挣扎，时间慢得仿佛过了一个世纪，"卟比"慢慢直起身子，浑身湿淋淋地从水中站起来，他这辈子又战胜了一条巨大的杀手怪鱼。

布莱登老师描述这个故事时是如此投入，入定的眼神仿佛他还在那个现场，身体前倾着，挥舞着手势，甩动越来越散乱的头发，血管里的血液都涌到脸上，这已经完全不是优雅地推门而入说"Good——after——noon"的布莱登了，这仿佛是在和那条大鱼搏斗的"卟比"附体。

最后，他也终于平静下来说，好了好了，前面描述的只是"卟比"的想象，你们想知道此事真正的结局是什么吗？

我们再回到搏斗的那一刻，原来，"卟比"使尽全身的力气，把鱼叉高高举起，猛地掷了出去，那条鱼一点反应也没有，他们三个蹚水过去一看，哈哈，竟然是罗伯特的吸尘器在水里作怪！还记得那个小镇"首富"和他挨家挨户推销的吸尘器吗？原来，不知为何，吸尘器浸水后在不知疲倦地工作，吸力形成了巨大的漩涡，看上去像是有一条大鱼在客厅水塘里来回游动一样！

我坐在教室里，听完这个故事，看着筋疲力尽的布莱登，他似乎正酝酿着下一场演讲，这是"大战"之间的平静间隙，不知为何，我的脑子里面突然浮现出著名电影《大鱼》中的经典台词："河里最大的鱼永远不会被人捉到。"

这段时间我搬离了玛丽·安家，住在伯克利山上，每天早上8：00左右，我背着电脑包徒步45分钟从接近山顶的地方下来，沿途是该地区最漂亮别致的山地别墅，以及旱季怒放的三角梅，还有无处不在的剑麻。

大约8：40，我从学校的北门步入校园，北门外的小超市门口，会遇见那个比雍正皇帝还勤奋的流浪汉，他顶着一头10年不洗的乱发，已经开始上班——摊着手向路人要钱。

接着，8：45路过主图书馆的草坪前，总是看到一个熟悉的身影在长凳子上打电话，是布莱登，他悠然地跷着二郎腿，半靠在椅背上，背景是大图书馆的罗马柱，看上去他很享受这段通话时光。我跟他打了一声招呼，他捂住手机对我说，他正在和他的妻子通电话。每天早晨，从不间断。或许，暑假的时候，他的夫人回了印度尼西亚？我说，向你的妻子问候。他很高兴地说：我会转告。

3周的课程飞逝，最后一堂课是集体上台进行主题演讲，其实就是讲各类有趣幽默的故事。我讲了一个北京某奇怪的建筑被媒体曝光像一个男性器官，还有一个同学分享了《生活大爆炸》里面"谢耳朵"学中文那一段，他想和老板说："陈皮在哪儿？陈皮在哪儿？"而他刚学一点汉语，估计是错把陈皮记成鼻涕了，所以老是说："鼻涕在哪儿？鼻涕在哪儿？"

记得有一个美国同学，讲了一个希拉里和特朗普的故事。

他说，有一个主持人问希拉里和特朗普喜欢什么样的女人。希拉里回答说，这个问题不能一概而论，我们每个人对女性的审美标准都是不同的，每一个女性都有她独特的美，每一个女性都有展现她魅力的地方，无论是肤色、发色、种族，还是宗教信仰……后面轮到特朗普了，他只说了一句：我喜欢金发大胸白人美女。

一个加利福尼亚州女生说了一则趣闻，说"红脖子"迈克尔是一个新自由主义分子，有一天他在树林里抓来一只野兔，高兴地对老婆说："我们回家煮了吃吧！"老婆说："锅是中国生产的。"迈克尔说："那么，我们烤了吃吧！"老婆说："点火用的打火机是中国生产的。"另外，她补充说："烧烤用的设备也是中国生产的！"迈克尔大怒，一把把野兔扔了出去，那只野兔在空中画了个弧线安全落在草地上，它高兴得一蹦老高，举起右前爪，高呼："新自由主义万岁！"

整堂课大家笑得前仰后合的，我后排的同学说好高兴，课程结束了，可以去洛杉矶好莱坞旅行了。笑完后，我发现全班只有布莱登老师一个人表情有点不同，他破例一本正经地站在讲坛后面，用他缓慢而卷舌的加利福尼亚口音说："时间过得好快，我们的课结束了，我很伤感，我会很想念大家的。祝你们好运！"

我看到快乐的他，眼睛里第一次有一种忧伤，很明显的忧伤感。

看得出他是如此眷恋，甚至是迷恋伯克利的这个讲台，痴恋北美的"Tall Talk"文化，这位斯坦福的天才，酷爱天下的趣事，酷爱向人们讲述趣事。给各地学生讲授美国幽默文化课或许是他快乐的集大成，伯克利给他提供的似乎不仅仅是一个暑期授课工作，还是一个无比热情的舞台。

这个课堂凝结了他全部的心血、痴与爱。

记得那天课结束的时候，我找他合影时，我问他："你平时都在哪里上课呢？"

他顿了一下，声音有点低，说："我平时在索诺玛县的一所中学当历史老师。"

"历史老师？"我吃惊道。

他接着说："我只是在暑假的时候，来伯克利给大学生们上 3 周或者是 6 周的暑期课。"

我问他："你其实很喜欢在大学当老师是吗？"

他说："是啊！我爱这里。"但是，他略带伤感的语调又出现了："我不在伯克利任教，因为索诺玛的私立中学给我的几个孩子和妻子全都提供保险，而伯克利大学是公立的，则没有这些，那里的待遇要好很多。"

"面包有时候也很重要。"我同情地说。

他浅浅地笑了一下，没有回答。

"人不总是都如意的。"

看着布莱登的米色身影在伯克利的主甬道上渐渐走远，消失，校园大钟叮叮当当地响起来了。我不知怎的突然想起我的一位小学美术老师来，三十多年过去了，我几乎忘记了他的存在。但是，看到布莱登不知怎的我又想起了他，在加利福尼亚的土地上，我想起了我安徽山里的一位小学老师。

他也和布莱登一样，曾经多么痴爱一件事。他影响了我。

我的小学美术老师，我已经记不得他的全名，好像是姓沈，就觉得他教我们的时候年龄已经很大很大了。人不高，很敦实，皮肤黝黑。我们的那个小学在安徽的一座山里面，是挨着长江的一个国营工厂的子弟学校，很多老师都是从上海下放来的，只有这个老师，听口音他好像是安徽本地人，因为他说"同学你们在干什么啊？"是这么说的："藤血啊，革么斯啊？"说作业本涂得很黑很黑，他说："喝七麻乌地。"

　　这位美术老师上课的特点就是撸着袖子在黑板上画呀画的，画得不好的地方，他就用袖子擦掉，一堂课下来，袖子都黑了。他说，同学们，今天我们画一个圆锥体，圆锥体怎么画呢，他就在黑板上吭哧吭哧先给大家画几个不同的圆锥体示范。他说，今天我们画一个房子，于是，他又在黑板上吭哧吭哧给大家画好几个房子。我们最喜欢美术课，因为不用背课文，不用动脑筋，而且没有作业，还可以胡乱画。通常我们在埋头画画的时候，一抬头，发现美术老师也在黑板上猛画，一堂课下来，整个黑板都被他的画给填满了。当时，我就想，他该有多喜欢画画啊！

　　由于学校里面缺老师，他还兼职教了一段时间的地理。地理课，他居然也是画呀画的，他最喜欢画地球，他一笔就可以画一个很圆很圆的大圆圈，他好像很陶醉于他可以一笔画得那么圆。有一堂课讲云，我记得他画了无数种云，我第一次发现云居然是那么多种多样。地理课上，只要是可以画的，他都会用粉笔在黑板上面解决。所以，别的课老师都是唾液横飞，面红耳赤的，而我们的课堂多数时间是静悄悄的，只有他的粉笔吱吱呀呀的，以及下面的窃窃私语。

　　学校里面多数老师都是有家室的，还有孩子也在我们学校里读书，只有沈老师老大了好像也没有老婆，一个人住在学校走廊尽头的一间小宿舍里。记得，我们小小的学校只有门房老头和美术老师是住在学校的。他一个人住在学校破败的宿舍里面，有一次，我路过他的寝室，就在挨着一楼走廊的男厕所斜对面第三间，我探头往里面看了一眼，吓了一跳，这哪儿是个住的地方呀？乱得像一个仓库，到处都是画板、颜料和烟头。我想，他是怎么爬进自己的蚊帐的，至今都是一个谜。那时候，学校破楼的夏天

304

很闷热，连个华生牌电扇也没有。有一次，他跟我们说，他宿舍的窗户不知道被哪个调皮捣蛋的同学用石头砸了一下，碎了一部分，但是居然没有掉下来，于是，他也不去换这块玻璃，他说他现在躺在床上，跷着腿，欣赏这片玻璃的破碎，这碎玻璃开片出去的纹路真的很好看。

那时候的美术期末考试，校方规定有一部分是美术常识问答题，由沈老师负责监考。他把考卷发下来后，就说，我出门溜达溜达去。然后，我们全都拿出美术课本，堂而皇之地大抄特抄起来。等我们抄好，他就踱着方步回来了。

每年春末，他跟我们说他下周要请一周的假，由某某老师来代课。我们都知道他是要参加某个考试，好像是去考安徽的一所美术院校。他说，如果他考上了，第二年就不能来教大家了。星期一的早上，我在上学路上居然撞见了他，他穿了一件白色的衬衫，那可能是他唯一一件干净的白衬衫，可是，袖子还是有点粉笔灰遗迹导致的"喝七麻乌地"。他手里提了一个灰色的上海牌布口袋，神情严肃而紧张，步履匆匆，似乎根本没有看到我，直奔汽车站方向而去。那时候我们去省城的话，要先坐长途车翻山越岭到繁昌县城，然后再从县城去芜湖，再从芜湖坐车去合肥，绕得很。

没过多久，他就回来了，回来后，他总是在课堂上念叨："如果我今年被录取了，下学期就不能来教你们了！"但是，下学期，下学期的下学期，他总还站在我们破败的小学教室的黑板前，用白粉笔吱呀吱呀画呀画的，他从来就没有被任何一所哪怕是三流的美术院校录取过。

但是，他的那份痴爱是那么深刻地影响了我。

我开始知道画画是一种很令人着迷的东西，而且人一旦有了很着迷的东西，你就不会感到孤独，不会感到害怕。

那些年我家里常常没有大人，妈妈在遥远的上海，我们一年见不上几面。父亲在一个船厂看大门，常常值通宵的夜班，姐姐在乡下的老家，家里到了晚上往往只有我一个人。我非常害怕一个人在家独自过夜，好多次，风把窗户猛烈地砸上的时候，我都会吓得跑出门，到外面无人的甬道上待很久。后来，我也学沈老师，一个人回到家，拿出纸笔，画啊画的，用水彩，用蜡笔，画了山水，画了云彩，画了猫狗，画了画报明星，很多时候都不知道自己画了些啥，就这样度过很多难熬的时光，过了很久很久。那一刻，我忘记了妈妈不在身边的不如意，一个人的少年时光，忘记了夜晚的鬼怪，忘记了没有伙伴的孤独。

不知道为何在加利福尼亚看到布莱登老师，却想起这位沈老师，现在三十多年过去了，不知道美术老师后来有无成家，他还画画吗？

机器人老太·昙花

我看到一张公之于众的明信片，是摩西写给一个日本青年的，上面有她画的一个谷仓和亲笔写的一段话："做你喜欢做的事情，上帝会高兴地帮你打开成功之门，哪怕你现在已经 80 岁了。"

早晨 9 点不到，空气中飘着一丝清冷，伯克利正从清晨的宁静中渐渐醒来。

清瘦的玛丽·安坐在一辆小车的后排中间，这是一位活泼健谈的 79 岁老太，她的边上分坐着朋友的两个孩子，琼斯在开车，他们赶去参加一个社区的活动。在伯克利大学城附近开车，是不会太快的，琼斯记得时速在 35 英里左右。前面就是一条宽阔的横马路，快到路口的时候，突然有一辆横向行驶的车右转，逆向冲向琼斯的车道，歪歪扭扭正面撞击过来。琼斯的车小，车体比较轻，当场被撞出马路，车子完全失控，轮子飞转，在地上翻了一个完整的跟头，等一切死寂下来，卡在位置上的琼斯惊吓坏了，以为自己要死了，等她发现自己还活着，赶忙去看两个孩子，她们好像都还可以，只是皮肉之伤，再去叫玛丽·安，发现她绑在座位上一动不动，整个头耷拉下来，脸部垂在胸口，"头像断了一样恐怖"，完全失去了意识。琼斯的心怦怦地剧烈跳动，眼前一片漆黑，她以为玛丽·安死了。他们从车子里爬出来的时候，发现车头完全撞瘪了，像被压缩或者是切掉了一样。救护车赶来后，玛丽·安被送往医院。医生发现玛丽·安的颈椎完全骨折，但动脉居然没有大破裂，她还活着，生命极度危险，于是，马上对她进行抢救。复杂的颈椎手术之后，她在医院昏睡了三天三夜，终于醒了过来，醒过来的第一句话是："我怎么在这里？"

现在，这位从"断头"车祸中幸存下来的玛丽·安老太太就坐在我的对面，头发枯槁，脸色如白纸的她正优雅地小口啜着咖啡，她是我的爱彼迎房东，一个快乐、豁达的单身老太，她邀请我共进晚餐。

看得出，她的脖子像被铁链锁住了一样，几乎不可以转动，所以，她起身去厨房拿碗碟的时候，走路姿势非常僵硬。"机器人的姿态，"她自我解嘲道，"我成机器人老太了。"

"后来那个车祸肇事的人去哪里了？"我问。她说："他是一个白人酒鬼，早晨9点多就喝醉了，请注意不是晚上9点多，这是真正的酒鬼。""车祸发生后，他驾车逃走了。后来，伯克利的警方根据录像找到了他，他现在在监狱里面。"

"我真是太幸运了，居然可以从这场车祸中活下来。你知道，我们两辆车是以35英里的时速正面撞击，那也就是70多英里的撞击速度，极度危险。当时我的脖子就折断了，居然没有大出血，我是不是太幸运了？"

我发现在讲述整个事情的过程中，她平静中透露着豁达和乐观，她觉得活下来就是很好的事情了。我没有听到她说太多责备那个酒鬼的话。

她说她花了6个多月的时间才恢复到现在这样，很长时间她都不可以做爱彼迎生意。最近两个月开始好转，而且脖子好像渐渐可以转动10到15度了，所以她又恢复了爱彼迎的经营。

作为一个79岁重伤恢复中的老太太，她每天在一台27英寸的白色苹果电脑前收发邮件和回复民宿客人的各种提问，比如附近有轻轨吗？比如走到伯克利大学需要多久？然后，颤巍巍地抱着床单、被套、浴巾走下楼梯，挺着僵硬的脖子，去洗涤、烘干，然后吸尘、清扫客人的房间，一丝不苟。我提出要帮助她的时候，她总是说，她完全可以胜任，这就好比是在锻炼身体，是恢复性治疗的一部分。

她这套纯木结构的房子大概是20世纪70年代末的建筑风格，只有一层楼，3个卧室，外加一个大客厅和一个敞开式的厨房，布置了许多大幅浅绿色的抽象油画和粉色的地毯，墙上、地上都是几何形图案，这把所有屋子潜意识中联结在一起，显得年轻而生机勃勃，你如果不知道主人是谁的话，或许会认为这是一个年轻人的房子。

所有的房间都有一个玻璃的天窗，所以我坐在客厅的时候，一抬头就可以看到瓦蓝瓦蓝的天空。楼梯下的半地下车库变成了工具间和洗衣间，那里停放着她的一辆躺车，也就是那种躺着骑的三个轮子的自行车，她车祸前常常在伯克利附近骑上一两个小时。

她好像没有丈夫，但是，客厅里面却有她的儿子和女儿的全家照片，唯独没有她丈夫的任何照片和一点点痕迹。在美国探询别人隐私是一件不太光彩的事情。但是，我不是美国人，所以，还是可以充满中国人的好奇心。

隔天的早晨，在我去伯克利上学之前，她告诉我："今晚我有几个朋友来家里参加聚会派对，你如果想来的话，一起来参加吧？"

傍晚，我偷懒，在街对面抱一个"美式意大利"比萨回家参加老太太家的聚餐，马修看到比萨，说："玛丽·安，你现在也接受比萨这样的快餐了吗？"玛丽·安正在搞蔬果沙拉，她说："当然，我已经不反对了。"我看看他们带来了什么，其实也比比萨好不了多少，面包、烤肉和几种叫不出来名字的酱。他们都说这个蔬果沙拉如何如何了得，里面是加利福尼亚当地的一种我叫不出名字的蔬菜，我也频频点赞。但是，最后，我发现无数只手率先伸向了我的"美式意大利"比萨，结果比萨是最早被消灭掉的，这是偷懒的好处吗？哈哈。

当晚在座的马修是一家建筑公司的技术员，大家拿他最新的女朋友开涮，说他的女朋友太年轻了，他一点也不生气，毫不介意大家的"指责"，还大吃特吃我的"美式意大利"比萨。另外有一对很优雅的夫妻，其中的妻子在玛丽·安严重不能自理的时候，曾住她家照顾过她一阵子。还有一个英国佬，他常常说那里的天气、人和旧金山如何不一样，尽管他已经过来十多年了。

玛丽·安很开朗，喜欢说笑话。她说，前年投票的时候，她看到有一个"特朗普 / 彭斯"的牌子，前面的一个拄拐杖的老太太突然回过头，对她说："我之前一直都不知道，特朗普原来姓彭斯！"

作为一个年近 80 的单身老太，她毫不介意拿男女问题开玩笑。吃甜点的时候，她问马修："现在有两个选择，必须要选一个的话你会选哪一个？"马修说："哪两个呢？"玛丽·安说："第一个选择是修一条高速公路，从旧金山跨过太平洋到夏威夷。"马修说："哇，那太难了，那么第二个选择呢？""第二个选择是让你去了解一个女人的内心世界。"马修想了想回答说："夫人，请问你要的高速公路是双车道还是单车道？"

马修后来告诉我，玛丽·安的前夫很多年前就和她离婚了，和一个有孩子的人结婚重组家庭，前些年，她的前夫也因癌症去世了，这段爱似乎在世界上永远消失了。但是，玛丽·安和前夫后来再婚的家庭一直保持着友好往来，她车祸期间，她前夫家庭的那个孩子还特地跑来看望她，送给她一件亲手绣的沙发巾。这份带一点点特别意味的亲情式友谊让玛丽·安十分欣慰，常常拿出来展示给她的客人们看。

我想一个女人可以和前夫新家庭的孩子建立友情，这得多大的一颗心啊，在中国大地上几乎是不可想象的。以"开明人士"鲁迅的家庭为例，他的原配夫人想见一眼鲁迅后来的老婆许广平的儿子周海婴，哪怕只是看一眼，都终生未能实现。

朋友聚会到 10 点多还没有散去，我因为第二天一早有课，所以早早地去睡了。晚上大概 12 点，我起夜时发现客厅的灯居然还亮着，透过门缝我看到玛丽·安居然没有睡觉，还在客厅翻阅她的手机，发短信。要知道，伯克利的夜是非常安静的，静谧得宛如住在森林的深处，这种静谧略带一点寂寥，甚至是寂寞。

我想，她这是要给自己所有的朋友都发完短信，说过晚安，才沉沉睡去吗？

第二天一早，我去上学之前，看到玛丽·安已经在客厅穿戴整齐，一件浅色的薄西装，脖子里特地系了一条彩色的高级围巾。我问她，你这是要去哪里啊？她说她上午有一个会议。"有一个会议？我没有听错吧？""是的，我有一个会议，我去给别人做一个两个小时左右的培训讲座。"我问是哪一方面的，她说是设计心理学之类的。今天的客户是从圣何塞来的。她说，她以前就是做培训的，现在依然有一些人找她做一些培训工作。除了经营爱彼迎，这是她的另一份工作。我肃然起敬，我跟她说，在中国，七八十岁的老人，通常都是练练气功，在公园里下下棋吹吹牛，最多在家里烧个饭，很少还有正式工作的。她笑了笑，说，我完全可以啊！我很幸运，我还可以工作呀！我还可以身兼数职，对吗？然后，她慢慢地移动到大门口，缓缓地锁上门，扶着楼梯扶手，一点点小心翼翼挪下楼，走到甬道上，去等她的出租车了。

我后来渐渐发现，美国的老头老太都是打不死的"小强"，真的会有人干活干到死的那天！

现在想想，这些年长的打不死的"小强"都不是偶然出现的：山德士老哥60多岁重新创业，白胡子一大把，还开着老福特到处推销他的肯德基炸鸡配方；倔强的老头乔治·米歇尔，疯狂搞挖页岩油气技术，年近80时终于用水力压裂法提取石油获得成功，使得美国石油产量突然变成世界第一。甚至美国的大学终身教授也没有明确的退休年龄，只要有项目做，他们就可以一直做下去，做到路都走不动！还记得那个黑人老头摩根·弗里曼吗？他拍《惊天魔盗团2》的时候已经接近80岁了，如果不是性骚扰困扰，他估计90岁会有更大的成就。还有一个摩西奶奶，她是纽约州北部偏僻农村的主妇，这个"小强"77岁才开始作画，80岁到纽约举办个人农场画展，她说"人生永远没有太晚的开始"。

我看到一张公之于众的明信片，是摩西写给一个日本青年的，上面有她画的一个谷仓和亲笔写的一段话："做你喜欢做的事，上帝会高兴地帮你打开成功之门，哪怕你现在已经80岁了。"

这是美国人让我最钦佩的事情，没有之一。

玛丽·安作为79岁的受重伤的老人，我在她家住的20多天内，她只麻烦过我一件事情——让我帮她拧开一个需要蛮力拧开的果酱瓶，事实上，我花了九牛二虎之力，也没能够打开这瓶子。由于无法开车，她很多事情都是靠步行完成。最近的"7-11"超市有一公里多远，一个午后，我看到甬道上有一个缓慢的身影在一点点挪动，推着一个购物小车，我仔细一看，是玛丽·安，她的小推车里面是爱彼迎常用的卷筒纸、沐浴露等生活用品。我说，你每次都自己去买吗？她总是说，这是很好的康复性运动啊！

她的精神和活力常让我感到吃惊。

从她家到伯克利大学的生命科学谷教学楼大约3公里，我早晨步行过去有点赶，就问她，能够借辆自行车吗？于是她说："你跟我来！"

她摸着扶手一点点下楼去，来到工具房，在一堆杂物中，找到一辆山地自行车，只是轮胎都是瘪的。我打好气，发现后轮胎还是瘪的。她说，没有关系，我们来换胎。于是，她先东摸西摸，摸到一只自行车备胎，然后又找到一只撬外胎的扳手，她让我扶着轮子，慢慢地蹲下来，挺着僵硬的脖子，用力撬起外胎，帮我换起胎来。在幽暗的地下室里面，我看见她的肤色一点血色都没有，苍白苍白的。不过，我们忙了半天，也没有成功，不知道是哪里出了问题。但是，一位年近80的老太面无血色、直挺着脖子使出全身力气帮我换胎的样子着实震撼了我。

她只有一个地方是柔软而一点不像"小强"的。

我住在她家的第一个周五早晨，她好像有点兴奋，清晨就起来在厨房里忙活，她说她儿子今天要回来了。她还拿一块红砖放在客房的窗口支着窗，给房间通气，给卧室换上干净的床单，然后又把一双男士黑色拖鞋放在门口。

我很想知道他的儿子什么样，是不是和她一样瘦瘦小小的呢？

那是一个40岁左右、令人舒适的文艺酷叔，穿着水洗的牛仔裤，足有一米八四，脸上的神态和玛丽·安一样温和安详。他从波特兰开车过来。他的母亲受伤后，他一直坚持每一两个月过来看看她。他带着他的金毛爱犬，行车 861 公里回到伯克利，我去年开车经过这段路，这可是漫长而艰苦的经历。他是一个很有魅力的男人，到家后，带着他的狗到伯克利附近的公园里去跑步。第二天的晚餐我没有看见他的身影，我问玛丽·安，你儿子呢？她说看望他儿时的好朋友去了，因为他在这里长大，很多儿时的朋友都在这附近。

转眼到了星期天，陪母亲吃完早中饭，她儿子又要赶回波特兰去了，因为后天周一是要上班的。车已经泊在门口了，她儿子扶着她慢慢地走下楼梯，她一点点蹲下来抱着那条金毛的头，搂在怀里，那条金毛才两岁多，好活泼。然后她再仰起头抱抱她儿子的头，她被搂在高大儿子的怀里。上车后，狗也自动跳到后座上去了，车子在甬道上发动起来，她儿子说了声："妈妈，保重！"车就开走了。狗从后车窗里面探出小半个脑袋，金色的毛被风吹动着，它向外张望着什么，很快，车子在树荫围合的甬道间，拐一个弯就不见了。我从客厅的玻璃窗看出去，看到她一直站在甬道上，久久地望着车子消失的地方，大概有 10 分钟，她才慢慢转过身，去抓楼梯扶手，一点点挪回来。我怕被她看见，马上抱起一本书坐在客厅的沙发上。

她回来，什么也没有说，又去看她的 27 英寸的苹果电脑去了。

一周后的某个傍晚，空气干燥，20 摄氏度左右的气温略带凉意，想想上海人正在 38 摄氏度的酷暑中热得口吐白沫，我卑鄙、暗自庆幸的幸福指数飙升得像喜马拉雅山一样高。

我在伯克利大学后山的别墅区山道上散步，迎面遇见一个亚洲面孔的老太太，擦肩而过的时候，她直接用中文说："你好！"我一惊，这可是地道的北京口音！"侬好！"我回她一个地道的上海口音。

于是我们站在山路上攀谈起来。她说她老公原来是得克萨斯大学奥斯汀分校的老师，现在退休了，移居加利福尼亚，因为他们的儿子也在旧金山湾区，这样和儿子住得近一点。加利福尼亚的房子好贵，于是他们卖了北京的公寓，凑了两处房子的钱，大约 120 万美元，打算在这里养老，说着，她指着她家的那栋房子，是地道的加利福尼亚山地风格的房子，深褐色的树皮状外立面看上去有些年代悠久，掩映在伯克利的山色之中，远处旧金山的海也能尽收眼底，一片墨色反射着落日的余晖，波光粼粼。

我们告别的时候，她突然说：你想不想来我家看昙花？我家的昙花开了。

我吃了一惊，在美国可以赏到昙花，这可是难得的境遇。说来惭愧，我在国内都没有看过呢。

我有些迫不及待了。

她家门口的小院子里，果真有一盆大昙花，我也是第一次看到昙花，原来叶子很大，黄蜡蜡的东一片、西一片，上面一片叶子还有虫斑，左边一片叶子都枯黄了，叶子如此横亘粗野，看上去全然不如牡丹、君子兰的叶子一样端庄整齐。但是，四朵大花却是开放得异常艳丽，宛如一个杧果大小的花筒，从原先的紧紧包裹着到层层怒放，20多片尖尖的花瓣，一层一层，一片一片，一重一重，绝美而妖娆。神奇的是，外面的花瓣是浅紫带粉色的，而最里面的花瓣却是洁白无瑕，既有雪的纯净，又有鹤的傲白。可惜这样的超然美物只能够开一个晚上，然后旋即合拢垂下老去，所以老美叫它"Night blooms（夜晚开花）"。

我不知道，这绝美的花为何只开放一个晚上，而牡丹花一开往往就是一个月。

昙花一年只为这一个晚上，她的绝美是不是因为她开放得极其短暂呢，是不是因为多数人都没有机缘欣赏到她的美呢？她这一个晚上又是为谁而开放呢？如果没有我来看她，她这一个晚上的生命意义何在呢？在东方，昙花是生命的象征，如人的短暂一生。

赏夜月美人，看见的是自己的生命，审美和哲学糅在了一处，无比愉悦而又极致悲哀。

北京老太的丈夫李教授也从屋里转出来，他正像保险推销员一样，打电话给他的儿子、他的朋友们，希望他们都来看一眼昙花。但是儿子忙，尽管在湾区，也要明天才能赶来。"明天来，明天来，明天昙花就要闭上了！"李教授说的时候，眼睛看到别处去了。山那边，月亮升起来了，别有一番清韵。

赏昙花的时候，李教授又问了我一些国内的事情，看得出他人在美国，心却还在中国。我们站在院子里扯东扯西，北斗七星落下山头，转到一处高坡别墅房子下面去了。

我告辞出来。

走出院子，整个伯克利后山万籁俱寂，夜风拂过树林的声音一浪浪地传上来。

我慢慢地踱回住处，因为有月亮，外面的山路不算太黑，我又看见了那颗红色的火星，那颗在西点露营处看到的火星，让我想起了山上的看店人派特，不知道他此刻在忙什么。在后来的旅行中，渐渐地，我发现到哪里似乎都可以看到这颗橘红色的星星，除了位置高低不一样、角度不一样外，它在各地的天空都探着头。

此外，我也边走边搜索着夜空，希望可以看到一颗流星，大大的眼睛，长长的尾巴，划破天际，瞬间的光芒照亮天和地，然后归于无尽的黑暗之中。

流星只有几秒钟的生命，却要最后一次点亮沉默的大地。

我突然想到，流星不就是昙花吗？在极短的时间内，一定要燃烧尽生命的所有能量，玛丽·安老太也是如此吧。

都是瞬间、最后的绚烂。

瞬间也是一种永恒。

派特和火星

> 坐在那里，视野超越了旧金山的密密楼宇和遍地的房屋，越过附近的小镇、公路、田野、森林和山峦，山风吹过，我很享受这些。

我蜷成一团，像一具死尸一样，塞进两座汽车的后排行李厢。在这个和驾驶座位连在一起的幽闭小空间里，我能够感受到这辆迷你大众车在山地起伏的路上狂奔，猛转，上坡，下坡，遇红灯急停，半小时后，"死尸"在后面感到头晕、恶心，我忍不住探头问，什么时候能够到？

开车的美国大叔叫马丁，60多岁，目光炯炯，胡子拉碴，头发灰褐色，很凌乱，从后脑勺看去，很多头发粘在一起，估计有100天没有梳过头。他说，很快。

他要把我带到米尔伍德国家公园附近的一座山上，他说那里的风景是让你尖叫的美，叫"西点"，我可以露营在那里，或者住在那里的小木屋旅馆。因为他的副驾驶座位上还端坐着一位他的女性朋友，于是，我就只好蜷在狭小的行李厢里面。

马丁是我房东老太太的"活雷锋"朋友，他自愿开车从伯克利校园出发，送我去露营点度周末。

出发前，"活雷锋"马丁告诉我，他是一个会开搅拌混凝土车的老司机，年轻时经常操作巨人般的手臂混凝土车，那些混凝土车会咕嘟咕嘟疯狂地转动。蜷成一团的我在车厢后面剧烈晃动了几下，有些液体要晃出身体，这让我突然想起了他的那些混凝土。

在房东家，他还告诉我，他的妻子七八年前和他离婚了，嫁给了同一条街上的另一个男人，只隔了几个街区。我当时忍不住，问了一句不该问的话："那么说她改嫁给了你的邻居吗？"他停顿了一下，看了我一眼，思考了两秒钟，说："也可以这么说。"

我终于忍不住在行李厢里大声说："马丁，可以开慢点吗？"无数急转的山路再加上"VIP"座位，搞得我要吐了。

他说："7点钟之前你要到达登山口，因为上山还要徒步一个小时，你需要天黑前赶到西点山上唯一的住宿点。"

说完，他又猛踩油门。

痛苦的这一刻，令我想起了他改嫁邻居的妻子。

我被放在一条登山小径的入口处。

从汽车行李厢里面爬出来，拉伸折叠过的四肢，感觉腿都不太麻利了，血液在身体内四处乱爬，局部肌肉有上过麻药的感觉。马丁说了一句："玩得开心！"就开着车往伯克利去了。

背着双肩包，我看看远处青灰色的山峦，再看看天色，太阳早就在山那头了，最后一抹余晖还勉强在天上挂着。

山林静悄悄的，一个人影也没有。

入口小径旁，贴了一张告示："小心山狮！"一张凶猛的山狮手绘图，上面说这一地区有山狮出没，它们会在非常突然的情况下向人发起攻击，所以，请特别注意三点：一、让孩子在自己的身边，不要走远；二、徒步山林的时候发出声响以恐吓山狮；三、避免一个人徒步旅行。

我盯着第三条看了几遍，又看了看天色和自己的简单行囊，突然想起了《水浒传》中那个最著名的黄昏——"这轮红日，厌厌地相傍下山"。官府的告示也提醒单身人士，不得过冈。此时和景阳冈的片段如此相似，一样的日落时分，一样的告示，但我不是武松，也没有棍子，我顿时一阵冷汗。

全速上山，天黑前赶到！我一路急走。

这一地区很久没有下雨了，草都是枯黄枯黄的，随着高度的增加，远处的旧金山湾区一点点清晰起来，尽收眼底。天边的云像飘浮的棉花毯子一样压在湾区附近的山峦上，那云是晚霞的玫红加上一点烟灰的黑色，好像葡萄酒沾到了尘土，我听说，那是优诗美地附近的山林大火数周不灭，导致烟灰飘浮在旧金山附近山峦的空中，形成了奇特而壮观的景象。

上山的土路好像没有尽头，拐了一个又一个弯，那最后一抹暗红也沉下去了，风渐渐大起来，气温在迅速垂直下降，我感到刚出的汗被冷却了，后背的 T 恤衫变得湿冷湿冷的，沾在后背和背包之间。

一阵风扫过丛林，我听到一阵树枝碰撞的声音，有山狮？我猛一回头，山林里面已经很暗很暗了，一片模糊，什么也看不清。

我加紧往山上赶路，这时候，电话铃突然响了，是山上小木屋的管理员 Pat（派特）打来的，问："天已经黑了，你到哪里了？"我说："还在路上，不知道多久才能到。"说话间，我一抬头，看见不远的山坡上立着一个黑咕隆咚的东西，从轮廓看，那是一座房子。

整个"西点"木屋客栈和周边的山峦一样黑黢黢的，几个面目不清的背包客在黑暗的露台上横七竖八地躺着坐着，聊着天，一阵山风刮过，木窗呼啦呼啦地被扯动着。

"你终于摸上来了啊！我们这里不通电，欢迎回到自然。"足有一米八五的派特一把握住我的手，这双手要比我的大一倍，而且很有力量，他手上提着打算给客人们送去的马灯。就着这点光线，我发现他戴着美国老人最常见的一副老式的金属框眼镜，头发灰白，脸上枯瘦，肚子很大，接近 70 岁的样子，但是，从头到尾，他都有点锁着眉头，脸上没有一丝神采，也没有一丝笑容。我想这是不是在山林里面待久了的原因。

我说，路上的标志显示这里有山狮出没，危险吗？有人被袭击吗？他说："不用太担心，我在这里十多年了，也没有亲眼看到过山狮。只有一两次，在附近的山林里面，发现过山狮吃剩的一点野兔子的残骸。上个月，

318

有人曾向警方报告，说发现一头山狮在圣马特奥某居民家后院散步，一大堆警察赶去抓住那只大动物，关押期间，可怜的山狮居然一直在流泪。"

　　木屋客栈的厨房点着大蜡烛，却有一个"通电"的画面——一对 17 岁左右，热恋中的少年男女，每过 5 分钟就当众亲一下嘴。

　　这是一家四口，一对中年父母和两个十七八岁的大孩子，他们是从旧金山附近来西点爬山野营的。爸爸下厨切面包和热肠，妈妈在备刀叉和餐盘，两个孩子啥也不干，他们双目对视放电，不一会儿就黏糊糊地拥在一起，"吧唧""吧唧"亲两下嘴。原来，那个眉清目秀的男孩是他们家奥地利的远房亲戚，来加利福尼亚过暑假，一来二去，成了他家女儿的男朋友。于是一对热恋中的小兽，在父母面前上演少年的激情，父母好像也理解并且享受这一场景，受此感染，父亲还高兴地哼起了歌。我仿佛也曾有过 17 岁！在教室里日夜刷题，和前排的女生都没说过几句话，至于在父母面前和女孩子亲吻，这简直就是外星球事物。

　　木屋外面有个长廊，对着漆黑的山峦，坐在那里可以看星星。
　　一颗颗星星用微弱的光，凿开巨大的黑色宇宙幕布。
　　派特突然走过来，对我说："你看到火星了吗？"
　　"火星？"
　　我跟他来到走廊外的空地上，他指着一颗位置不太高的橘红色星星说："那是火星！"
　　"哇！火星！火星怎么这么亮？"我很诧异。
　　他说："你运气很好！今年的七八月，是 15 年来火星距离地球最近的一次。"
　　火星看上去亮得像盏小灯，亮度超过周围所有的星星。这颗具有传奇色彩的星星突然离我这么近，我有点激动，因为记得上一次我看到它的时候，还是一个高中生。那年我参加天文大赛获奖，比赛后稀里糊涂参加了一个天文夏令营，扛着死沉死沉的望远镜去一处大山，看了三个晚上的星星。

现在，在加利福尼亚的夜空，它悬浮在那里，宛如一颗红宝石闪耀在黑色山峦上方，惊艳天地。

派特问我："你知道火星人吗？"

我说："我从前一直订阅一本叫《飞碟探索》的杂志，上面好像会说起。"

派特说："'勇气'号火星车拍了几张照片传回来，其中的一张，看起来是一个赤裸的火星女人站在岩石边，伸着胳膊，好像在等公交车。后来，'好奇'号火星车又发回来一张照片，上面有一个穿斗篷的女子，也伸着手，好像在看探测车一样，对了，她还有隆起的胸脯。"

我说："为啥拍到的都是火星女人呢？"

派特说："可能是凑巧吧。从很久以前，我就相信有火星人的存在。我甚至有几晚睡不着觉，就是因为有人声称在南美洲的某某沙漠里发现了火星人，那是身高仅15厘米的一具干尸，据说，那里还有火星人的卧室！说他们的身高才15厘米，说得有鼻子有眼的。我那时候想，不就是和一个大土豆一样大吗？！"

我哈哈大笑，声音飘荡在黑黢黢的山岭间。但是，派特的脸上似乎并没有太多的表情。

那颗神秘的星星突然离我这么近！

小时候，我和我爸抢着看那本风靡大街小巷的杂志——《飞碟探索》，说它是科幻杂志也好，胡编乱造杂志也罢，那时候的中国没有汽车，没有相亲节目秀，没有手机，没有奢侈品包包，没有美剧，大家都关心地球以外的生命，我们常常在夜晚用猎犬般的眼睛仔细搜索天空，希望能第一个看到不明飞行物。

那时候的星星和现在我在西点山上看到的一样亮。

户外的空地有一两处草地围栏，我和派特斜靠在栏杆上，眺望了很久。

他拿出他的苹果6手机，说："有一个叫'Star Walk'（星空漫步）的App，你知道吗？"

我说："没有听说过，怎么用？"

他说着，打开 Star Walk，对着夜空，哇！每一个星座都标注出来了，我被强烈震撼了！大熊座变成了一只大熊，每一颗星星都有它对应的天文学名称，以及它们的运行轨道。对着射手座的时候，屏幕上出现了用星星连接的半人半马的射手奇伦，我想到了他的那句名言：再锋利的箭也会被软弱的心包容。他的身体化为无数的星星，形成了人马的形状。

我说："让我来用一下！"我用手机对着北方的天空，找到了北极星，找到了 W 形状的仙后座，然后又找到了金星。

派特说："你用手机对着地上看看！"

于是我拿着手机对着地面扫了一扫，发现基于 GPS 辨识的手机，照样会显示那些已经落下去的星座的名字。"我们把星星从地板下面挖出来了！哈哈。"

最让人赞叹的是，半空中有一颗中等亮度的星星，Star Walk 显示它就是哈勃太空望远镜，它正展着太阳能双翼在空中移动。据说，只要一个多小时，它就会绕地球一圈。

派特说："哈勃的太空照片你看过吗？有蟹状星云、奇怪的柱状星云，还有……"

我补充："还有《指环王》中的索伦魔眼。"

但是，派特说："伤心的是，哈勃就要坠毁了！"

"真的吗？"

"是的！"他说，"哈勃的轨道据说近年来越来越低了，最后会被地球吸下来。"

"这可是我今年听到的最伤感的事情！"

"是啊！！伟大的哈勃，将坠入大气层，烧成灰烬……"

星星做媒，我们在黑夜中无拘无束地攀谈起来。

等聊天结束，我发现前面的火星话题都只是这个神奇不通电的夜晚的铺垫而已。

我问派特，你为何在这家不通电的山林客栈？长期在这里工作，心情如何？

微弱的月色下，我依稀看到了他眼角宛如峡谷一样深的皱纹，他的眼神渐渐更忧郁起来，苍老的脸上在黑暗中浮现出一种不安定性。

他接着说了他的故事。

他说他曾经患有严重的心理疾病，很久都没有好，因为 17 岁那年，他参加了越战。

"这么说你是越战老兵？"我好奇地问。

"是的。"

他说："1965 年，那年我 17 岁，到达了越南的岘港。那时候的我很瘦，没有大肚腩。"他翻出手机，给我看了一张已经严重褪色的彩色照片，年轻的他很阳光，瘦高瘦高的，面容清癯，穿着便装和当地人在岘港海边合影，还有一张是他在冲浪。

"岘港有漫长、迷人的海滩，那些海滩似乎没有尽头，我在休息天的时候会去美军基地附近的海滩冲浪。"我仔细看了看照片，当地越南人只到他的肩膀高度，就问他："你有多高？""我有一米八六。""这个身高在越南人当中，绝对是鹤立鸡群！"他补充道："但是，我的这个身高在打仗的时候不是优势，而是致命的问题，因为别人很远就可以判断出我是美国人，这样，我很容易成为别人的靶子。"

"在岘港，发生了一件我终生都很悲伤而且无法摆脱的事情。

"当年，我在美国海军服役，负责开运输船，这艘船和当年诺曼底登陆用的登陆艇是一种型号，专门给海军陆战队运输各种补给品，这些补给品包括粮食、弹药、衣服等各类用品，我负责运输最多的是汽油，所以这艘船上焊了一个巨大的储油罐。

"越南河网密布，我们那里不是丛林山地，而是开阔的农田。越共游击队会在夜晚的时候出来活动，有时候会袭击运输小队。我的一些同事死在了偷袭活动中，有些区域非常危险。

"我的船常常会停靠在岘港郊外一个村庄码头，休息的时候，我认识

322

了一个村里的小男孩，那是一个12岁左右瘦瘦的男孩，黑黢黢的脸上有着两只明亮的眼睛，细细的胳膊，由于长期营养不良，他看上去只有七八岁的样子。我常常跟他玩变戏法游戏，把糖变出来给他吃，我们成了好朋友，有时候还一起打闹，开开玩笑。后来我知道这个男孩是个孤儿，在村子里捡破烂为生。

"大概是来岘港一年多的一天，我正在河上执行运输汽油的任务，当时，这艘船上还有一支20多人的海军陆战队，被运去岘港附近的小镇。船停靠在村口码头的时候，那个男孩突然跑过来说，前面河道里有水雷，你们当心一点。原来越共游击队在我们经常航行的河道上安置了一枚水雷。我们立即对河面进行了搜索，小心翼翼地检查了附近所有水域，发现主河道上有一个黑色的小小的悬浮物，不仔细看，会以为是树枝或者垃圾，真的发现不了。这颗雷的威力据说可以炸掉一艘军舰，天！那个男孩救了我们的命！救了我们20多个人的命。

"可是不到一周，我再次开船停靠在这个村子的时候，我发现那个男孩不在那里了。问了很久，有一个村民偷偷告诉我，他被越共游击队枪毙了，因为他泄露了水雷的位置。我一时蒙在原地，头晕目眩。那个村民带我去河对面田野旁的乱坟堆旁，我看到那个男孩的尸体就那样暴露在热带高温下，正在迅速腐烂，细细的胳膊，黑黢黢的面孔，身上都是黑色的干枯的血迹。我想象他平时又蹦又跳的样子，当时就崩溃了，那一刻我感到无比绝望、窒息、抽搐的痛苦。

"战后，这件事情的阴影一直笼罩在我的心头，挥之不去。

"一种恐惧、抑郁和不安的情绪长期困扰着我，让我无数次从噩梦中惊醒过来。你知道我那个时候仅仅18岁。后来我被调离岘港的海军，到岘港的消防队又工作了一年零六个月，然后再回国。第3年，我回到了家乡，那个时候，美国全国就越战问题正在激烈地辩论，很多年轻人在准备奔赴战场，而对我来说，越战却已经结束了。

"回国后我一直去看心理医生，我知道这是一种战争心理创伤，这种创伤甚至影响我后来的正常生活。直到有一天，我在加利福尼亚认识了一位护士，我们相爱了，结了婚，有了家庭。现在即使已经过去50年了，我在经营这个山林里面的'西点'木屋客栈，但是，身心依然是在恢复的过程中。不过，每次对人说起越战往事，比如像今晚这样，我都会觉得释放了一些负面的东西，心里好受一点点。"

听完，我不知道该说什么好，我觉得说什么都是多余的。我抬起头，和这位老人一起继续看着黑黝黝的山，山在阴影里静谧着。

第二天早上，太阳从山那边升起来，天色呈现出一种迷人而深邃的幽蓝，我坐在走廊的木椅上，俯瞰整个旧金山湾区和附近山峦的风景。坐在那里，视野超越了旧金山的密密楼宇和遍地的房屋，越过附近的小镇、公路、田野、森林和山峦，山风吹过，我很享受这些。

一阵嗡嗡嗡的声音吸引了我，原来是一只彩色蜂鸟，正悬停在空中，啄食挂在走廊上的糖水瓶子。翅膀嗡嗡嗡疯狂地拍打着，难怪蜂鸟的英语叫"hummingbird"，然后倏地，才一秒钟，就消失得无影无踪。飞得好快的鸟！

派特给我端来一个煎得微焦的鸡蛋、一片土黄色的起司和面包。他说，送我一份免费的早饭。于是，我俩又坐在长廊那边聊起来了。

"我是1948年出生的，父亲是美国驻韩国的炮兵上校，二战后，他有很长时间驻扎在三八线附近，他的指挥部离北朝鲜只有几十公里的距离。"

他一打开话匣子，就能说很久。

"我还很小的时候，我就知道我父亲的职责很大，当时，他曾经接到最高机密级的指令，说如果朝鲜军队再次撕毁停战协议，冲过三八线，他们就用原子弹把平壤从地球上抹掉！这是我的父亲在他晚年时亲口告诉我的，那时档案已经完全解禁了。这项空前绝后的决定据说在当时是绝对的机密，只有很少的人知道，父亲在朝鲜前线的军队职位非常重要，因为早期原子弹的使用，属于炮兵部队管理。"

话题不知不觉又转回了越南战争。他说美国当年陷入了一场愚蠢的战争，简直蠢透了！接着，他发表了一个令人震撼的观点："那年，我们应该支持胡志明的！越南的政府非常腐败，而且没有战斗力。我们站错了边，导致我们在越南打了十余年的仗，花了无数的钱，死了五万多人，却没有任何成果，太愚蠢了。我们应该站在胡志明一边，就对了。"

我问："如果有机会，你还想去越南看看吗？去岘港吗？"

他说："会的！一定会的！有生之年，我会回到岘港，再去看看当年的那片土地。"

我说："那么你为啥这些年都没有去呢？"

他说："因为我没有太多余钱了，因为我的老婆买了一辆特斯拉。"

"护士老婆吗？特斯拉?！哇——"

"是的，她退休以后只是待在家里，去年，她拿出几乎所有的积蓄买了一辆新的特斯拉。所以，你看，我现在得努力地工作。我除了经营这个小木屋客栈外，还兼职做山林火警观察员，消防部门也发给我一点点的费用。等一会儿，我就要爬到附近那座山头上去看看附近哪里有火，如果看到了火，就马上报告，会来灭火的飞机。"

"你后悔给你老婆买特斯拉吗？"

"不，那是她应得的，她以前的工作太辛苦了。"他非常肯定地说。

我们说着这些家长里短的话的时候，天边烟灰色的云渐渐又厚重起来了，他说："你知道吗？我们这里的污染也很严重，一部分是山林大火燃烧的灰烬，由于不下雨，它们四处飘散，此外，还有一部分严重的污染物，你知道是从哪里来的吗？"

我好奇地问："哪里？"

"北京！我们这里70%的空气污染都来自北京，北京的污染飘过大气层，飘过大洋，直接就落在加利福尼亚州头上！"

我听了哈哈笑了起来，这是我听过的最有趣的一件事情。

笑完，我看看他的眼睛，不知道他是在说笑话，还是真的这么认为。

派特似乎被我的哈哈声感染了，没有一丝笑容和神采的脸上，也微微起了一点点涟漪，但表情依然严肃。

搭车记

————

> 人生短暂，不做自己，去做别人，去随波逐
> 流，这买卖也太不划算了！

第二天午后告别派特后，我站在西点山坡上，风吹过山峦，吹过我的脸颊，低矮的针叶林抖动着一身暗绿，浅灰色的云薄薄地压在天际。最后，再猛看两眼旧金山湾区的壮丽景色，努力把这份壮阔刻在大脑记忆沟里，这有点大麻瘾者在告别大麻前夜猛抽两口的意思。

背着包沿着土路摸下山后大约已经两点半了，根据派特的指引，沿一条小径前往缪尔森林国家公园。这条山沟里的小径蜿蜒而下，沿途都是参天的红杉树，加利福尼亚大旧金山地区沿太平洋一路北上到波特兰，遍布这样的巨大红杉树，动辄几百年的树龄。

下午4点多，我还没有到达预计中的国家公园。手绘地图上的线路弯弯曲曲的，本打算穿过一段密林山路，找到联结国家公园的小路，但是在一段林间小道上，忽然发现自己完全迷失了方向，再想用手机看谷歌地图，发现关键时候，手机T-mobile[1]没有信号了，手机就是这样不靠谱！我忽然想到这个世界上还有两样更不靠谱的东西：男人的嘴巴和女人的相

————

[1] 德国的一家跨国移动电话运营商。

片，瞬间，心也就平了。

四周都是参天大树遮蔽出来的幽暗。远远看见两条小路旁有块牌子，奔过去一瞅，指向的方向都是莫名其妙的小地名。

看了一下时间，已经 5：10 了，林子外面的天色还是很亮的，只是感觉到气温在急剧下降，背后刚才出的汗变得冰冷撩人，我知道这里夜晚的温度会在 10 摄氏度以下，我一件薄衣服是顶不住的，我开始发急，山林的出路在哪里？

有个被砍伐后的树桩子留在路边，估计树倒之前防止伤人，被人锯走了，我依稀知道看年轮可以判断方向，我从北面下来，知道北面有公路，于是我蹲在那里仔细地研究了半天年轮，发现多数圈圈都很均匀，往某个方向的年轮稍微阔一点点，但是，年轮阔的一面朝南还是朝北，我倒给忘记了，于是下意识地又去摸手机，摸到手里，发现一点信号都没有——这是一块石头。

又盲目地走了一阵子，我突然想起，刚才都是下坡路，那往坡上爬说不定会遇到公路，于是在一个岔路口找了一条蜿蜒往上的小路。

走着走着，林间的幽静被打破了，突然间我听到了汽车的声音，这温暖的声音啊，这比钢琴声还好听的汽车声音！我沿着声音的方向，一个劲地往上蹿，手都被树枝拉出血了，也不管不顾。

15 分钟后，我终于出现在一条马路上。

马路附近有一个小小的停车场，我在那里遇到一个工作人员，我问他："有回旧金山的巴士吗？"他带我来到一张公共汽车时刻表前，研究了一下，说最后一班从斯丁森海滩开往市区方向的班车已经在 5：15 左右开走了。"这么早就没有公共交通了？""你要知道，我们这里的公共交通还停留在石器时代啊！"他调侃地说。"那么，我怎么才能回到伯克利啊？"我急了，这时候已经 6 点多了。他耸了耸肩："或许你可以去马路上试试运气。"

6：20 左右，我站在马路牙子上有些迟疑、有些害羞地向过往的车辆举起手，竖起大拇指。向高速行驶的、陌生的车辆招手，的确挺考量勇气的。

这是我第一次在北美尝试在马路上搭车。

那些车都开得飞快，估计还没有看清楚我，没有减速，就迅速开走了。后来，我仔细观察了地貌，发现如果走到山坡的头上去等，那里汽车上来的速度相对要慢一点点，而且一路缓坡而上，或许可以看到我在这头害羞地挥手。

我不清楚开车的人会不会停下来，或者暮色四合的时候，看到有这么一个异国人在马路上挥手，会不会感到不安。我想起我很久很久以前看过的一部美国电影《搭车》。那也是西部的某条公路上，一个司机正载着他的妻子在黑暗中行进，车载广播正在播放一条连环杀手的消息。不久，他看见一名女子拦车。一番犹豫过后，他搭载了这名女子。谁知这名司机正是广播中的连环杀手，熟睡中的妻子也不过是其又一名受害者……

终于有人停车了，居然是一辆小卡车，司机是一个男人，副驾驶的女人摇下车窗，我说："你们可以带我去附近的小镇，或者任何能够叫到Uber的地方吗？"女人摇了摇头说："你看我们只有两个位置，已经满了，你如果想坐的话，可以坐到后面的拖斗里去。"我看了看后面裸露的车斗，里面一堆杂物，想象了一下自己在山路上被风吹得东倒西歪，双手紧紧捉住矮小的铁扶手的悲惨样，说："那算了，谢谢哦。"

有一辆车看到我招手，有停下来的意思，我心中涌现一片温暖，正要迎上去，她却突然一脚油门，加速开走了，可能是最后一秒改变了主意。

连续好几辆车都过去了，失望让我变得有些担忧，抬头看天，天色正渐渐变暗。

突然，有一辆日式小车吱地停在了我面前，司机是一个和蔼的带一点点络腮胡子的年轻人，我又重复了一遍我的要求，他把副驾驶乱七八糟的东西往后面一扔，豪爽地说："跳上来吧！"

他告诉我他叫戴维，他有家小的广告公司开在旧金山，客户是美术馆之类的，我说："太巧了，我也是开广告公司的，我们是大同行呀。"他平时住在旧金山市区，他在斯丁森海滩附近买了个度假用的小别墅，所以，每个周末开车路过这个山区，然后去海滩附近的家。他说他很喜欢这里的风景，充满自然野趣，同时那个斯丁森海滩真是美爆了。听说我是一个自驾纵贯北美的中国人，他热情地问："你想不想看一下斯丁森海滩的全貌？我带你去。"

于是，我们很快开上一个山坡，那里有一个突起的悬崖，是最佳的观景点。我下车后，发现风很大，这个悬崖高于海面大概 90 米，下面整个海湾的壮丽风景都尽收眼底。那无边的海墨蓝，在数公里长的海滩旁卷起一道白色的镶边，红顶、灰顶、白顶的小房子肩并肩挨在海滩附近，附近有一些小山环绕着。海浪拍打着悬崖的底部，我听到海鸥在嘎嘎地欢快地飞着。"快看！"戴维说，顺着他手指的方向，我看见悬崖下面白色的波浪中，有几只海豚在逐浪前行，它们时而欢快地跃出水面，时而排成一排，踏上波浪逆风而跳。看到海豚，我已经忘记了自己刚才差点迷失在森林里。

戴维最后把车停在斯丁森海滩小镇上，他说："你或许在这里可以找到 Uber 回市区。"说着，他朝他家的方向开走了。

斯丁森海滩有一点点手机信号，依然没有 Uber，这时我饥肠辘辘，肚子在咕噜咕噜叫，也顾不上其他的了，索性先去酒吧喝一杯，吃点东西，再想办法回去。

小镇酒吧里有个大黑胡子酒保，包个红色头巾像个海盗，他端上来一大盘清蒸青口贝，盘子有篮球这么大口径，青口贝个个肉头丰满、滑润细腻，蒸得白里透红，蘸上酱料，放入嘴里，细细地咀嚼，再配一口冰啤酒，瞬间，舌苔去了天堂！这时候我才有一点心情望着窗外小街的景色，不远的海浪声传来，海鸥在风中叫唤。这个面向太平洋的小镇，梦幻一样。

那么一大盘肉鼓鼓的青口贝，加上面包和两瓶冰啤酒下肚，我几乎是扶着墙走出酒吧的，略有一点点飘然地走向斯丁森海滩，步子走得有些歪斜，不知为何总让我想起金庸笔下的凌波微步，可能是酒后自我感觉良好，想起"体迅飞凫，飘忽若神。凌波微步，罗袜生尘"这样的描写，不觉有些神往。

天几乎黑了，最后一点点余晖也浸入大海。

那片海，有好长好长的海滩，贼鸥翅膀一动不动，从头顶迎风盘旋而下，冰冷的海水无休无止地翻滚着，一种雾气在远处生成，月亮升起来了，海滩上的人渐渐散去。

这个夏天的海如此冰冷，如此安静，与北野武《那年夏天，宁静的海》一模一样的沉静和墨蓝，一模一样的凉意和白浪翻滚，只是没有执着在海边守候的贵子。

现在回到现实，要去镇口搭顺风车回伯克利了。

有了第一次的经验，我搭车的自信心变得满满的。很快就有一辆吉普车停了下来，开车的是一个快乐的高个子青年，他戴了一顶很潮的直角帽檐的运动帽，他转头的一瞬间，我惊喜地发现他长着一个中国人或者日本人的脸。他告诉我他叫贾斯丁。我们一路往旧金山方向疾驰，每一个弯道，他都用一点点漂移技术，开得飞快，同时还和他邻座的黑人朋友开着玩笑，嘻嘻哈哈的。

知道我是从中国来的后，贾斯丁告诉我他的父母都是中国香港人，他们在他 15 岁的时候正式离婚，母亲离婚后就带他改嫁了一个老美。从此，他就搬来美国，一直和母亲、继父在索诺玛县居住。他的英语口音是非常地道的加利福尼亚口音。

我用英语问他："你还会说广东话吗？"他说："我现在说的机会很少，只有和在香港的父亲通电话的时候还说一点点广东话，而且，现在通电话频率也没有以前那么高了。"

他说他在香港度过了自己的童年，来到美国后，和原来的生活几乎完全不一样了。他的继父待他还是不错的，他和母亲在家里也改说英语了。"我的广东话正在一点点地失去，很多词语渐渐都想不起来了。"说这话的时候，快乐的他似乎想起了什么往事，陷入了短暂的沉默。

他的经历好像那本风靡北美的漫画书《美生中国人》中的少年王瑾，后者在听妈妈讲完"孟母三迁"的故事后，从住了9年的唐人街搬到了纯粹的白人社区。那里，他是唯一的华人，老师叫不准他的名字，他没有任何朋友，受尽了欺负。更糟糕的是，他还爱上了一个白人女孩艾米莉，由于腼腆，他一看到艾米莉就口吃……不剧透了，故事撕开了这么一个残忍的现实，美生中国人ABC（American Born Chinese）成了"夹心人"，美国人不认同他们是美国人，说他们是中国人，但是他们对自己的文化也并不认同，甚至连中国话都渐渐忘记了。有时候，他们的确也不知道自己是什么人。其实，在我看来，管他什么人，都无关紧要！最重要的是做一回自己吧！人生短暂，不做自己，去做别人，去随波逐流，这买卖也太不划算了！

贾斯丁把我放在缪尔谷的一个大超市门口，说这里可以打到Uber回伯克利，临别时，我改用中文和他说："再见！"还用广东话说了句"多晒（多谢）"，他笑着从车窗里探出脑袋，用广东话说："唔晒（不谢）！"

搭上Uber往伯克利开的时候，我忽然想起了一位署名为"FOB"（Fresh off the boat的缩写，指刚来美国的华人或移民）的人对《美生中国人》的评论："从今天起，做一个幸福的猴——就算生活在猩猩群里。"

大神餐厅

可是吃有机食物，比较贵啊！谁不想吃呢。

加利福尼亚文化课上，米歇尔老师说到美食，她问："你们知道伯克利最有名的餐厅吗？"下面人一片沉默，她又来了一句："你们不知道潘尼斯之家这个餐厅吗？它可是加利福尼亚州最好的餐厅啊！他们家的菜单每天都不一样！也就是说，你每次去都可以吃上不同的菜。"

过了两天，我的房东玛丽·安在一次晚饭的时候，不知说到什么话题，她也提到了"潘尼斯之家"，她很骄傲地说："那是全加利福尼亚排名第一的好餐厅啊！它用的食材全是有机的。"

幽默文化课的布莱登老师也对我说起"潘尼斯之家"，他说，奥巴马夫妇是这家餐厅的座上客，这个餐厅太神奇了，这可是全美排名前五的餐厅！

还有马修，也指着屋子的西北方向，就差咂吧嘴了。"那儿！伯克利校友爱丽丝·沃特斯创办的潘尼斯之家，吃客评价它为世界前20！"

他们是不是小地方的人爱吹大牛呢？

我特地去查了一下维基百科，发现还真不是，上面清楚写着，2001年，美食杂志评选 Chez Panisse（潘尼斯之家）为美国最佳餐厅。它被

《餐厅》杂志评为世界前50名餐厅之一，2003年排名第12。

这么多人说起这家餐厅，我不去都有点对不起加利福尼亚人民、愧对江东父老的感觉，在我遇见下一个人说它是太阳系最棒的餐厅之前，我还是咬紧牙关，揣几百大洋，去一趟这家餐厅吧。

我忽然诡异地发现它中文名的谐音就是"盼你死！"，一家"盼你死"的健康餐厅。

从伯克利大学的西门走上20分钟不到，就看到一栋很普通的房子，门口立着一个老式的拱形入口，上面等宽的黑体字已经被太阳晒得褪色，淡淡的"CHEZ　PANISSE"几个字，不仔细看还真不容易发现。这可是加利福尼亚的小小文化地标。多数人用完餐，抹好嘴后，都会和这个朴实的木质拱形入口合影。

由于一楼的预订需要提前一个月，我只订到了二楼的咖啡厅。一楼每天的菜单是不一样的，二楼则提供餐单式的点餐，菜单都标注有日期，菜色估计和厨师的心情有关吧。据说，克林顿夫妇来这里没有提前预订，只是临时兴起来用餐，所以也没有特殊待遇，他们和我一样没有预订到一楼的餐厅，也是在二楼的咖啡厅用餐的。

服务员和介绍的一样——笑容春风般洋溢，不知为何，我去的这天，餐厅里面用餐的很多都是银发老人，我坐在其中，居然显得很嫩！如果是在一辆公共汽车上面，我估计我会被拎起来给他们让座。

我点了一道詹姆斯牧场的羔羊腿肉。詹姆斯牧场是加利福尼亚北部一个优美迷人的牧场，水草丰美的牧场喂养的羊肯定肥，但也注定倒霉，命运有点悲惨，因为吃得好、养得棒、长得美，就要源源不断宰杀后被送到最好的餐厅，供人品尝，这个胎投得有点冤啊——红颜薄命吗？

我的詹姆斯羊腿肉应该是羔羊的前腿，因为通常羊的前腿用力小，后腿用力大，前腿肉质嫩，后腿肉质略紧，前腿口感好。此外，这道菜还配有法式土豆煎饼，外加菠菜，盘子边上有一勺红酒蘑菇酱。

这家"美国最佳餐厅"的菜单单词很多来自法语。创始人爱丽丝·沃特斯也说，潘尼斯之家是结合加利福尼亚本地食材的改良法国烹饪。

大概叫爱丽丝的都爱旅行吧，她本人年轻时到欧洲旅行，有两件小小的事情改变了她的人生轨迹。

第一件事情发生在土耳其，某个农民家门口，贫困的小男孩拿出他仅有的一块奶酪，给爱丽丝吃，那块小小的奶酪是如此可口，更赋予了其情感色彩，让她大为感动，这个孩子的分享精神影响了她的餐厅理念。

还有一件事情是，她游历巴黎期间，当时结识了几位厨师朋友，并得到一本很重要的"武林秘籍"——《法式烹饪大法》，她如获至宝。回国后，她在1971年创办了这家餐厅，希望把加利福尼亚最好的食材分享给她的顾客，并让人们感受到家庭般的用餐气氛。她提倡有机食物，她和大量的本地牧场、农庄、蔬菜种植户建立了友情。

美国是世界上吃垃圾食品最严重的国家之一，爱丽丝公开呼吁克林顿夫妇在白宫开设有机菜园，推广健康饮食，可惜，克林顿因为忙于"拉链门"危机，没空采纳。

她接着又呼吁奥巴马夫妇，结果，居然成功说服奥巴马的夫人米歇尔在白宫南草坪上开辟了一片菜园子，这就是著名的"白宫菜园"。这个102平方米的菜园，有55种有机蔬菜，还有两个养蜜蜂的蜂箱。奥巴马夫妇开始在全美推广有机食物和健康饮食，因为，在大家的成见中，美国人住得好，吃得糙，美国人体重超重情况严重，"大将军"处处可见，大约每4个人当中就有3个人体重过重的，而且是越穷越胖。迈阿密一个叫兰罗丝的中年女人，体重暴长到约286公斤，她16年足不出户。由于胖到找不到尺寸合适的衣服穿，她只能整天赤身裸体地坐在床上，宛如"赤膊巨人"一样，全由孩子们照顾她的饮食。想象一下，这个画面有多香艳、多雷人。

白宫菜园的出现更像总统夫妇的一场行为艺术，呼唤美国底层劳动大众吃有机食物，甩掉一身肉。

可是吃有机食物，比较贵啊！谁不想吃呢。

奥巴马离任后，一度传闻特朗普要挥舞大铲子铲除这片菜园，最后还是在舆论声中保留了下来。特朗普夫人梅拉尼娅接管了白宫菜园，这位有史以来最美艳、最性感的美国第一夫人亲自操刀上阵，带着小朋友们去种菜，听起来像童话《巫婆种菜》中的情节，因为她戴墨镜穿名牌、鞋子干净洁白的样子大大地露了馅。美国吃瓜群众发现她的红色格子衬衫是欧洲某某奢侈品牌，售价高达1380美元，相当于一个美国农民半个月的收入！网上"全疤通红"的"拍砖党"纷纷蹦出来，说这是"种菜秀"，"装模作样，特朗普一家都是戏精！！"

夏天傍晚的太阳还斜在天上，热乎乎地从窗户外晒进来，布满整个餐桌，对面座位上的一位神态安详的银发老人，头发被阳光点亮了，熠熠生辉，他的眼神柔软地落在他的老伴身上，这一刻，老年时光的祥和、淡定，令人神往。

我最后点了一道甜点，红葡萄酒调出的蜜桃、草莓果冻，挖一勺子，放入口中，凉凉软软的，马上要化掉一样，草莓和蜜桃的甜被压抑了，然后一点点红酒味道从舌头下面溢出来，最后混合成一股美好的感觉在味蕾和舌苔间流淌。

从我个人来说，这道甜点是潘尼斯之家最棒的一道菜。

就主餐羊腿肉而言，固然鲜嫩，浇上去的红酒蘑菇酱汁的口感也不错，但是如果这种烹饪水平要在世界上名列前茅，怕还是有些距离的。对来自有几千年烹饪历史的国家的我来说，这样的口感似乎太简朴了，烹饪的方法也是简约至极。

好在潘尼斯之家是一家重视食材胜过烹饪的餐厅——这是很好的借口，如果有食客如我一样地挑剔，就说，你看我们是重视食材的呀！

什么是我心目中最好的、魂牵梦萦的餐厅呢？

不是北京 TRB 这样的幽深胡同里面的一座寺庙改建的法式餐厅，那个餐厅更像是一个舞台；也不是新天地朗廷酒店里面米其林三星的唐阁粤菜馆，那一道三葱爆龙虾也的确征服过无数中外刁嘴；不是日本大阪排名第一的河豚馆，藏在一座江户时代的老宅子中，10种不同的河豚吃法，那只是精致无边；而是中国西部的一个非常不起眼的小城，藏汉杂居之地，一个破败的小街上一个不起眼的川菜馆子，那是我心中世界上最好的餐厅，而且不是之一，就是最好的。

那是15年前了，我和女友从四姑娘山下来，一路劳顿，摸到这个小店，只有20平方米大小，厨房就在入口处的一个玻璃隔间，看见厨师穿得猥琐不堪，为了保险起见，我们就点了一道川菜中最常见的鱼香肉丝、一道麻婆豆腐、一碟青菜、两碗大白米饭。由于店小，我就亲眼看见他在我面前起油锅，猥琐的神情变得专注，手势飞快，卤过的细肉飞进了锅子，飞东西的时候他居然翘着兰花指，一阵油烟吱吱升起，切好的黑木耳丝、胡萝卜丝，他手腕一翻就抖进去了，还没有看清手法，锅子就翻动起来，一团火一度升到头部这么高，白茫茫中，豆瓣酱、红泡椒、葱蒜不知都用什么打"暗器"的方法飞进去了，香气四溢。端上来的时候，一股鱼香味道强烈刺激着我的味蕾。一口下去，那个肉嫩，那个丝滑，嘴唇辣得发麻，麻后发抖，抖后发颤，再过一口四川盆地特产大白米做的饭，入口的香糯，和着辣、麻、酥，宛如把我带到了一个味觉的极乐世界。

那道麻婆豆腐也是神了，土黄色外一层包浆，伴着肉糜和辣椒酱，嫩得入口即化，麻、辣、烫、香、嫩、鲜六字全都有，我经不住诱惑，连吃几口，烫得直伸舌头散热。最后那碟青菜则起到中和前面刺激的作用，宛如一个过渡，用清苦、纯净来过滤前面的疯狂。

说这家小店是我的世界中最牛掰的餐厅，远超那些米其林餐厅，是因为它具备了四大王者品相。第一，每次脑子里面一想到这道菜，舌头边上就自动流口水，腮帮子起反应，经年不退，以至有上瘾的倾向，这牛掰不？有几家米其林餐厅可以做到这样呢？

其二，他家是最简单、最朴素、最通俗的家常菜，最普通的本地食材，不用"上九天揽月，下五洋捉鳖"般地去取特殊食材，这牛掰不？宛如《射雕英雄传》中的黄药师，一套朴实无华的长拳，打遍天下高手。

其三，价格仅21元人民币，鱼香肉丝12元，麻婆豆腐6元，青菜3

元，米饭免费。尽管是 10 年前的价格，那也是吃瓜群众喜闻乐见的价格。

还有更关键的第四条，那顿饭有爱，中意的长发清癯女友坐在身旁，给她夹菜，看她吃麻婆豆腐的瞬间痛并快乐的表情，这饭要多香有多香。四大条件同时在一个时空里出现，那是种可遇而不可求的神仙境地，虫洞啊，一个再也无法回去的时空。

第二天回到伯克利校园，上课的时候，布莱登老师随口问了我一句："去了潘尼斯之家，觉得怎么样呢？"我能说什么呢，想了半天，挤出一个"excellent（很棒）！"，他很满意地点了点头。

我知道我不可以说，和一个拥有几千年历史的烹饪王国来比，美国烹饪水平还是停留在石器时代，仿佛是中国电影和好莱坞电影的差距，以及中国乒乓球水平和美国乒乓球水平的差距，这也可能是美国极少数称不上帝国的地方吧。

也许，国人把太多的精力放在了吃上面，其他方面就弱了，宛如《天龙八部》里的薛神医，只顾学医，武功就不济了。

离校前的一天早晨，我最后一次跑步去学校，看见马路拐角处有一个中学，探着头往里面看了两眼，忽然发现这就是爱丽丝带孩子们种菜的地方。几处蔬菜园子的茄子长得圆头怪脑的，还有一些叫不出名字的叶子菜，在伯克利干爽的晨风中，蔫了吧唧。

"种有机的也不容易。"我嘟囔了一句，就跑过去了。

■ 反对特朗普的人在纽约时代广场游行，说他是一个叛国者。

■ 一位女作家平时做布鲁克林艺术街区的导游，她和淘宝卖家一样，希望我给她在猫途鹰网站上留一个五星好评。

■伯克利大学老师"姐夫"正在上课，我在后排昏昏欲睡。

■ 李教授家的昙花开了，可惜他的孩子们太忙，无法赶来欣赏，倒是便宜了我。

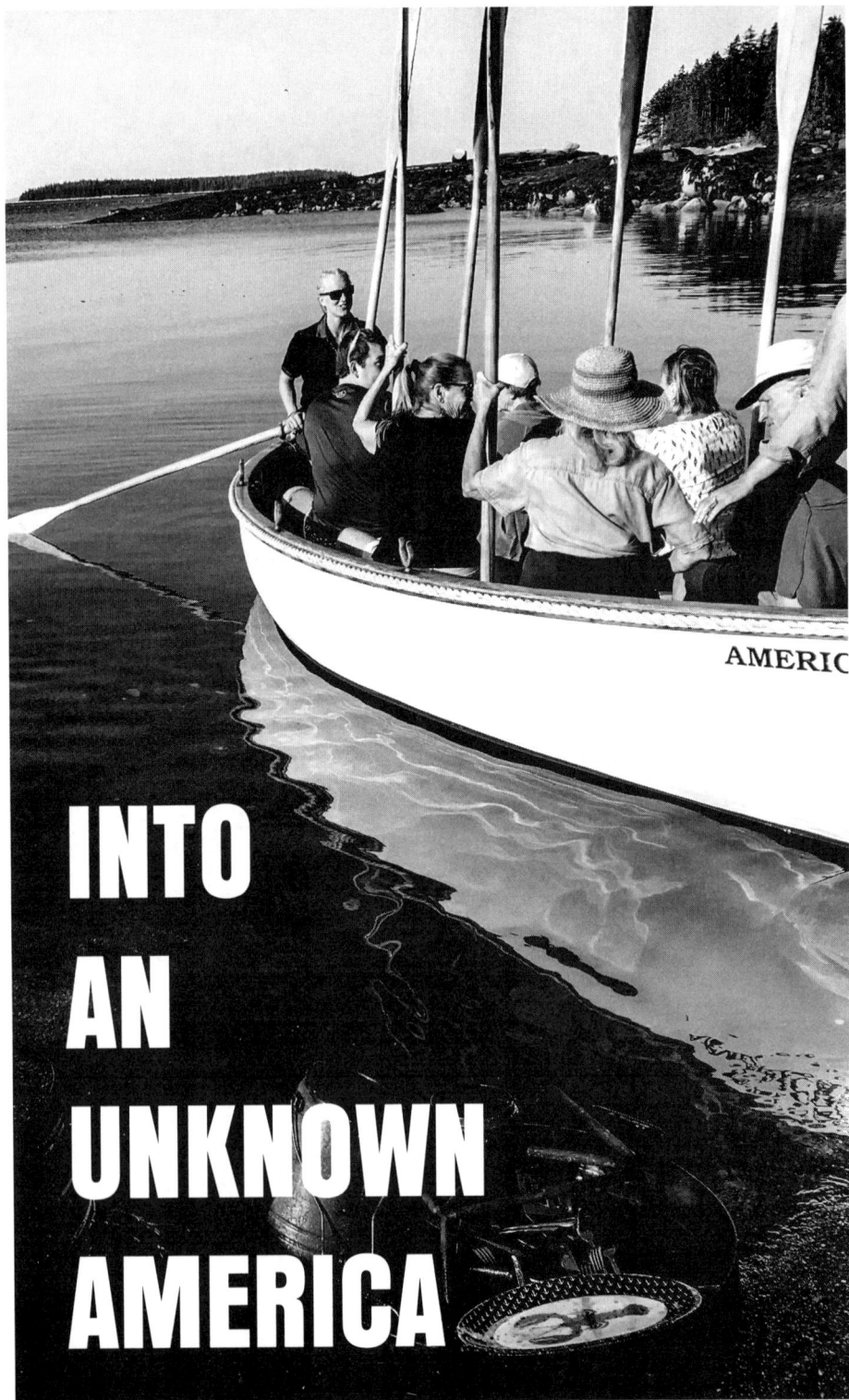

AMERIC

INTO
AN
UNKNOWN
AMERICA

如果美国警方跟踪我的轨迹，

会发现"困"每年夏天都像候鸟一样准时降临，

然后，东蹿西蹦，

行迹非常可疑。

4

第四夏

The Fourth
Summer

哈佛的五品官

————

> 他可能是太帅了，来哈佛读几天书也不得太
> 平，他说他老婆专程从利马拍马赶到纽约，要和他
> 一起过周末。我问，你们结婚多久了？他说很久了。
> 我说，你老婆看来很爱你的。他笑着眨了眨眼睛。

2019 年 7 月 15 日，我的第四个夏天，再次入境纽约。

海关一位面无表情的官员仔细翻看着我的护照，突然盯着我的眼睛，问："你带了多少现金？"

我以前还没碰到过这样的问题，迟疑地说："一万多吧。"

"那你要去申报！"他警觉地看了我一眼，见我非常犹豫，安慰我，"不会没收你的钱的。"说着，他没收了我的护照，领我来到了一个大房间。那里有一堆亚非拉人民，填了表格，都翘首在等一个窗口叫号。

我坐在一个皮肤黝黑、精瘦的拉丁裔男子旁，他一直紧紧拽着一个巨大无比的蛇皮袋，里面鼓鼓囊囊不知道装的是啥，我揣摩是带到纽约来贩卖的东西，我以前的一个同学也干过这个。我们开始了漫长的等待，那个窗口的海关人员一会儿不见了——我猜想是不是去解大号了，好久才回来。这样，大约一个半小时过去了，房间里的人渐渐稀少，最后只剩下几个人了。我突然听见窗口大喊"困！""困！"，我扭头看看旁边的拉丁裔男子，他也扭头看看我，我突然明白，这是在叫我的名字，我的名"QUN"他们发音发成了"困"。我急急忙忙跑上去，"困来了！困来了！"

我离开大厅的时候，瞥见那个拉丁裔男子还紧紧拽着他的大蛇皮袋。

如果美国警方跟踪我的轨迹，会发现"困"每年夏天都像候鸟一样准时降临，然后，东蹿西蹦，行迹非常可疑。

7月21日，"困"带着他的神秘记事本，从纽约飞往波士顿。

背着那个陪我多年的滚石双肩包，我走进了哈佛的课堂。

继在西海岸伯克利读书之后，今年夏天，我打算再尝试一下东海岸的短期课程。

大约35个同学坐在位于哈佛广场旁一个大厦的二楼，这是哈佛的一个学院，继续教育学院，我这样生有反骨的人的确是需要"继续教育"。环顾了一下这个班来自17个国家的同学，大家都操着各种口音的英语，除美国各地的同学外，其中母语是西班牙语的较多。我后面那个洪都拉斯的老哥，讨论的时候一直说"佛姑丝"这个，"佛姑丝"那个，我冥思苦想"佛姑丝"是个什么东东，后来恍然大悟，原来就是"focus（聚焦）"。

这个管理课程，居然有一老一少两个老师在黑板前交替演讲。

老的叫约翰，有67岁往上，半头白发，说话中气略有不足，讲课温暾水一样，没有一点点抑扬顿挫，好像随时要吞服一片阿司匹林，但是年近七旬也不退休，精神可嘉。我暗地里觉得他像装病垂帘的司马懿，于是偷偷叫他约翰·司马懿；年轻的叫迈克尔，40岁上下，正值壮年，皮肤红通通的，冒着疙瘩，很谦逊，尽管没有气吞山河的演讲气场，但是很敬业，像是一个书呆子正在图书馆看书，突然被人拖出来，硬生生推上了讲台。

我想他们二人结伴在哈佛"打猎"是有原因的。说相声要两个人撑场子，唱二人转也是要两个人。一般来说，假如约翰·司马懿很能讲的话，如著名的脱口秀主持人吉米，是希望桌子旁边还坐着另外一个主持人，还是让他赶紧滚蛋呢？

我暗自推算，如果这里不是哈佛，而是"哈鲁"，大概没人会愿意花一笔不菲的钱，听他们两个在一堆图表前唠唠叨叨。那个约翰·司马懿还有一个特点，喜欢拿他 20 世纪 90 年代的管理案例来进行分析，这情况和我就读大学的情景很像。我原来讲授新闻采访的老师，总是讲述他"文化大革命"期间踩自行车当记者的老掉牙经验，我当时一个同学毒舌一句：老师丧失了学习能力，比男人丧失性功能还可怕。

课后难得清闲，在哈佛附近到处溜达是一件乐事。

从老校园出来，一拐弯就是神学街 2 号的哈佛燕京图书馆，门口站着两个孤独而奇怪的中国石狮子。即使是暑假，里面还是人头攒动，全是查东亚资料的学生、学者。美国大学是很难读的，搞不好就让你挂科毕不了业，学生天天忙得像条狗。相比之下，内地某些文科院校则太轻松自在，个别简直就是一派秦淮歌声。

燕京图书馆是西方保存中国古籍最多的地方，据说，该馆受益于一位清朝的诗人戈鲲化，他是哈佛第一位中文老师。

1879 年，这位特立独行的老兄在哈佛开堂教中文，他上课的时候头戴花翎，胸口是一团耀眼的刺绣白鹇补子，足登厚靴，着完整的清朝五品官的衣服。他会从《水浒传》的一章小说，或是苏东坡的一首古诗开始给美国学生授课。他上课的时候，在教室里昂头踱着大步，读诗的声音抑扬顿挫，这期间用一口流利地道的英语做解释，讲完课，一个深深的 90 度全场鞠躬，这个场景估计要雷死人不偿命的。略带戏精的老师，还是位诗人，把李白、杜甫之风带到了哈佛——他四处写诗会友，结交高士，受到了老师同学的一致喜爱。

可惜，这位五品大员老师，教了 3 年中文，就得肺炎遽然去世了（看来，在任何时代，肺炎都是冷血杀手）。

我在图书馆时获悉，如今，燕京图书馆 5.3 万卷中文善本特藏全部可以在网上免费下载看了，这意味着，中国学者不必买飞机票来哈佛求读纸质善本了，这也让不少大学老师失去了一次出差美国的借口，估计他们要口上称赞，心中暗骂燕京图书馆糊涂了。

燕京图书馆门口的布告栏宛如高级的小菜场，大家都来这里吆喝，做中国人的小生意。

我看到一个老外用2号中文字体，打印张贴了一张小广告："英文学术文章润色服务，本人芝加哥大学博士研究生，长期旅居中国并担任大学老师，精通中文，可为高校老师、学者提供英文学术文章的润色服务，价格公道，保质保量。有意者微信联系。"

多事的我加了他的微信，他叫彼得，是一个美国小伙，朋友圈里晒了张新婚照，他比他新婚的中国老婆足足高出两个头。时下，他好像正忙于在美国各大学搞推广会，疯狂地推广他的润色服务——看来给中国学生润色论文，是一门很大的生意！但是，隐隐地，这个让我想起了《围城》中的方鸿渐通过报纸中介广告，从那位爱尔兰老兄那儿搞来"克莱登大学"博士学位的情节。

上课的最后一天，那个看上去中气不足的约翰·司马懿老师突然给我们看了一个"中气很足"的东西，让我对他肃然起敬，推翻了我对他的所有成见。

这堂课讲到人的自我管理，他用PPT放了他的一张人生清单，这张清单上标注着他的所有目标，其中定期目标是：1.每周坚持练瑜伽、网球和健身；2.成为"ASC Board"（美国细胞病理协会）的志愿者；3.帮助"卢旺达基金会"，支持1994年卢旺达图西人种族灭绝中被强奸妇女生出的孩子的教育，宣传反对种族灭绝和性侵，每年参与3次资金的筹措；4.每年尝试挑战一个新的事物，如在波士顿大学教学；5.一年读30本书。

一个67岁的教授要干这么多事情？

这个气色不佳的司马懿让我注目，果然有司马懿的性格：隐忍，不出手则已，一出手就石破天惊！

我想如果是中国的一个大约67岁的退休教授会干什么，多数是不是回家弄弄花草，看看养生书，带带孙子？这个约翰老先生看上去血脉不旺，身体估计也不会太好，但是目前还是一家诺夫勒斯医药咨询公司的执行副总裁，同时在哈佛大学和波士顿大学两所大学任客座教授、指导。

近距离观察美国的教育，类似"美国高考"的一项必考内容就有在中学时代做义工或积极参与社会事务，一来培养孩子的社会责任心，二来永远去尝试新鲜事物。这种思维影响了很多人的一辈子。这位客座教授约翰·司马懿，退休年龄仍在积极帮助卢旺达难民，热心社会公益，尝试新鲜事物，好像一切和年龄无关，这在扎克伯格、比尔·盖茨等人身上似乎都可以看到相似的轨迹。

联想起我日前遇到的一个叫杰西的法裔美国朋友，好像也是这样的人。他见我的第一面，就和我说中文"你好！"，然后用奇怪发音的中文和我攀谈起来，让我吃了一惊。原来，他在弗吉尼亚的熊猫快餐当经理，平时学习一点中文。我和他吃饭期间，我们旁边当时还坐着一位聋哑女士，他马上又用手语和她上下比画起来。他跟我说，他的父亲老家在法国西班牙的边境，但他出生在美国，母语是英语和法语，但同时他还会西班牙语和德语。

我问杰西："你在什么学校学习的中文？"他说他全都是自学，几门外语都是在网上学的。他说，熊猫快餐的工作非常繁重，他经常替同事加班到深夜。但是，在此期间，他还写了一本长达几十万字的科幻小说，打算今年出版。为了出版的事情，他自己组织了发行小组，目前在网上已完成了一两千本的订购。他说，他的目标是尝试成为职业科幻作家，尽管目前在餐厅打工，一旦时机成熟，他就去完成自己的梦想。听说我来自中国，他说他读过刘慈欣的《三体》，他希望有一天中国人也可以看到他杰西写的科幻小说。

美国充满了尝试新事物的人。

哈佛上课最好的地方，是每过30分钟左右，就强迫我们和陌生人进行分组讨论，根据上课讲义，解决同学们自己手上的头疼问题，所以，没花多久，大家都相互熟悉了。

这个班一半是公司出钱来深造的，一半是自掏腰包来的。这些同学看来都是自我要求比较高的人，没有一个肥头大耳的，不少还挺帅，这让我很吃惊。有一刻，我会自卑地觉得自己是坐在一堆战狼中的一条"中华田园犬"。

我左边的同学是一个身高一米八八左右的金发男子，佐治亚州人，长得有点像年轻版的布拉德·皮特，穿着笔挺的细条纹白衬衫，我侧眼望去，胸肌鼓鼓的；右侧一个黑头发的哥斯达黎加帅哥叫约瑟，大大的酒窝，眼神有点基努·里维斯的犀利。

最可怕的是，第一排坐了一个秘鲁的同学艾力奥，人很高，穿着白色的衬衫，他的黑色头发梳得很齐整，带一点点小波浪，配上暗红框的板材眼镜，活脱儿就是克里斯托弗·里夫扮演的超人！

我问艾力奥："有没有人说你长得像超人？"

他说："很多人说！不过我觉得做超人扮演者没有啥好的，一个超人演员晚年变成了痴呆症患者了，口水都控制不住；还有一个超人扮演者从马上摔下来，瘫了半辈子，我希望我不是他们。"

我笑了，又问："你的漂亮的超人眼镜在哪里买的？"他说："在秘鲁。"我说："你可以给我戴一下吗？"我戴了下，大家都说好，我问："贵不贵？"他说："还可以，需要的话，我可以从利马给你买。"

"利马？"这是地球上离中国最远的首都了吧，我想，拿着超人的眼镜翻看了一下，说，"好像不用秘鲁代买了，因为上面极小的小字写着：中国制造。"我拿出万能的淘宝，用图片扫了一扫，淘宝在哈佛大学的Wi-Fi帮助下，两秒钟就找到了。

我说："只要79元人民币，就可拥有一副秘鲁超人的眼镜！"艾力奥笑歪了。

我问秘鲁超人，你在利马做什么生意？他说他是迅达电梯的总代理。我说，利马有很多高楼吗？他说，好像不是特别多。我觉得挺有意思的，在一个高楼不多的地方卖电梯，还跑到哈佛来学管理。

他可能是太帅了，来哈佛读几天书也不得太平，他说他老婆专程从利马拍马赶到纽约，要和他一起过周末。我问，你们结婚多久了？他说很久了。我说，你老婆看来很爱你的。他笑着眨了眨眼睛。

中午休息时间有一个多小时，有着大酒窝的约瑟说给我们大家品尝一个东西。

他从教室茶歇厅的冰箱里取出十多瓶彩色的啤酒。原来，他是一个狂热的啤酒制造商，自己酿制、自己灌装、自己推销，他在哥斯达黎加的圣何塞有自己的啤酒品牌"35"，不知道为何叫35，是不是他35岁的时候开设的？这是我见过的最漂亮的啤酒瓶子，有粉色、绿色、蓝色各种款式，他说："粉色檀巴尔！这是圣何塞女孩子都爱点的啤酒。"

于是，课间休息变成了一个啤酒试品会，我们啜着啤酒，聊起了天。

约瑟有着南美人的热情奔放。当着所有人，他给我看了一张手机里的照片，是一个大鼻子年轻男人怀里搂着一个婴儿。

"谁的孩子？"我问。

他说："我的女儿，一岁，很可爱吧！"

我看了一眼照片里的那个大鼻子，好奇地问："这是你男朋友？你是同志？"

"不，不！"他爆发出一阵阵抽动的大笑，"他是我的好朋友，读书期间，我委托他去看看我的女儿。"

我说："看不出来，你已经结婚了。"

"不！我没有结婚。"

我头晕了。

约瑟接着说："去年我交了一个女朋友，才相处了两个多月，有一天，她突然对我说，她怀孕了，她要把孩子生下来。我说，我还不想结婚。她说，她想要这个孩子。我说，好吧，就生下来，但是我不想结婚。"

说这个的时候，那些品啤酒的同学都围拢过来看手机上他孩子的照片。

约瑟接着说："我后来给她租了个房子，现在她和孩子住在外面。"

"你们不住在一起？"我确认了一下。

"对！她住在我家附近的一个地方，这样我过去看孩子也方便。"

"你不打算和她结婚？"我好奇地问。

"是的。我目前不想和任何女孩子结婚。"

"你喜欢自由，这样还可以交其他女朋友，对吧？"

大家明白了我的问题，都哄的一声笑了起来。

他很淡定地看了看我，很确定地说："当然。"

那一刻，我想，来这里读书的人，看来都有一肚子的故事。

课程快结束的那个傍晚，波士顿的太阳挣扎着还没有落下去，空气被余晖加热得有一些干热。我们一群同学在哈佛广场附近的一个屋顶酒吧喝酒。

"秘鲁超人"艾力奥忽然和我说起了马丘比丘，我想起我的大女儿卓尔小的时候有一个玩具地球仪，上面的南美洲只有一个旅游景点，就是马丘比丘。我经常猛地旋转一下地球仪，然后考她："告诉爸爸，马丘比丘在哪里？"

艾力奥告诉我，从他的老家利马先坐飞机到达一个地方，然后从这个地方坐火车去马丘比丘，路途遥远。我问："印加帝国为何要在这个鸟不拉屎的荒山上建一座巨大的城堡？"我希望他能够以秘鲁人的答案回复我，但是，他笑眯眯地回答我："你应该自己去看看。"我想，这大概就是秘鲁的国家广告！

一个叫拉瑞的美女同学坐在我对面，她是热情洋溢的土耳其人，说起话来滔滔不绝，很干练，现定居德国柏林，任一家五百强企业的市场经理。估计已经喝了许多酒，她的脸有些泛红，然后，她脱去了外衣，我发现她有傲人的胸部，挺拔如夏初怒放的绣球花，我都忍不住多看了两眼。她说她去了几十个国家和地区旅行，还去过南非和韩国，但是她在柏林找不到丈夫。这样好的职业，这样美丽的脸蛋，这样闪闪发光的胸脯，这么强的能力，为何却没有男朋友？三杯下肚，她说她性格太像男人了，个性厉害得雷霆万钧，男人最后都被她吓跑了。

她说她是一个执行力特强的人，有着说走就走的性格。

"下一站去哪里旅行呢?""中国，上海。"

我说:"太好了，说不定，在上海可以遇见你的另一半!"说完，我发现自己是在瞎说，因为我想起来，其实，上海很多厉害的姑娘也一样找不到男朋友。

从酒吧出来，哈佛广场这里永远有人在发传单和宣讲。

这天晚上，一个穿橘色的西装、橘色的西装短裤，戴着橘色尖尖帽子的瘦高中年男子，拿着一支白色的廉价塑料话筒，一只脚站在花坛的台阶上，一只脚站在台阶下，满脸涨得通红通红的，喉结一上一下的，声音极大，声嘶力竭，感觉是在发表一场激动人心的广场演讲。他的口水飞得"远开八只脚"(沪语)，有一米开外。他好像在讲动物保护之类的话题，是要保护美国的犀牛吗? 美国好像没有犀牛。由于口水喷得太厉害，而且手舞足蹈，行走路过的人们避之不及，纷纷绕行。远处花坛那里，音乐大作，来自美国各地的爱好者，正在进行一场广场莎萨舞蹈大会。

这场演讲，只有两个听众，我和一个老太太。我俩并肩站在离他一米五左右的地方，远离口水，试图搞清他在说啥子东西。

听了很久，老太太向我摇了摇了头，眨眨眼睛，说，他嗑药了。

于是，我俩一个往东，一个往西，回家了。

与鲁道夫的争吵

"是豪门就可以进哈佛,那也太没有公平可言了吧?!这对亚洲学生不公平!因为这只丑恶的无形的手,搞得亚洲学生录取率很低,如果没有歧视,哈佛会像伯克利,亚裔将达到 40%!"

前排座位上有一个棕色长波浪头发的姑娘把头扭过来,我以为她要和我组队相互介绍对方,刚要说"嘿",但她的头转了 45 度就停止了,哦,她是选中了我左边一头温软金发、眼睛大而明亮的佐治亚州高个子帅哥,他们马上热情地"嘿!""嘿!"地攀谈起来。

刚才约翰·司马懿老师说,你们随机找一个同学,相互介绍一下自己的情况,等会儿分别介绍对方。我环顾了一下左右,发现多数人都找到了伴,只有最后一排中间的位置上,那个后脑勺扎了一个辫子,消瘦的小个子亚洲男子还一时没有搭子,于是我走上去,拍了他一下,说:"嘿!"

说了两句英语,发现鲁道夫的口音很熟悉,于是,我改口问:"你会说中文吗?"他说:"我是湖北人,定居休斯敦 20 多年了,是一家 IT 公司的会计经理。"在一堆美国人、拉丁美洲人、德国人、印度人、土耳其人当中,突然听到普通话,我顿生亲切感。

课间休息,金黄色的蛋挞热腾腾摆在茶歇间的桌子上,美式咖啡的香味钻入鼻孔,我们站在那里聊了一会儿。

这次我仔细观察了鲁道夫,他三十五六岁的样子,中分头梳得很整齐，面孔消瘦，黑眼珠子有点暴突出来，额头上布着两条青筋。我怀疑他是不是有点甲亢。他上身穿着长袖的深色衬衫，最上面一粒纽子居然扣着，下身是牛仔裤。他说自己在新奥尔良大学学的会计，但并不喜欢，他本人热爱哲学和政治。在得克萨斯州打工很久，后来留在那里工作。我问："得克萨斯的天气是不是很好？"他说："糟透了！太干。门窗要关好。有一天，一只蚂蚁爬进来，咬了我一口，结果，整个手臂都肿得像一节藕，许久才消退。"

傍晚，照例是活跃的哥斯达黎加大哥约瑟召集大家去边上屋顶酒吧喝啤酒，看得出他在老家应该是一个意见领袖。于是，一群人浩浩荡荡地走在哈佛广场旁边的小街上。

哥斯达黎加大哥他们都说西班牙语，我和鲁道夫两个说汉语的人坐在这群拉美人当中，像是两只山蛙坐在一群田蛙当中。说西班牙语的同学有个特点，就是每5钟就会爆笑一次，他们的基因里面好像安装了笑的定时器。我们则看上去过分现实而忧郁。

对饮着啤酒，我问鲁道夫："你怎么起了一个德国人的名字？"

"我读书时喜欢哲学，尼采、叔本华、黑格尔、海德格尔都是德国人，而我中文又姓鲁，就改了一个德国式的名字鲁道夫，算是向他们致敬！"

"你家是怎么来的美国？"

"我的母亲死得比较早，1988年就走了。父亲本科毕业于清华大学，是国内最早一批读生物学的，他一个人先申请去了宾夕法尼亚州，10岁那年我才被接过来。父亲续弦了当地的一位大龄北京姑娘，后来定居得克萨斯。"

鲁道夫喝酒很厉害，咕咚咕咚两大杯下去，眼珠子就更突出了，话匣子也打开了。

他说："我后妈就是那个大龄的北京姑娘，她嫁给我爸的时候35岁了，她对我要求很严格，我挺反感她的。从见她的第一天起，我一直喊她阿姨，因为这个，我爸曾骂过我、揍过我，让我改口，我咬紧牙就是不改。"

"你够犟的啊！"

"妈只能有一个吧！我妈在国内病重临死时，把她那些年攒的 2700 多块钱，都偷偷写了我的名字存起来，交给外婆，她知道我爸可能要另娶。她死得太早了，才 29 岁。她临死时对我说，她对不起我。"说到这里，他解开了衬衫最上面的一个扣子。

我唏嘘了一番。我觉得他毕竟是学会计的，数字记得那么牢。

我们碰了杯子，又咕咚咕咚喝了好些。

喝到七八点钟，桌子上堆满了酒瓶子，我们话锋一转，聊起哈佛大学了。

我问他："你怎么报了这个管理课程班？"他说："我工作年限比较长了，这是公司的奖励。"他没有问："你呢？"我自说自话："我来体验一下哈佛的读书氛围。"

"我们也只能来读读课程班，哈佛的本科可不是普通人可以读的！"他说，"进哈佛也是一场权力的游戏！"

我很好奇："此话怎讲？"他的眼珠子往外面鼓了一鼓，说："如果你家超级有钱，孩子读书脑子还够用的话，就可以塞进哈佛！"

"塞进哈佛？！"我怀疑我的耳朵，"塞进"二字以前在内地好像挺流行的。

"哈佛大学是超级玩家俱乐部啊。录取标准一直是一个秘密，比外星人还神秘。校长每年有一张 Z-LIST 名单，这些孩子的家长都是给学校捐钱的大佬或者有来头的大靠山。只要孩子的成绩勉强还可以，VIP 的绿色通道将向他们开放。奥巴马的女儿就是这样被录取的，你觉得她可以考取哈佛吗？！"

"但是，哈佛不也录取很多贫困生吗？我看到一个材料，说一个穷人家的孩子在饭店洗盘子、做小丑，后来被录取了。哈佛说是看中他成长为小丑领班，坚持干一件小事情——这对穷人还是挺公平的啊！"

"这些事例并不能掩盖超级玩家子女被塞进哈佛的现实吧。举个例子吧，特朗普的女婿库什纳，就是他的纽约地产商爸爸向哈佛捐赠了250万美元，这个成绩平平的人也进了哈佛；约翰·肯尼迪和罗伯特·肯尼迪都是被他们那个父亲运作进哈佛的，在此之前，他们父亲已经硬生生把约翰塞进了普林斯顿。"

"这毕竟是少数吧。《风雨哈佛路》的莉斯·默里出身吸毒和艾滋病家庭，到处流浪完成了中学学业，不也进了哈佛吗？"

"哈佛录取委员会的成员都是《一千零一夜》里的阿拉伯国王。"鲁道夫额头的青筋有点跳动的感觉。

"什么意思？"我好奇地问。

"他们都爱听动人的故事。如果故事像莉斯·默里一样跌宕起伏，能够赚取录取官员的眼泪，那也是一条入哈佛的捷径。但是对多数普通家庭的优等生来说，没有那么多故事啊！"

"比尔·盖茨是以SAT（相当于美国高考）成绩接近满分进哈佛的，扎克伯格也是高分进入哈佛的，这说明哈佛还是非常看重学术成绩的，这算相对公平吧。"

"你不在美国！你不太懂！高分的学生太多了，每年有几万名学生报考哈佛，而哈佛只录取2000名，除了看成绩外，再看你的课外社会活动、爱好、家庭背景、性格等等，这当中就有运作的空间了！"

"哈佛一直把学霸、豪门、理想家、生意狂都搅在一锅乱炖，这个搅拌乱炖的办学思路，我觉得挺牛啊。"我反驳他。

"是豪门就可以进哈佛，那也太没有公平可言了吧?！这对亚洲学生不公平！因为这只丑恶的无形的手，搞得亚洲学生录取率很低，如果没有歧视，哈佛会像伯克利，亚裔将达到40%！"鲁道夫眼睛看着我，眼珠子都要瞪出来了。

我被他冲得够呛。

"如果那么多亚裔在哈佛，哈佛还是哈佛吗？"我突然很后悔说出这么一句话。

"你看看，你看看!! 你自己都歧视亚洲人!!!!"说到这里，鲁道夫特别激动，几乎要跳起来了，黑眼珠子突出到眼白外面一样，我能感受到他的愤怒。他当年报考大学的时候是否受到了此类的挫折，他是不是觉得自己应该进常春藤或者排名前20的大学？但现实是，他却被迫在南方到处都是橡胶园的乡野之地，在一个名不见经传的普通大学耗费了青春。

他的嘴巴接着开机关枪："如果你出生在一个普通家庭，又是一个亚裔，你想进哈佛的话，×！那么你只有优秀到完美，优秀到招生官员看到你的材料想哭，优秀到可能被上帝招去的地步!!"

说到这里，我发现鲁道夫有种控制不住的激动，让我害怕。

旁边的"超人"艾力奥同学看到这个场面，连忙举着酒杯探过身子来，说："什么事情这么兴奋？你们说的话好快，完全不可以理解，哈哈，来来，让我们为了健康，干杯吧!"

我猛喝两口苦涩的啤酒，终于把这个沉重的话题翻页了。

太阳落山了，一群人在屋顶上唱起了西班牙歌曲《罗萨》（"Rossa"），轮到我完全听不懂了。我用手机音乐捕获这首歌，想大概明白他们在唱什么，西中对照，里面的一句"今天把心放下，什么也不想"，这不是给今天的我写的嘛!

黑色的天空笼罩下来，黄色的灯光慢慢变亮了。

一群人又无边地闲聊起来，说课程结束后，大家去哪里玩，去做什么。

艾力奥说上完课后要继续在波士顿进修。大家笑他，你都哈佛进修完了，再去进修啥呀？他超人一样的脸庞上露出了憨厚的笑容。

约瑟说要回去忙他的啤酒生意，同时，他要抱抱他的孩子。

还有一个说要等他的妻子从纽约过来，一起去附近的鳕鱼角玩。

后来说起了缅因州。

鲁道夫的气好像来得快，去得也快，他说："缅因的夏天，海边很舒服，据说，岛上有些漂亮的避暑房子，还可以坐老式的帆船出海钓龙虾。"

我说我后面几天就要去缅因州，因为想去心目中的老怪物——斯蒂芬·金的老家转转。

鲁道夫说："这么巧，我也要去缅因州。"

约瑟听后插了一句，说："你们可以租辆车结伴去呀！"

我看了一眼倔强偏执的鲁道夫和他微微凸起的眼珠子，心里不太乐意——我们才刚刚结束争执呢！

倒是鲁道夫满不在乎刚才的争执，他已经平静下来，看样子他经常和人这样。他说："我们一起走吧，二人分担租车费用，会便宜一半。"

到底是会计经理，就是会算。我看了看他，说："那……好吧。"说完这句话，我看了看鲁道夫的额头，看见他的眼睛里透着某种厉害的光，我心里隐约有些后悔。

被警察活捉

> "我们每一个人生来都是天上的鸟，有的鸟在天上高高地飞着，有的鸟运气不好，跌落在地面上，但从本质上，我们都是天上的鸟。你明白吗？"

那辆旋转着刺眼灯光的警车停下来时，我就该引起注意。

但是，我没有。

黑暗中，足足高我一头的警察走向我，命令我双手高举过头顶，然后他的两只手在我身上上上下下摸了几把，把我口袋里的纸币、卡包、餐巾纸全部掏了出来，一件一件仔细地检查，看完后又塞了回去，然后，把我的双手倏地用力扭在身后，说了一句："你被捕了！"才一秒钟，我感觉自己被戴上了手铐，冷冰冰的硬家伙在背后卡住我的手腕，动弹不得。他用一只手拽着我的胳膊，推推搡搡地来到一辆警车前，打开后排车门，让我坐进去，然后给我系好保险带。他坐上前排驾驶座位，砰的一声关上门，警笛呼叫着，带着我驶入一片漆黑的夜中。

这事发生在波特兰的海边码头餐厅附近，美国东北角的缅因州。

8月3日，我和哈佛进修班的鲁道夫同学商量好，当天合租了一辆白色的道奇，从波士顿开车近两个半小时，赶到了波特兰。这位穿长袖衬衫的老兄，顶着向德国哲学大师致敬的名字，一路上滔滔不绝地抱怨他对公司印度老板的不满。我听着听着，觉得他可能观点有点偏激。后来，我发现他喝了酒后，脾气和得克萨斯州七八月份的天气一样暴热。

那天傍晚，我们摸到海边的一家甲板餐厅吃海鲜，喝啤酒。波特兰海边码头的景色是一团杂乱，钓虾船、仓库、码头、餐厅都混在一个区域，完全没有波士顿的优雅。

可能开了一整天的车，二人都有些累了，吃了几口青口贝，已经五六瓶酒下肚。喝得太猛，渐渐觉得舌头有点大，思维模糊，大家智商都开始严重"掉线"。鲁道夫看上去比昨天胖了一圈。他的话比平时就更多了，无法刹车，我们在敏感的中美政治话题上爆发了激烈的争吵，气呼呼的鲁道夫连餐厅的小费都没有付，就呼的一下走了出来。

我头有些晕，高一脚低一脚地跟出来，脑袋越来越重，似乎无法控制四肢。鲁道夫可能也有点断片儿了。

我们站在乱哄哄的码头上提高了嗓门，二人声音越来越高，我完全没有注意到，在餐厅吃完饭出来的几个人已在远远围观了。

鲁道夫头发搭在额头上，黑眼珠子突出来，额头青筋暴起。

我们彼此的酒气都几乎喷在对方的脸上，我说了一句酒话，马上就后悔了，我说："你是政治白痴！一个脑子被哲学搞烂掉的有问题的家伙！！"这句话似乎激怒了他，他可能也是酒后完全失控，得克萨斯州牛仔脾气突然大发作。"×！政治走狗！！"他向我一脚踹来，部位不巧，正中我的下体，痛得我嗷嗷叫。我气蒙了，捂着下体，呼呼两脚连环"螳螂飞腿"踢回去，其中一脚正中他的腰部，并借着酒劲又来了一记"咏春拳"，正中他的肚子。

这时候，码头上看热闹的人越来越多。后来我知道，立即就有一位餐厅服务员向波特兰警方报了警。

波特兰市区是个弹丸之地，警察估计只花了两分钟就从附近的哪个"洞穴"里赶了过来，"第三者"服务员的口供是：看到我飞起来去踹鲁道夫。口供对我不利。尽管鲁道夫没有啥伤势，但是在公共场合打架，警方还是觉得有必要把我抓走。

于是就有了开头的一幕。

黑暗中，我双手被铐在警车后座，窗外，波特兰的街道在迅速往后退，然后好像楼房渐渐就稀少了，感觉出了城。不知过了多久，开过了一道铁轨，进入一片树林。车子停在一个仓库一样的大铁门前，前排的警官和里面的门卫对讲了两句，然后巨大的卷帘门吱吱卷起来，车子开进去，卷帘门又吱吱地放下来。那个警官下车来打开车门，让我下车，我的手被铐得隐隐作痛。我环顾了一下这个房子，好像是一个巨大的停车库。

警官还是一只手拽着我，走向一扇小门。

吱吱吱，电动小门打开。我被推了进去，发现这是一间大的办公室，前面一个长长的柜台，柜台后面坐了三四个警察。我走进去的时候，所有的人都抬起了头，大概是看到一个中国人的脸，有点好奇。我看了一眼墙上的钟，已经是晚上九点半了。整个警察局今晚好像只抓了我一个"坏人"。

我被带到大办公室前面的一间小房间审问，抓我来的那个警官坐在我对面的桌子后拿着纸笔，我坐在离他一米五左右的一条凳子上，他问我："你叫什么？""从哪里来？""家庭地址？""头发的颜色？""不好意思，我没有头发……我是光头，戴着帽子。"这样的气氛下，尽管我试图努力地制造一些幽默感，并设法调匀自己的呼吸，但是，腿肚子还是完全不受控制地颤抖着，以至说话的声音都轻微变调了。

听说我是从中国来读书、旅行的，又有两个警察从里面跑出来，围在桌子前和我聊天。但是，他们穿的警服的颜色和抓我进来的警察的服装颜色不太一样，后来我发现他们是狱警。

不知道是这个夜晚太无聊呢，还是他们试图安抚我的情绪。

一个狱警问我："你是怎么从上海来到波特兰的？"我说先坐飞机到纽约，大约要14个小时，然后再开车过来。他很细致地问我："坐14个小时，你坐的商务舱吗？"我说是经济舱。他说："哦，那太累了。我的一个叔叔出差去中国，他坐的好像是商务舱。我可不要14个小时窝在一个小位置上，这跟坐牢一样。"

还有一个狱警问我："后面打算去哪里玩？"我说要去罗克兰。"罗克兰？"他喊起来，"嘿，我们这里有罗克兰的同事，迈克尔！这里有一个中国人要去你的罗克兰。"这时又一个胖胖的狱警跑出来，说："谁要去罗克兰？"

他们问我为何打架，我说可能是喝多了，另外，我的那个同伴脾气不好，无意间一脚踹中了我的裆部。裆部？哇——我对面的三个警察都露出了痛苦的表情，"哦，不！这太糟糕了。"其中两个同情地说。

听说我从上海来，他说他们有个同事的女朋友好像就是一个上海人，还挺漂亮的。

看到他们几个丰富的搞笑表情，我突然很释然，手脚好像也不颤抖了。但是我的手还是痛得厉害，还给铐着呢！

抓我来的警察录完口供就走了。这时，刚才和我说笑话的大块头狱警走向了我，他的眼神很和蔼，他用钥匙帮我打开了手铐。我忽然明白，他刚才和我说笑，估计是工作的一部分，是要让我平静下来，这样确保开了手铐后我不会继续情绪失控，攻击警察。

这个大块头狱警问我："你有现金吗？"我说："我好像有。"他眼睛突然放大了，然后很认真地问了一下："你有多少现金？"我心里一紧，想，他要勒索我的钱吗？我说："不清楚，200多美元吧。"然后，他把我口袋里的东西再次掏了出来，当着面和我清点，一个卡包和一个手机，现金260美元。他把我所有的东西，都装进一个塑料袋里，让我签字，归档。

接着他带我到了另外一个小房间，在有身高尺度的地方，对我拍摄侧面、正面照片各一张、戴眼镜正面照片、侧面照片也各一张。然后，又根据电脑里的表格，重新提问了我一遍："你叫什么名字？从哪里来？家庭地址？头发的颜色……"全部再来一遍。

我换位的时候，瞥见大块头狱警在我的地址一栏上——应该是五号楼（Building 5），他可能听错了——赫然写着：Beauty 5。我住在上海的美人五号？他的大脑是怎么想的，是不是潜意识里，他说他们有个同事的女朋友好像就是一个上海人，还挺漂亮的，于是，Building 5 就变成了 Beauty 5。

拍完照，办完手续，他带我来大办公室对面的一个铁栅栏围起来的屋子，说你先在这里待着吧。于是，我被关进了临时牢房。

这个灰秃秃的牢房大概有 20 平方米，中间放着 3 个固定在地板上的塑料椅子，背面是一个敞开的洗手间，你上洗手间的时候，大厅里面的警察大体得出你在干啥。卷筒纸盒子已经不翼而飞。洗手间门口是一个破败的饮水器，我已经几个小时没有喝水了，急忙去喝，出水的龙头也不见了，只有一个黑色的螺帽，里面的水管在往外冒水，像是一个婴儿的小鸡鸡在尿尿。

房间的正前方放着一台电视机，在放录像，居然是儿童看的动画片《神奇校车》，监狱里看动画片来净化犯人的心灵吗？这里啥也不能干，手机也没有了，只好盯着屏幕。不过，这种被放空的感觉不算太差，你不可以和任何人交流，像狮子被关在一个铁笼子，你只能够听见自己的声音，整个身体似乎也只有一种感觉。

过了好一阵子，也不知道多久了，监狱里又关进来今晚第二个"坏人"，一个拉丁裔的人，满口酒气，他的额头上、手上都是小小的伤口，眼神有点凶巴巴，估计是在哪里摔破的。我怕他扑过来，和他保持着一个凳子的距离。我问他，怎么回事？他说他是无罪的，他在马路上溜达，就被该死的警察给抓了进来。我估计他也是喝多了，在酒吧之类的地方倒地大喊大叫，或者搞了什么破坏被抓进来的。《肖申克的救赎》中说：所有被抓进来的人都认为自己是无辜的。

我们两个坐在那里看动画片聊天。我问"凶巴巴"："你以前进来过吗？"他说他进来过一次，大约在 9 年前。我问："你喜欢这里吗？"他跳了起来，道："你这是什么意思啊？谁会喜欢这个鬼地方啊？"他的眼睛红红的，瞪着我，我立马想起，美国监狱暴力是很厉害的，新犯人进去往往被狂揍一顿，打个半死，如果是小白脸，还会被骚扰。还好我的脸挺黑，我正在胡思乱想，这个拉丁裔的"凶巴巴"突然看着我的眼睛说："我们每一个人生来都是天上的鸟，有的鸟在天上高高地飞着，有的鸟运气不好，跌落在地面上，但从本质上说，我们都是天上的鸟。你明白吗？"我点点头，心想，还好，我遇到的是一个"凶巴巴"的哲学家。

一个长脸的警察站在铁栅栏门口，我们两个"鸟"都扭头去看，就是那个搜去我手机、卡包的大块头。他打开锁，叫我和他坐在一起。他脸色沉重地问我："你回国的机票是几号？"我说是本月10号。他说："这次你可能回不了国了。"我心头一抽，脑袋嗡嗡作响，想起我全家人担忧的眼神，我问："怎么这么严重？"

他说："根据缅因州的法律，你在公共场合打人，是非常严重的，因为有第三方市民的检举电话，公诉人将会起诉你，但是开庭日可能要在10号以后，所以，这段时间你是无法回国了。"

我说："我是外国游客，我们是朋友间的误会。"

他说："我理解，现在只有一个办法可以救你，并且保释你。你不是有260美元现金吗，我找到了一个人可以保释你，但是，你要保证出狱后不得和这个鲁道夫再见面，不可以有任何电话、短信联系，你可以做到吗？另外，保释人要求你做什么，你都要同意并遵守，这样你就可以出去了。你愿意吗？"

我好像除了连连点头，也不可以说啥子了。

夜里12点钟左右，那个长脸警察又来了，他手里拿着我的260美元现金，领着我走出牢房，穿过大厅，是一个长长的走廊，走廊上有一个铁栅栏窗户，像是一个银行的柜台。铁栅栏后面坐着一个暗褐色头发的老女人，皮肤皱巴巴的，像是一个算命的吉卜赛巫婆，但是戴着银镜，还佩戴着较好的金色耳饰，透露了她的优越身份。

她用非常纯正的美音跟我说："我不是监狱方，不是法院方，也不是警察。"

那么你是谁？我想问，但是没有问出口。

站在我旁边的警察递来我的 260 美元，已经有些皱巴巴了，全部塞进了柜台下面的凹槽。那个褐发鸡皮的老女人收了钱，在窗口后面问我几个简单的问题后，说："你今晚就可以出去，但是你不可以和鲁道夫见面，开庭前都不可以和他有任何联系。如有违反，就会被取消保释，送回监狱。你明白吗？你 10 号回国，所以开庭日放在 8 号，这是我可以找到的最近的时间了。"最后，她通过凹槽递过来一张纸，上面写着开庭的日期和地点，她说："签完字，你就可以走了。"

我当时一直纳闷这个褐发鸡皮的女人是什么身份。这件事情过了很久以后，我才搞清楚，她是保释经纪人，靠抽取 10% 保释金为生。夜里往往有像我这样没有保释人的客户，所以，她深夜也在监狱战斗。如果我 8 号按时出庭，260 美元保释金将会退给我 234 美元。

我被这个大块头又领到一个摄像机前，重新拍了一组照片，然后他把一个塑料袋递到我手里，我低头一看，是我的卡包和手机，像两条沾水即活的死鱼。

然后他带我来到一个大铁门前，巨大的电动门"吱吱吱——"缓缓打开，进入这道门后，立马又"吱吱吱——"关上，我眼前的一道铁门"嗒"一声，跳开了锁，我一推门，一股植物的清香，混合着夏夜的凉快扑面而来，"哦——"我轻叹一声，"终于获得自由了。"

我坐在监狱的门口，看了看手机，已经夜里 1∶00 左右了，谷歌地图显示出我的位置：缅因州坎伯兰县监狱。这里只有两盏鬼火一样的路灯，连个人影都没有。我想：这一夜该去哪里呢？怎么离开这个鬼地方？不如试一试优步。

8 分钟不到，居然就来了一辆车，载着我驶离完全笼罩在夜色中的监狱，我回头望去，那片房子只有一片朦朦胧胧的轮廓。

我来到海边码头餐厅一带，黑乎乎的没有啥路灯，我的车正孤零零地停在一个码头的甬道上。

波特兰的海边旅馆居然大多客满，半夜三更连个床位都没有。我只好开着车到处转，好在也没啥睡意，终于找到一家，他们说有一间房，不过要 300 美元，天哪！我看了一下这家小酒店的客房，在上海最多 350 元人民币，但是，不住在这里，住哪里呢？

我正在办理入住手续，酒店的大门突然被推开了，我一抬头，错愕间看到进来两个警察，一个是瘦高个子，他开门见山地说："今晚你会不会去找鲁道夫打架？"我没好气地说："不会！"他说："那很好，我们就是确认一下这件事情。因为根据以往的经验，会有人被保释出狱后怒不可遏，报复性把对方打伤。"我说："我好像不是这样的人，对不起，我要睡觉了。"两个警察关照了几句，就退去了。

我伸了下舌头，天哪！我从黑乎乎的坎伯兰监狱出来的时候，门口一个人都没有，坐的也是优步，后面也没有警车跟着，我还一个人步行去码头找车，兜了一个大圈子，东拐西拐找了许久旅馆，他们是什么时候神不知鬼不觉地跟上我的？难道在我身上安装了定位器？也不太可能。我完全没有察觉他们在跟踪我。

美国警察也太神了。

根据保释条例，我不可以打电话给鲁道夫，当然更不可以见面，但是第二天，在我去先前住的酒店取了行李之后，我还是违反美国的法律，斗胆给鲁道夫发了短信，说那天喝多了，非常抱歉，给他带来不方便了。他说他理解，他先打的我，二人都喝多了。

我问他："你放下怒气了吗？"

他说："酒劲一过，我就觉得自己好愚蠢。"

我说："我也是。"

他说："我不该先打你。"

我说："是我先提那个话题的。"

他说已给波特兰监狱方和检方打了电话，希望他们取消起诉我，因为，我们这是朋友间的争执而已，而且是他攻击我在先。

他对检方说："我们已经心平气和地宽恕了彼此。"

我说："谢谢，另外，不好意思，你只能自己再租辆车接着旅行了！后会有期！"

他嗯嗯了两声。

我似乎看到他穿着长袖衬衫，第一粒纽子依然扣着的样子。

8月5日，我继续开车往北，打算去罗克兰航海。途中，我接到一个电话，说我不用再去开庭了，因为，此案被检方撤诉了。我知道是鲁道夫打了电话的原因，一方面庆幸自己的解放，另一方面也惋惜，因为失去了一次在波特兰法院近距离面对陪审团的机会。

罗克兰正在搞龙虾节，到处都是龙虾的招牌。

海边的美食大棚和游乐场旁边，趴着一只3米高的橘黄色大龙虾雕塑——这显然是一只已被蒸熟的龙虾，我想。

得克萨斯的同学老孟来电问我："在波特兰入狱，有何感想？"我说："这里的司法程序很严格，像一部机器，另外，狱警都很会搞笑，人情味满满的，可能波特兰是小地方吧，感觉他们都乐呵呵的，尽可能在法律允许的尺度帮我。"

"被警察铐起来是什么感觉？"

"小腿肚子会颤抖，真的，停也停不下来！我以前不相信，现在绝对相信，监狱是一个国家的缩影！"

老孟说："你知道吗？斯蒂芬·金就是出生在波特兰，他的《肖申克的救赎》讲的就是发生在那里的一所监狱里的故事。"

"那会是我待的这所监狱吗?！"我几乎叫了起来。

航行在缅因州海岸

> 尼采说，真正的男人想要的只有两种：危险和游戏。大航海兼而有之，给男人提供了无限的快乐；但是在这艘船上，退休的老太太大概占到了六成，她们在享受这一切。

8月6日，7：58，我看了一下手表，太阳彻底沉入大海。

黑夜渐渐完全笼罩海面。

正前方深邃的天空下，一颗明亮洁白的星星耀眼夺目，发着迷人的光芒。"金星！"我脱口而出，我的天文知识告诉我，天上除了月亮以外，最亮的星星就是金星，我为我自己能够叫出这颗星星的名字感到满意。

一头银发的老太太朱迪站在我身旁，哈哈大笑起来，露出一颗白色的"獠牙"。她说："那不是金星！你仔细看看，那是对面帆船主桅上的顶灯！！"

我凝目望去，"金星"下面隐隐约约有一艘纵帆船的鬼影，"金星"似乎还在随波轻轻荡漾。

甲板上，看星星的几个老太太都乐了。

出了波特兰的监狱，我花了690美元报名参加了这艘"美国老鹰"号老式帆船为期3天的航海，从缅因州的罗克兰出海。

这艘有90年历史的纵帆船，是纯木结构，有40多米长，两个巨大的主桅上，挂着两列蔽日的米白色斜纵帆。船长约翰是个75岁的老人，一位真正很"老"的老船长，他鼻子下留着灰白的一字胡，如果再长一点，那完全就是尼采的翘嘴胡子的样子。约翰船长满脸褶皱，戴着灰色的帽子，总是站在船的尾部，双目凝视着前方，握着深驼色的方向舵。

尼采说，真正的男人想要的只有两种：危险和游戏。大航海兼而有之，给男人提供了无限的快乐；但是在这艘船上，退休的老太太大概占到了六成，她们在享受这一切。

除前面长了颗奇怪牙齿的朱迪这样的老太外，也有个别单身女性，其中一个独自旅行的60多岁的澳大利亚单身女人简，一脸干练，说话条理清晰，她总是在甲板上戴着墨镜、身姿优雅地读一本书。简说，她正在长达18个月的环球旅行中。之前，她已经到过南非、埃及、英国、瑞典、土耳其和美国各地，退休前她是布里斯班附近一家财务咨询公司的高管。她有时也放下书和老太们聊天，讲有趣的旅行故事，逗得没牙老太们哈哈大笑。她独自旅行，但不孤僻，而且善于和陌生人打交道，从她的身上，我仿佛看到了很多错过婚期的上海独立女性的影子。

我们在缅因州弯曲、多岛的海岸附近航行，密密匝匝的原始森林覆盖着北方的岛屿，岛上都是松树和白桦，在海边枝叶茂盛，呼吸着透彻的阳光。

我从上船第一天起就纳闷，约翰船长站在船尾把方向舵，视野非常不好，我站在他旁边往前看，前方被桅杆、突出的舱体部和微微翘起的船头挡住了海面的视野，海面上到处是浮标和捕捞龙虾的小装置，他是如何做到不撞船的？

后来，我找到了答案——他的身边有一大堆望远镜，一旦前方水域看不清楚浮标，或者水域复杂，他就会像一位大将军一样，拿起望远镜仔细观察水面。我想，如果我恶作剧，把他的望远镜镜片全部涂上黄油，他会不会像塞住耳朵的蝙蝠一样，四处撞铃？

我问他，明天我们航海的目的地是哪里？

他说他也不知道，因为要看风向——帆船航海就是看风吃饭。

"美国老鹰"号完全靠风力航行。早晨，北方明亮的阳光洒在甲板上，海风如初恋的情人吻脸，15名游客和5名水手一起站在两侧船舷，成平行的两列，升帆！"1，2，3！"巨大的米白色帆布在主桅上似乎不情愿地往上蠕动着，缓缓到达了顶部。船头和船尾还有小的三角帆，也一并升了起来。

我问了老船长两个愚蠢的问题，帆船遇到逆风怎么办？他说，若要往逆风方向走，可以用"Z"字形的路线到达目的地。他说："帆船不是简单地被风推着往前跑。它需要调整好迎风角度，让侧逆风推在帆的弧面时，产生一股向上向前的力，这叫'伯努利效应'。"

"如果海上一点点风也没有怎么办？我们会不会困在海上？"我宛如一个问十万个为什么的孩子。

老船长的一字胡动了动，其实那是嘴巴在说话："那就启动马达，我们船上备有发动机的。"他冲我做了一个有趣的鬼脸。

上午8点，与太阳一起升起的还有一团浓浓的黑烟。

那团黑烟是前舱底部的一个烟囱里冒出的，大厨和他胖胖的女助手正在烧木材，做早饭。"美国老鹰"号还保留了100多年前的烧柴做饭的传统。

大厨是一个娘娘腔的30来岁的白人男子，穿着有些紧身的T恤，头发微秃。早饭做好了，我们像民工传砖头一样，人肉接力，把烘焙点心、面包、水果、烤肠、培根、刀叉、餐巾纸以及压餐巾纸的石头，一样样从厨房传到甲板上。"娘娘腔大厨"一只手反叉着他的腰，并不看我们的脸，只低头看那些面包、烤肠，一道道地介绍他的早餐，然后，"当"一声锣响，大家开始"喂脑袋"。

在船上的3天7顿饭，没有一天是一样的，这么局促的空间里，大厨用柴火给我们烧出令人垂涎的美食，不知他是怎么做到的！最令人淌口水的是一天中午的墨西哥芝士玉米饼：盘底有一层锡箔纸，铺上一层玉米薄饼，混着一层酱料、芝士、黑橄榄、蔬菜，然后再是一层玉米薄饼，如此重复两层。我小心翼翼地切下一块，放在嘴里，味蕾顿时开心得跳起了弗拉明戈，厚着脸皮，我足足添了三次盘子。应该说，面对着波光涌动的大海，海鸟在头上嘎嘎叫嚣着盘旋，站在甲板上咀嚼墨西哥芝士玉米饼，觉得人活着真不赖，特别是刚刚从监狱里出来的我！

同船的有一个 90 岁的瘦小老太太，叫麦格莉特，和她的孙子一起出来旅游，他们来自伊利诺伊州。美国老太太和中国老太太的区别是，美国老太太一眼就看得出来有 90 岁，头发稀疏，眼睛深凹，皮肤没有血色，皱得像泥地上拱起的河床。

航海的第二天傍晚，我们要去荒岛煮龙虾，听说将从悬梯上爬下船，然后奋力划船上岸，我担心一把老骨头的麦格莉特不能去。

4 点多，"美国老鹰"号泊在离荒岛三四百米的海面上，船员放下小艇，老船长约翰第一个爬下悬梯，坐上小船，独自划着小船先出发了。

我问大副："这个怎么回事？船长为何抛开我们先上岸了？"大副是个金发的假小子一样的姑娘，叫克里斯蒂娜，她告诉我："船长这是去定位，为大家找登陆点。"

过了一阵子，大概是约翰船长的登陆地点确认了，于是，水手们再从侧舷放下小艇到海面上，大家手脚并用从 4 米高的悬梯上爬下去，我看到 90 岁的麦格莉特，不用任何人帮助，手脚利落，三下五除二就站到了小艇上。我们大概 8 个人一艘艇，每人发一把 1.8 米长的大木桨，出发前，都要先竖立起来，形成桨阵，如罗马军团攻城的大长矛，瘦小的麦格莉特也竖着大桨，然后随大家一起把桨架在铁扣上，奋力划起来。她的脸苍老得没有血色，胳膊细得宛如要折断，但划起来似乎也很轻松，完全可以跟上我们这些壮劳力的划桨节奏。

大概十分钟后，我们登陆了一个荒滩。

我们把铁灶、活龙虾、葡萄酒、芝士、沙拉、面包、餐具一一运上岸，水手亚瑟扛来一捆劈好的木材，老船长开始生火。

这时，我往海面上望去，"美国老鹰"号独自在海上荡漾，远远瞥见假小子克里斯蒂娜纵身跳入冰冷的海水，这个时候海水的温度大概只有 6

摄氏度，她逆着水流自由泳，奋力游向我们这片荒滩。我看见海面上两只手在上下翻飞，大约一刻钟就到了。

但是，老船长好像非常不高兴，等她上岸了，他嘟着嘴巴，冲上去狠狠地批评她："很坏！非常坏的想法！如果所有的人都学你要游过来的话，该怎么办？"克里斯蒂娜像水獭一样甩甩她金色头发上的水，低下头，一言不发，去烧火了。

45只垂死挣扎的龙虾被放进了铁蒸锅。"娘娘腔"大厨盖上盖子之前，在海边捡了一大把墨绿色的海草盖在龙虾上面。

趁着有晚霞，我、朱迪、简在荒滩附近散步，但是，几只嗡嗡嗡的大蚊子把我们逐出了丛林，简说："这里的蚊子可以烧一盆菜！"

两支烟的工夫，龙虾好了，我和麦格莉特围上去，看见锅盖被打开，红彤彤的龙虾散发着诱人的香味。大厨的胖助手向我演示了吃龙虾的方法：头拔掉，双手把龙虾身子一侧压，壳就碎了，去筋，剥出完整的白嫩白嫩、香喷喷的龙虾肉，浇上船员为我们准备好的黄油汁，抛入口中，享受一通疯狂的咀嚼！船员们还为我们准备了加利福尼亚州的白葡萄酒，龙虾配上一口酒后，肉感细腻香滑。我一口气吃了两个龙虾，丢壳时碰到麦格莉特，问她吃了吗？一个吗？我觉得像她这样的年长者吃海鲜会消化不良的，估计吃不下啥，但是，她苍白的面孔毫无表情，告诉我说："两个半！"

咀嚼龙虾的时候，我像猩猩一样坐在一块突出的大岩石上，太阳渐渐离海面近了，金色跳跃在海面上，气温只有20多摄氏度，如果没有蚊子，这个荒岛将是缅因夏天的天堂。

离岛前，我看见"娘娘腔"大厨蹲在地上，撅着屁股，把多余的熟龙虾肉一条一条全部剥出来，认真得像是一个搭乐高的小孩或是一个在埋地雷的士兵。

"美国老鹰"号在缅因州附近的海岸线上航行，穿过布满针叶林的大陆和无数岛屿，海岸边是黑色的岩石。

眺望艾尔伯勒岛（Isleboro），一些维多利亚式的大别墅掩映在森林和海岸旁，那些大房子我目测有1000平方米到2000平方米之大，卧室有5~12个，这是小城堡和度假村规模的私人住宅。老船长约翰告诉我，这些独立岛屿上的别墅100年前就有人开始营造了，经几代人继承或转手，很多屋主都是纽约和波士顿的富人，其中不乏著名演员、政客、银行家，他们买下这些历史性的夏屋，一年仅仅使用五六个星期。冬天缅因北部白雪覆盖，平时没有什么人。如此巨大的房子，而且是在岛上，一年到头都需要人打理，否则房子就烂掉了，维护成本也极高。

"一年只在夏天用几个星期？天！美国有钱佬的生活，难以想象！"说话间，我看到对面岛上一户大宅里的四五个人走向私人码头去开船。

约翰说："你知道吗？从这座岛到纽约，要足足开上一天时间的车。"

"这样的房子作为资产，是不是有点麻烦？特别是现代人的家庭都是小家庭，不像100年前的社会，这些房子一定不太好脱手。"我不免计算了一下。

于是，我上网搜了一下艾尔伯勒岛，苏富比地产拍卖行正在公告转让岛上的17栋房子，公告时间好像挺长了，价格从580万美元到几十万美元不等，这些岛上价值数百万美元的巨大房子的确并不容易出手，看来富人也有套牢的时候——我获得某些阴暗的满足感。

船上的最后一个傍晚，泊在艾尔伯勒岛对面的海面上，太阳沉下去后，天空还在燃烧，海面轻轻翻动着蓝黑、红粉、紫金等颜色的微波，一弯新月已迫不及待地出来了，刺破天幕，高悬在天上。

晚饭后，所有人聚在甲板上，金发假小子克里斯蒂娜拿出吉他，哼起了民谣。后来大家轮流唱，他们要我也来一首，我看了看天上的月亮，于是用手机翻出歌词，硬着头皮哼了一首邓丽君的《月亮代表我的心》，没有想到，美国人大概都是第一次听到中国的歌曲，立即被优美的旋律打动了，好几个老太太都跟着哼了起来，大厨的胖助手还想学这首歌。

最后老船长也上场了，他拿出本砖头一样厚的诗集，嘴上的胡子一撇一撅，朗读的是罗伯特·塞维斯的诗，诗的大意是：花 10 美元，找了一个妓女，我把她的脸画在教堂的壁画上，大家都说她圣洁，世界上最美丽的圣洁。

大家都哄的一声笑了，我看见银发的朱迪笑得"獠牙"都要掉下来了，还有独立旅行的简，她的脸上荡漾着矜持而优雅的笑。

近 9 点，人群才渐渐散去，老船长拉住我跟我说，他有一个历史秘密要告诉我。

"历史秘密？"

"对！我的爸爸去过中国，他见过毛主席。"

马灯的灯光下，我看着这个 75 岁的一脸认真的面孔，觉得这不太像是一个笑话。

他接着说："我爸爸是迪克西使团的成员，二战期间，他访问过 YUNNA！"

"迪克西使团？"我突然想起多年前看过的一篇文章，说是国共合作期间，罗斯福曾派了一个军事代表团在 1944 年访问延安，这是美国人第一次正式拜访中共的根据地，"迪克西"是南北战争期间南方叛乱诸省的代称，美国人用这个词来暗指延安。

"我的爸爸是美军的上校，他的官衔比较高。在 YUNNA 他参与会见了毛泽东、周恩来。他们送了我爸爸一套军服，这套衣服一直保存在我家。"约翰的发音不太准，他无法判断他爸爸曾经去的是"YUNNA"还是"YAN'AN"，因为对美国人来说，这两个音有点费脑子。

我对他说："你爸爸去的一定是'YAN'AN'。"于是，我用手机翻出迪克西使团的老照片，一张一张地指给他看，让他找爸爸。在一张有十几个脑袋的日常自然场景的照片里面，毛主席在右边的一个角落里，在最左边，有一个身材明显高出所有人一头的帅气的美军军官，这张照片里，他好像抢了毛主席的风头，约翰用粗粗的手指头戳了一下，说："这是我爸！"

"我的爸爸战后回到了纽约，在那里他成了华尔街的金融经纪人，赚了很多很多钱，他后来成了一个资本家！"

"可是，那是他的生活，我有我的生活。"约翰的这句话似乎有点意味深长。

关于他父亲的话题，他就这么戛然而止了。我后面再询问一些他父亲成为资本家的后续故事，他似乎就不乐意谈了。我感觉他有不平凡的往事，他不说我也可以想象，一个日渐长大的儿子和一个很能干、很厉害的父亲之间的成长冲突是怎样的。

他的父亲是纽约资本家，周旋于华尔街，而他却钟情于缅因州荒蛮的离岛和大海，这是截然不同的一对父子！他的童年发生了什么，不清楚。

对于往事，有些时候，糊涂一点是很好的。

糊涂没有伤害。

老船长约翰说，他大约在20世纪80年代，他30多岁的时候贷款买下了"美国老鹰"号，从此，开始了他远离都市、回归自然的海上人生。

最后一个夜晚，到了夜里两点左右，我突然胃不舒服，睡不着，于是我起身去甲板呼吸一下新鲜空气，顺便揉揉肚子。小心翼翼上楼梯时，楼梯下突然传来了一个警惕、苍老、威严的声音："谁?！"我知道楼梯下的床位是船长的。"我！Leo。""啊哦……"声音一下子放松了。我想，半夜三更的老船长都是如此清醒，看来他一点都不糊涂。

靠港的最后一顿早午饭，"娘娘腔"大厨给我们端上了一大锅羹，他叉着腰，并不看我们，充满爱意地看着他的锅，说："这是龙虾芝士玉米羹。"我终于知道，昨天海滩上多余的龙虾肉都去了哪里。

这顿是我迄今吃到的最令我无法自拔的、简直要让我沉沦的芝士羹，即使龙虾肉卡在我的牙缝里，抠了一个白天，也无怨无悔。

提着大包下船的时候，我已经是最后一个了。在罗克兰的码头上，我看见独自环球旅行的澳大利亚的简还一个人坐在她的大箱子旁，看样子在等接她的车。我知道这个小地方几乎没有出租车，优步也没有，不知道她该怎么办。心想，一个人的环球旅行还是有点难度的。

我估计前面朱迪等人的车子一定都希望载她走的，被她拒绝了。

于是，我也悄悄地走向我的车，没有去打扰她一个人的安静。

附诗：
我们出海吧！

我们出海吧
与羁绊风流的大陆
不辞而别
让一切疼痛都埋葬在大西洋猛烈的季风中

我们出海吧
横渡彼岸无人的荒岛
寂寞的北极星永沉大海
让一切沉默的铁锚全都浮出水面

我们出海吧
忘记归途
让残月燃尽黑夜的最后一滴灯油
我们在涛声中
沉沉睡去

Leo 刘群

2019 年 8 月深夜

胃痛时记于缅因州海上

三遇南菲

> 他们一家 4 口人上了一辆白色的小本田，瑞克不可以开车，这个曾经按原子弹按钮的军人，如今安静地坐在副驾驶上，他们的两个孩子则从后排车窗探出脑袋，对我做着鬼脸，尖叫着告别。

8 号，我从"美国老鹰"号下来，被一片橘红色的海洋包围了。

游客在巨大的罗克兰龙虾节的雕塑前挤作一团拍照，然后在临时搭建的大棚里，牙床发力，大嚼龙虾，厨师们则在厨房后面开足马力杀戮蒸煮。

这是一个跟龙虾"有仇"的小城。

满肚子龙虾的人们饭后找乐子，在简陋、快速旋转的铁皮摩天轮上发出阵阵尖叫，我在想，缅因人的胃真的是好，那些龙虾居然不会翻出来。

龙虾节有些摊位门可罗雀，在一个茶叶摊位上，我第一次遇见了南菲。

她一身黑衣服，肤色像泰国人一样黝黑，高个子，眼睛、鼻子都很大，如果不是那一头乌黑发亮的头发，我不会认为她是中国人。她突然开口说："我叫南菲，是天津人。"我吓了一大跳。她的中文已经有点变音了。"我来美国很久了，平时很少说中文了。""这里的中国人很少！""是的，这是缅因州比较偏僻的小城了，中国人都在波士顿。"

南菲旁边是个金发的小伙子。"他在跟我学汉语！他想在罗克兰做茶叶的生意，我帮帮他。"我掉转头，去和那个小伙子说话，于是，他努力地往外蹦汉语单词，但是，挤牙膏似的挤了半天，只出来几个"你好""我叫……""谢谢"，像极了我小学三年级刚学英语的情景。

"你在这地方教中文？"她说一周一到两次。我脑子里立即出现了几个大舌头缅因州小镇人坐在教室里，嘴巴里往外蹦着奇怪的发音，重复着"一个人、一只猴子、一头猪、一匹马"或者"我叫李明"之类的。

第二天中午，我在罗克兰转悠，胃开始执着地思念中餐，于是用谷歌搜了一下，附近只有两家中餐馆，一家是香港餐厅，一家不记得名字了。于是，我就开车去了香港餐厅。那是一个很普通的平房，牌子很小，不仔细找还找不到。里面挂了些老式的灯笼和香港维港高楼大厦的灯箱画，但是门口却有两幅特别先锋的当代油画，反差强烈。

我进去坐下，就看见一身黑衣服的服务员走了过来，眼睛、鼻子都很大，依稀和南菲有点像。她先开口了，说："你的车一进院子，我就认出你了。"我说："你同时还在这里打工？"她点点头，她说她每周来这家餐厅打两天的工。她人特别好，跑进厨房跟厨师说："给他做中国人口味的中餐！"然后，还安排给我的蔬菜里加了些免费的豆腐，她说："如果按给老美做中餐的口味的话，估计你完全吃不惯。"

吃完饭，她领我在餐厅里面转了转，说："你看看我的画。"原来门口的两幅当代油画居然是她画的，色彩绚烂，很多有趣人物的小脑袋从植物中绽放出来。

我惊讶于她画得这么专业，她说她是职业画家，毕业于某大学油画专业，曾在中国美术馆办过展览。作为职业画家，在美国是很难谋生的，所以，她就打两份临时工养家。

我说，我认识很多油画家，对当代绘画很感兴趣。

她说，那你想不想去看看我的工作室？就在我家，离这里不远。

到了傍晚，我按照南菲给我的地址，摸了过去，就在去龙虾节的必经之路上。一栋灰白色的有些年头的木结构别墅前，一个一脸和蔼、半头银发，看上去60岁左右的美国人给我开了门，他用流利的中文问候我："你好！从上海来的吗？"我吃了一惊。我估计他就是南菲的老公，他自我介绍道："我是老杜！"那可是地道的带点儿化音的北京腔。

南菲家一屋子都是她的绘画作品，画架在角落里支着，即使我这么一个挑剔的主儿，也觉得她的绘画水平绝对是中国当代一线的。其中那些用油画绘成的中国山水，特别引人注目，她用白色和灰色画了巨幅的古代山水"寒山雪景图"，却是丙烯油画作品。在这幅山水画里，有两个戴墨镜的黑社会分子，把黑色的车停在冰面上，进行了枪战，一个人被当场打死在寒山雪景图中，鲜红的血流在冰面上——这是中国山水画中第一次出现谋杀现场！从最传统的中国传统山水美学出发，添加了冲突、夸张的现实主义题材，令人十分震撼。那些雪山、冰面、寒树、黑社会人物都画得非常细，显示了作者极高的造诣，也很考验画功。

看来，画家大隐隐于缅因。

南菲还没有回家，因为我要来吃晚饭，另外，还有老杜的"老兵战友"一家要赶过来，所以她特地去超市买东西。

老杜就和我坐在院子里面聊起了天。那是一个种了向日葵、葡萄、薰衣草的温暖小院子，甚至还有两朵罂粟花在余晖中随风摇曳，木头架子都年久失修，灰突突的，但是，我们坐在那两把户外破椅子上闲聊，特自在，感觉是在上海的莫干山路50号或者是北京的798，而不是在遥远的缅因州西北小镇罗克兰。

老杜说，他是夏威夷大学的中国哲学硕士，后来去北京认识的南菲。他在首都"漂"了15年，当时，他是《中国日报》的编辑。2008年北京奥运会，那些"北京欢迎你"之类标志的英语翻译，很多出自他的手。我跟他开玩笑，以前曾有人把"请在一米线外等候"翻译成"Please wait outside a noodle"，是不是他的恶作剧？他哈哈大笑，说自己对北京户外标志的标准英译还是有很大贡献的，说到这里，老杜露出对往事的追忆之情，手不由自主地摩挲两下他圆滚滚的肚子。后来，《中国日报》不可以有外国编辑，于是他就失去了工作，在北京待了一阵子后，先回了休斯敦一段时间，那里太炎热，最后，再搬来缅因州定居，可能这里的气候更像北京。

说话间，南菲吃力地拎着两大塑料袋东西回来了，说今晚给我们煎牛排，她的拿手菜。

热腾腾的牛排端上桌，老杜的朋友瑞克一家来了。

"我们看完龙虾节了！"瑞克的女儿大约8岁，蹦蹦跳跳进来了！

瑞克是个聋子，瘦瘦高高像根竹竿，眼睛很亮，他的老婆是一个印第安人和韩国人混血的后裔，肤色黝黑，浑身一股土族人的热情。瑞克说起话来也是滔滔不绝，我不敢相信他是聋子。

我说："一般的聋子都是哑巴，为何你说话这么好？"他说他耳聋是后天事故造成的，他当兵之前一直都是一个正常的人。他说这些话的时候，眼睛盯着我的口唇，原来他没有听力，完全靠读人唇语来判断。特别是我这样的外国人，说的英语发音不准，不知道他是如何看懂意思的。在交流的过程中，他回复我的速度和正常人几乎一样，没有啥磕巴，真的非常惊人。

"你的耳朵是怎么回事？"作为一个记者，我总是好奇地问这问那。但是，瑞克明确回复我说，他不太愿意提及往事。

瑞克的老婆在旁边悄悄告诉我："瑞克年轻时是美国原子弹部队的！"

"原子弹部队？"我瞪大了眼睛。

"他当年驻扎在亚利桑那州，那时，国际局势非常紧张，他是负责按原子弹按钮的士兵。""按原子弹按钮？"我不敢相信，又问了一遍。

"是的，按按钮的！"她说，"当总统同意后，将军批准，再一层一层地往下传达，最后有两个人在一个大屋子，两个按钮士兵，一个人负责一个，只有两个按钮同时按，原子弹才可以发射升空。"

"那么他是怎么失聪的？"

"有一天，他在火箭燃料仓库里忙活的时候，有人操作一个危险气体瓶时出现了泄漏，突然间发生了爆炸，火光中他听到一声巨响，从此就逐步进入了一个寂静的世界。仓库里的几个战友当场被炸死，场景非常恐怖，他一辈子都极其不愿意再提及这段痛苦的往事。"

南菲后来告诉我，瑞克的听力在过去 10 年里越来越差，最后完全听不见了，他一直申请美国伤残军人抚恤金，却迟迟没有发放下来。她说："他不能工作，十多年里，全家人的收入来源你知道是什么吗？"我说："是什么？"她说："就是靠瑞克老婆在一个按摩店做按摩工作，每天工作很长时间，完全靠双手赚钱养活瑞克和两个孩子，他们全家一直住在廉价的租赁屋中，日子过得非常艰难。直到去年，他们才拿到了姗姗来迟的抚恤金，年底在班戈附近，买了一个稍微像样点的二手房。"

不过，瑞克的失聪伤残、他老婆在按摩店打工的苦难生活似乎并没有在这家人身上留下烙印，他们吃牛排时，不时讲笑话，哈哈大笑，他们的孩子也很会找乐子，不停地扑到我怀里。他家 8 岁的小女儿爬到我的肩膀上，要我抱抱，还把我的帽子抢去戴着玩，顽皮得很。看来，瑞克是对的，不谈及痛苦往事，遗忘伤痕，是最好的生活态度。

我从来都认为，饭店煎的牛排超好吃，自己煎的牛排超难吃。但是，南菲的黄油煎牛排，嫩得满嘴流汁，我一口气吃了两大块，加上一大堆土豆，胃都要爆炸了。我揉着肚子，突然想起 10 年前我的一个叫安迪的朋友，他是个长发飘飘的文艺青年，他也煎牛排给我吃，但是发生了事故——他从冰箱里拿出冻鲜肉直接丢进了煎锅……

快晚上 8 点了，南菲送我出门，我对她说："我很喜欢你的画，期待你来上海办画展！"

她说："希望有机会。"但是，她的眼睛里面好像有一点不确定的遥远。

"后面你要去哪里？"

我说："班戈！"

瑞克太太有着印第安人的热心肠，她说："我们住在离班戈 15 分钟的地方，你跟着我们的车吧！去班戈会路过一座特别美丽的大桥，我会指给你看的，你一定会惊叹它的美丽！"

他们一家 4 口人上了一辆白色的小本田，瑞克不可以开车，这个曾经按原子弹按钮的军人，如今安静地坐在副驾驶上，他们的两个孩子则从后排车窗探出脑袋，对我做着鬼脸，尖叫着告别。

瑞克太太车开得飞快，像她活泼的性格。她在前面带路，天色渐渐暗了，罗克兰的房子不知何时都不见了踪影，缅因大地露出无边无际的墨色而悠远的森林。

大约开了 15 分钟，拐上了一条大道，几辆车子飞快地超过我，等这几辆车子过去，我的眼睛再努力地在公路上搜寻，发现瑞克家的车子彻底没了踪迹。

那辆小本田车和瑞克两个孩子的欢笑都不见了影子。

我最终还是没有看到那座美丽得令人惊叹的大桥。

去斯蒂芬·金的老巢

斯蒂芬·金笔下的恐怖并非来自惊悚血腥的场面，而在于人的内心。他并不是带你去鬼屋吓你一番，而更像一场无比真实的噩梦。

8月9日。

一辆贴着血色惊悚小丑脸的12座面包车"吱——"地停在我面前。

中年胖子和他圆滚滚的肚子一起跳下车，自我介绍叫斯图，我探头看看车里，里面还坐着一对脖子上都是文身的年轻情侣。

斯图开车带我们在班戈地区转悠，十多分钟后，一大片阴森森的墓地出现在眼前。站在高处望去，满眼都是整齐排列的灰黑色墓碑，估计有上万具尸体被埋葬在这里，密密麻麻，多数墓碑看上去似乎几十年没有清理了。"这是班戈的公共墓地。"斯图推了推快要掉下来的小眼镜，口水几乎喷在我的脸上，"从1835年起，这里就开始埋葬死者了。"我抬眼望见远处巨大的松树间，有一些黑色的鸟扑啦啦掠过，心想，那些鸟是不是驮着已经转世的人的灵魂？"看到墓地入口的景象了吧？那就是根据斯蒂芬·金恐怖小说改编的电影《宠物坟场》中的一个拍摄点。"我觉得待在这里，夜里两点一定可以听到小孩的尖叫和野猫的啼哭声。

顿时毛骨悚然。

文身情侣中的女子突然在墓地里一声尖叫，我一扭头，发现前面墓碑上出现了一只血淋淋的手，血从苍白而纤细的指尖流下，搭在碑上已经风化的名字旁边。"不要害怕，这是我带来的道具！"斯图笑着把血手拿下来给大家看，那是一个塑料做的东西，看上去挺高仿，传给我的时候，我手贱，翻看白色的商标，上面小字写着"中国制造"！文身女迟疑着，上来摸了一把假手，我看见她的肩膀上文着青色的蛇发美杜莎，张着嘴，露出野猪般的獠牙。

斯图说："请仔细看看这个墓碑上的名字吧。"古碑主人的名字非常模糊，风吹雨打170年左右，C和R很难辨认了，但依稀还是可以读出"C-A-R-R-I-E，卡丽"。"对！这就是斯蒂芬·金的成名小说《魔女卡丽》中卡丽名字的出处。这本书讲了内向怯弱、备受霸凌的小羔羊卡丽，有一天，突然拥有了一种不可思议的超自然能力，当她在舞会中被同学一桶猪血从头浇到脚，她开始疯狂报复，用意念把同学们花样百出地杀死，舞会顿时血流成河……

"斯蒂芬·金的灵感往往都是来自班戈真实的事物。他说，魔鬼是存在的，他停在我们的体内，有时候还把我们打败！"

通俗小说大师斯蒂芬·金在出版《魔女卡丽》之前过着非常艰难的日子，他写的稿子多数被无情地退回来。他在一家洗衣店打工来养家糊口，经常洗到带有一大摊血迹的床单和恶心的桌布，夫妻俩带着两个孩子住在一个摇摇欲坠的拖车房里面，女儿耳朵发炎，连阿莫西林的药钱都出不起。直到有一天，他突然收到仅有一面之缘的编辑打来的电话，告诉他，图章出版公司愿意出版他的书，并分给他20万美元的稿费，要知道那是在1974年！一座房子只要2万美元（乔布斯养父大约在此期间买了一栋房子，花了2万美元）。斯蒂芬·金当时浑身颤抖，"脚下一软，但准确地说并没有跌倒在地，只是在过道里原地滑坐下去"。

到了20世纪90年代，斯蒂芬·金已经成为全美国最有成就的作家，"恐怖小说大王"。一种夸张的说法是，美国的家庭中除了《圣经》外，你可以找到的另外一本共同的书，多半是他的小说。他的小说销售量迄今达到了3.5亿本，几乎多数作品都被搬上银幕，其中，包括恐怖小说《闪灵》

《宠物公墓》《它》，奇幻小说《末日逼近》《绿里》，另外，根据他的短篇犯罪小说改编的《肖申克的救赎》，在 IMDb（互联网电影资料库）和豆瓣都排名第一，成为公认的影史上最好看的电影之一。

矮矮胖胖的斯图是斯蒂芬·金在缅因州班戈的邻里，他告诉我，他大概 10 年前卖掉了他的书店，开始了"斯蒂芬·金之旅"（SK-TOUR）的生意，每年有成千上万的读者从各地来参加他组织的旅行。你只要交上45 美元，就可以像我一样跟着他，访问班戈 20～30 处和斯蒂芬·金小说中地名有关的地方，以及现实中斯蒂芬·金的住址，听到许多有趣的背景故事。

午前，斯图带我们去了一家斯蒂芬·金书的专卖店，里面有一扇巨大的破烂木门，门上已经被砍出一个大豁口，旁边倒放着一把斧头。我像电影《闪灵》中发癫的杰克，站在门旁狞笑，然后举起斧头疯狂砍门，咔咔咔——略有不同的是，我是在手机镜头前完成的。

在小小的班戈城区，我们还路过了斯蒂芬·金夫妻二人捐赠的圆拱状铜顶的图书馆、正在修缮的儿童医院、带水上滑滑梯的儿童游乐场……班戈处处是斯蒂芬·金捐的东西。"他真的非常慷慨，对班戈很好。"斯图说。

"那么班戈人和缅因州人一定很喜欢斯蒂芬·金？"我问。

"并非如此。"斯图坦言，如果你的家乡经常被写进恐怖小说——在那些静谧的小镇学校里面，充满了尸体和鲜血；或者在班戈人行道旁，冒着烟的下水道，突然爬出一个吃人的小丑；抑或是这样的——邻居家花园月季怒放，那栋维多利亚风格的优雅别墅最常见不过，但里面却住着一堆流血的怨鬼。你会怎么想？你会对作者有好印象吗？

部分美国人现在谈缅因"色变"，甚至产生直觉：这里终日阴霾，很多房子闹鬼，监狱铁窗暗淡。而"恐怖州"缅因的实际情况是，夏季这里阳光明媚，大地上覆盖着绿色缎子一样的森林，有悠长而弯曲迷人的海岸线，民众淳朴、热情。但是，外界没来过的人不这么看，主要是缅因出了一个"把大家的屎都吓出来"的恐怖小说大王。

"所以，缅因州的一些人讨厌他。"

忽然间，我就有点理解了，他在家乡这么卖力地捐赠图书馆、捐医院、捐儿童乐园，也是为了心理上的某些弥补吧？他即使成为奥巴马的座上宾，获得美国国家艺术勋章，但他内心深处，最渴望的或许是家乡人对他的认可？希望邻居看他的眼神不要太异样。

太阳升得很高了，即使是在北纬45度左右的班戈，中午时分，依然能够感受到太阳的灼热。

这次，斯图带我们来到一个停车库的楼顶，往下俯瞰，吓了我一跳，街道上矗立着一个巨人，目测有7米高，这雕像是个穿红黑格子衬衫、蓝裤子、扛斧子的奇怪大胡子。据说是当地传说故事中的伐木工人，在森林覆盖的美国，常有类似的形象。斯图说：你们知道最新的电影《小丑回魂2》吗？小丑恶灵突然出现，坐在巨人肩膀上，并坐气球降落下来，在街道上追杀小孩。斯蒂芬·金总是把他了解的事物信手拈来，放进小说或者剧本。

斯蒂芬·金笔下的恐怖并非来自惊悚血腥的场面，而在于人的内心。他并不是带你去鬼屋吓你一番，而更像一场无比真实的噩梦。这种恐惧犹如一只无形之钳子，他会在故事开始不久就埋下陷阱，然后逐层渲染，让你在惊奇中害怕，在悚然中期待，既脊背发凉又掌心出汗，最后他用这只钳子突然死死掐住你的脖子……

这一切都要归功于斯蒂芬·金那如同手术刀一样的心理描写。

"对我来说，最佳的效果是读者在阅读我的小说时因心脏病发作而死去。"他的名言。

我们此行的最后一站是看看这位心理手术大师的住所。

门口已经停了好几辆车子，人们都探头探脑地往院子里面张望。

院前的铁栅栏上趴着两只张牙舞爪的铁蝙蝠，院子里一棵触目惊心的被砍头的死树，这棵死木估计曾经活过150年以上，不知怎么"死于非命"了，使得这幢红砖带罗马柱的老式二层楼大别墅显得沉稳中透露着一点点的古怪味道。整个栅栏的大铁门永远是大开着的，据说，只有在万圣节的这一天晚上，才会关闭。这一天晚上，班戈的很多人会带着孩子来斯蒂芬·金家玩"不请吃就捣蛋"，但由于人太多，他家将只允许孩子进去讨糖或捣蛋。

在恐怖小说大王家里过万圣节，这是一个好主意！但是，记住，请不要先被他吓死。

72岁的他依然每天在蝙蝠栅栏后的红房子里疯狂码字，而蝙蝠栅栏外面则是一堆读者在瞎转悠。人们很少见到他本人。现实中，他也极少遇见狂热的读者冲进他大门敞开的院子，大喊大叫他的名字，或者戴个惨白的女尸面具去窗口吓唬他。不过，他曾经自己脑补过一部小说《头号书迷》：流行作家保罗落入了一个女精神病崇拜者之手，被困在一个偏远的农场，这个偏执狂、大块头女粉丝还养了一头公猪，一头和作家同名的猪，保罗备受摧残并被打断了双腿。

我问斯图："读他的《睡美人》和《肖申克的救赎》，发现他对美国监狱是如此熟悉，感觉他像是在监狱里面服过30年的重刑，他是怎么做到的？"

"事实上，斯蒂芬·金只在监狱里待过一个晚上，那是他20岁左右的时候，他喝醉了酒闯祸，被警察抓进去关了一晚上。"斯图回答。斯蒂芬·金对监狱细节的了解，看来主要是出于研究以及他的强大感受力，他认为，任何小说，细节要永远准确。像《肖申克的救赎》中，安迪的女神丽塔·海华丝，估计就是斯蒂芬·金本人的梦中情人，她酥胸半露，一头卷曲温柔的金棕色长发，倏地甩起来，迷倒了整整一个时代。所以，整个小说中，她的海报这个关键细节，非常逼真——那是那个年头军队士兵和监狱犯人打飞机的对象。

午后，滔滔不绝说了3个小时的斯图要走了，说下午还要拉一个大团。

"老哥，你的生意不错啊！一年几千人下来，就是几十万美元收入啊！比开书店赚太多了！"我最后问他，"斯蒂芬·金对的你工作认可吗？"他说："当然，他非常支持我！有人在家乡玩命地帮他宣传，他还不开心啊?!"

他的大肚皮一抖，跳上了面包车。

晚上9点多，我在超市买好东西，心想，夜里的斯蒂芬·金家应该是什么样子？按照他自己说的时间安排，他会打开灯看书吗？还是写作瘾发作，坐在一个空荡荡的大屋子中间，打字机上永远只打出一行字"只工作不玩乐，聪明杰克也变傻球"？

好奇害死猫，我在谷歌地图上输入"斯蒂芬·金房子"，仅仅花了几分钟，我就又开车转到他家门前的那条宽大甬道上，这一带已经完全浸在黑暗中了，幽暗如鬼火的路灯隔得老远。我看到他家门口的廊道灯还亮着，冲马路这一面的屋子全都没开灯。

他每天写2000字左右，这个美国劳模，一年只有生日、感恩节和圣诞节3天不写东西，当然，据说这是他对媒体说的话，如果他高兴，这3天也会写上一点。

我想，斯蒂芬·金如果不写作，他会彻底发疯，脱得赤条条的，高举着斧头在大街上狂奔，嘴里喊着："只玩乐不工作，聪明人也变傻球！"

突然，一辆巨大的越野车开着大光灯由远而近，在他家门口的铁栅栏前戛然而止，大光灯打在栅栏顶部的两只黑蝙蝠身上，现场雪白雪白的，直晃眼。车上跳下来两个年轻人，穿着一身黑衣服，跳着蹦着，到被照亮的栅栏前。原来他们是来和黑漆漆的大屋子合影的。

到了夜晚，和斯蒂芬·金黑黢黢的房子合影，才更符合恐怖小说读者的口味。

斯蒂芬·金也不嫌烦，还很配合，他让读者和粉丝看到的是一个没有光亮的黑色大屋，恐怖小说大王的屋子是不是就应该这样?!

或许更符合吃瓜群众的意淫？

是夜，我住在一个前台服务员颇为粗鲁的小旅馆，离斯蒂芬·金家才一公里多。

旅馆旁有一个加油站，加油的时候发现那个女孩很有活力，棕黑色的头发，大眼珠子，穿着背心一样的工作服，胸脯发达，以拉丁裔的热情招呼着我。

我说："你看到过斯蒂芬·金吗？"

她说："斯蒂芬·金有时候也来这个加油站加油，偶尔会看到他。"

她说："《小丑回魂》在班戈上映的时候，他坐在最后一排，像电影中的人物一样，拿着一串血红色的气球，突然出现在前排观众中，把大家吓得够呛。"说完，她哈哈大笑，"他是一个非常有趣的人。"

"这倒是！"我说。我想起斯蒂芬·金有一次去澳大利亚偏远的小镇爱丽丝泉玩，他无意间走进一家书店，看到了他的书，于是他忍不住从口袋里掏出一支笔，在自己的书上签起了名字，结果被愤怒的店主当场抓获，店主一把揪住他，说他破坏公物。

我一直在想，一个"恐怖小说大王"的内心世界是怎样的？

斯蒂芬·金酷爱写恐怖题材小说，或许他本人就是胆小鬼？

因为只有胆小到极点的人，才能如此细微地体察到内心的恐怖。反之，一个跃马扬刀的蒙古大汉是不可能觉察出人内心的这么多恐惧的。胆小鬼才会怕黑、怕鬼，而且怕到了极致，精神会越来越抓狂。在某些空间，只有胆小鬼才会有神经质的恐怖臆想症，斯蒂芬·金似乎就是这样的一个家伙。

有个著名导演和斯蒂芬·金一起看电影，那位导演后来说，看到片中紧张的一幕时，斯蒂芬·金居然在自己的位置上瑟瑟"蠕动"，导演说"这是有生以来最好的经历"。

我推测，"恐怖小说大王"是不是有一个极其恐怖的童年？

回到他的童年。斯蒂芬·金小时候曾被一位保姆戏弄，她突然把他扔在沙发上，用穿着羊毛裙子的屁股压住他的小脑袋，大声地说："开炮！"

瘦小的金就像被埋在臭气熏天的沼气火焰里，眼前一片漆黑，几乎窒息死亡。

这位保姆给金煎鸡蛋，金觉得好吃就多要了一个，保姆就一口气给他吃了七个，然后邪恶地笑着，看他呕吐得满地都是。她还猛打他的脑袋，还把他锁在衣柜里——一个幽暗而密闭的狭小空间里。等金的妈妈回来，保姆正在沙发上呼呼大睡，而小斯蒂芬·金则在衣柜里睡着了，满柜子都是呕吐物。

斯蒂芬·金的"奇葩"妈妈也是他恐怖童年的一部分。

他5岁的时候，问妈妈见过死人吗，妈妈向他详细地描述，她看到一个人从旅馆的楼上跳下来，啪的一声摔在大街上，"他溅得满地都是，他身上流出的东西是绿色的"。谁的妈妈会对一个5岁的孩子讲这个呢？她是要把自己对生活的恐惧分享给她年幼的儿子吗？求小斯蒂芬·金当时的心理阴影面积。

童年的心理影响人的一生，恐怖小说大王最大的恐怖还是来自他的父亲。

一天，小斯蒂芬·金爬上嘎吱嘎吱响的阁楼，昏暗的斜屋顶天窗下，他翻开一个积灰的箱子，发现里面有几本旧书——他爸留下的 H.P. Lovecraft（霍华德·菲利普·洛夫克拉夫特）的恐怖小说集，书的封面有一个魔鬼。此后，他常常抱着这些书在昏暗的屋子里看得瑟瑟发抖，这些成人才能阅读的恐怖小说，陪伴了他的少年时代。这也促使他最终成为一个恐怖小说作家。

而更恐怖的是，他的父亲在他两岁的时候，说是出门买东西，就再也没有回来过，甚至没有路过看他一眼。没有父亲的童年，会极其缺乏安全感，因为没有人为这个家庭遮风挡雨。恐怖是一种可以传递的家庭情感，斯蒂芬在自己小小的心灵之上，大概还背负着妈妈的恐惧，爸爸的恐惧，保姆的恐惧，他们的恐惧在他的身上和精神之上，继续繁衍生长了。

这或许构成了斯蒂芬·金精神世界的基础。

每次有人问小斯蒂芬·金："你父亲去哪里了？"她的母亲都说："他

去当海军了，在海上。这不是谎言。"

我不知道，他听了这个是怎么想的。

一个受了恐怖惊吓，一个没有父亲的男孩，要走多少路才能长大成为一个真正的男子汉？

心理学家认为，没有父亲的孩子，在成长中会自卑或者拼命地刷存在感，希望引起别人的关注。斯蒂芬·金已经72岁，名满天下，却丝毫没有退休的征兆，依然玩命地奋战在写作第一线，这是不是超级强烈的童年心理原动力在起作用呢？

或许超级成功的人，都不是普通人的心理吧！

离开班戈的那个晚上，我喝了一瓶啤酒，肚子胀鼓鼓地躺在小旅馆硬不拉几的床上。

回想起我小时候，在安徽的邻居兼同学晓秋，她和斯蒂芬·金一样也没有父亲。

她爸在她9岁的时候就去世了。

我们有段时间常在一起玩。有天，她问我，你想不想你妈？我说，想！我好小的时候，她从外地坐长途车赶来看我时，我每次老远就奔过去，一把紧紧抱住她的大腿，把鼻涕沾在她的裤子上。我又问她，你想不想你爸？她说："好想！每次看到人家爸爸骑自行车驮着孩子，就想起他。以前，我爸爸常骑一辆28英寸的永久自行车，去附近的几个小镇推销茶叶和瓜子，他在前杠上做了一个小小的木头凳子，那是我的专座。他载着我，走大街，串小巷，丁零零打着铃回家。那时候，我的头靠着他的下巴，蹭到他毛拉拉的胡子。"

我记得，她爸爸车祸死的那天傍晚，她还在做值日生，有一个同学奔进来，对着班级里面还没走的人，吼了一句："晓秋，你爸出事了！"她好像正在扫地，慢慢地直起身，抬头茫然地看着那个同学，手上的扫帚掉到了地上。后来，她又捡起扫帚，颤抖着把地扫完再去的医院。后来我知道，那是她人生中最后一个还有爸爸的日子。据说，她爸爸的自行车钻进了急转弯不打方向灯的重型卡车的后轮，茶叶和瓜子散落了一地。

初一，一次作文考试，发下来的题目是"我父亲的二三事"，她说，她当时眼泪就扑簌簌地掉在了卷子上，湿了一片。那篇作文，她一个字也没写。每次看到父亲的黑白老照片，还有一本他当年翻烂的陆羽的《茶经》，她说她依然会哽咽。有天早上，她跟我说，她昨晚做梦梦到了他，好像卖出去很多很多茶叶，挺高兴的样子。她说，只是不知道何时能再梦到他。

14岁时，她的母亲带她改嫁，母女俩过着寄人篱下的日子，继父讨厌她那倔强的小眼神，她没有再叫过"爸爸"。她说，叫不出口。

高中放暑假，我们两个偶尔通通信，一次，她在信里说，她非常不喜欢小区里打赤膊的男生。我揣测，或许是她对从未见过的事物产生的一种抗拒？晓秋说，宿舍的一个舍友总是和自己的爸爸打电话，大人一样教育她爸爸不要抽烟，不要惹妈妈生气，她爸爸在电话那头应声虫一样。晓秋在跟前听着，心里猜想，如果可以和自己的爸爸打电话，是一种什么样的感觉，她会对他说些什么呢？

她读书要强，高考考得不错，但因为师范类大学学费便宜，她就毅然去了一所师范大学。毕业后当过中专老师、卖过保险，再后来，自己开了一家理财类公司。只是她一直单身，直到后来遇到她的老公——比她大了16岁，一个很理解她的人，但是，不知道为何，他们在一起近10年，前几年还是分了手。

她后来把所有的精力都放在了工作上，她每天可以工作到夜里10点。2018年，国家对理财类公司进行13项原则整顿，很多客户撤资，成了她最困难的一刻，她四处打电话找人融资、疏通，为了接一个大单，她可以彻夜准备方案，次日一早带着一堆人，奔赴会场。

我在美国的时候，她跟我偶尔还有联系。新闻里说市道不佳，又倒了很多公司，我担心地发短信问她："最近可好？"

她回复我三个字："会好的！"

有一晚，我无意翻看了她的微信朋友圈，发现她头像下的个性签名是这句："纵使黑夜吞噬了一切，太阳还可以重新回来。"

　　我仿佛看到了小时候的她，那带泪的、倔强的小眼神。

■哈佛同学集体照，里面的老头是我的教授，我给他起绰号：司马懿。

来自地球各地的同学，在夜晚的酒吧告别，因为距离太远，大家估计永远也不会再相见了。

哈佛广场上奇怪的宣讲者，只有一个听众。

■ 缅因州龙虾节上扮演海盗的老头老太，我不理解，他们的小眼
　镜片怎么那么像算命先生。

■老船长约翰让我把一下老式纵帆船的舵，这艘船有 90 岁。约翰
还跟我说了 一个惊人的秘密，他爸爸去延安见过毛主席。

AMERICAN

■ 划船去荒岛上煮龙虾，年轻的水手在洗锅子，他在攒大学的学费。

■ 老杜是一个中国通，他家有英语版的《宋词选》。

■斯蒂芬 · 金的恐怖小说之家, 73 岁的他至今仍在里面疯狂写作。

尾声：寻找 1985 年的四个夏天

> 我觉得有必要让两个世界的人真正地走近对方，
> 了解对方流淌的血液，了解彼此的心跳频率，触摸
> 对方的灵魂。
>
> 我们毕竟是生活在同一颗星球上的共同体。

缅因州，班戈。

8 月 11 日清晨 6 点，我在一阵手机闹铃声中惊醒过来。

今天要回国了，我一早飞往纽约，然后再转搭东航的 MU588 回上海。

迷迷糊糊地爬下床，时间不多了，我赶紧整理箱子，先把陪我旅行的书塞进去，有彼得·海斯勒的《江城》、斯文·赫定的《亚洲腹地旅行记》，还有四处收来的一些地图，荒滩上捡的几块石头，以及一堆没有洗的 T 恤、袜子、短裤……

拖着行李箱，走过长长的昏暗的旅馆走廊，洗衣间的灯坏了，闹鬼似的在一跳一闪的。旅馆前台一个人也没有，静悄悄的，估计服务员还在酣睡。

我开着白色的"毛驴"去机场，路上车子还很少，班戈笼罩在一层夏日清晨的薄雾之中，有些灰蒙蒙的，又有些清冷。

机场的还车处还没有人，我把车停在安飞士的还车位置上，下车的时候，最后看了一眼"毛驴"，这辆白色的道奇，是我美国出游最后一夏的坐骑，如今，孤零零地在一块蓝色的 Car Return（还车处）大牌子后面

待着，我知道我这辈子可能都不会再来班戈了。在班戈这个缅因州的小城结束美国的旅行，觉得有点不忍，心里隐隐觉得旅行还进行得正酣，就被外力突然中止了。

班戈的机场很小，一眼望去，只停了几架螺旋桨飞机。一早飞往纽约的小型波音飞机已经全部坐满了，我的旁边坐了一个大块头，皮带加了一截，才能系住肚子。他做了个自我解嘲的鬼脸。

起飞时，我看见广袤的缅因大地上，树木、房屋、森林、公路都无边无际地伸展着，远处天空的青色和大地的灰色融在一起。

好像人被硬生生塞进了机舱，飞机直插云霄的那一刻，感觉心还留在地面。

我默默无语地看着窗外，心道，别了，别了！

回国不久，我突然发现"美国"成了一个极度敏感的词，特别是华盛顿抛弃老布什几十年来的"对华接触战略"，启动"对华竞争战略"后，中美两个大国的对抗，向悬崖边又推进了一大步。东西方彼此的种种不理解、敌对和厌恶，正在全球蔓延……难道，未来的我们会被赶进死角吗？

经过四个夏天，9387公里纵横美国，一场磨驴式的游历，处处遇见淳朴而有趣的人们，那是活生生的柴米油盐的美利坚，和我们黄种人一样，两个眼睛一张嘴，一样的爱恨情仇，一样的烟火气息。这更让我觉得有必要让两个世界的人真正地走近对方，了解对方流淌的血液，了解彼此的心跳频率，触摸对方的灵魂。

我们毕竟是生活在同一颗星球上的共同体。

未来，该如何解开两个巨人之间的死结呢？

中美能逃脱墨菲定律注定的命运吗？

忽然发现，早在1985年，东西方其实就已经找到了这道貌似无解的题的完美答案，那一年，地球上有了人类自我救赎的尝试，但是时间过去几十年，人们渐渐忘记了当年睿智的大师们的解题思路。

1985 年，地球上最美丽的一年。

那一年我还小，有天晚上，跟着爸爸去公共澡堂子里洗澡，光着屁股搓背时，雾气缭绕，水花四飞，忽然听见一个正在冲淋的叔叔扯着喉咙高唱："We are the world, we are the children（我们是同一个世界，我们都是地球的子民）。"接着，所有光屁股的叔叔都一起跟着用力哼起来，有两个还把头晃来晃去，水珠溅起，"We are the world, we are the children"，嘶吼得走调的歌声和着哗啦啦的冲淋声，一下子飞越了湿漉漉的澡堂子，穿越水汽，让我震惊于这种音乐的力量。

后来，我知道这首歌是迈克尔·杰克逊年初为了给非洲灾民捐款，组织了全美国 45 位歌星共同录制的，那么多大腕，凑在一起只为了一个目标：救人，救地球。演唱这首歌的那天，纽约赶去捐款的人堵塞了大街小巷，所有无法动弹的车子里都回荡着这首歌，人们激动得泪流满面。良知似乎都被歌词洗涤着。除了好听，"我们是同一个世界"似乎给我们带来了一个大爱的境界，不仅仅是全球人开始关注非洲人的生存问题，更是传达了"天下一家"的理念。为了这份爱，我发现连特立独行的鲍勃·迪伦也放下自尊，非常不习惯地挤在一群 R&B（节奏蓝调）歌手当中，用力嚅动着嘴巴。

迈克尔·杰克逊的音乐让不同政治观点、不同国度、不同肤色、不同宗教的人，站在了一起。

这一年的 7 月 13 日，那场"拯救生命"（Live Aid）演唱会在费城和伦敦二地接力举行，几十位世界级大师同台，前无古人，后无来者。这简直让世人发疯、发狂、发癫，大师们义唱的目的还是这个：拯救地球上的生命，思考全人类的共同命运。

16 个小时，全球 15 亿人看了转播，收到了 8000 万美元捐款。

无数人潸然泪下。

当年轻的戴安娜王妃穿着白色的格子裙子和查尔斯王子步入会场时，全场开始沸腾。黑夜来临时，前披头士乐队灵魂人物之一的保罗·麦卡特尼来了，一头遮住眉毛的秀发，清澈的眼神，他弹着钢琴，唱了一首"Let It Be"（《顺其自然》）；滚石乐队主唱米克·贾格尔和美国摇滚女王"母狮"蒂娜·特纳合唱的时候，贾格尔欢快地撕下了特纳的裙摆；阳光明媚的麦当娜在台上大跳劲舞，青春活力是Lady Gaga的15倍（2020-1985=15），如日中天的她连飙三首歌；鲍勃·迪伦则满头大汗，吉他弦断了一根，他现场改了《答案在风中飘荡》，这个歌词此后再也无人能够复制；U2乐队穿着黑色经典绅士装，演唱了一首《星期天，血色星期天》。把全场气氛推向高潮的是皇后乐队的佛莱迪，他穿着白色的背心、骚气的牛仔裤，四颗龅牙和一堆胸毛，《波希米亚狂想曲》一开嗓——"妈妈啊，我刚刚杀了个人"，后面接着7万人大合唱，全场燃烧，他那性感的翘臀转身动作，成了永远的神话。最后，几万人一起唱迈克尔·杰克逊的《天下一家》，全地球人都沐浴在爱的泪水当中。

那一年，连美国的冷战对手苏联都转播了这场世纪演出，拯救生命，用爱凝聚世界。臭不可闻的意识形态，给我滚一边去！

演唱会期间，我看到观众中打出的标语是："你好，这个世界！"

1985年7月13日，东西方社会，富裕国和贫穷国，无数不相识的人们忽然发现，原来我们是可以凝聚在一起的，我们是可以和解的，我们是可以包容和爱对方的，因为我们同属一个世界。

到了这一年的11月份，白雪覆盖的日内瓦湖又迎来了一个地球救赎日。

一个帅气高大的人伸出手，握住了一个头上有胎记的矮胖秃子的手——美国总统里根和他的战略敌人苏联最高领导人戈尔巴乔夫，地球上最有势力的两个人的手第一次握在了一起。这次握手，标志着东西方和解的开启，穿越了美苏冷战的铁幕。过去的那些年，大家都像抄着原子弹威胁对方的小流氓，现在，两家终于坐下来，说："我们再也不能像以前那样生活了！"在两国的技术官员进行对话前，沟通大师里根忽然对戈尔巴乔夫说："趁我们的手下在讨论军备控制的必要时，您和我为什么不到外面去呼吸点新鲜空气？"于是，二人一起冒着湖边的严寒走下山，来到一个游艇房的炉子边，那里生了一堆火，二人就在炉边"私聊"起来。这次炉边私聊，让里根和戈尔巴乔夫建立了信任，这成为拉开东西方大和解的序幕的利剑。二人把这样理解对方的友好气氛一直延续到冷战结束。

20世纪80年代就是在这些人类大师的推动下，开始了大和解，这次大和解跨越了国家、政治、宗教和种族。

仅仅两个多月后，在佛罗里达的肯尼迪航天中心，从11000人中挑选出来的女教师麦考利夫，走进了美国"挑战者"号航天飞机，她的父母、丈夫、孩子、学生以及全世界的观众都在屏幕后面观看直播，她将在太空给全国的中学生上两节太空课，点火起飞73秒之后，"挑战者"号在一个耀眼的爆炸后彻底消失，全世界震惊。当时，我是在《新闻联播》上看到这则新闻的，看到电视机里泣不成声的学生，一种通向未知世界的失败痛苦，刺穿了我的心。全世界的慰问信像雪花一样飞向麦考利夫的家人，大家觉得这不仅仅是美国的一次失败，而是大家共同梦想的挫折和幻灭，刻骨铭心，女教师麦考利夫的死亡，让东西方社会都能够共情。

以1985为中心的10年，的确是地球的黄金10年。后来的人，都很忌妒生活在那个时代的人，可以看到那么多超级大师、闪耀的人物和伟大的思想，他们给分裂的地球带来了救赎。

东西方大和解，是这个病入膏肓的世界唯一的良药。

回上海半年后的一天。

我写完最后一篇去斯蒂芬·金家的文章，历时4年的游记初步完稿，和往常一样，我从安福路的塞万提斯图书馆里出来，骑上摩拜单车，我的手提电脑放在一个在MoMA买的红色布袋袋里，然后搁在自行车前边篮子里面。我可能太兴奋了，又有点完稿后的迷茫和失落，脑子处于一种飘然的真空状态，我骑去不空书屋检查一处漏水的管道，然后，就在欣安大厦门口停了车，锁车上楼。在楼上打了几个电话，处理了好一阵子的管道问题，突然想从布袋袋里找一样东西，但是在桌子上、椅子上、门后面、地上，甚至连厕所的马桶旁都找遍了，哪儿也没有我的红色布袋袋，我眼前一黑，是不是还放在自行车的前篮里面？这距离我锁车已过去一个多小时了。

我飞奔下楼，外面有些飘雨了，我慌慌张张跑出大厦，门口停了好几辆摩拜单车，但是没有一个篮子里面有我的包。我完全傻掉了，多数的文章还没有完成上传备份，完了，完了完了，我四肢顿时拔凉拔凉的，四年的心血全部付诸流水了。我脑子嗡嗡嗡的，一种巨大的懊丧感、挫败感像地沟水一样从心头往上汩汩地冒出来。

我跌跌撞撞地跑到物业的保安处，要求调看门口的监控录像，那个瘦小的安徽保安大叔很和气，他静静地陪我坐在四个黑白小屏幕前，从一个多小时前的门口录像看起来。那个摄像头找不到停自行车的位置，只能看到欣安大厦门口走过的人，看看他们当中有没有人拿了我的那个布袋袋。我足足看了30分钟的录像，没有任何头绪。我发现，走过去的人都是匆匆忙忙的，而且很多包都是夹在不对着摄像头的那一面，我第一次那么认真地长时间地看这个时代、这个城市的人走路，很多人都是急急忙忙的，像是充军途中。

我越看越失望，心情沮丧到了极点。

我四年的心血啊。我悔恨不已。

我恨不得抽自己一个耳光。

正在这时，奇迹出现了。

有一个老阿姨突然出现在监控室的门口，问是不是有人丢了包包。

我飞奔上去，这是一个卷头发、穿着不起眼的暗蓝色衣服的60多岁的上海女人，她站在我的面前，她说她30多分钟前看到一个红色的布袋袋在自行车前篮子里，估计是有人忘拿了，就抱着这个包在门口，在微雨中走来走去，等了很久，也不见人来，就去找了警察。

我一把拉住她的手说："你救了我！我如果想不开，说不定会从金茂大厦顶楼跳下来！"老阿姨很镇定地说："丢个包包就这么想不开？当年，我去黄山玩，把儿子还弄丢过一回呢！"

"老阿姨好温暖。"现在回想起来，我突然明白，1985年大师们在台上高歌的那一刻，传递的不就是这种老阿姨式的爱心吗？

一种朴素的友善。

我们如果还有未来，恐怕需要的就是这种朴素的老阿姨式的友善。

从美国回来后的一天，我路过一个艺术展，看见八个惊悚的黄色大字："我们的世界会好吗？"一下子抓住了我的眼球。

这个问题的确困扰着我们当下所有的人。

瞅瞅今天这个世界，所有地方都被新型冠状病毒侵袭，经济陷入二战后最大的泥潭；大国之间脸色难看，有时真如泼妇街战，找对方每一个碴去攻击对方；冲突像狼烟一样东一撮西一堆升起，民粹主义在全球抬头，一副二战幽灵的嘴脸；曼谷、东京、纽约等大都市，大量的年轻人和中年人失去工作；在欧洲和中国，离婚率都居高不下，婚姻制度濒临破产；城市里，许多年轻人都沦为挣扎在辞职边缘的社畜，明天还会好吗？

不知为何，这让我想起玛丽·安，那位79岁的老太太，我在加利福尼亚州伯克利读书期间借住房子的房东。

老太人奇瘦，脖子在一场严重的车祸中折断。康复阶段，走路僵硬宛如机器人，但并不影响"机器人老太"周末在家中开小派对。在我和周围的人看来，她的事情够倒霉的了，上午9点遇到一个酒鬼开车，飞来横祸，脖子骨折，有好几个月都卧床一动不动。但是，她自己却从来不这么看，她说，那次车祸对撞速度已经很高了，对她来说，却是极其幸运的。因为当时车就翻滚出去了，警察来时，发现她在座位上一动不动，脑袋耷拉下来，所有人都以为她死了，结果她却因没有动脉大出血，存活了下来。她说："这简直就是一个巨大的奇迹。"她觉得自己可以一点点恢复到正常的生活，而且一天比一天好，生活还多了一点盼头呢！

有天晚饭时，我问她："这次倒霉的车祸，在你的眼里，居然是一件幸运的事情？"

她当时正打算往嘴巴里扔一把药，她停在那里，想了下说："当然！"

吃饭的时候，我们喝着啤酒，老太因为吃药只能喝果汁。

她的好友叫马修，他讲了另一件关于玛丽·安的事。

马修说，前年有个亚利桑那州的老朋友到伯克利来玩，大家决定开车去海边。去海边的一段马路在修，到处都是坑坑洼洼的，车轮每次碾进坑洼地，汽车就会猛地往下一冲，我们则砰地往上一弹。砰！很多次大家的头都碰到硬硬的车顶。当时，马修摸着头抱怨说，路面简直像麻子一样，屁股都颠痛了，脑袋该不会被撞坏吧？

他发现玛丽·安在汽车里却是完全不一样的反应，老太每次弹起来撞头时，都哈哈大笑。马修问她为何笑，她说："你有没有觉得，我们现在开在赫赫有名的蹦床大道上！"她说，她发现，撞头的时候，如果开怀大笑，头痛会减轻许多。于是，后面一个坑，所有人的脑袋都一起弹起来飞向车顶的时候，车厢里充满了哈哈大笑声。

"那一刻，"马修说，"感觉头一点也不痛，真的。"

世界好不好，关键看你怎么去看它。

我在上海办了个不空读书沙龙，一位患了癌症的老先生在聚会上，问在场每个人同样一个问题："如果你的生命只剩下最后一个月，你会做一件什么事情？"

于是，大家都挠着脑袋想了半天，结果有一半人的答案是选择旅行，去自己少年时就向往着和爱着的远方，去完成未竟的心愿。而另一半人，则希望可以死在窝里，死在爱人的臂弯里。

这是非常有意思的地方——人临死的时候，都希望拥抱爱，拥抱最美好的事物。

看来，没什么人那么傻，在灵魂即将出窍的一刻，在奈何桥前徘徊时，还惦记着仇恨和痛苦。

游历北美的四个夏天里，我搞明白一件事，我们地球上每一个子民都是那么独特，那么与众不同，每个人都是灵魂的独行者，我们彼此甚至都不兼容，但这都没关系，我们在这个世界上，曾经有过对彼此的理解，有过善意，有过一点爱，就可以了。

永远记着那个瞬间，"拯救生命"群星演唱会上，皇后乐队的佛莱迪在台上又蹦又跳地嘶吼的时候，一个女孩在人堆中打出的标语是："你好，这个世界！"

那一刻，地球那头的你离我这么近，我们在一起，我感到紧紧地握牢你伸来的手，闭上眼睛，听着彼此模糊而不一致的心跳，在这一瞬间，与你共度时光。

如果可以，请把我们埋葬在 1985 年的春风里。

2016 年 8 月—2020 年 3 月 24 日第一稿
2020 年 5 月 20 日第二稿
2020 年 7 月 10 日第三稿

致谢

　　本书缘起于很多年前，一间拥挤的、阴冷潮湿的七人学生宿舍一次熄灯前的瞎聊。

　　当时，我的好友方正即将离开上海前往美国西部读书，我啪啪拍着搓衣板一样的瘦胸脯吹牛："我以后会去看你的，并且还要驾车横贯美国一趟！"

　　一晃几十年过去了，我才蹒跚上路，去兑现自己吹过的大牛。后来，我发现仅仅驾车横贯、纵贯北美，了解的深度是不够的，于是我又选了东西海岸的两所大学（伯克利和哈佛），读一些短期课程。这期间遇到了无数有趣的人，他们有教授、警察、狱卒、性工作者、船长、店主、同性恋人、商人等等，这一切促使我动笔写下我所看到的北美，所理解的人情。

　　这份书稿花了四年多的时间出炉。

　　第一个看到此稿的是浦睿文化的陈垦先生，他是一个有情怀的伯乐，他阅稿后立即把我的书稿推荐给了博集天卷的团队，后者是凯鲁亚克《在路上》、雷克《徒步中国》等优秀作品的出版方。黄隽青、毛闽峰阅稿后，当天就从北京给我打了热情的电话，表达了他们的出版意向，后来，我们在京长谈了十个小时。他们公司一群有思想的年轻人感染了我，除了几位老总，还有如李颖和由宾，和他们合作有一种共赴理想国的快乐。

　　此书涉及旅行、读书、采访、资料收集、写作、修改、设计七八个步骤，在这个过程中，得到了众多朋友的大力支持。

首先感谢在书中出现的那些我遇见的人物，如玛丽·安、派特、布莱登、米歇尔、老鹰、约翰、鲁道夫等等。

还有些朋友为我的游历、采访提供了帮助：方正、老孟、卫溦、于海明、马腾飞（美国）、迈克尔、张彤、Candy、裘思远夫妇。（排名不分先后）特别鸣谢美地行总经理刘初锷先生，他帮我接管了公司，直接推我上了路；感谢所有曾经或者目前还在美地行共事的同事好友，如王川、薛椿勇、李劼、张颖、朱靓、韩佳萍、陈斌、奚蓓娜等等，他们也无私地帮助了我。

感谢为我资料收集、写作、设计提出宝贵意见的朋友：唐本苑、张祯、白联步、李晓晓、Jerome（法）、杨钰玲、张刚、宋沭阳、郑邦谦。（排名不分先后）

感谢为本书英文版出版做出贡献的符庭贤、Catherine Tang、老杜（美国）、南菲，其中最后两人也出现在我的故事里。

此外还要感谢支持过我的吴斐、贾晓净、海岸、程韬、宁佐泓、吴梦媛、阿郈、周静、汤沐、陈安（Ann Chen）、程梦秋、徐海东、ALI（英）、Vivian、周勇、Danny、千夜、Gemal、一片云、王雅晨、陈畅、张际一、谭远波、琨布雷、Lori、简妮、金晓庆、Jacky、余翔等等。（排名不分先后）

感谢我网球队的朋友们，Johnsun、钱里、衍宏、张宁、张浩、鸿艺、沈平等等，在我远行他乡游历的时候，他们默默地盼我回来鏖战，为了激发我的斗志，他们往往把我打个落花流水。

感谢刘卓尔、刘卓驰，他们两个一直督促我，问我："你的书写得怎么样了啊？"像是我问他们"你们今天的作业做了吗？"一样。

感谢我的父母，我的全家人，你们是永远支持我的人。感激不尽。

如果问全书最令我感激的是什么，那就是感谢把我关进缅因州罗克兰监狱 5 小时的人，让我有了一次特别的、全新的人生体验。

参考文献

1. 向军：《华盛顿庄园：200年不朽传奇》，http://finance.sina.com.cn/leadership/sxyxx/20061021/07023007057.shtml，访问日期：2006年10月21日。

2. 木光：《美国历史上第一位"第一夫人"：玛莎·华盛顿的艰难抉择》，https://www.thepaper.cn/newsDetail_forward_2045069，访问日期：2018年6月5日。

3. 开邑：《华盛顿传》，崇文书局，2009。

4. 世界新闻报：《老布什的晚年生活》，http://news.cri.cn/gb/2201/2004/06/15/144@196506_1.htm，访问日期：2004年6月15日。

5. 章小东：《华盛顿的北京饭店》，https://www.thepaper.cn/newsDetail_forward_1516657，访问日期：2016年8月29日。

6. 徐璐明：《老布什二战传奇经历：坠机跳伞被潜艇救起》，https://mil.huanqiu.com/article/9CaKrnKfCgB，访问日期：2018年12月6日

7. 刘学：《美残障人威胁炸自由女神像被捕》，http://news.163.com/15/0821/08/B1HGLVE300014Q4P.html，访问日期：2015年8月21日。

8. 劳伦斯·冈萨雷斯：《生存心理》，朱鸿飞译，天津人民出版社，2019。

9. 鲍勃·迪伦：《像一块滚石》，徐振锋、吴宏凯译，江苏人民出版社，2006。

10. 霍华德·桑恩斯：《沿着公路直行：鲍勃·迪伦传》，余淼译，南京大学出版社，2012。

11. 伊恩·贝尔：《曾几何时：鲍勃·迪伦传》，唐奇，等译，中国人民大学出版社，2017。

12. 李从嘉：《从黑曜石到连发枪——印第安人的兵器进化史》，https：//baike.baidu.com/tashuo/browse/content?id=ab5d18cefcc5d485fb13661a，访问日期：2017 年 8 月。

13. 夜断愁：《印第安人的葬礼》，https：//www.qkshu6.com/book/wohewoyeduanchou/10130.html，访问日期：2019 年 5 月。

14. 格物志：《时代的审美——维多利亚时代女性服饰（上）》，https：//zhuanlan.zhihu.com/p/26274717，访问日期：2017 年 4 月 14 日。

15. 叶山：《异端宗教的长征路：摩门教小径》，https：//www.thepaper.cn/newsDetail_forward_1781692，访问日期：2017 年 12 月 28 日。

16. 佚名：《传说中的摩门教是什么？旁观美国摩门教》，《北美留学生日报》2015 年 1 月 15 日。

17. James Crabtree：《摩门精英》，括囊编译，《南都周刊》2010 年 8 月。

18. 王骁：《摩门教新任总会长宣誓就职，他跟中国还有一段渊源》，https：//www.guancha.cn/america/2018_01_17_443519.shtml，访问日期：2018 年 1 月 17 日。

19. 佚名：《以一敌三　生死枪战　击毙一人　全过程详细披露》，https：//hzdaily.hangzhou.com.cn/dskb/html/2016-09/27/content_2369609.htm，访问日期：2016 年 9 月 27 日。

20. 中国新闻网：《拉斯维加斯枪击案掀控枪呼声：美国控枪的五大障碍》，http：//www.chinanews.com/gj/2017/10-05/8346680.shtml，访

问日期：2017 年 10 月 5 日。

21. 时尚先生：《基努·里维斯：不是明星，是好莱坞最好的人》，https：//fashion.huanqiu.com/article/9CaKrnK0GWo，访问日期：2017年 2 月 21 日。

22. 斯蒂芬·金：《写作这回事》，张坤译，上海译文出版社，2009。

23. 玛丽莲·梦露：《玛丽莲·梦露：我的故事》，宋慧译，湖南美术出版社，2015。

24. 基斯·巴德曼：《最后几年的玛丽莲·梦露》，史国强译，现代出版社，2011。

25. 佚名：《迈克尔·杰克逊的梦幻庄园被竞拍出售了》，https：//www.sohu.com/a/209530040_723439，访问日期：2017 年 12 月 9 日。

26. 迈克尔·杰克逊：《太空步：迈克尔·杰克逊自传》，传神译，安徽科学技术出版社，2009。

27. 罗纳德·里根：《里根自传》，张宁等译，世界知识出版社，1991。

28. 南希·里根：《我爱你，罗尼：罗纳德·里根致南希·里根的信》，李文俊译，人民文学出版社，2001。

29. 乔布斯：《史蒂夫·乔布斯在斯坦福大学毕业典礼的演讲稿（中英）》，http：//www.360doc.com/content/12/0903/18/2606894_234081452.shtml，访问日期：2012 年 9 月 3 日。

30. 沃尔特·艾萨克森：《史蒂夫·乔布斯传》，管延圻，魏群等译，中信出版社，2011。

31. 张爱玲：《小团圆》，北京十月文艺出版社，2009。

32. 胡兰成：《今生今世》，九州出版社，2013。

33. 佚名：《"原子弹之父"奥本海默去世，他说自己的双手沾满了鲜血》，https：//baijiahao.baidu.com/s?id=1658876204963709341&wfr=spider&for=pc，访问日期：2018 年 5 月。

34. 比尔·盖茨：《未来之路》，辜正坤译，北京大学出版社，1996。

35. 霍华德·舒尔茨、多利·琼斯·扬:《将心注入——星巴克创始人、全球董事长霍华德·舒尔茨自述》,文敏译,浙江人民出版社,2010。

36. 新浪历史:《"迪克西使团"出使延安:中共与美国的非常接触》,http://history.sina.com.cn/bk/ds/2015-03-03/1744116904.shtml?from=wap,访问日期:2015年3月。

37. 唐纳德·特朗普、托尼·施瓦茨:《特朗普自传:从商人到参选总统》,尹瑞珉译,中国青年出版社,2016。

38. 房龙:《美国史事》,姜鸿舒,鉴传今,张海平译,北京出版社,2001。

39. 乔治·布什、维克托·戈尔德:《乔治·布什自传:展望未来》,裴善勤,赵苏苏等译,国际文化出版公司,1988。

40. 多萝·布什·科克:《我的父亲·我的总统》,侯萍、宋文伟、宋苏晨译,译林出版社,2008。

41. 安德鲁·霍奇斯:《艾伦·图灵传:如谜的解谜者》,孙天齐译,湖南科学技术出版社,2012。

42. 霍华德·舒尔茨、多丽·琼斯·扬:《星巴克咖啡王国传奇》,韩怀宗译,上海人民出版社,2000。

43. 铃木俊隆:《禅者的初心》,梁永安译,海南出版社,2010。

44. 杰克·凯鲁亚克:《在路上》,王永年译,上海译文出版社,2006。

45. 约翰·斯坦贝克:《横越美国》,麦慧芬译,人民文学出版社,2017。

46. 肯尼斯·霍博、威廉·霍博:《清教徒的礼物》,丁丹译,东方出版社,2016。

47. 罗伯特·D.卡普兰:《荒野帝国:走入美国未来的旅行》,何泳杉译,中央编译出版社,2018。

48. 马克·斯坦恩:《美国独行:西方世界的末日》,姚遥译,新星出版社,2016。

49. 罗伯特·瑞米尼：《美国简史：从殖民时代到 21 世纪》，朱玲译，浙江人民出版社，2015。

50. 巴拉克·奥巴马：《奥巴马回忆录：我父亲的梦想》，王辉耀、石冠兰译，译林出版社，2009。

51. 华盛顿州警夫人、克莱儿：《美国，原来如此！走进伟大与荒唐共存的大国日常》，创意市集，2017。

52. 淳子：《花落：张爱玲的下半出》，生活·读书·新知三联书店，2016。

53. 陈勤：《简明美国史》，云南人民出版社，2017。

54. 莉丝·默里：《风雨哈佛路》，曹植译，中信出版社，2011。

55. 单册：《爱听笑话却记不住、爱做笔记又嫌长，老布什密友追悼会上这样回忆》，https://m.gmw.cn/2018-12/07/content_32128984.htm?s=gmwreco&p=1，访问时间：2018 年 12 月

56. 双语君：《老布什葬礼：小布什悼词感人，特朗普又不合群丨外媒说》，《中国日报》双语新闻，2018 年 12 月 6 日。

57. 中新网：《克林顿大谈与老布什"忘年交"几乎每天都通电话》，http://www.china.com.cn/international/txt/2006-06/29/content_6259408.htm，访问时间：2006 年。

58. 阿姜布拉姆：《敞开你的心扉》，上海佛学书局，2008。

图书在版编目（CIP）数据

北美客 / 刘群著 . -- 长沙：湖南文艺出版社，2021.4

ISBN 978-7-5726-0041-8

Ⅰ . ①北… Ⅱ . ①刘… Ⅲ . ①散文集–中国–当代 Ⅳ . ① I267

中国版本图书馆 CIP 数据核字（2021）第 019831 号

上架建议：畅销·文学

BEIMEI KE
北美客

作　　者：刘　群
出 版 人：曾赛丰
责任编辑：匡杨乐
监　　制：毛闽峰　李　娜
策划编辑：李　颖　由　宾
文案编辑：王　静
营销编辑：刘　珣　焦亚楠
封面设计：利　锐
版式设计：李　洁
出　　版：湖南文艺出版社
　　　　　（长沙市雨花区东二环一段 508 号　邮编：410014）
网　　址：www.hnwy.net
印　　刷：三河市鑫金马印装有限公司
经　　销：新华书店
开　　本：640mm × 915mm　1/16
字　　数：387 千字
印　　张：27
版　　次：2021 年 4 月第 1 版
印　　次：2021 年 4 月第 1 次印刷
书　　号：ISBN 978-7-5726-0041-8
定　　价：69.80 元

若有质量问题，请致电质量监督电话：010-59096394
团购电话：010-59320018